U0596289

文 化 名 家 暨
"四个一批"人才作品文库

文 艺 界

李宝群剧作选

李宝群 著

中华书局

图书在版编目(CIP)数据

李宝群剧作选/李宝群著. —北京:中华书局,2013.5
(文化名家暨"四个一批"人才作品文库)
ISBN 978 - 7 - 101 - 09175 - 5

Ⅰ.李… Ⅱ.李… Ⅲ.话剧剧本 - 作品集 - 中国 - 当代 Ⅳ.I234

中国版本图书馆 CIP 数据核字(2013)第 017340 号

书　　名	李宝群剧作选	
著　　者	李宝群	
丛 书 名	文化名家暨"四个一批"人才作品文库	
责任编辑	高　天	
装帧设计	毛　淳	
出版发行	中华书局	
	(北京市丰台区太平桥西里38号　100073)	
	http://www.zhbc.com.cn	
	E-mail:zhbc@zhbc.com.cn	
印　　刷	北京瑞古冠中印刷厂	
版　　次	2013 年 5 月北京第 1 版	
	2013 年 5 月北京第 1 次印刷	
规　　格	开本/700×1000 毫米　1/16	
	印张 25¼　插页 4　字数 384 千字	
国际书号	ISBN 978 - 7 - 101 - 09175 - 5	
定　　价	69.00 元	

李宝群

　　1963 年 12 月生，辽宁北镇人。1984 年毕业于辽宁大学中文系，2001 年毕业于中央戏剧学院高级编剧班。现任总政话剧团创作室主任、一级编剧。创作上演过话剧《父亲》、《母亲》、《矸子山上的男人女人》、《黑石岭的日子》、《万世根本》、《风雪漫过那座山》，小剧场话剧《带陌生女人回家》、《两个底层人的夜生活》、《花心小丑》，芭蕾舞剧《二泉映月》，歌剧《鹰》、《红海滩》，儿童剧《第七片花瓣》等三十余部戏剧作品。作品数次入选国家舞台艺术精品工程十大精品，多次入选中宣部精神文明建设"五个一工程"，曾获文化部文华奖、曹禺戏剧文学奖、金狮奖及中国戏剧节、中国艺术节等重要奖项。被评为文化部优秀话剧艺术工作者、中国文联全国百名优秀中青年文艺家。享受国务院颁发的政府特殊津贴。

出版说明

　　实施文化名家暨"四个一批"人才工程，是宣传思想文化领域贯彻落实人才强国战略、提高建设社会主义先进文化能力的一项重大举措。这一工程着眼于对宣传思想文化领域的优秀高层次人才的培养和扶持，积极为他们创新创业和健康成长提供良好条件、营造良好环境，着力培养造就一批造诣高深、成就突出、影响广泛的宣传思想文化领军人才和名家大师。为集中展示文化名家暨"四个一批"人才的优秀成果，发挥其示范引导作用，文化名家暨"四个一批"人才工程领导小组决定编辑出版《文化名家暨"四个一批"人才作品文库》。《文库》主要收集出版文化名家暨"四个一批"人才的代表性作品和有关重要成果。《文库》出版将分期分批进行，采用统一标识、统一版式、统一封面设计陆续出版。

文化名家暨"四个一批"人才

工程领导小组办公室

2012年12月

一路走来（代序）

　　写戏已二十多年了，大小剧本写了数十个，上演的也有三十多部。戏剧已经成了我的生活方式、我生命存在的方式，但这些年却鲜少对自己走过的路、写过的戏作过总结，权且借此机会让自己静一静，沉下心来"归拢归拢"整理一番。

从童年到少年

　　我出生于 1963 年，出生地是哈尔滨，但那座江城对我始终遥远而模糊，两岁时我便离开了父母，来到沈阳随姑姑一起生活。在这座弥漫着工业气息的城市里，有一处全数居住着底层工人的大杂院，我在那里度过了童年少年时光。

　　这大院，至今仍时不时出现在我的梦里。一排排趟子房，一户户人家，家家都有一大院子，可种花，可种菜，由木栅隔开。春天各家院里会有各样的花盛开；秋天有苞米、向日葵迎风摇动，葡萄架上结满葡萄，果实诱人；冬天风雪满院，到处冰凌。大哥哥大姐姐很多，小伙伴更多，我是他们中的一个，文静、孱弱、内向。

　　大院里每家都有故事，人人都有性格，有太多太多的人和事、细节留在我的记忆里。粗声大嗓骂街极勇猛的山东女人、生了十个儿女家里极穷的夫妇、斯斯文文彬彬有礼的"老地主"、只是个科员却总是佩着两支钢笔的小干部、被批斗了才搬到院里来的局长……这其中也有我的养父养母——姑姑和姑父，他们都是极普通的工人，由于他们没有亲生孩子，对我十分疼爱。

大杂院的"群居"生活使我了解了中国的底层老百姓,我知道他们的喜怒哀乐恩爱情仇、他们的所思所欲所爱所恨,也深深了然他们各样的弱点各样的毛病,以及他们内心的善良、坚忍和美好。

后来,我一直坚持写底层人,形成了"东北底层工人系列":《父亲》、《母亲》、《师傅》、《长子》、《矿子山上的男人女人》、《黑石岭的日子》等,这都与我童年少年的底层生活有关,与我在大杂院里生长出来的底层情感有关。但凡写底层人,特别是写底层工人,我都很自信,有如鱼得水之感。有一位作家说过:每个作家都有一个自己的世界。对我来说,大杂院的世界将一直伴随我直至生命终结。

我还偏爱写家庭,写亲情,写底层人群中独有的人际关系、生命态度,而且我的作品总会流淌着对亲情的强烈向往——这也与少小生活有关。工人孩子实实在在,不喜欢虚假更讨厌矫情,这也成了我后来为人为文的个性特质。

上学,工作

我开始上学,班里绝大多数都是工人大院的平民子弟,朴实无华的一群兄弟姐妹一起度过了"文革"后期和改革开放初期的岁月。

"文革"留给我的记忆相当深。——满城满街贴着大字报、语录、传单和漫画,武斗的枪声中度过心悸的夜晚,父母们成天开会,兄长们上山下乡,我们则系着红领巾高唱革命歌曲,学毛选,学雷锋,做好人好事。我曾下决心日后和一班同学上山下乡去内蒙古大草原扎根一辈子。多亏"文革"结束了,才没有去成。

很快,整个中国开始热火朝天奔"四化"。恢复高考以后,已是中学生的我开始埋头学习数理化,决心考上一个最好的大学。

从小学到中学,我的语文成绩尤其突出。语文老师都很喜欢我,总在班里读我的作文。他们成了我走上文学之路最初的激励者。上中学后,能看到的书越来越多,我近乎饥不择食地疯狂阅读古今中外各种小说、各样文学杂志,还偷偷写诗写小说。后来,我和几个同学成立了文学小组,经常一起议论王蒙、刘心武,切磋诗歌;再后来,我们还找到了莎士比亚剧本集,分配了角色，用老式录音机录了《哈姆雷特》的第一场，记得我分到的角色是鬼魂——死去的哈姆雷特的父亲。

　　——我的文学梦就这样开始了。我这人外表文静，温和如水，内心却狂野似火。在文学中，我可以倾诉我内心的林林总总，在文字里，我可以尽情燃烧尽情释放。我充满感恩之心，这个世界给了我一个叫"文学"的东西可以安顿我的灵魂。

　　临近高考，我放弃了学得不错的数理化，狂攻文科，顺利考上了辽宁大学中文系。本科四年，继续疯狂读书。

　　当时正值上世纪80年代，举国都在解放思想，文艺界几乎每个领域都在探索实验，"朦胧诗热"、"现代派热"、"实验热"、"寻根热"……中国每所大学的文科学生都热烈地燃烧着。大一大二时我写了很多"朦胧诗"，其中一个组诗在诗社发表。我还和一群热血同学大搞现代派画展……大四时还试写了不少十分狂野的剧本，全是想象中的场景。这些剧本从未示人，现还捆成一团，睡在家中旧物里。

　　——现在想来，赶上80年代是极其幸运的事。那是中国文艺的"黄金时代"，对我则是文学精神"启蒙时期"。大学期间，我涉猎很多，除经典文学艺术名著外，还阅读和欣赏了大量现当代外国文艺作品，包括海明威、卡夫卡、加缪、萨特、日奈、塞尚、高更、梵高、毕加索等等众多现代大师的作品。我也真切地感受到了80年代文坛的各种大胆探索、各种风云人物的纷纷出场及沉浮起落，也痛快淋漓地领略了运行其中的各样的艺术风景。这一切于"润物细无声"之中让我受益终身。

　　1984年大学毕业，我竟被分到了辽宁省文化厅剧目室。那单位不大，负责指导全省的戏剧创作，有份内部戏剧刊物，我在编辑部当编辑，时间充裕，可以大量看书。资料室有很多戏剧书可看。——命运让我从此与戏剧结缘，与戏剧一生相伴！

　　80年代后期，我发表了第一部剧本《蹊跷岁月》。这个剧本与我现在的戏剧路数大不相同，完全是现代派写法，无人物，无情节，由一个个怪诞场面组成，是我眼中高度变形的十年"文革"景象。我还写了部多声部史诗剧《城市》，里面写的是我眼里的城市——城中一条湍流不息的河，河边有许多许多城市人，还有很多魂灵。

这些习作有鲜明的个人化色彩和青春写作的印迹,老前辈们看后大多摇头,说我不懂戏,劝我不要写了,根本不可能被排演。我很不服气,继续埋头写作。

——80年代的大学生活、各种阅读和早期写作,奠定了我创作上最初的也是最重要的基石。我有了最基本的文学理想和最朴素的文学信念——理想主义、人文主义、世界视野、当代意识和诗性情怀。

现在很多人说我的剧本很写实很传统,他们不知道我当年也曾写得十分狂野十分时尚,也更不清楚我后来怎么变化了。

《父亲》

文化厅的工作朝八晚五,味同嚼蜡,我把更多的精力投放到了戏剧创作之中。

我迷恋上了戏剧。戏剧是多么美妙啊!——大幕拉开,灯光升起,舞台上的一切亦真亦幻,各样的人生开始上演,台上演员一举一动都能攫住观众。剧场里形成了一个奇异的气场,所有人一起共振,一起哭一起笑,一起感动一起愤怒,一起沉默一起陷入情感与思想的激流之中。戏剧是精神的仪式,是生命的游戏,是众多人的集体体验集体释放。其魅力是其他艺术取代不了的。

而且,戏剧又是和那么多大师的神奇创造联系在一起的,莎士比亚、易卜生、契诃夫、奥尼尔、汤显祖、王实甫,还有离我们很近的曹禺、老舍。——每个名字都如星斗,光芒四射令人神往。文化的星空中没有了他们将会多么黯淡。

——即便在戏剧日益边缘化的今天,我仍然深爱着戏剧。我深信戏剧将相伴人类而行,随人类一直走到最后,是永不会消亡的艺术。人,永远需要扮演,永远需要仪式和游戏,需要以集体的方式体验苦难与欢乐,寻求力量和救赎。

90年代最初几年,我还在摸索中,歌剧、舞剧、话剧、小品、电视剧、电影什么都尝试,被搬上舞台的话剧《安乐士》是喜剧,《啊,刑警》是侦破剧,《鸣岐书记》是英模剧,歌剧《鹰》是写北方原始部落的,而舞剧《二泉映月》则是写江南艺人的。我一直在思考未来的路该怎么走,并开始认真思考当下的生活。我发现这个世界上还有一些更重要的书要读，那就是各样的生活、各样的人生。

1998 年前后，我迎来我创作生涯中最重要的一部作品《父亲》。

当时东北各大工业城市无数工人下岗，我身边许多熟悉的工人均被裹卷其中。都是我的父兄啊！他们的困惑、煎熬、挣扎，每天都在冲击着我，让我夜夜难眠。那段日子，我经常徜徉在铁西的工厂、街巷里、工人家里，感受着那里的一切。我和工人们喝酒直至深夜，听着他们诉说，我的眼泪和他们的眼泪流在了一起。

写《父亲》，我采用了最写实、最具现场感的方法再现工人们这段艰难的日子，几乎调动了多年来积累的全部生活储备，剧中的每个人物都有多个原型，很多细节、台词都来自我熟悉的生活，写作时我经常泪流满面。

从《父亲》开始，我走上了底层写作之路，走上了现实主义话剧创作之路。

——底层人生，是我非常爱写并要一路写下去的，也是写不完的。

今天的中国充斥着形形色色的"杂相"、"乱相"，而我更愿意向社会底层寻觅和打捞剧本。在普普通通的底层人的生活中，我能感受到更本质的人生和更本质的人性，包括人性的沉沦、人性的丑陋与人性的力量、人性的美丽，我相信，底层人生通向民族精神生活的深处，也可以帮助我走向艺术的深处。

——现实主义，也是我自《父亲》起做出的一个重要的写作选择。

在我看来，现实主义永远不会过时，它缺少的是变化和发展，丰富和更新，我梦想中的现实主义不是呆板僵硬的，而是丰富的、开放的、灵动的，它以"艺术人学"为中心，注重塑造人物，注重人物与环境的关系，注重人物的内心世界的呈现，这些品质非常宝贵。但现实主义同样具有多种多样的可能性，应该吸引和借鉴各种有用的方法、手段、语汇为"我"所用。现实主义应该通过我们的努力生动起来、丰盈起来，更具包容性、开放性，更有现代魅力。

这个世界上有很多个性不同的艺术家，每人都有各自的打法、各自的路线、各自的选择，"适合你自己"是最重要的。直面底层人生、直面社会现实，做现实主义戏剧，适合我，这就够了，剩下的是怎么把这条路走好。

选择扎扎实实的现实主义路线，还与我对戏剧的态度有关。我想写大多数人都能接受、欣赏、共鸣的戏。我要讲述老百姓的人生故事给老百姓听，演绎老百姓的林林总总给老百姓看。戏剧说到底是人们在剧场里交流互动，倘内容苍白无力,交流互动建立不起来,再绚烂的形式再花哨的手段都是花拳绣腿哄人的玩意。

《父亲》自问世以来一直在演出,已经演了十多年,多家艺术院校都排演过该剧,观众的认可和时间的首肯比领导的奖掖、专家的评判对我更重要。

《父亲》使我有了一个梦想:为中国底层人写一部长长的历史,建造一个底层人的人物画廊,让世人知道、让后人了解,中国当下的底层人曾经怎么活着的。

中戏岁月

写完《父亲》,正值世纪之交,我决定去中央戏剧学院编剧高研班进修两年。

在此之前,我的戏剧写作基本上属于自学,《父亲》写得相当粗粝,路子相当"野"——有感受,有冲动,也有生活积累,不管不顾横刺里杀出直管写来。《父亲》之后我告诉自己:要把此前的创作做些梳理,为以后的创作多作些准备。

在古朴、美丽的中戏校园里,三十六岁的我开始了新的求学生涯。导师是谭霈生先生,他精熟古今中外的戏剧经典,造诣深厚,对我影响很大。

戏剧史上有很多高峰。在西方,莎士比亚近乎天人,气接造化,让人眩目;易卜生傲然而立,笔扫浊世;契诃夫精细内敛,剑气袭人;斯特林堡、迪伦马特、贝克特、萨特、布莱希特,各有各的高绝之处,我都喜欢,但奥尼尔是我最钟爱的。奥尼尔的《漫长的旅程》、《送冰的人来了》都是我经常阅读、百读不厌的。在东方,王实甫、关汉卿、汤显祖、孔尚任等都为我们留下了精美佳作,老舍、田汉等也留下了《茶馆》、《关汉卿》等名作,但曹禺一直是我最喜欢的现代中国剧作家,《雷雨》、《日出》、《原野》、《北京人》、《家》都令我沉醉,让我深思。

——年轻曹禺是上世纪中国文坛的"奇迹",在他之后,中国出了那么多剧作家,有能超越曹禺的吗?为什么曹禺那么年轻就能写出《雷雨》、《日出》、《原野》、《北京人》、《家》,我们却不能?而年轻曹禺的创作比之莎士比亚、易卜生、契诃夫、奥尼尔尚有相当之距离,当时他还处于向大师们学习的阶段,到了后来,曹禺的创作悲剧性地中断,中国最杰出的剧作家再也写不出东西,为什么?——中国戏剧要走的真是"漫长的旅程"!

我们为什么没有写出大师们那样水准的作品?深层原因到底在哪里?我们用一生与戏剧相伴,戏剧成了我们生命存在的方式,最终会在历史上留下真正有价值的东西吗?有生之年我们能写出些更好的东西吗?——这些追问让我凛然!

当下中国戏剧存在太多的问题,外部的问题、我们自身的问题,所有这些堆积如山,阻碍了我们精进前行的速度,但这些并不能成为我们放低标准、放弃追求、放弃梦想的理由。每个真正热爱戏剧的人都需追问自己、拷问自己,都要为自己设定更严格的艺术标准、艺术目标,不浮不躁努力前行,这样我们才能走得更远些,纵使不能到达遥远的顶峰,抵达不了美丽的彼岸,努力过,便没白活。

——我在沉重的思考中结束了中戏的学业,中戏的岁月将影响我一生一世。

《矸子山上的男人女人》、《黑石岭的日子》

重回家乡,我先后创作上演了话剧《母亲》、《师傅》、《春月》、《决堤之后》、《那座山村那条路》,小剧场话剧《带陌生女人回家》、《沼泽》、《老道口》,儿童剧《鸟儿飞向太阳河》、《第七片花瓣》,歌剧《红海滩》等十多部剧本。

《带陌生女人回家》和《母亲》等几部戏我还满意。《带陌生女人回家》还被译了日文,由一家日本剧团在大阪演出过。这部戏一直在演出,让我很欣慰。

而《矸子山上的男人女人》和《黑石岭的日子》两部剧则更让我感到欣慰。

《矸子山上的男人女人》、《黑石岭的日子》写的仍然是东北普通工人的底层人生,仍然是"从生活中打捞出来"的作品。为了写这两部剧本,长达两年的时间里,我多次前往东北矿山,走入低矮拥挤的棚户区,登上黑黑的矸子山,远望苍苍茫茫的矿区,也曾深入到几百米深的井下,感受黑暗中矿工们的艰苦劳作。和当年写作《父亲》时一样,我与那片土地上的人们兴奋地侃谈,快意地交流,一次次大碗喝酒,直至大醉不醒,一次次热泪长流,彻夜难眠。

——再次融入底层社会,再次行走民间,很辛苦,但很快乐。

这两部剧仍采用了现实主义的写作方法,扎扎实实从生活中打捞剧本,扎扎实实写人物,写有质感的生命状态,写人物的情感世界、人物的命运和生命态度。

《矸子山上的男人女人》对《父亲》是一个小小的自我超越,这个剧本里我把"焦点"对准了更底层的弱势人群——社会边缘的矿区女子采煤队,对准了一个有些喜剧性又有些悲剧色彩的小人物秦大咧咧。而《黑石岭的日子》,我"挑战"了另一个难度,写了一个哑残人,男主人公从头至尾没有一句台词,戏还要同样有情感感染力和思想冲击力。在导演、演员和主创各部门的共同努力下,演出达到了我们预期的效果,也得到了方方面面的认可。两部戏都入围了国家舞台精品工程前十名,获了很多奖,在各地演出时,观众也十分喜爱。

与《父亲》相比,这两部剧作都融入了很多表现的、写意的和诗化的元素。我感觉我在"长"戏,写得更自如更从容了,不再拘泥于传统的写实和再现。

在这两部剧的创作排演中,我结识了著名导演查明哲,并继续和宋国锋等多年合作伙伴合作,他们的才华与创造潜力让我惊奇。两部剧的演出得到了广大观众的认可和欢迎,他们的掌声、笑声、泪水让我再次感受到戏剧人的价值所在。

但,对当代戏剧的沉重感仍挥之不去,我内心的种种追问、拷问仍挥之不去。

——戏剧有两大最终审判者:一是观众,一是时间。观众认可的演出未必时间会认可,未必历史会认可。我的作品,我们现在的作品,能面对历史的最终审判与裁决吗?若干年后,这些戏还能再演出吗?还能经受住未来观众的检验吗?

我内心总是蛰伏着危机感。我希望下一部戏写得再好一些,希望有生之年能写出一两部自己满意的东西来,对此生有一个交代,对戏剧有一个交代。

新的起点

2007 年,我被总政话剧团选中,特招入伍。我的人生之船驶进了北京。

——做梦也没想到这辈子还会穿上军装成为一名军人，而且后半生要涉足军旅戏剧。军人意味着更大的担当、更多的责任。我面临着人生最大的一次挑战。

2008年春，我前往济南军区某部下属连队体验生活，吃住在基层连队，每天和战士朝夕相处，军营里特有的气息让我着迷。期间，我还赶上了"512"汶川特大地震，随所在部队开赴抗震最前沿。在那里，我经历了大生大死，感受了大情大爱，心灵受到了洗礼。汶川归来，对生活、人生、生命有了很多新的感悟。

这一年，我参与了团里的抗震题材话剧《士兵们》的创作。

2009年，我独立创作了第一部军旅戏剧《风雪漫过那座山》，写的是一支东北抗联小分队，他们在日军重重包围下身陷绝地，面临着严峻异常的生死抉择。我把焦点对准了人物的内心世界，试图写出他们内心的挣扎、煎熬和各自不同的人生选择，写出风雪世界里生的渴望、死的决绝、爱的美丽、梦的动人……

2010年，我完成了革命历史题材话剧《古田会议》，这次写的是毛泽东、朱德等一群年轻的红军领袖。这是一个巨大挑战，我下了很大功夫，倾注了很多心血。

2011年，我完成了话剧《信仰》，这次写了一位退休老红军、一群退休的部队老干部和他们的家人。全剧采用了现实与历史交叉重叠的写法，在两个时空里展开的人生故事不时互相撞击、互相补充，产生了很强的艺术感染力。

2012年，我又参与创作了团里反映军人学者严高鸿事迹的话剧《生命宣言》。

——五年，五部军人题材的话剧，各有特点，都达到了一定水准，算是我这个"新兵"交出的一份还算合格的作业。《风雪漫过那座山》参加了全军文艺汇演获得了优秀剧目奖，《信仰》在全国各地巡演，反响十分强烈。

我并不满足，我仍怀有一份渴望，渴望有一天能写出更好的军旅戏。

进北京短短五年时间，我先后创作上演了话剧《士兵们》（合作）、《黑石岭的日子》、《万世根本》、《风雪漫过那座山》、《立春》、《嫂子》、《长子》、《信仰》、《民主之光》（合作）、《生命宣言》（合作），儿童剧《第七片花瓣》，大学生戏剧《远山的月亮》，小剧场话剧《花心小丑》、《两个底层人的夜生活》等十多部剧本。

我的创作世界正变得开阔起来——我仍然继续书写我熟悉的普通人底

层人,但不再只写工人,也写农民,写聚集在一起的全国各地的农民工。我也开始写历史,写东北漫天风雪中的抗联小分队,写赣山闽水间的赤色领袖……

无论写什么,我的作品里仍然抹不去的是漫天风雪、料峭寒冬,仍然会有生活的凛冽和命运的残酷,仍然会展现和开掘残酷严峻的现实中人性的美好、坚强和温暖,仍然会捕捉坚硬现实中的诗意之美。我仍然坚守着现实主义的创作路线,真诚写人、直面生活直面人性,仍是我不变的追寻。同时我一直在作新的尝试新的探索,现实主义不能僵化不能停滞,要有新发展新变化,要更美丽。

剧本写了很多,优劣得失,需由专家、由观众、由时间来作最终的裁判。但有一点我是问心无愧的:我一直没有停止过努力,我始终在路上。

——如今我已经是奔五十的人了。五十而知天命,我的天命就是为我的时代写作,为我热爱的生活写作,为生活着的人们写作。戏剧便是我生命的存在方式。

置身于一个喧嚣的时代、一个浮躁的时代,不管外界怎么喧嚣怎么浮躁,不管外界怎么评说怎么看,我只想走我自己的路,我只想做我心中的戏剧。

我心中的戏剧比现在美丽,比现在曼妙,比现在更有魅力,我期待它的出现。

所以,我宁愿把以前和现在的创作,都当做起点。我知道世界上最好的戏剧是什么样子的,我知道我离它还有多远的距离,我知道我还要付出很多很多——我会执著地向那个方向努力前行。戏剧带给过我的幸福和欢乐远远多于磨难和痛苦,我享受过戏剧的美妙与壮丽——有这些,此生足矣!

话　剧

父　亲

时　间　20 世纪 90 年代后期,飘雪的冬季
地　点　东北,某工业老城　工人村,杨家
人　物　父　亲(老杨头)
　　　　母　亲
　　　　大　强
　　　　大　玲
　　　　二　强
　　　　宝　成
　　　　莹　莹
　　　　小　方

　　　　老梁头
　　　　老宋头
　　　　老丁头
　　　　冯大个
　　　　拉弦师傅

第一幕

[北中国,寒冷的冬季,处处白雪覆盖。

[日,无数大工厂的丛林中一座工人村,许多老式平房。天下着小雪,一些可见的树木落着雪,远远近近一应景物尽在皑皑白雪中。

[杨家,东北普通工人人家。客厅,有门通向卧室、厨房、偏厦。厅内置有沙发茶几、一家人吃饭用的圆桌、一老旧藤椅(老杨头的专用椅子),墙上挂有大小不一的老旧照片镜框等,一侧有地炉子、火墙。

[厨房内炊烟游动,一头银发的母亲系着围裙忙着做菜备席,又切又剁。

母　亲　(喊)二强,死崽子都啥时候了还不起来? 你爸上厂子开会快回来了,找挨骂呀! 下岗大半年了不着急找工作整天在家睡懒觉,我可和你说,你爸这几天心脏病又犯了! 你要再惹他生气,别说我不给你好脸! 你就不能和你大哥学学,你看他多争气,就要当副厂长了!

[大玲、宝成领背着书包的莹莹上。宝成手里提着两瓶酒。

莹　莹　奶,我回来了! 姑姑姑夫接的我。

母　亲　好孙女,大成也来了。

宝　成　妈,我给爸又捣弄了两瓶好酒。

母　亲　又买酒了? (看酒)哟,这得啥肚子喝这么好的酒?

宝　成　孝敬爸妈花多钱我都不心疼! (取围裙系)老规矩,还是我上灶。妈,今天有啥好事呀?

母　亲　大玲没和你说呀,大强当副厂长了。

宝　成　说了,可那只是第九副厂长啊!

母　亲　好歹也是副厂长啊,这段家里尽是闹心事,你爸愁得跟啥似的,觉都睡不好。今天借大强这事。咱们好好吃他一顿乐和乐和去去晦气!

宝　成　好,今天我好好做他几个菜! 大玲,让妈歇着,咱俩干。

[宝成挽袖子入厨房。大玲也忙起来。

母　亲　大玲,今个工作找得咋样? 有可心的没?

大　玲　又跑了好几家职业介绍所。这回我把以前在厂里得的先进证书都拿去了,他们看了挺热情,说优先帮我联系,一有消息就通知我。

母 亲 那可太好了!一会和你爸好好说说,让他高兴高兴!(入厨房)

大 玲 二强,那些职业介绍所都愿意要三十岁以下的男的,我给你报了名。

二 强 (出)真的?(看表)还是这些活,保姆保安加做饭,刨马路掏下水道外带扛大个,全是苦活累活破活,我才不干哪!(笑嘻嘻地)姐,借我点钱。今天小方过生日子,我要请她吃顿饭。嘿嘿,够意思,面子事!

大 玲 又要钱?头两天刚给过你。都花了?(取钱包)

二 强 哎呀,现在干啥不得花钱?咱家老头整个一铁公鸡,抠门!都这会了有老箱底也不拿出来。整的我可哪要小钱。你下岗了有我姐夫不缺钱,我可是死的心都有!就这点呀?再给点。(一把抢过去)全给我吧!嘿嘿,唉,咱家现在除了你和妈,数这东西最亲,(吻钱)我亲爱的四位老人家!

[大玲叹气。

二 强 姐,你听我的,死靠住我姐夫,没钱就管他要!当年他父母去世是我爸我妈把他拉扯大的!我爸的手都是为了救他弄残的,眼下咱家点背,就他情况好,正是他表现的时候。

大 玲 你呀!咱俩还是得早点找到工作上班挣钱。管人要钱的日子……

二 强 那怨谁?全怨咱家老头!当年非说当工人光荣,逼着赶着让咱们仨全进了这破机床厂,现在可好,厂子一玩完,全他妈成难民了!(扯嗓子发泄地号唱)工人村的太阳就要落山了,工人村里静悄悄,十个有九个把岗下,还有一个在放长假……

[歌声中,大玲默默摘菜。电话响,宝成出。

宝 成 谁呀?孙胖子,哎呀你那点钱我还能不还你吗?一天到晚老催啥催,我正想办法哪!(手机又响)不和你说了吗?是小亮,儿子,学校咋样?哦哦,放心,爸马上给你寄钱去!

大 玲 小亮的电话?啥事?

宝 成 生活费不够了,(取钱)这是一千,回头你抓紧给他寄去。哎,别老愁眉苦脸的,回家了乐和点。放心,你就是找不着工作我也照样养活你!

　　[宝成入厨房,大玲无言收钱,自尊心很受伤害,埋头干活。小方怯生生上。

小　方　大姐,二强在吗?

大　玲　在,快进去吧。

　　[小方入偏厦,大玲切好菜也入厨房。

　　[父亲穿中山装戴着劳模奖章上,郁郁不欢。他一一摘下劳模奖章,仔细放入柜内,脱下外衣,坐到老藤椅上。母亲出厨房。

母　亲　回来了! 会开得咋样?

父　亲　表扬我了,让我代表下岗工人的家长讲话,还直夸我俩孩子都下岗了给大伙做了榜样。唉,我他妈巴子都不知说啥好。这个会开得真窝囊!

母　亲　那大玲工作的事你没说呀?

父　亲　咋说?一劲表扬我。

大　玲　(出)妈,你就别让爸为难了,我和厂里谈过,一点用没有。

父　亲　唉,在厂里转了转,烟囱不冒烟,车间一点动静没有,连点热乎气都没了,越转心里越冷,从里往外冷啊。

母　亲　唉!得,别想这些堵心的事,吃药!(递药)管咋的让你去开会也算是厂里还记着你。再说大强要当副厂长了,这也算是件喜事。宝成大玲都来了,一会大强回来一块乐和乐和。

父　亲　乐,现在不是乐的时候!一会帮他研究研究咋干,让咱干咱就得干好。

　　[二强、小方在小屋里传来笑声。

父　亲　哼,黄鼠狼下豆杵子,一窝不如一窝!我十六岁进厂当学徒,十八岁挑门立户过日子,二十岁东三省技术比赛拿头名,大强大玲二十多岁也下乡种地了,这可好,天天在家趴窝!再趴几天兴许都能孵出小鸡了!

二　强　(冲出)你! 有你这么损的人的吗? 我倒希望我能孵小鸡,那咱家还省着买鸡蛋了,闹好了我开一个老杨家鸡厂,你们都跟着沾光!

父　亲　你少跟我贫!我跟你说,三天之内再找不到工作你就别进这家门别端我的饭碗!你还搞对象,成了家你拿啥养活小方?实在没事干上街摆摊卖肉串去！

二　强　啥？这大冷天你让我干那个，一天才挣几个钱？我不干啊！还不让我吃饭？我是你儿子，你不养活我谁养活我？

父　亲　你说啥？养活你？我凭啥养活你？你多大了？

二　强　又不是我不想干活，那是厂子定的、国家定的，和我来什么劲？

母　亲　哎呀你俩这是干啥呀，一见面就吵。去！换啤酒去！

　　　　〔大姐拉开二强，递筐让小方领二强下。宝成也出厨房。

父　亲　妈个巴子看见他我就不烦别人！跟老弱病残一块下岗，还把人厂领导打了，我的脸都丢尽了！我怎么养了这么个败家玩意？

宝　成　爸，现在的事你就得往开了想。要我说，可着工人村数咱家情况还算是不错的，大玲下岗了我能挣钱，大强又要提副厂长，就一个二强，将来好歹给他找个工作也凑合了，你老还是得依足。妈，你说是不？

母　亲　没错，宝成说的在理！得，饭菜我都做好了，要不你爷俩先喝着？

父　亲　不急，等大强！我有话要和他说。宝成，这段你那生意咋样？见好没？宝成企业效益不好，我也跟着点背，做啥赔啥！不过最近我准备做一笔大买卖，爸，你瞧好吧，东方不亮西方亮，只要这笔买卖拿下来，我就运转了。

父　亲　生意上的事我不懂，报纸上尽是你骗我我骗你的事，你干啥都得留点心眼。

　　　　〔莹莹自外跑上，大强随上。

莹　莹　爷，奶，我爸回来了！

父　亲　都上桌，大成，倒酒！

　　　　〔众落桌，大成倒酒。

父　亲　大强，打前天听着这信我就想和你唠唠，爸就说一句话，厂子现在是难，可这会正是咱老杨家上阵出力的时候！（畅想起来）你好好干他三年五载把厂子弄上去，到时大玲接着回厂上班，二强子再找到个工作，小莹莹再考个好大学，将来工作也差不了，咱家日子……

　　　　〔大强一直无话。

父　亲　别闷葫芦似的！和我交个底，你小子想咋干？这头一笊篱从哪下？

　　　要我说,头一件得把大伙的精气神弄起来,厂子也好人也好,精气神没了,就啥事都干不成,我帮你把你梁叔他们都请回去讲讲咱厂的光荣传统,二一个好好抓抓厂风厂纪好好立几条规矩,最要紧的是生产得上去……

　　[二强提着啤酒晃晃地上。听着。

二　强　你可真有意思,我哥已经辞职了,马上就领一帮人到一民营厂当厂长了!

母　亲　什么? 大强啊,这,这是真的?

二　强　外头都传开了,我哥辞职书都交了!地球人都知道了,就咱家人还蒙在鼓里! 嘿嘿,这下好了! 我姐下岗了,我哥也下岗了,咱们仨都平等了!

　　[全家震惊。父亲脸色大变。

父　亲　大强,这,这是怎么回事?

大　强　是真的! 今天我正式辞职了! 我把厂子给炒了! 再也不用侍候他们了,那压得人喘不过气的大黄楼,看人脸色活着的日子,全结束了! 爸,我要下海! 王工带着他的专利产品和我一块走,我们到开发区去搞个新厂子!

父　亲　(直视大强)那厂长不当了? 厂子不呆了? 这么大的事你自己就做主了?

大　强　我考虑好多天,那个牌位厂长我不想干! 这些年我什么都看透了,在厂里根本干不成事,要干就得自己出去干! 这事已经定了,我……

　　[老头面沉如铁,全家都不敢出声。

父　亲　你! 你们都走,我和他一个人说话。走啊!

母　亲　老头子,大强,你呀!

　　[母亲等担心地入内室。场上只剩下父子俩。

父　亲　(压着火)明天一早你就到厂里收回你那屁辞职书,回厂上班! 厂子一天不黄你就得在厂子干一天! 我和你妈都是建厂时的老工人,几个车间厂房都是我一砖一瓦盖的,这机床厂就是咱的家呀! 明告诉你,死了这条心! 兴厂子不要咱们,不兴咱自己跳槽!

大　强　爸,这些年我啥啥都听你的,这件事你就让我做一回主吧!

父　亲　什么? 你再说一遍! 你小子真混哪! 我老了干不动了,就指望你们几个接着给厂子出点力。二强下岗是他自己作的,大玲下岗我没法子,可你,你是这个家的顶梁柱呀! 这些年你干的也不错,当工长当车间主任,你有屁点好事我在背后都偷着乐,走在工人村里我腰板挺得都比别人直! 可现在你,你这是在摘我的心哪!

大　强　爸,直说吧,这事我铁了心了! 这么多年我一直听你的话照你说的做,守着熬着盼着等着,可又怎么样? 莹莹妈嫌我不活泛死心眼挣钱少跟别人跑了,现在二强下岗了姐也下岗了,要再听你的我就彻底废了!

父　亲　你——

大　强　我从小是在厂子里长大的,对厂子的感情我不比谁差,可,这几年厂长换了七八个,建议、方案我就提了多少回,上次换新厂长我点灯熬油写了几十页的长信,可根本就……王工的专利产品是国内领先的,他们不上,上了一个不行的产品赔了个底朝天。看着仓库里积压的那些产品,我急得都要疯了! 这一腔子血憋得直涨啊! 这个第九副厂长根本就是个虚职,我前边还有八个人,还是啥都干不成。

父　亲　那,那也不能走! 你给我等着,等厂子好的那一天! 你小子咋不知好歹哪,厂里是把你当回事才提你,上万人的厂子当副厂长,咋的也比民营厂强啊!

大　强　那可不见得! 人家重视我让我说了算,王工的新产品过去就能上。我提议搞股份制,人人都入股,挣了钱人人都有一份,大伙热情特别高。

父　亲　都他妈歪五六,我不听。

大　强　爸,我都过四十了,这些年我错过不少机会! 错过这个机会我会后悔一辈子的!

父　亲　你,你是要气死我呀! 你要真敢走,就别回来!

大　强　好,不干出样来,我不回来!

父　亲　你,明告诉你,这事没商量! 搁我这通不过! 两条道你自个挑,一个收回你的辞职书明个回厂上班,还得写份检讨书,一个你走,你爱上哪上哪,可你要是迈出这个门,老杨家就没你这个儿子! 两条道你自己掂对吧,老婆子,咱们进屋! 让他自己掂对。

[老两口入内。大强急得满屋乱转,不管不顾收拾起东西。莹莹偷上,看着,抹泪。大成、大玲出。

大　玲　大强,爸有病,你就听他的吧,别走了!

大　成　你呀,又来那个犟劲了,你知道这海里的水有多深啊,万一你……

大　强　不,车票都买好了! 姐,姐夫,一时半会回不来。爸妈都老了,好好照看他们。小莹莹也托付给你们了! 莹莹,一定听大人话,别让爷爷奶奶操心。

莹　莹　爸,你,你不要我了?

大　强　爸怎么会不要你? 好莹莹,忙过这一阵爸会回来看你的。

莹　莹　不,不让你走! (一把抢过大强的包,撒腿就跑)

大　强　莹莹! 莹莹! 快给爸。

莹　莹　不给,就不给,你没有包就走不了!

[莹莹一溜烟跑出家门。宝成、大玲忙拿起莹莹棉衣寻追而下。

[风雪纷纷,揪心的音乐。大强向里屋鞠了一躬,决然出门,走入风雪中。

母　亲　(追出)大强——大强! 你给我回来!

父　亲　(从内冲出)走了,真走了? (痛喊)杨大强——走你就别回来! 老杨家再没你这儿子! (气得发抖)

母　亲　老头子,你有病,医生说你不能着急上火,快,吃点药。

父　亲　吃药吃药,我吃什么药? (摔药瓶)走吧,都走吧! 我也走,进太平房上火葬场,眼不见心不烦!

[他跌坐老藤椅上。音乐飘动。母亲抖抖地拣拾地上的药片,走过去。

母　亲　老头子,你别这样,求你了,你这样我害怕呀! 这是咋的了? 咋成了这样了? 二强大玲都下岗了,大强又……这往后的日子可咋过呀?

父　亲　乱套了,全乱套了! 这个家要完了!

[收光。

[雪花飘飘,音乐低回,夜色苍茫。

[舞台慢慢旋转,雪中老杨头慢慢走来,默望远方。远处火车声传入。

[路灯下,冯大个和老丁头在下棋,老梁头坐在轮椅上专注地听着半导体,拉弦师傅不紧不慢地拉着京胡,老宋头一下下打着板!

老丁头　这回你承认你是臭棋篓子了吧!

冯大个　你说啥?我臭棋?你才臭哪!你这样的我让你一车一马也赢你!

老丁头　哎你这老家伙,输了还不服?大伙给评评理,不臭棋篓子下这么臭的棋?

老宋头　算了吧,他冶炼厂那俩小子全下岗了,哪有心下棋?

[静场,一片沉默。

冯大个　管我要钱不说,领着老婆孩儿排着号上我那蹭饭吃,厕所都在我上,说是要省水费!劳保开得都费劲,药费条子压了一堆报不了。我……

老丁头　得,算我输了我臭棋篓子行了吧!大个子,你别这样啊!

老梁头　家家都有一本难念的经啊!万山,大强的事我才听说。唉,这孩子!以前遇上坎咱有厂子有主心骨有老猪腰子,可这次,怕是数这个坎最不好过呀!

父　亲　是呀,这心里头跟压了座大山似的不欠缝不透亮啊!

老梁头　算了,不提这些闹心事了!来,老哥几个,吼他几嗓子!

（唱起来）看夕阳照枫林红似血染,

　　　　　秋风起卷黄尘四野凄然。

　　　　　张定边思国事心中烦乱,

　　　　　尽忠言劝主公力挽狂澜。

　　　　　……

[远处火车鸣叫着隆隆驶过,车灯光柱照着几个老头的身影。

[雪越下越大,落满老人们的身上。

[收光。

第二幕

[夜色笼罩工人村。

[大雪纷纷,风声喧响着。火车声不时传入。

[灯下两老人心绪不宁。母亲做手工活,不时向外张看、听声。

母　亲　　大玲有阵没来了,也不知工作找得咋样了? 唉,多亏宝成还不错,当年把大玲嫁给他是嫁对了。大强走以后也没个信,看样子不干出名堂不会回来了。

父　亲　　爱回来不回来,死了才好哪! 跟你说,他要是回家,你不许给他开门!

母　亲　　你呀,就是嘴硬。这些天有事没事就上外头遛去,还不是去哨听大强的事?

父　亲　　说啥哪? 我,我那是遛弯、串门! 我哨听他,我早就不想他了,我和他没了关系了! (烦躁走动)二驴子这么晚了又跑哪野去了? 一天到晚一点精气神都没有,就他妈闲溜达乱逛荡。走吧,都走,都别回来,这个家快成大车店了,往后啊咱们到点就关门,过点不管饭!

母　亲　　得了,别闹腾了,去屋里和莹莹说会话。孩子这些天心情不好,想爸了。

[老头入内,老太太叹气,入厨房。大玲疲惫地上。母亲出来看到。

母　亲　　大玲,是大玲吧? 咋的,出啥事了?

大　玲　　没,没事。

母　亲　　锅里给你热着饭哪,快趁热吃。

大　玲　　我吃过了,妈,我找着工作了。

母　亲　　太好了,干啥活?

大　玲　　(取出大衣下藏着的报袋)今天我在五马路卖了一天报。

母　亲　　什么? 这大风小号的,你在街上卖报? 妈不和你说找个别太苦的活吗?

大　玲　　王丽丽卖衣服,小金子卖油条,都找着活了,就剩下我了。妈,卖报纸这活倒是挺适合我的,不像卖服装啥的,赔了也没多钱,蹲着道边就能卖。拿到报纸的时候我这心……找了这么长时间我总算找着工作了!

母　亲　　唉,卖得咋样啊? (看报袋)剩了这么多?

[父亲欲向外走,听见母女俩说话,怔住。

大　玲　（哭出声来）妈，你打我一顿吧！咱家我最大，可数我最没能耐！我成了一个废人了，干啥都干不好。人家都连喊带叫的，可我就是张不开这个嘴，帽子围巾口罩都戴上了，可看见熟人还是想躲，站了一天就卖出去十几张，看着人家乐呵呵地收摊回家，我……

母　亲　唉，你呀，这是头一天，这就不善了。

大　玲　到哪找工作都要三十岁往下的，还要有中专以上文凭。这些年我一直记着爸的话，就想当个好工人，我一直在拼命地干活，从来就没想过厂子会不要我。我没想到过要拿文凭，更没想过学别的，爸老说那是不务正业。现在咋又要这些了，我会给机床上油，会车出别人车不出来的活儿，可我就是干不好这些事！我真是不知道该怎么办了，妈，一个人四十多了，难道还要重活一次吗？

母　亲　唉，这是咋说的，这可咋整啊？

大　玲　这一段我老是梦见厂子好了，我又回厂里干活了。姐妹们也都回来了，围着我又喊又叫的，大伙一块在厂子食堂吃饭，一块在厂子浴池里洗澡，一起骑着自行车唱着歌下班，那个高兴那个……

　　　　[空黑中传来姐妹们欢快的笑声、清亮的自行车铃声、掠过空中的鸽哨声。

　　　　[声音渐弱渐远，听不见了，只剩下啸叫的风雪声。

　　　　[风雪声。父亲听着母女对话心如刀绞。慢慢走出，走入飞雪中。

母　亲　玲啊，妈倒不觉得卖报有啥丢人的，妈以前家里困难时也啥都干过，拉煤车，烧锅炉，咬咬牙也熬过来了！唉，今年冬天太冷了，卖报也挣不了几个钱，要不这个冬天就在家猫着吧，反正还有宝成挣钱哪。

大　玲　小琴她们也这么劝我，可我才四十多岁，没病没灾的我干吗让他养活我？那种日子别人愿意过，我一天也过不了。自己挣钱苦点累点可花着心里舒坦！

母　亲　那就慢慢来，慢慢来，心里不好受就回家和妈说说心里话，妈帮不了你别的，听你说说还行。妈这心里也空落落的，老想找个人说说话，虽说你们都大了，可这个家到啥时候都是你们的窝呀。

大　玲　妈，你不用担心我，刚下乡时挑大粪、进厂时在翻砂车间翻砂都挺苦的，我不也挺过来了吗？明天我还接着上街，我想好了，明天哪人多我上哪去卖,说死也要拉下脸来多卖几张,我就不信,别人能卖好我就卖不好!(喊叫)卖报,卖报,日报晚报文摘报,球报广播电视报!嘿嘿,我呀,就当过去在乡下割完地一个人在地头上唱歌了。妈,你不老说熬过去日子就会好了,你放心,我也会挺过来的。我去看看莹莹。

[大玲拿着报袋入内。母亲叹气入厨房。二强由小方扶上。

二　强　(捂着创处)哎哟哎哟。真疼!这帮小子下手真狠。

小　方　(关心地又揉又吹)还疼吗?吓死我了,以后我再不去舞厅了。

二　强　怕啥?谁敢打你主意我还跟他干!为你牺牲了我都不带眨眼的。哎,你这一揉好多了。

小　方　你呀。唉,你看舞厅里谁像咱俩?尽买便宜饮料。看那些女孩子穿的戴的,都比我好。那个小霞在洗头房洗头,挣得都比我多,还戴两个戒指哪。

二　强　跟她们比啥?咱那是保持工人本色——艰苦朴素。再说便宜饮料不也是饮料?

小　方　行了吧,你心里也不好受,当我没看出来?舞跳得那么疯,和人家打架那么凶!唉,咱俩咋这么点背哪!我干活的那饭店要黄了,爸还不许我和你好,怕我跟着你受苦。二强,人家那些下岗的都在找工作,你这么个大男人……听两家老人那么说你,我头都抬不起来!咱俩处一处玩玩行,要是真跟你过一辈子真不如去上吊!

二　强　(急)咋的,变心了?看不起我了?你以为我愿意这样,我不想让你过好日子?看别人那样,我!……小方,我现在啥都没了,就剩下你了,我对天发誓我真喜欢你,不管别人咋说,我杨二强非你不娶!小方……(上去欲亲小方)

小　方　(先是和他拥抱激吻,后推开他)你就会来这个!这鬼日子啥时是个头啊!

二　强　小方,你再给我段时间行不?我和铁子、三儿几个商量了,想一块去关里闯一把!这回我豁出命也要干出个样来让他们看看,我要体体面面地和你结婚,让你在人前把头抬得高高的!

小　方　你要真能这么做,刮风下雪下刀子都跟着你,跟你一辈子!可你要是再这么下去,我就到洗浴中心挣钱去,真逼急了我就去傍大款、当二奶!

[小方跑下。母亲上。

二　强　小方,小方——妈,我想去挣笔大钱,你给我贷点款!

母　亲　贷款? 你当你妈是开银行的呀?

二　强　妈,几千块就行!

母　亲　几、几千? 你想把你妈剥皮吃了?

二　强　妈,咱家不是有老箱底吗?

母　亲　那钱是你爸的工伤费和头几年到处补差卖老命攒下的,你爸发话了,谁都不许乱动,特别是不能给你。

二　强　先别告诉他,我挣了钱你俩啥都不用干了,给你俩开双份工资。

母　亲　等你给我开资,不得等到我咽气呀!

二　强　妈,你老嫌我不能挣钱,可挣钱得有本钱哪! 你舍不得孩子我套不住狼啊! 妈,最后赞助我一把。妈,钱放哪了?

母　亲　不行! 好不容易才攒那点钱……再说就你这号的能干啥呀? 干啥不得赔个底朝天! 老实待在家里,妈能蹦跶就饿不死你!

二　强　妈,你怎么也这么看我? 你要是不给,我可去偷去抢了!

母　亲　你敢! 妈求你了,你让我省点心行不?

[母亲入厨房。二强潜入里屋,又悄手悄脚出,奔到院子。父亲上。

父　亲　站下,你小子鬼鬼祟祟哪去?

二　强　我,我出去一会。有点事。

父　亲　有事? 你能有什么事? 除了要钱花钱……

[二强不理,扭身欲下。

父　亲　你给我站下! 我话没说完哪,我问你,这段天天回家晚,在外头干啥了?

二　强　没干啥!

父　亲　没干啥? 冯叔家老二都告诉我了,你在舞厅和人打架,还进了派出所,有这事没? 妈巴子你还跟人家公安支巴,差点没把公安给打了。

母　亲　(跟出,听到)这,这是真的吗? 二强?

二　强　是真的,咋了? 欺负小方我就和他干,公安局咋的,他们就可以不讲理呀!

父　亲　嘿,你还有理了? 啊,在厂里打,在外头打,还打上公安了,你今晚上就给我站这,哪也不许去! 好好想想你以后咋办? 啥时想好啥时进屋睡觉!

二　强　爸,你这也太不人道了,下这么大雪你让我……

父　亲　就站这,小北风吹吹,让你清醒清醒! 你给我立正! 立正,我不说话不许你动地方!

二　强　摆啥威风? 还以为是你当劳模那会儿哪? 你要是那种有能耐的爸爸给我弄个好工作,我至于这样吗?

父　亲　你,你说啥?

二　强　你知道现在外头怎么说你这种爸爸? 一等爸爸没牵挂,儿女想啥就干啥;二等爸爸打电话,儿女工作也不差;三等爸爸跑上又跑下,送点礼也能安排下;四等爸爸没能耐,只会待在家里骂! 你也就会在家里骂骂我——

父　亲　好你个浑小子,我这回还不骂了! (找东西,抓起一木棍就打)

母　亲　老头子,你这是要干啥呀?

父　亲　我没能耐,我是四等爸爸! 你他妈是几等儿子? 都快三十了,还靠你四等爸爸养活,纯粹是等外品。你给我站好了! 站直了!

母　亲　老头子,你消消气,有啥话咱进屋说,这么大的雪让他站着冻出毛病咋整?

二　强　我说错了吗? 这些年为了你这破劳模,我们尽做牺牲了,我哥我姐下乡、进工厂尽让他们干苦活累活,分房子你让别人,涨工资你往后捎,我们几个沾你啥光了? 干了一辈子你给我们留下啥了? 你那些破奖状现在一分钱不值,拿旧货市场卖都没人买!

[老头气得发抖,狠打二强! 二强躲闪着,大玲、莹莹奔出,拦、劝。

父　亲　你个王八蛋! 我没能耐,我一分钱不值! 我一天到晚这是为谁呀? 老了,老了我成了四等爸爸! 我四等爸爸!

二　强　(不顾不管地)你现在什么都不是了知道不,我们混到今天这样全是因为你! 你知道我们心里怎么看你,我们三个全都恨你!

[呼号的风雪声,老人震惊地待在那里。

母　亲　（狠狠打了二强）你胡说什么,你去给你爸道歉,去呀!

大　玲　二强,你说些啥,爸有病你不知道啊! 快去给爸认个错!

二　强　不,我就不!（恸喊着）都是我不对,到啥时都是我不对,他心里不好受我心里就好受啊? 打吧打吧你打死我吧!

　　　　[大雪纷飞,老头慢慢下。音乐中收光。

　　　　[暮色森森,雪花飘飘。舞台无声旋转。老杨头慢慢走上。

　　　　[路灯下,拉弦的拉着京胡,老哥几个坐立雪中,沉浸在杂乱的回忆里。

老宋头　那会全国机床厂咱是老大哥,走到哪一说是咱厂的厂名没有不羡慕咱的,"共和国的长子"、"领导阶级",啥好词都给咱们了。我媳妇和我结婚那天我问她,嫁给我这么个出大力流大汗的工人,你不屈呀,她说不屈,就因为你是工人才嫁你,嫁给工人光荣! 傻了巴唧的!

老丁头　刚建起这工人村那会,可是了不得,全城数咱这是最漂亮最气派,牛气! 路过这的人没有不羡慕咱们的,外国人上咱这来参观都直竖大拇指。

冯大个　早晨上班,成千上万的自行车一块往前干,前前后后看吧,冶炼厂的、机床厂的、车辆厂的、桥梁厂的,那阵势,浩浩荡荡,铺天盖地。

老梁头　——国庆大典上天安门观礼台,我是站在头一排头一个。头一排头一个,唉。

　　　　[响起欢呼声、掌声、强劲的锣鼓声。琴音苍凉焦灼急切。

老丁头　雪大了,咱们该撤了。太晚老伴又着急了,我先回了。

老宋头　我也回去了。

老梁头　（叨念着）头一排头一个,头一个。

　　　　[老丁头推着老梁头慢慢走下。父亲孤立雪中,如雕似塑。

　　　　[飞雪中,母亲喊着上。

母　亲　老头子,老头子! 你在哪儿哪,该回家了。（看见老头,奔过来）你一人在这干啥哪! 唉,二强跑了,和铁子几个一块上关里打工去了,还把我藏的三千块钱偷走了。（失神地远望）上哪儿去了? 就这么走了,连个招呼都……老头子,你咋不说话呀?

父　亲　老婆子,你和我说句实话,孩子们恨我,你也恨我吗?

母　亲　那都是气头上的话,你别往心里去,这么多年别人不知道我知道。

父　亲　唉,就算是他们不恨我,我也恨我自己。我这个爸没当好啊!眼瞅着他们一个个……唉,我是真没想到会这个样,会有这么一天。这么些年国家怎么教我,我就怎么教他们,当工人,当个好工人,要爱厂如家,要把一切都献给厂子,这些都错了吗?我那些奖状、那些奖牌,真像二驴子说的那样一分钱都……我这辈子是不是白活了!

母　亲　你说什么哪,你怎么就白活了?老头子,不管孩子们怎么看,在我心里你和谁比你都一点不低气!那些奖状孩崽子们不当回事,我当回事!那是你流血流汗拼老命拼来的!是我一张张攒下的!到啥时我都留着它们,留到死!

父　亲　老婆子!

母　亲　我还记得当年你从东三省得状元回来,那么多人敲锣打鼓去车站接你。你从车上下来,戴着那么大的一个红花,我心里那个得劲呀!还有那次你从北京参加完国庆大典回来,全工人村的人都跑到咱家来,挨着个握你的手,我真是……老头子,这辈子跟了你,我知足,我有福啊!

父　亲　老婆子,现在只有你还这么把我当回事。

母　亲　老头子,你得挺住啊,你可不能倒下。

〔老两口手相握,两无声。

〔远处火车声声,满天雪花飘舞。

〔夜,阵阵风声。客厅空无一人。大强、宝成自雪中上。大强拿营养品。

宝　成　哎,一会见到爸,你小子别犯倔。

大　强　放心,只要他能点头,让我咋的都行。

母　亲　(出)天,大强,你可回来了!快,快去见见你爸!

莹　莹　(跑出)爸!爷爷,我爸回来了!

〔父亲出,无话,走向老藤椅,坐下。

母　亲　老头子,你这是干什么,儿子回来了!

莹　莹　爷爷,你不是早就想见我爸吗?

父　亲　谁说我想他了? 我才没想他哪!

大　强　爸,都这么多天了,你老的火还没下去? 要是你还有气,你打我两下。(送上补品)我知道你老不会真不认我的。

母　亲　(接过补品)你就别犯倔了,看儿子还给你买了营养品,借台阶就下吧!

父　亲　打一巴掌给个甜枣,把我当三岁小孩了。(推开补品)没干好,想回头了?

大　强　看你说的,我干的挺好,回啥头? 再者说,我要真干不好,灰溜溜地折回来了,那不也给你老丢脸吗?

父　亲　那你回来干啥? 出去!

宝　成　爸,你就当给我个面子。知道你担心大强,我特意去了趟大强厂子,厂子管得挺有样,上上下下全挺服他,真没看出来他还有这两下子。爸,上阵亲兄弟,打仗父子兵,他既然不想回头,我看咱就得帮他。我和大强说了,他的事就是我的事,我那就是他的办事处,缺啥我给他跑! 我俩整个产供销联合体一块闹! (示意大强)

大　强　爸,我给你老道歉了! (鞠躬)咱爷俩这些年我最知道你,你嘴上不说,心里肯定放心不下我。爸,别看咱这工人村里这么多人,我心里最服的就是你! 这些年我一直想给你老做脸,想干得比你还好! 可我看明白了,你那个时代已经过去了! 一辈人成一辈人的气候,我得重新开始,得换新活法! 这段挺苦挺累,可我浑身是劲使都使不完! 过去我像是一根火柴盒里的火柴等着别人来划,要是火柴盒湿了潮了就完了,现在不用别人划我自己着了,这心里头堆满了柴,一旦着起来我就能着一场大火! 爸,厂里一百多号人都让我点着了,大伙都嗷嗷叫,精气神可足了! 这场火小不了! 你去我那看看,你儿子不白给! 条条大路通罗马,民营工厂也是工厂,我厂子现在是小,可你给我起名叫杨大强! 我不干拉倒,干就要做大做强! 将来厂子有钱了,我头一件就掉过头和老机床厂搞兼并联营,到那会你瞧好吧。

父　亲　吹吹吹,没咋样哪就他妈吹,就你那两下子还兼并还联营?还都是你的了哪。你爸是工人,看真的信实的,你现在说出龙叫唤来也没用!还他妈罗马,你是骡子是马还不一定哪。

大　强　好,我和你立军令状,咱五年内见!你等着看有没有那天!

父　亲　坐,我让你坐。说吧,你小子回来干啥来了?十有八九你是有事?

大　强　到底是我爸,真了解我,爸,我是回来请你老出山的!厂里为王工的专利产品做样品,可最关键的三号轴我领十几个人干了七八天老是车不出来,工艺总也不过关。

父　亲　哼,我就知道他没事不会回来!油嘴巴舌说了半天,百十号人的厂子连个样品都弄不出来,还好意思吹。

大　强　爸,说实话,我是请你暂时给我救救急,把样品先赶出来。客户急等着看样品和我们签合同!按王工的设计要求应该用数控机床干才能确保质量,可我订购的数控机床下月才能运到,那就来不及了,只能靠人工干。爸,连批量生产用的原材料宝成也帮我联系得差不多了,现在是万事俱备只欠东风,这头一炮打响国内市场就打开了往后就好干了,要是不能尽快拿出样品啥啥都泡汤了。爸,全厂一百多号人都眼巴巴地等我的消息哪,你老——

宝　成　(打开图纸)爸,我看了图纸,是挺难弄的,还真得你这八级大工匠出山。
　　　　　[母亲递老花镜,父亲接花镜,接过图纸。

父　亲　(看了图纸)这活我干不了!

大　强　爸,他们都说你能干,我和王工都打了保票了。你真不帮我?

父　亲　不是帮不帮的事。这三花的活最要劲,进刀要稳要准,收刀要快,差一丁点都不行。当年这活我干过。不行了,老了,这手不听使唤了。可这城里数,没几个能拿得下来的,三厂的老胡头兴许能行。去找找他。

大　强　胡叔家我知道,我这就去找他。宝成,走!
　　　　　[二人急下,父亲默看着手,收光。

第三幕

[黄昏,远天的夕阳如血映照着工人村,一地夕辉。

[杨家,宝成上,他躲躲藏藏,不时向后张望着。

宝　成　(电话响,他看号后接)是我,我正在火车上,对,我就是要钱去,要回来我先给你。哎呀,外头不只老刘一家欠我钱,钱马上就会打到你账上!

[他关上手机,向外看。大玲穿着报嫂坎肩、背着卖报袋上,看着宝成。

大　玲　哎,你干啥哪?

宝　成　没,没干啥。

莹　莹　(跑出)姑,姑夫!

宝　成　莹莹,替姑夫看看有辆面包车是不还停在那!

[莹莹跑下。

大　玲　到底出啥事了?昨晚在家来电话你都不敢接,像是躲啥人似的?

宝　成　我的事你别管!(没好气地)你又上街卖报了?你找工作我不反对,可我大小也是一个老板,老婆在街上卖报,这要是让我那些朋友知道了,我还怎么和他们谈生意?真没治,你一个月卖报挣多少钱?我全给你!

大　玲　唉,除了给我钱,你好像就不会别的。在一起这么多年了,你真不知道我想啥?我就是不想让你养活,像小猫小狗似的要饭吃,不是我杨大玲!

宝　成　你,和你说点啥咋这么费劲!你想啥我是不知道,我一天到晚在外头忙活,压力有多大你知道吗?现在生意场就是战场,桌子底下埋着地雷,椅子下面全是坑,连笑都他妈是假的,我是在跟一群狼在打交道,没后台没帮手全得靠我一个人,弄不好就让他们给吃了,我这么干为啥?还不是为你为孩子为这个家!我要是钱再多点,你和小亮日子就……爸妈也……

大　玲　你能不能不让我担心,这些天你老没缘没故发火,到底遇上啥不顺心的事了?

宝　成　和你说了也没用。

大　玲　唉,最近我常想你下海前那段日子,多好啊,早上咱俩一块上班,晚上一块回来,星期天还能一块领亮亮逛逛公园看看电影啥的,想事也能想到一块去。从打你辞职下海就好像离我越来越远了,现在你和我,和孩子之间好像就剩下钱了。想想我就……

宝　成　废话,过日子过啥? 不就是钱么? 现在有多少女人想有钱都想疯了,看着钱眼睛都冒蓝光! 我知道你是说我变了,可社会在变啥都在变我不变行吗? 要活下去不变你就得完蛋! 你以为我不愿意逛公园看电影,可我是在钢丝绳上走路,在火上跳舞……(电话响,焦灼地打)孙胖子,你别逼我行不? 逼急了你一分钱也得不着! 这样,你最后再给我点时间,我保证,好,就这么的。

　　　　〔宝成欲下,母亲和大强拿肉串用具上,宝成忙过去帮着脱外套。

宝　成　妈回来了。

母　亲　你俩咋了?

宝　成　(掩饰地)没有,我俩商量事哪。

大　玲　是,妈,我们正说小亮在学校的事。大强,你的样品怎么样了?

大　强　唉,胡叔去了,还是没干下来。我来拿点东西,马上去找五厂的刘师傅。想不到这么不顺!

母　亲　这些天你爸天天打听这事,唉!

大　强　宝成,你提供的几家有原料的公司我们联系了,张家口侯总、哈尔滨孙经理那有货,业务员已经去看货了,你再和他们说说,样品出来合同一签我就进货。

宝　成　好! 大强,我看你还是上哈尔滨孙胖子的,他和我熟,我可以帮你压压价。

大　强　好!

　　　　〔大强急入内取东西。莹莹跑上。

莹　莹　大姑夫,面包车不在了。

宝　成　妈,大强,我有点急事,先走了!

　　　　〔宝成急下。

母　亲　玲啊,宝成出啥事了咋的?

大　玲　没啥,生意上的事。

母　亲　他也不易啊,玲,你得多体谅他点。有啥事让着他点,你俩可不能再出啥事了,那可就要你爸的命了。

大　玲　不能啊,你放心吧。

大　强　(取东西欲下)妈,我得走了。

母　亲　等等,你毛衣突撸线的地昨晚上我给你补了针,换上。

大　强　妈——

母　亲　不成,快换上,(帮他换上)一忙就啥也不顾了,瞧你这样!胡子拉碴的。还厂长哪,可哪办事也不怕人笑话。

大　强　(穿好衣服)挺好,妈,我走了。你还是劝劝爸肉串就别卖了,大冷的天!

母　亲　唉,我哪劝得了他,非要把二强偷的钱挣回来,还想给莹莹攒补课班的钱。

　　　　[大强急下。

母　亲　身边要有个人照顾他就好了。玲,你感冒好点没,还发烧不?

大　玲　没事了。在厂子多少年我都没请过假,这点病不算啥。妈,我现在报纸卖得可好了,都有回头客了,每天快收摊的时候总有一个瘦老头来买晚报,一买就买不少张,说是给他邻居带的。我省老事了,提前半个点就能收摊。

母　亲　是嘛。这可太好了!走,和妈一块做饭!厨房唠去。

　　　　[母女进厨房。二强一身打工装扮手缠绷带上,探头探脑。大玲摘菜出。

二　强　姐!

大　玲　二强!老天爷,真是你!

　　　　[母亲出,莹莹也出。

母　亲　天,二强!(一把抱住)快让妈看看,这段你跑哪去了?也没个信?

二　强　(抱母亲)妈,你身体咋样?

母　亲　好好,妈挺好的,快说说,你这些天都在干啥?

二　强　妈,我饿了,先给我弄点吃的。

母　亲　有,有,大玲,把锅里热的饭菜都拿来,快!

　　　　〔大玲入内,端着菜饭上。

二　强　太好了,我就想这口。(坐下大吃起来)

母　亲　慢点,别噎着了。这咋像多少顿没吃着饭似的? 强啊,你这手咋的了?

二　强　没事,冻的。

母　亲　妈呀,咋冻成这样了? 妈给你上点药。(为他抹冻伤膏药)瞧瞧,干啥活冻成这个样? 累不危险不,快说呀!

二　强　妈,姐,我和铁子、三子他们合伙包了个活,专门给高层建筑,就是高楼粉刷外墙面。老好玩了,爬上爬下挺适合我们的。不少南方人都想包,让我们硬抢过来的。

母　亲　就,就是吊在楼外头拿刷子刷楼啊! 强啊,那是玩命的活呀!

二　强　挣钱也多啊! 哎,你们看过电影《超人》没? 我现在跟他们差不多,特刺激特过瘾! 对了姐,把我棉衣服找出来,还有妈给我做的手闷子。

大　玲　哎哎。(入内)

母　亲　(捧着二强的手)强,妈再也不让你走了,宁可让你在家待着。

二　强　那可不行,我正干得来劲哪! 不少下家都等着我们哪。妈,你放心吧,头一次从高楼上往下,真挺害怕,肝儿都颤啊! 现在一点都不怕了,每天早上太阳出来我们就往高高的楼顶上升,悬在几十层高的大楼上那感觉,特牛! 整个世界都在我脚下,天比往常蓝,阳光比往常亮,空气都比在地上新鲜,广场、公园、街道,啥啥都看得真真的。闷了我们就在半空中喊他几嗓子唱他一段,那动静干老远了!(唱)蓝蓝的天上白云飘,白云下边我刷大楼,荡起绳子我唱起歌,天下我最牛!

　　　　〔空际中传来车声、人声、几个年轻小哥们高亢的喊声、激情粗放的吼唱声。

　　　　〔悠远动人的回声。声音渐弱。

二　强　(狼吞虎咽大吃)还有没,再来点!(喝汤舔碗)真香,啥都好就有点想家想小方想你们。你们说怪不? 到了外头就觉着家里啥都好,爸动不动就骂我打我,可一离开家连他我都想……

母　亲　强啊,你走这些天,妈天天都在想你,做梦都梦见你。

二　强　妈,我也老梦见你。梦见你给我盖被,给我做好吃的,老了菜了,全
　　　　是我爱吃的,一大桌子,吃得正香哪,我爸拿着棒子来了,我扔下碗
　　　　就跑。

母　亲　(笑)这死崽子!知道你偷钱跑了你爸没气死,说要把你腿打折哪!

二　强　嘿,准急雷暴跳的。

莹　莹　要不是你偷钱,爷和奶还不能上街卖肉串哪。

二　强　(沉默一下,起身)饱了,这顿饭真香,能顶它十几天。我得走了!

母　亲　这就要走?那可不行,咋的也得待几天哪。

二　强　下次吧,小方我已经看着了,你们也看了饭也吃了,全部到位!(脱
　　　　下旧工装换上棉衣)妈,告诉爸,我会带着钱回来见他的!

母　亲　你,你不见他?他一会就回来了……

二　强　别了,你还是留着我这条腿干活吧!姐,代我好好照看爸妈。(鼻子
　　　　一酸,咬牙忍泪,戴上手闷子)这回好了,想家了我就把手放到这手
　　　　闷子里暖暖,就当小时候妈给我焐手了,走喽!现在呀,时间就是嘎
　　　　嘎响的老头票!

　　　　〔二强抓起棉衣跑出门。

母　亲　二强,你得带点钱哪!二强,妈送你上车!(拿着钱追下)

大　玲　妈,妈!你慢点!

　　　　〔大玲拿起棉衣追下,只剩下莹莹一人。父亲夹着报纸从寒风中上。

莹　莹　爷,你上哪去了,这几天你怎么老是这么晚才回来?刚才小叔回
　　　　来了!

父　亲　哦,在哪儿哪?(急四下寻看)

莹　莹　走了,他不敢见你。

父　亲　他还敢回来!妈巴子见着他我打折他的腿!臭小子偷我的钱!

　　　　〔父亲猫腰将报纸放入柜子,关好。小方拿两旅行袋上,都是给二强
　　　　买的。

小　方　大叔,二强哪?

父　亲　走了!

小　方　啊,我给他买了这么些东西,咋说走就……大叔,不会是你把他打走的吧?

父　亲　面都没见着,我上哪打他?

小　方　大叔,二强在外边吃老了苦了,天这么冷,他天天悬在数十层高的大楼外刷大楼,住的四面透风的工棚,手脚都冻伤了。

父　亲　啥?刷,刷大楼?这小子跟你编扒吧?他那好吃懒做的货还能干那活?

小　方　你……在你们眼中二强是最差的,可在我心中他是最棒最酷的!可这工人村有几个人敢像他这样刷大楼玩命?这才叫男人!他说了,不干出个样就不回来见你!

父　亲　这小子还有这尿性?小方,你刚才说的都是真的?

小　方　当然是真的,我没看错二强,这辈子我跟定他了,再穷再苦我也乐意!别人爱说啥说啥,我去找他,到他工地上帮他做饭,照顾他!

父　亲　真是没想到,你等等。(取出身上所有的钱,抱出狗皮褥子)把这些都交给他。唉,告诉那兔崽子,干活时加小心,给我全须全尾地回来!

　　　　[小方向老头鞠躬,跑下。老头默默拿起二强脱换下来的破烂工装看着。

父　亲　这臭小子找啥活干不行,偏找这种玩命的活。这要出个三长两短的,唉!

　　　　[母亲和大玲上。母亲流着泪。

母　亲　这个死崽子,跑得这么快,追都追不上。进屋这么一会就,都是你,硬把他骂走了,大冷的天挂在大楼外头干那么悬的活,真要出了事我管你要人!(入厨房)

大　玲　爸,二强说他在外头也挺想你的,做梦还梦见你了。(也入厨房)

　　　　[父亲默默无语。坐下,活动着手,取出老花镜带上,拿起老太太做活的针线,对着灯光细心地纫起针来。

莹　莹　(走过来)爷爷,你看,这次大考我得了全班第一名。

父　亲　(看成绩单)好,好啊,莹莹,来,爷爷给奖励,唉,爷这辈子就是书读得少,妈巴子咱家说啥也得出个有文化的,爷就是拼了老命也要让你上大学！

莹　莹　要是我考上研究生博士生哪？

父　亲　那爷爷也供你！只要爷爷有一口气,爷爷就供你。

莹　莹　爷爷你真好,你放心吧,我肯定给你争气做脸。我长大了准比我爸我姑他们都强！（看着）爷爷,这两天你老摆弄这个,你想缝啥呀？

父　亲　嘿嘿,不缝啥,闲着没事,爷爷弄着玩。（没纫上）

莹　莹　我来帮你吧！

父　亲　不用不用,爷自己来。（手发抖,纫了几次又都没纫上）

莹　莹　真笨,看我的！（接过纫上）

父　亲　嘿,这小手真灵巧,来,看爷爷的！（扯出线,想再纫）

莹　莹　爷,你这是干吗,我都给你纫好了。

父　亲　嘿嘿。爷爷整着玩,整着玩。（眯眼纫着）老了,真老了,这破手不争气了,干点啥就发抖,看爷再来一遍！（再纫,纫上了）嘿嘿,纫上了！哈哈,还行还行！（拿起绣花板绣起来）莹啊,你说你爸这破厂子能办成吗？

莹　莹　肯定能,我爸几百人的大车间都能管,这个厂子才一百人。爷,我爸读的书可多了,懂的事也特多,活干得好和大伙的关系也好。

父　亲　到底是女儿,尽给他说好话。唉,管个车间和管个厂子可不一样。

莹　莹　爷,听奶奶说,我爸厂里那个活胡爷爷去了也没干出来。要是整不出来就……爷,姑姑说那活你能干,他们都说你以前可能耐了,你不帮帮我爸呀？

父　亲　唉,爷老了,要搁过去比这难弄的活爷也能干,现在……
　　　　〔老头继续绣着。大玲出。

莹　莹　姑,你帮我给新书包书皮好吗？

大　玲　好,报纸在哪儿哪？

莹　莹　（跑到柜子前取出一些报纸）这些都是爷这几天拿回来的。

大　玲　（看着）这,这些报,（拿着报纸走向父亲）爸,原来那个瘦老头是……

父　亲　什么瘦老头,这个莹莹,你把它们翻出来干啥？

大　玲　爸,你就别瞒了,给那个瘦老头的晚报我都是编了号的。怪不得的,原来是你把那些报纸买去了。

父　亲　唉,这段天这么冷,你这几天还有病闹感冒,我寻思在路口帮你卖几张,你就少站会,早点回家,少挨会冻。嘿嘿,还行,一天就剩不几张。爸老了,没别的能耐,帮你卖几张报纸还行啊。唉,这些年你们跟着我没得着啥好,爸欠你们的呀!

大　玲　爸,你别这么说。你和妈这么大岁数还上街卖肉串,我挨点冻卖点报有啥? 和二强的活比我这更不算事。这些天我把挺多事都想开了:老把自己当先进当典型,老想什么国营厂什么下岗不下岗的就没法活了。我就是个大街上卖报的,靠劳动挣钱不磕碜也不丢人。这一想开呀心里敞亮多了! 精气神也足了! 爸,最近报社搞报亭承包,我和两个下岗的姐妹已经凑钱承包了九路市场的一个报亭。卖报我也要卖出个样来,我要让大伙看看,杨大玲干啥也不会落在别人后边。

父　亲　好,好啊。

大　玲　爸,还记着我小时候你教我骑自行车吗? 你在后边都撒手了我还在骑,结果我骑了那么远才发现你都撒手了,可就那一会儿我就会骑了!

父　亲　这你还记着,嘿嘿,那会你老是怕摔倒,我就用了这个法。

大　玲　是呀,得亏你用这个法,要不我还得学好多天。爸,现在我和大强二强都在往前扑奔,咱家的日子肯定会好起来,等小亮、莹莹起来了还会更好。爸,你就撒手吧,我们的车还会照样往前走的!

　　　　[空际中回响着几个孩子童年时的笑声、喊声。

　　　　[当年大玲的喊声:爸,看哪,我自己能骑了,我自己能走了!

　　　　[声音渐弱,消失。

　　　　[父亲起身,穿衣服。

大　玲　爸,天黑了,你要上哪儿去?

父　亲　我出去转一会,你们该吃饭吃饭。(猫腰从柜子里取出工具袋)别管我。

　　　　[他慢慢走出家门,空际中响着孩子们的声音。

　　　　[大强的声音:爸,不用别人划我自己着了,这心里堆满了柴,我要着他一场大火!

[大玲的声音:爸,你老就撒手吧,我的车会照样往前走的!

[二强的声音:不干出个样来,我不回来见你!

[音乐,音乐,父亲走着,走在儿女的心声中。

父　亲　妈巴子的,好,真好啊!

[舞台慢慢旋转。空地上,暮色已经升起。路灯亮着。

[老丁头、老宋头等老哥们在下棋拉弦,老梁头在轮椅上捧半导体听广播。

[寒风中,老杨头慢慢走到老人们中间。老头们发现他到了,故作没看见。

老宋头　听说没? 大强那边让大轴给卡住了,万山愣是不帮他。

老丁头　听说了,现在全工人村谁不知道这事了。

父　亲　不是我不帮他,多少年不干了,这手——

老梁头　也不能怪他,我知道他,他老了。唉,当年全东北车床大王,不中用了。

老丁头　我看他也不行,什么八级大工匠、车床大王,那会兴许就是吹出来的。

父　亲　哎,我说你们说啥哪,那咋是吹出来的?

老丁头　不是吹出来是啥? 黄忠、廉颇比你老不? 姜子牙比你老不? 人家越老越英雄,你可好,才六十多岁就堆随了,就会豁牙狼齿地嗑花生米喝烧酒了。

父　亲　你,你小子说啥哪?

老宋头　唉,人要到这份上说啥都没用了,大强他们盼也是白盼,这种爹,没用!

父　亲　你,你们,你们以为我真不行? 哼,明告诉你们吧,这几天我趁厂里没活到车间试了几次手,只要我把活拣起来照样好使!

老宋头　拉倒吧,听你说话就没底气! 哎,你们信吗? 我和你们打赌,他不好使!

老丁头　我才不和你打这赌哪,他都多大岁数了,不服老不行。大个子,你说是不?

冯大个　我看也是。

父　亲　好,好,我还真不信这个劲,这个赌我和你们打!我非去大强那露一
　　　　手给你们看看。赌啥的?你们说!

　　　　[众老人对视,偷笑。

父　亲　啊,你们是在激我呀,我中了你们这帮老家伙的计了!

　　　　[众老人齐笑。

老梁头　嘿,刚才你那个样才像当年的杨万山!万山,该伸手时就得伸手啊,
　　　　当年老杨家七郎八虎没了,佘老太君还领着十二寡妇出征哪!现在
　　　　咱孩子都在往前闯,咱们是老了,可天塌了咱这帮老东西也得帮他
　　　　们先擎一阵子!

冯大个　没错,我看大强这小子挺有样,过了这一关兴许还真能干出点名堂。

老丁头　万山,我们可都等着哪!

众老头　(齐声)等着你再露一手!

老梁头　拉弦,咱们唱一段。

　　　　[拉弦师傅奋力拉胡,老梁头带头唱起来。

众老头　　　说什么无有良将选,

　　　　　　说什么求帅难上难,

　　　　　　还未出兵先丧胆,

　　　　　　一叶障目不见泰山,

　　　　　　只要朝中一声唤,

　　　　　　这挂帅出征我佘太君一力承担!

　　　　[一束光射向老杨头。

　　　　[舞台各处各种机器的喧哗声升腾而起。

父　亲　(独白)我还能行吗?我这匹老马还上得了阵吗?这几天一走进车
　　　　间大门,一开动机床,一闻着那机油味,妈巴子的我这全身的血就直
　　　　往上涌,摸摸床子握着摇把,我好像又回到了四五十岁,回到了二三
　　　　十岁!机床轰隆隆响跟唱歌似的,挑一把好刀,磨好,安牢,提足一
　　　　口气握住摇把进刀!真带劲真来神!也怪了邪了,干起活来心里那
　　　　个亮堂那个痛快!恍惚地我又看见了大强,他十岁那会跟我进了车
　　　　间,围着机床看哪跑啊,冲着我喊:爸,我要当工人,当跟你一样的工

人！后来,他长大了,真当上工人了,是个材料,车钳洗刨焊,学啥像啥,样样拿得起放得下,真他妈有样。又一晃当上厂长了,更有样更像那回事了！他拿着图纸眼巴巴地等着我哪！好,儿子,你老子就再拼他一把,拼上这条老命再帮你一程！让你看看你爸到啥时都是响当当当当响,只要这口气还在只要还没闭眼,就还是那个顶天立地的杨八级！

［天际又下起纷纷扬扬的大雪,此起彼伏的机器声,整个舞台一片红光。

［老杨头拎着兜子一步步向雪中走去。收光。

［空黑中,机器声有如雄浑的交响回荡着。

第四幕

［冬末,春初,春寒料峭的午后,工人村树木已泛起淡淡的绿色。

［院外,老杨头在寒风中眼巴巴地守望着,袖着手跺着脚,大玲背报袋,小莹莹背着书包上。

莹　莹　爷爷,我回来了！(行礼)爷爷,祝你生日快乐！

父　亲　哎,快乐快乐！妈巴子还得是我孙女！饿了吧,赶紧进屋！

　　　　［莹莹入内。

大　玲　爸,看啥哪?

父　亲　没,没看啥,晒太阳,我晒晒太阳。(抄袖,看着)要开春了,树都绿了。

大　玲　是想大强和二强了吧? 放心吧,今天是你生日,他们一会儿准能回来。

父　亲　那可不一定,大强工厂正忙着,小二驴子离得那么远,谁知道能回来不? 不回来更好,眼净,省心！

大　玲　(取一衣服)给你的生日礼物,是用卖报挣的钱买的。

父　亲　好,好啊！

大　玲　爸,风大了,你老身体不好,别在外头站久了,回屋吧。

父　亲　你去帮你妈忙活去吧,我再待会。

[母亲出。大玲领莹莹入内,父亲来回走着。

父　亲　你说这帮死崽子啊,知道我六十六大寿也不回来,眼里根本就没我!往年宝成就是顾了八下也得来给我过生日,今个他也不露头?老太婆,我咋老觉着有点不大对劲,他是不出啥事了?

母　亲　你呀,孩子有正事,你就别挑他了,反正一会就见面。老头子,咱可说下,今天是你生日,二强回来你可不兴鼻子不是鼻子脸不是脸的,乐呵呵当你的寿星老!(取药)来,吃药。

父　亲　吃药吃药,我都快成药罐子了。

母　亲　这一阵把你累坏了。大强那活帮干下来就得了呗,还三天两头往大强厂里跑。冰天雪地的,想想我就后怕!

父　亲　你个老太婆,怕啥,我都快七十的人了,走就走了呗。

母　亲　(嗔)说啥哪?我可不让你先走。要走你得走我后头。

父　亲　你说这大强还真有两把刷子,连铁林、二柱那几个刺头都在玩命干活。行,行啊!这些天啊,我也想通了,国营厂民营厂都是工厂,一笔写不出两个工字,大名都是工人。谁能把活干好干漂亮了,能把厂子整红火了,这才是真格的。等着盼着不如操家伙实干啊。我呀,服了!妈巴子翅膀硬了,能飞了,我这心里开始欠缝了见亮了,见着亮了!

母　亲　是呀,见亮了,你说说,这一宿功夫好像都长大了。天上刷大楼的,地上卖报的,还开起了工厂,都挺能耐的。

父　亲　是呀是呀,这比啥都强啊,往后啊,咱俩也别像俩抱窝的老母鸡似的,顾着这个护着那个的,也该歇歇了,让他们自己个往前闯!

母　亲　你呀,也就说说,我还不知道你?今天说完明天就得挺着个病身子去卖羊肉串。过了六十六,一眨眼就是七十,往后我不许你穷折腾了,我得看着你,过了这个生日啥都不管了,就在家带小莹莹安度晚年。行不?

父　亲　好,好,不管不管,唉,你这段白头发也渐多了。好,等春暖花开了,我也学学老丁头他们,下下棋钓钓鱼逛逛公园,咱俩一块轧马路看电影。

母　亲　这可是你说的,到时不许打赖!

　　[宝成上,提蛋糕、酒,犹豫,打电话。

宝　成　找孙胖子,还不在,你再告诉他一遍,我给他三天时间,我内弟的货必须发过来,我就是卖血扛大包也会还清我欠他的债,他要是再这么玩邪的我逮着他就跟他对命!

　　[传来声音,他急躲开。二强、小方上,二强拄拐,腿打绷带。莹莹跑出。

莹　莹　小叔,你? 爷,奶,我小叔回来了。

母　亲　啊,二强,二强在哪?

　　[母亲、大玲都奔出,父亲也急步跟出。

二　强　妈!

母　亲　二强? 你,你这是咋的了?

　　[父亲站在门口,见状,怔住。

二　强　爸,不用你费事打了,我的腿折了! 爸,不孝儿子给你老赔不是了! 给你祝寿了! (费劲跪下磕头)

父　亲　起来,快起来! (扶起二强)你这是咋的,啊,打架了咋的?

二　强　嘿,没有,从架子上掉下来骨折了。医生说没大事,妈,真事!

母　亲　(抱住二强)强,你……你受苦了! (流泪不止)

二　强　妈,看你,整的我直不得劲。爸,妈,这段一直是小方照顾我了。

父　亲　行,行啊,二强子有福啊。都进屋,别在外头立规矩! (弯下腰)儿子,我背你。上来呀你!

　　[感人的音乐中,老头背起了儿子。众入屋,扶二强坐下。
　　[二强和父亲对坐。父亲用残手颤抖地抚摸二强的腿。

二　强　爸,你的手怎么抖得这么厉害? (握住老人的手)

父　亲　爸没事,爸没事,你这腿真没事呀?

二　强　没事! (取出钱)爸,这是我挣的,六千块! 给你,收起来。

父　亲　别,你留着和小方结婚时用。

二　强　别,我得先奉养老人,结婚钱我再挣。我们哥几个又揽了几份新活,等我腿好了接着干,你放心,中国这么多楼够我们刷一阵子的。爸,收下吧,折腾这一阵我才明白,人咋活着有意思了,钱从哪来的才有分量。

父　亲　二驴子,懂事了,懂事了!

二　强　爸,我得谢谢你,你那顿骂骂得好,那顿打打得好。在外边最累的时候,累得像死狗似的时候,一想起那天雪地里那一幕,我就咬紧牙挺住了。爸,过去我没少气你,这钱你一定得收下,要不我还到外头站着去!

小　方　大叔,你老就收下吧。

父　亲　好好,我收下。往后我又可以人前人后挺着胸脯吹吹了……妈巴子的,早知道这样我早打你一顿好了。

　　　　〔众笑。母亲、大玲在边上落下泪来。大强自外上,心事重重。

莹　莹　爸爸!

母　亲　大强,你可回来了,老头子,你看这不都回来了吗,一大早就盼你们哪。

大　强　爸,给你祝寿了!

父　亲　好好,回来就好,有话饭桌上唠。老婆子,就不等宝成了,先开席!

大　强　(小声地)姐,姐夫来过电话没?

大　玲　没有啊,大强,你脸色这么不好,出什么事了咋的?

大　强　没,没事。

　　　　〔母亲、大玲、小方张罗着端菜搬椅子。众落座。小方倒酒。大强一直无话。

父　亲　(放下筷子)咋的,出啥事了?

大　强　没,没事!

父　亲　不对,瞅你这样就不对劲,说吧,又咋的了?

大　强　爸,真没事。

父　亲　行了,这么多年我不知道你?咋回事?竹筒倒豆子,痛快地!

大　强　(痛心地)真想打我自己一顿哪。钱打给了孙胖子,他们发了一批货,厂里生产进行得很顺利,可再往后他们就不发了。我追他要货,他说宝成欠他的钱没还,剩下的钱宝成已经答应顶他的债了!

众　　　什么?

大　强　那是大伙集资入股的钱啊,不少人是借的钱,有的还把买断工龄的钱、孩子上学的学费和买房子的钱都拿了出来……大伙谁都不说

　　　　　话,看我的眼神就像刀子似的割我的心,生产只能停下了。下月底
　　　　　就是给客户交货的日期,要是交不了货就完了,他们相信我才辞了
　　　　　工职,啥啥都豁出去跟我干,厂子完了,他们就得失业就得……

父　亲　宝成,宝成哪? 找到他没有?

大　强　他一直在外头,打了一次手机他说他负责找孙胖子,以后就再也联
　　　　　系不上了。

大　玲　怪不得他这些天都没露面,爸过生日这么大的事也……

二　强　想不到秦宝成这么毒,真欠收拾!

母　亲　哎呀可咋整呀! 这几天我就觉着要出事。

　　　　　[宝成出现了,提着酒和生日蛋糕。

宝　成　爸! 给你老祝寿了,(鞠躬)你老最爱吃的蛋糕,最爱喝的老白干。

大　强　宝成,你总算来了,孙胖子……

宝　成　大强,我对不住你。

大　玲　宝成,到底是咋回事? 你快说呀!

宝　成　都怪我,我也没想到孙胖子会……这几天我一直在给他打电话,这
　　　　　个混蛋愣是不开机,我跑到哈尔滨找他也没找到,唉! 我都不知道
　　　　　怎么进这个门,其实我早就来了,一直在外边。

大　玲　都这会了,你说这些有啥用? 货是你给联系的,这事你不负责谁负
　　　　　责! 你赶紧想别的法呀。

母　亲　是呀,宝成,那你朋友多,这时候你得使劲呀!

宝　成　妈,我啥法都想了,孙胖子找不到,我一点没敢耽搁到处找人借钱,
　　　　　就想把这个窟窿堵上,可……

大　强　这么说你一点办法都没了?

宝　成　大强,我……

大　强　我真得谢谢你,你实实惠惠给我上了一课,只是这次学费交得太大
　　　　　了! 你知道吗? 那是厂里最后一笔流动资金啊! 交货日期到了交
　　　　　不了货,我那厂子就全完了! 咱俩从小就在一起,一碗饭两人吃,一
　　　　　件衣服两人穿,这些年我一直把你当亲哥,下海以后我时刻提着心
　　　　　就怕出事,可我怎么也想不到是你捅了我第一刀!

大　玲　都怪我,当初你和孙胖子交朋友,我就觉得他不是正经人,我要是早

点劝你就好了。

父　亲　　你们都进去,宝成留下! 都给我出去。

　　　　　　[众入内,余下父亲和宝成二人。

父　亲　　宝成,这到底是咋回事,你说话呀!

宝　成　　爸,你听我说,这一段我那生意一直不好,我下狠心做了一笔大生意想彻底翻个身,可没想到做砸了,公司里的资金和我贷的款全扔进去了。

父　亲　　什么?

宝　成　　啥叫墙倒众人推这回我算是知道了,那些债主知道了全都找上门来要钱,公司的房产还有我和大玲的存款全拿出来只还了一部分,欠孙胖子的钱一直凑不够,他限我三天把款还上,不然就要起诉我,我实在没办法才……本来有个客户答应还我一笔钱,我打给孙胖子就行了,可欠我钱那家伙没影了! 现在这个局面我也没想到。爸,我只能那么干,我必须弄到一笔钱喘一口气!

父　亲　　那,那你就看准了大强!

宝　成　　爸,我顾不了那么多了,这些年我玩命地扑腾,喝了多少苦水才到了今天,我不能就这么沉下去,快淹死的时候我得抓住点儿什么浮上来,不管是什么我都得抓住。爸,你别这么看着我,别这么看着我,你骂我我听着,你打我我受着。这些年我经的太多了,看透了看破了,在厂子当工人那会讲感情讲交情,可到了社会上还那样根本就活不了。生意好了有钱了,周围的人才会围着你转,你才有一切,这才是真格的! 这年头谁是爹,钱才是爹,人民币才是爹!

父　亲　　你——(挥手欲打)

宝　成　　(抓住父亲的手让他打)爸,你打吧,你打我几下我心里好受些。

父　亲　　放手,你放手! (挣开,颤抖着双手)我这双手,它有残疾呀!

宝　成　　(哭了)爸,你老对我的好我一辈子都忘不了,到死我也报答不了,我只求你老一件事,这些年我已经离不开了,这是我在这世界上最后一个窝,到了这我就……没有这个地方我怕我都撑不到今天。(摘下手表、金项链)要是一时找不到钱,这些先给大强应应急,我就剩这点值钱东西了。我这就去找他们要钱,说死我也要把大强的钱

　　要回来!

　　[一片沉默。老头无言。众人出。

父　亲　好,真好啊,我的好徒弟,好姑爷! 这是咋的了? 当年他是多好的一个孩子,仁义、懂事,能吃苦,脑瓜还好使,好好的咋变成这个样了? 这,这到底是哪出了毛病啊?

母　亲　(上前搀住老头)老头子。

父　亲　没事,我没事,兵来将挡,水来土屯,事摊上了咱就扛着。大强,路是你挑的,厂子是你张罗的,大伙舍家撇业和你一块干,你想咋办? 你咋不说话呀! 霜打的茄子蔫了? 属瘟鸡的蔫拉头了? 软蛋了服输了?

大　强　原来我还想指望指望宝成,看来什么时候都不要指望别人,只能靠自己。爸,我已经想好了,把我那套房子卖了,把所有值钱东西都卖了。

母　亲　这是真的? 大强,你,你连家都不要了?

大　强　妈,我也不愿意这样,我就是不想这么倒下。家没了以后我治,钱没了将来我挣! 这些天我和这个厂已经连在一起了。我心里的火着起来了,再也灭不了了。这一段才是真正地生活、真正地活着! 下辈子我还愿这么活。我就是觉着对不起莹莹,她没家了,只能呆在这。

莹　莹　爸,我不怪你,我就愿意和爷爷奶奶在一起。

大　强　好莹莹。爸,我这就走,给厂子买新的原材料! 生产不会停,厂子不会完。

父　亲　行,行啊,是条汉子! 你要真就这么认输了,一跤摔倒了就起不来了,就不是我杨万山的种! 大玲,你给宝成也捎句话,他要是这个家的人,还想认我这个爸,也不能趴窝倒下。老婆子,去把咱家攒的钱都取出来,去呀!

　　[母亲入内。

大　玲　(摘下戒指、耳饰)大强,姐帮不了你啥,这些给你!

莹　莹　(捧储蓄盒上)爸,这是我攒的,都给你!

　　[母亲取出藏钱的包袱慢慢上。

父　亲　（捧着钱，声音颤抖地）大强，都在这哪，钱不多，都给你！

大　强　爸，我不能要……

父　亲　让你拿着就拿着，要是不够咱砸锅卖铁卖东西卖这老房子！咱们不能做对不起厂子对不起人的事！这是咱家的门风啊。

大　强　（捧看）爸——（给父亲跪下）

父　亲　起来！起来呀，男人膝下有黄金。（扶起大强）

　　　　　〔母亲又捧出两只镯子，手抖抖地把看。

大　玲　妈，这是你和爸结婚时的信物呀！

父　亲　啥信物不信物？老夫老妻白头到老了不在物件，是吧老太婆。大强，拿着，别给你老爸丢脸！爸还等着看你着那场大火哪！

大　强　爸，豁出命我也要爬过这个坎。你放心，你儿子，倒不了！

父　亲　好，倒酒！

大　强　（上前）来，把杯子都举起来。爸，祝你老生日快乐！

众　　　（举杯）爸，生日快乐！（音乐起）

母　亲　（也举杯）老头子，给你祝寿了。

父　亲　孩子们，今个爸要倒过来敬你们一杯酒！爸老了，身子骨一天天不听使唤了，蹦跶不了几天了，就看你们的了！虽说眼下你们都上道了，可往后沟沟坎坎的不会少不会那么顺顺当当的。唉，爸这辈子没啥东西留给你们，人活一世活的就是一口气一股精气神，只要这口气没断这股精气神没散，遇上啥关口都能挺过来！我给你们留下的就是这口气这股精气神，全在酒里头了，爸干了！

　　　　　〔老头一饮而尽，众儿女也饮尽。收光。

　　　　　〔工人村，父亲、母亲、小莹莹等送大强远行。

父　亲　——小子，去吧，看准了道往前奔吧，别忘了你是我儿子，身上流着我的血，别丢了咱老杨家的精气神儿！我和你妈到啥时候都给你亮着灯留着门！

　　　　　〔大强等缓缓走下。老两口久久伫望。小院灯火温暖动人——

　　　　　　　　　　　　　　　　　　　　　　　　　——剧　终

话　剧

母　亲

（又名：秦娘）

时　间　现代,若干年间的几个夜晚

地　点　中国北方,底层工人居住的一座大杂院

人　物　秦　娘

　　　　宋万山

　　　　侯向阳

　　　　侯　婶

　　　　小　明

　　　　宋　雁

　　　　小　琴

　　　　小六子

　　　　小　丽

　　　　小苹苹

　　　　大林等孩子

　　　　众大院男女居民

　　　　警察甲、乙

　　　　宋雁随从甲、乙

［黑暗中一束光升起,小明出现。

小　明　就是走到天边,就是到了世界末日,我也忘不了我们的大杂院,大院里的那些日子,院中心那棵老槐树,那些高高矮矮的小平房小偏厦,一排排木栅栏一条条小道,还有我到死都忘不了的老母亲,望着路口,等着我回家……

［秦娘、万山等众大院居民出现,造型不一,沉默伫望如雕似塑。光渐收。

第一幕　冬　夜

［一个寒冷的冬天傍晚。

［一株枝叶繁茂硕大有力的老槐树。鸦叫声声,四下雪花在飘。

［一段残墙上涂有"文革"大标语,一群孩子在玩,撞拐,堆雪人,打哧溜滑,雪团飞舞。小明被孩子追打而上,按倒,打,小六子开心地敲着脸盆大叫。

［秦娘背着小丽上,典型的东北女人,中年,健壮高大粗犷,小琴随上。

秦　娘　嘿嘿嘿!小六子,大林,你们这是干啥哪?

小六子　妈,没事,我们打雪仗,玩哪。

秦　娘　(大喊一声)都滚一边去,我削你们屁板子了!(孩子们吓得四散跑开)六子,你给我站住!不丁点小屁孩学会欺负人了!谁教你的,啊,(打其屁板子)死崽子,叫你欺负人叫你欺负人!去把他给我扶起来。

［小六子趁母亲不备,撒腿跑开。

秦　娘　你给我回来!浑小子,看晚上回家我咋收拾你!

［小琴扶起小明,秦娘为其拍打身上的雪。

秦　娘　唉,苦命的孩子,回家去吧,秦娘不和你说了吗,别乱跑。

小　明　妈死了,家里一个人没有,我一个人不敢在屋里呆。

| 秦　娘 | 他们不是说要把你送到乡下亲戚家去吗,老实等着,你那个妈也是……扔下你就……小琴,领他回去,眼下外头乱,不许乱跑,不许出大院门! |

　　[小明给秦娘行个礼,随小琴下。宋雁和一孩子厮打成一团上。

秦　娘	嘿嘿,这又是咋回事?都放手!雁子,你放手听见没?咋回事,说!
宋　雁	他说我爸是坏人,不光批斗还要枪毙!哭啥哭,你再说我打死你!
秦　娘	给我站远点,娘个腿的反了你们了!雁子,你爸现在这个样,你还不让他省心,别说秦娘大耳刮子扇你了。瞧瞧你把人打的!

　　[秦娘帮那孩子揉伤,宋雁绕过去又是一脚,跑下。

| 秦　娘 | 雁子,小兔崽子,不许出大院呀!(对那孩子)行了,往后不许瞎说,记住,全世界都是坏人你万山大叔也不是坏人。(帮揩泪)别哭了,回家吧! |

　　[那孩子抹眼泪下,秦娘向远处焦急张望,侯婶上。

侯　婶	他秦娘,这冷呼寒天的,你在这瞅啥哪?是在看万山?
秦　娘	唉,他一直在扫雪,一个人连着扫了好几条街,上次挨斗的腿伤还没好。
侯　婶	这些年万山从早到晚就知道干活,奖状挂了一整墙,谁想到落到这份上?街上到处都在抓人斗人,有个老头生乎拉给打死了,流得哪都是血。我家老侯一早出去,到现在也没回来,他和万山,和你家秦大哥是一个师傅的师兄弟,老秦大哥不在了,万山这个样,虽说他还没事,可我天天都提心吊胆,一宿宿睡不着觉,唉,这是咋的了?

　　[风雪中,宋万山拖着伤腿拿笤帚上,一身雪。侯向阳随上,造反派打扮。

| 秦　娘 | (急迎上,接过笤帚)万山,腿又疼了? |
| 侯向阳 | 万山,你和那些走资派黑帮分子不一样,你是正儿八经的工人,运动中为旧市委的走资派头子说过话卖过力,只要划清界限认识错误还可以回到革命阵营中来,检查写好了没有?唉,算了,我先扶你回去。 |

　　[万山忍着痛倔强地推开侯向阳,秦娘扶他下。侯向阳有些怅然。

| 侯　婶 | 可回来了,快回家吧,越来越乱了,你也留点心眼,别遇事就往前上。 |
| 侯向阳 | 说啥哪,我是党员,这会我不出头谁出头?就是牺牲了,也是为保卫 |

咱无产阶级革命路线,死得比泰山还重! 老娘们别扯后腿!(取怀中酒喝)唉,万山是我多少年的师兄,翻砂工那么苦的活,他一个人顶几个人干,好几次累倒在车间,这些年他没少帮我。看他挨斗,我,我还得上去揭发检举他,真怕哪句话说错了,我要出了事,你就领孩子去找他舅。

[侯向阳大口喝酒下,侯婶追下,收光。风雪声,鸦叫声。

[夜,大院全景徐徐展开,错落的屋子、树木、路径、木栅、井台、残墙,风雪吹掠残墙口,宋雁、小六子等几孩子或坐或立或扒墙垛远望,宋雁吹口琴。
[万山家升光。秦娘扶万山上,扶其上炕,到灶台边添柴,倒水过来。

秦　　娘　瞅瞅,腿疼成这个样,明天老实在家躺着,我替你去扫!

宋万山　不,我能行,干点活心里还透点亮。嫂子,谢谢你,你还是走吧。

秦　　娘　咋了? 他们说你常照看我们娘儿个,有坏心,你怕了?

宋万山　不是,我是怕你老上我这来,让人看见说你的闲话。

秦　　娘　我不怕,他们爱说啥说啥,把腿伸过来,我给换点药,快点你。(换药)老秦走了,你又这个样,我觉得好像天都塌了似的。我一个女人家没文化,挺多事越来越闹不明白,话闷在心里都不知道找谁说。出了这么多事,死人流血,小明他妈挺好一个女人,平常见面总笑模笑样打招呼,上吊死了,扔下个孩子破衣烂衫挨打受气像条狗似的,我看着真受不了!

宋万山　挺多事我也闹不明白,我不能稀里糊涂认错,反正雁子妈走了,雁子也大了,老宋家烟火有人接续,死我也要站着死,上刑场枪子也只能从前面打进去! 嫂子,要是我真有啥意外,就拜托你替我照顾雁子!

秦　　娘　我不许你说这种话! 万山,求你了,你得挺住,挺过这一段,全须全尾地活下来! 知道吗,你在,我还有个主心骨,要是你真想不开,我会恨你一辈子! 再说雁子妈临走时咋说的,她让你把雁子拉扯大,你忘了?

宋万山　唉,师兄临走时让我照看你和孩子,没想到我没帮上你啥倒叫你……

秦　　娘　这两年你照看我们娘们还少啊! 万山,这两年嫂子的心你是知道的,你在嫂子心里有多重你也知道,要是没有这场运动,咱俩家兴许就到一起了! 为嫂子为孩子,你都要挺住啊!

　　[侯向阳上,探头四顾,闪身进屋,从怀中取出瓶药酒。

侯向阳　嫂子,给他抹上点,止疼。万山,你听我一句行不? 活泛活泛认个错,刀搁脖子上了犯得上叫真吗?

宋万山　我不认! 别人说啥你都跟着叫唤。咱俩不是一条线上的! 你别和我说话!

侯向阳　你看你,把我当成啥了,我现在是当他们一样,回来又一样! 我也难哪!(从怀里取出酒)来,喝点,现在全靠它顶着了
　　[万山大口喝酒,三人默坐。鸦叫声,风雪声。

秦　娘　这日子过的! 过去这大院多好啊,一大早你们俩和我那口子一块拎着饭盒骑着车去上班,我去煤场拉板车给大伙送煤球,孩子们唱着歌去上学……

侯向阳　是呀,没事了我们哥仨就在一块喝两盅,花生米,咸萝卜,小葱蘸大酱。高兴了万山拉二胡,老秦大哥唱京戏,我在边上听,那会真他妈好啊!

秦　娘　我家老秦病重快不行的时候,拉着我的手叮嘱我,吃点苦把孩子拉扯大,让他们都过上好日子,可好日子在哪呀?(口琴声)

侯向阳　还好日子,再这么闹下去没个好,我他妈也要顶不住了,啥啥都乱套了,啥啥都倒着个,我都分不清我是好人坏人了。那几个造反派把我当孙子似地喊来喊去的,整急了我就和他们干了,老子祖宗八代都是贫雇农,我当了六年兵九年工人,工农兵我占全了,谁敢动我根汗毛就是反革命!

秦　娘　向阳,你可不许乱来,小龙小,他妈又有病,你要出了事他们咋办! 你们哪,都不懂女人心里想啥怕啥,一天到晚就知道灌猫尿!

侯向阳　唉,只有喝酒的时候我才是个人。得,趁天黑没人,我走了。(下)

宋万山　你也早点回去吧,省着别人又说闲话。知道我现在最想啥吗? 我想回车间翻砂,流他一身汗干他三天三夜! 我是工人,我想干活爱干活,这错了吗?
　　[鸦叫声声传响。收光。残墙处,宋雁还在吹口琴。

　　[风雪声,鸦叫声。小明寒风中上,跑到井台水龙头前对水龙头嘴大喝。
　　[风雪呼号,小明萎坐大树下,裹紧衣服昏昏睡去。夜色中秦娘上。

秦　娘　（绊了一下）小明,孩子,你不在家待着,一个人在这干啥?

小　明　（昏昏醒来）妈——

秦　娘　孩子,我不是你妈,我是你秦娘。

小　明　我梦见我妈了,妈领着我去上学,还亲了我。

秦　娘　看看冻的,手指都冻僵了。(为其呵手,扯开衣服为其暖手)唉,作孽呀!

小　明　秦娘,我想我妈,妈走了,她不要我了,谁也不要我,你是好人,你救救我吧,我没处去了,你不救我我就得冻死!

秦　娘　孩子,我有啥法救你呀,秦娘都不知道以后的日子该咋办,秦娘家也好几个孩子,要吃没吃要穿没穿的。唉,这样吧,明个我和那些人说说,让他们抓紧找你乡下亲戚把你接走。天冷,小猫小狗都回窝了,家去吧。

　　　　[秦娘向下走,小明放声痛哭,秦娘重走回,解下围巾给他围上,她有些不忍心,但还是走开。小明一步步跟在她后边,走入风雪中。

　　　　[秦家升光。
　　　　[众孩子聚在桌前,秦娘端着锅招呼着孩子们,分吃糊涂粥,小琴帮着盛。
　　　　[孩子们乱成一团,有的大吃,有的扒窗户向外看,有的互相打着架

秦　娘　吃吧吃吧,爱上秦娘家来就来,这大院千顷地就种下你们这些苗。秦娘有吃的就有你们的,别抢,娘个腿的,别乱跑,不听话我削他屁板子!六子,六子跑哪去了,小琴,你弟弟哪?

小六子　（和几个孩子钻出）妈,我在这哪!我们在院里玩哪!

秦　娘　（狠打小六子屁股）让你乱跑让你乱跑!给我坐那,老实吃饭!
　　　　[突然灯灭了,一片黑暗,孩子们害怕地相互靠紧,有人哭叫。

秦　娘　又停电了,毛毛不怕,小丽不怕。(点上蜡烛)吃吧吃吧,没事!
　　　　[孩子们不出声,在烛光下吃着。小琴和宋雁紧挨着坐在一边。宋雁擦拭口琴。

小　琴　雁子哥,给,(拿出一苹果)头两天我过生日,妈给我的,我没舍得吃。
　　　　[宋雁大口吃,又给小琴,小琴也吃。

小　琴　雁子哥,要是这段日子过了,你最想干啥?

宋　雁　干啥?我想长得壮壮的,把斗我爸的那些人都揍一顿,我想当海军坐军艇出海,还想好好睡一觉,再美美地吃顿大饼子大碴子粥。

小　琴　我一睡觉就做梦,老是梦见过去,那会多好,咱们一起上学一起玩。

宋　雁　是呀,一起去公园抓蜻蜓逮蛐蛐、上树掏鸟窝。

小六子　一起藏猫猫、逮人、唱歌、丢手绢、跳格子、跳猴筋,真开心!

大　林　我还饿,秦娘,我还想吃。(过去捧起锅,舔锅底)

一孩子　我渴了,秦娘,我想喝水。(跑去找水)

小六子　我,我想尿尿……(跑出去)

秦　娘　(看着)多咱是个头啊,孩子们,都过来,到秦娘身边来。这样吧,秦娘领你们唱个歌吧,唱个大红苹果!

　　　　大红苹果,圆又圆,

　　　　沉甸甸呀它挂在那树间。

　　　　大红苹果甜又甜,

　　　　轻轻摘下呀放在篮里边。

　　　　[长夜,歌声动人飘荡。屋外,小明在窗下听着,小六子跑出撒尿。

小六子　你在这干啥?走远点。找揍啊!嗬,你还不服!(摔倒小明)快滚!

　　　　[小六子入屋。小明抓起石头掷去,玻璃破碎声,侯向阳持一棍子奔出。

侯向阳　小兔崽子,你干什么?(上前抓住,按倒)

　　　　[小明乱挣乱咬,许多居民披衣相继从各个方向上。

侯向阳　哎哟,好你个小反革命,明目张胆搞破坏,还咬人!老子把你送公安局去!

群　众　对,明天一早就把他整农村去!送孤儿院!送收容所!

　　　　[小明哭叫乱踢乱蹬,几人上去七手八脚按住他,秦娘和孩子们奔出。

秦　娘　向阳,你干啥,收起你那烧火棍,吓着孩子!你们干什么,他还是孩子!

侯向阳　孩子?阶级敌人不分男女老少,走,跟我上派出所!

秦　娘　向阳,给我放手!(过去拉过小明)这孩子就剩半条命了,走道都打晃,送孤儿院,送收容所,亏你们想得出!

侯向阳 嫂子,我也是好心,他乡下亲戚找不着,留在院里天天搞破坏咋办?

秦　娘 你给我一边去,一个孩子能搞啥破坏,瞅瞅弄成啥样了,可怜的孩子,真就没个他去的地儿吗? 这么送走孩子病了咋整? 真死在外头哪? 你们哪! 得,哪也别去了,先对付着在秦娘家待着! 等找着亲戚了再走。

小六子 不行,他把咱家玻璃都打碎了! 我不让他上咱家,咱家没地方给他住。

小　琴 妈,让他在我和小丽边上挤着住,能住下。

侯向阳 嫂子,你可别脑袋发热,你那也一窝孩子,哪整得过来他呀。这不是犯傻吗,这事不能听你的,小崽子,跟我走!

小　明 (坐地上大哭)我妈说,老家啥人都没了。你们打死我吧,让我找我妈去! 妈,你在哪儿,你干吗把我扔下了? 你咋不带我一块走啊!

〔侯向阳不管不顾拉起小明向风雪中走去,风中传来小明的哭声。

〔秦娘听着,忽然她不顾一切向风雪中追去,一把抱住小明。

侯向阳 嫂子,你!

秦　娘 一个羊是赶两个羊也是赶。这孩子我留下了,这么冷的天,这孩子是猫是狗是耗子,也得让他有个窝。你们狠得下心,我狠不下,孩子,你要不嫌秦娘家穷就叫声妈,从今往后,秦娘就是你的亲妈。

小　明 妈!

〔秦娘紧紧搂住小明。

〔更大的风雪掠过舞台,吹向众人,收光。

第二幕　秋　夜

〔数年后,一个秋天的傍晚。

〔秋风中一队孩子放学了。小六子敲破盆,小丽拄拐杖和小明等跟在最后。

〔秦娘吃力地拉一装满煤的车子上,一身拉煤工人打扮,浑身上下黑黑的。孩子们齐上帮她推车到大院内,往来搬运。秦娘擦汗捶腰,小六子等复上。

小六子　妈,给刘奶奶家搬完了。妈,你腰疼了,来,大伙一块给妈捶腰。

　　　　[孩子们齐上为秦娘捶腰。小明懂事地端来水。

秦　娘　得得,想捶死我呀!(挨个为他们擦脸和手)都擦擦,全快成煤球了。

小　丽　妈,小明哥又考了第一!老师表扬他了,小明哥,快把卷纸拿出来!

秦　娘　好孩子,妈犒劳犒劳你!(取出一包,拿出饼)肉的,煤场你钱姨送的。

　　　　[小明接过大口吃,几孩子在边上看着,馋得不行,吞咽着口水。

秦　娘　都甭眼气,往后谁得第一妈就犒劳谁,你妈这辈子没文化吃了大亏了,书看不了几页,挺多道理弄不明白,做梦都梦见咱家有个人能知书明理。都跟小明学,好好念书,家里再穷再苦也要供你们。六子,你多少分?

小　丽　我哥没分,我哥那天逃学了,老师还要来找家长哪!

小六子　去!妈,我,我那天肚子疼……

秦　娘　一考试你就肚子疼!早上换的衣服咋成这样了,又打架了是不?你过来!

小　明　妈,小四他们欺负我和小丽,六子哥帮我们,和他们打架受的伤!

秦　娘　(住手)娘个腿的,回头我找他家大人算账!衣服脱了,我给你搓两把。

　　　　[小六子脱衣,秦娘到井台洗衣服。小明边吃边看书,小六子抢过饼子大吃。

秦　娘　六子,你干啥!给我拿过来!听见没?

　　　　[小六子边跑开边大吃,秦娘追他,一掌打去,小六子脚下一滑摔在井台边。

秦　娘　(赶紧过去)妈呀,摔着哪没,死崽子,跑啥呀你,快揉一揉。(揉)

小六子　妈,你偏心眼,啥好吃的都给他,我都多少天没吃着肉了?

秦　娘　你!傻六子,你是妈身上掉下来的肉,妈哪能不疼你?小明这么瘦让他多吃一口能咋的!唉,都是妈不好,委屈你了。晚上包菜包子你多吃点。

　　　　[万山拎着兜子上,手中举着一包糖豆。

宋万山　孩子们,大叔发糖豆喽,别抢别抢,一人两粒。行了行了,玩去吧。

　　　　[孩子们围着万山分糖豆,欢天喜地下。

秦　娘　你呀，又花钱。下班了？向阳哪,咋没一块回来?

宋万山　刚提了副科长,组织大伙学习哪,我听了一会,尽是屁话。给,二两肉票,还有几块钱,领孩子过节。

秦　娘　万山,这,这些年你一块他两块,老是让大家伙帮我。

宋万山　哎,孩子都在长身体,亏谁也不能亏着他们。我那翻砂工有补助,雁子又在乡下插队,一人吃饱全家不饿,拿着。难为你一个女人挑起这么大一个家,处处省吃俭用精打细算啥啥都可着孩子,自己尽喝稀的吃剩的。

秦　娘　总不能当妈的吃干的让孩子吃稀的,眼下多双筷子将来多个儿,等他们长大了,上班挣钱了,日子就好过了,一想起这些啥苦我都不虑乎。

宋万山　你呀,对了,小琴办病退回城的事有门了,医务所王大夫给我弄了份假病历。我和厂头儿也说了,我们车间缺人手,回来了让她接我师兄的班。

秦　娘　(捧看)太好了,万山,真是太好了。

宋万山　嫂子,咱俩的事你想得咋样了,我看就别腾着了。我可是一天都等不及了,那段遭罪的日子熬过去了,我又回车间了,又能抡开膀子干活了,这心里透亮多了,要是咱俩再能到一块,我李万山就全齐了。昨晚上我做梦都梦见咱俩在一起,你做了一大锅糊涂粥,那个香啊,我一连吃了七八碗还没够,醒了还觉着撑得慌哪!

秦　娘　你呀,我还没想好咋和孩子们说,再说这家里外头一大摊事,孩子多,吃没吃穿没穿,还欠不少债,我咋好叫你一过来就替我背这么重的担子。

宋万山　那些都不算啥,多重的担子我帮你挑! 我现在一天到晚有使不完的劲!

秦　娘　看你急猴似的,我在这又飞不了。要不等小琴回来我和她说说,我也老梦见你在我身边,给我拉二胡,拉得那个好听,真巴不得那梦是真的! 万山,你一到我身边我就有主心骨,心里就踏实。

宋万山　嫂子,那咱说定了! 你抓紧和孩子说,你要不好意思抹不下脸,我去说!

小六子　(奔上)妈,万山叔,姐和雁子哥他们回来了!

[传来知青歌声，宋雁、小琴、大林等脏兮兮唱着上。众家长、小孩纷纷出。

小　琴　妈，你好吗？六子，小丽，小明，姐带好吃的了，来，拿着！

[知青们分发东西，众家长心疼地拉看他们，问这问那，一片亲情。

[收光。

[入夜，院内月光满地，一家家灯光亮起来。女人们进出往来。

[秦家升光，一家人正在吃饭，秦娘在分菜包子，孩子们欢天喜地。

秦　娘　小明，再给你一个。六子，妈吃饱了，这个给你。

小六子　（大吃）今个咱家过年喽！还有谁不吃，我全包圆了。

秦　娘　这孩子，见好吃的就没命，慢点吃，噎着了！（拿着件新衣服）小琴，试试。

小　琴　妈，以后再有布给小明他们做吧，我在乡下干活穿不上。

秦　娘　以后再给他们做，大姑娘了，没件像样衣服让人笑话。小琴，妈说啥也得把你办回城，一个女孩子，干那么苦的活，这段还有人欺负你吗？

小　琴　妈，你不用挂着我，有雁子哥在我身边，我不会有事的，干活他帮我干，谁欺负我他都保护我，前天点里有人犯坏，雁子为我打了一架还受了伤。

秦　娘　唉，我过去给你万山叔和雁子送点菜包子，回头妈还有点事想和你商量。

[她端着锅入内。

小　琴　小明，你这么瘦得多吃点。来，姐的给你，路上吃了俩地瓜，还不饿哪！

小六子　不吃呀，嘿嘿，我不客气了。（夹过大吃）

小　琴　六子，你咋回事！姐可和你说，姐不在家，你是老大，小明是弟弟，你懂点事行不！少让妈操点心。今晚上菜包子妈又没咋吃，这几年她没穿过一件像样衣服。都是姐不好，一点都帮不上她。

[仨孩子沉默，止住手中筷子，望着母亲的方向。秦娘自内出。

秦　娘　咋不吃了，妈包的菜包子不好吃呀？肉少，等有钱了给你们包全是肉的。

三孩子　（埋头大吃）妈,不用,我们吃着挺香的。

　　　　真的,妈,可香了！我们就爱吃菜包子。

　　　　　［秦娘端着菜包子向下走,一阵头晕,扶住桌角,孩子们忙扶她坐下。

小　琴　妈,你咋的了,快,快给妈拿水。

秦　娘　没,没事,一会就好,看你吓的,放心,妈没那么娇贵。好了,妈去了。

　　　　　［秦娘笑着下,小琴和仨孩子担心地望着她的背影,宋雁背一袋子上。

宋　雁　小明,六子,看我带啥来了？（从袋子里取出些苞米,杂耍）一人一穗了。

孩子们　太好了,我最爱吃苞米了！还有啥好东西,再变一个！

宋　雁　来喽,两支木头枪,六子、小明,一人一把,（取出木枪）啪啪啪！

　　　　　［六子做中枪状捂胸向后压倒,孩子们唱跳、持枪追杀,场面热闹而欢快。

六　子　雁子哥,小四老欺负我们,我打不过他们。

宋　雁　妈的,趁我不在拔梗梗,回头我教训教训他,你姐怎么了,这么不高兴？

　　　　　［小琴边拿着针线缝衣服,边偷偷拭泪。小明、小六子与宋雁耳语,收光。

　　　　　［老槐树满树月光,宋万山坐在月光下拉动二胡。

秦　娘　（端一碗菜包子出）别拉了,尝尝。

宋万山　（吃）真香,你也吃点。

秦　娘　我吃了,饱饱的,这是给你和雁子的。

宋万山　哎,那件事你和小琴说没？

秦　娘　还没得空哪,瞅你急的。

宋万山　我呀,是馋你做的饭菜,你说咋这么好吃,咋吃咋好吃,咋吃都吃不够！

　　　　　［二人都笑,侯向阳上,一身干部装。

宋万山　哟,咱院的革命干部回来了。瞅瞅,官不大,"别"好几管钢笔。

秦　娘　真事,向阳,这咋当上官走道的样都变了？

侯向阳　你们又逗我,一车间副主任,副科级,跑腿学舌办事员。(拿出小酒瓶)万山,喝两口,刚才我可又为你挨了批,都在学十号文件,你跑了。

宋万山　当工人不干活,成天到晚开会扯王八犊子,说出天花来我也想不通。

侯向阳　你咋变成这样了?一点工人阶级的觉悟都没了,啥事都不积极。

宋万山　哎,我活可不比谁干得少,反正我也挨过斗,大不了你们再斗我一顿!

秦　娘　我说你俩这是干啥,向阳,来尝尝我的包子,愁眉苦脸的样,咋的了?

侯向阳　唉,陈书记刚找我谈完话,说我最大的毛病是立场不坚定旗帜不鲜明,说是只要心明眼亮,身边到处都有阶级敌人,整得我汗毛孔都立起来了,还说要想继续进步,必须有好的表现。你们说,我他妈表现得还差呀?天天加班加点,大批判会总第一个发言。(喝酒)

宋万山　我说向阳,今个过节,你也放松放松行不行,来来,坐这听我拉一段。

侯向阳　我累了,没心思,回去躺一会。(喝着酒下)

秦　娘　你拉,我爱听!

　　　　[万山拉起样板戏,秦娘边听边情不自禁轻声唱起来,二人一拉一唱,一些居民围过来听,叫好,宋雁领二孩子走来,叮嘱,俩孩子立正。

宋万山　(止住琴,看宋雁脸上有伤)雁子,你小子脸咋回事,又在哪闯祸去了?

小六子　小四他哥欺负我们,让我雁子哥一个大背胯给扔那儿半天没起来,真棒!

秦　娘　死六子,又是你串笼的,雁子一回来你就让他帮你打架!

宋万山　你呀越来越野,和你说多少遍了,少打架少给我惹事,有事要找领导。

宋　雁　领导,现在哪有领导?领导都倒了,我就是我自己的领导,拳头就是领导!爸,你还没看明白,这年头太善良被人欺,太老实被人踩,我这辈子不能再像你那样让他们整让他们斗,东风吹战鼓擂,我他妈的爱谁谁,谁跟我立棍我就干他。扫帚不到灰尘不会自己跑掉,这话说的真他妈对。

秦　娘　雁子,这路话可不许你顺嘴胡说。

宋　雁　放心吧,我不傻,咱不出大格,一不偷二不抢三不反对咱共产党,劳动不玩赖干活不偷懒,需要时刀山火海咱还跟着闯(从袖口中变出瓶酒),爸,给你弄了瓶酒,过节了,孝敬你老!

小六子　妈,我们还给你买了奶粉和水果罐头,吃了这些好东西你就不会头晕了。

秦　娘　哎,你们哪来的钱?

　　　　[三人扔下东西就走开了。收光。

　　　　[宋家的偏厦阁楼里亮起灯,飘动口琴声。宋雁在窗口处吹口琴。

　　　　[小琴走来,听着,轻步上阁楼,进屋,痴痴望着听着,宋雁围着她俏皮吹奏。

小　琴　雁子哥,你吹得真好!

宋　雁　(又吹出几个旋律,小琴自后抱住他)想我了?

小　琴　嗯。老是想你,睁眼闭眼都是你……

　　　　[二人四目相对,幸福狂吻。

　　　　[天下起了雨,雨声响遍小偏厦,二人激情相爱。

　　　　[残墙处,小六子小明在雨中数着钱。侯向阳手提酒瓶子自雨中醉上。

小六子　你的搁我这! 我给你保存,用的时候管我要。

侯向阳　表现表现,我他妈还得怎么表现? (看见二个孩子)嘿,你俩干啥哪? 哪来的钱? 拿来我看看,这么多,是偷的不? 说实话! 不然我告诉你妈。

小　明　我,我们是拣破铁卖的钱。

侯向阳　破铁? 在哪拣的破铁? 小明,你不说侯向阳叔可叫你妈了!

小　明　工厂院里有的是,雁子哥领我们拣的。

小六子　瞎说啥! 快跑。(二人跑下)

侯向阳　雁子? 破铁,难道是……(走到宋雁偏厦前,看到窗口里相爱的二人)我的天哪! 这,这成什么了,光天化日之下居然,问题严重,太严重了。

　　　　[他思忖着来回走,大口喝光酒下。

　　　　[雨声不息。小偏厦灯光下,小琴宋雁相倚着。

小 琴 给,雁子哥。

宋 雁 什么?

小 琴 猜。

宋 雁 猜不着。

［小琴"变"出一个红苹果。

宋 雁 我从刘老蔫家苹果树上摘下来的,你咋没吃?

小 琴 我一直藏着,等着咱俩一块吃。(咬一口,交到宋雁嘴边,宋雁吃一口)

宋 雁 真甜,小琴,你看,我弄到了钱,整整八块钱。明天我领你上圈楼市场,你爱吃苹果,买他几斤让你管够吃,以后我拼命干活挣工分,有钱就给你买苹果,钱再多了我们就结婚,把这小屋好好拾掇拾掇做我们的新房。

小 琴 真到了那一天,我要在房里摆满苹果,红红的甜甜的,要是我们有了孩子,我也想给她起名叫苹苹,我们的小苹果。

［二人看着苹果,《红苹果》旋律起。宋雁轻轻地吹响口琴,小屋飘动口琴声。

［雨中,两人手拉手来到槐树下,小琴在雨中旋转着、唱着,歌声雨中飘扬。

小 琴 (仰面任雨浇淋,无限快意)雁子哥,我真喜欢这样,真好! 真美! 有你在我身边我就什么都不怕,再难走的路我都敢走,再累的活我都能干,再难熬的日子我也能挺过来,雁子哥,我要跟着你,跟你一辈子。

宋 雁 我也一样,和你在一起啥都忘了,啥都没现在这样好! 小琴,今晚别回家了?

小 琴 不,我得回去,过了九点妈会急的。

［大树下,雨中,二人紧紧相拥! 接吻。

［急雨声中传来喊叫声。每家每户亮起灯光,打开窗户。众走出,张看。

［半裸上身的宋雁被二公安人员推上,众大乱,惊看。万山也奔上。

宋万山 雁子,这到底是咋回事? 你,你干了啥事快说呀?

公　安　啥事,有人检举,他偷盗厂里的废钢铁进行非法倒卖,现在正在抓现形,打击各种犯罪活动,这是顶烟上,明目张胆顶风作案,判他几年都不过!

宋万山　厂子的铁是你……你把爸的脸都丢尽了!你个兔崽子我打死你!(打)

宋　雁　爸,那些铁块子扔着没用,我才……一共才卖了二十四块钱!

宋万山　(对公安)同志呀,孩子还小你们放了他,我是他爸,坐牢挨斗我替他!

侯　婶　是呀警察同志,他还是个孩子,把他留下,我们大家教育他吧。

侯向阳　让人痛心哪,雁子,你的政治觉悟哪,这世界观是咋改造的?年轻轻的!

宋　雁　侯向阳,是你告的密!你他妈咋这么缺德,你等着,我饶不了你!

侯向阳　雁子,这路是你自己走的,怪不得别人。侯向阳叔是国家干部是党员,不能视而不见,我也不愿这么做,这也是为了挽救你,把你从邪路上拉回来。

　　　　[秦娘、小琴上。小明、小六子跟上,见状吓得躲到大树后边。

秦　娘　向阳,说这些没用的干啥!雁子,和秦娘说实话,那钱是不是为了……你呀你呀!要我说没啥大不了的,孩子小闯了祸,不就二十几块吗?咱还上就是了,我这有五块多钱,谁还有钱先借给我,我这谢谢大伙了!

侯　婶　啥还不还的,先救孩子,我这有几块,大伙谁有钱,一块凑凑。

　　　　[秦娘取下一孩子的帽子,众无言,取钱放入帽中。

公　安　想得轻松!谁知道他偷过几次卖了多少钱,厂里这段丢的铁老了,再说还有更严重事,搞流氓活动勾引强奸女青年,你们侯向阳科长都看见了!

宋　雁　姓侯的我操你妈,我和小琴是两厢情愿正儿八经处对象!

秦　娘　(震惊地)小琴?小琴,你,你和雁子?到底是咋回事你快说话呀!

小　琴　(走出来)他没强奸我,是我自愿和他好的,我喜欢他,他喜欢我,我们俩……

秦　娘　这,这不是真的,小琴,告诉妈,这不是真的!

小　琴　妈,是真的,我就是喜欢他,同志,求求你们,是我情愿的,放了他吧。

公　安　看见没看见没,这什么事都怕查,二罪并罚,罪加一等,带走!(拉宋雁向下走)你们院还有俩小孩参与偷盗活动,查清楚以后我们还要来!

宋　雁　(喊着)小琴,等着我,我会回来的,等着我!

　　　　[宋雁被推下。众默立,躲瘟疫般远离侯向阳,纷纷下。

侯向阳　万山,我……

宋万山　雁子让你给毁了,你知道吗?从今以后我不认识你侯向阳,没你这个师弟!

侯向阳　嫂子!

秦　娘　别叫我嫂子,我他娘个腿的恶心,呸!想不到,这种事你也干得出来!

侯向阳　唉,我说你们,你们,我这也是为了……

　　　　[宋万山下,侯婶将侯向阳拉下,小琴悲站在老槐树下,急雨浇淋。秦娘走过去。

秦　娘　小琴,这,这到底是咋回事,你说话呀!妈怎么觉着这不是真的?

小　琴　妈,都是真的。我喜欢雁子,就是喜欢他,不管他做了什么,我都不怪他,我已经是他的了,我已经怀上了他的孩子!(雷声)妈,你骂我打我我也要等他,他一回来我就嫁给他,他进监狱坐牢我也等,等一辈子!

　　　　[小琴跑下,雷声,秦娘站立在急雨之中。

秦　娘　老天爷,怎么会这样,怎么会,这是咋的了?(大声叫着)小六子、小明,死崽子藏哪儿了,给我滚出来!偷铁的是不是你俩?给我出来!

　　　　[秦娘扯着嗓子喊着雨中走下,小明、小六子从树后转出。

小　明　都怪我,都怪我,我要不说就好了。(抱头蹲在地上)

小六子　妈的,不能饶了姓侯的。有胆没?跟我去把老侯家的小院墙推倒!

小　明　好,我跟你去!(二人跑下)

　　　　[雷声雨声。传来土墙轰然倒下声、叫骂声。二人复跑上,躲到残墙后。

小六子　解气!痛快!(双击掌)看不出你还挺有胆,行,以后我再不欺负你了。

小　明　以后妈给我好吃的,我都给你!

小六子　不,妈和姐都说了,我比你大,有啥好吃的先可你,要不就一人一半。

以后谁欺负你我还帮你打他们。

　　[传来喊声,秦娘拎着棒子顶着雨寻找而来。二人急躲起。

秦　娘　死崽子,你们躲哪了,给我出来,看我不打折你们的腿!,

　　[她脚下一滑跌倒在泥地里,仍哭喊着。小丽架着拐上,扶起她。

小　丽　妈,到处都找遍了,也没找到他们,问了好些人都没见着。

秦　娘　妈呀,这俩孩子是不是吓的,外边那么乱,会不会……老天爷!小
　　明,六子,妈不打你们了,好孩子,求求你们了,听妈话,快出来呀!

　　[二人一起寻喊下。夜雨中喊声传送:小六子,小明,出来呀,快
回家!

　　[雨越来越大,小六子小明紧紧靠在一起。小丽寻喊上,看到二人。

小　丽　(扔开拐杖扑过去)小明哥,六子哥,(喊)找着了,妈,找着他们了!

　　[雨中秦娘奔上,一把搂过二人。

秦　娘　没事吧,你们这两个死崽子呀,吓死妈了。

小六子　妈!偷铁推墙都是我干的,和小明没关系,要打你就打我吧!

小　明　妈,不关六子哥的事,是我一个人干的,你打我一顿吧!

秦　娘　(紧抱着二人)妈不怪你们不打你们,明天妈陪你俩把钱还给厂子。
　　孩子再苦再穷也不能偷东西呀!答应妈,以后再别干这种事了,妈
　　求你们了!

二　人　妈!

秦　娘　(叉腰大骂)姓侯的,你个扒眼告密的狗特务!我们哪点对不住你?
　　你干这种缺德做损的事,从今往后咱们绝交!操你八辈血祖宗的,
　　我秦三凤不怕坐牢,有能耐你也去告我!

　　[雨浇淋着整个大院,大院老少男女出现,站立、坐卧,侯向阳在喝
酒,收光。

　　[宋万山捧着酒悲凉地雨中走上,远望,秦娘上,二人站在雨中相对
无言。

秦　娘　想不到,俩孩子走到一块去了,小琴都……万山,我想好了,咱们的
　　事,算了,咱俩都不要再提了。

宋万山　可……

秦　娘　小琴说了,她要等雁子,要嫁给雁子,我们是当老人的,就成全他们吧! 俩孩子从小一块长大,要真成了一对,倒是再好不过的事了,你说是不?

宋万山　你,你不嫌雁子,他也许会给判刑的!

秦　娘　不嫌,我打小看着他长大的,还不知道他是啥孩子,小琴不嫌,你不嫌,我嫌啥。小琴愿意等,我就陪她等,她怀的孩子是雁子的,是咱两家的,她愿意做人流,我陪她去医院,不愿意做,做不了,我也不怕别人说三道四,我替她养活,孩子偷铁卖钱也是看我身体不好想……我是妈我扛着!

宋万山　你让我说什么? 等了这么些年,白天想夜里盼,眼瞅着就等到了,我……

秦　娘　万山,你别这样,我心里想啥你知道,我这辈子最大的心愿就是几个孩子都过得好,他们好我才能好,吃饭才吃得香,睡觉才睡得安稳,只要他们高高兴兴,开开心心,长大成人,啥苦我都能忍都能受。万山,我打定主意了,让两个孩子好吧,就这么定下了,从今天起你还叫我嫂子!

宋万山　别说了,什么都别说了,我,我听你的,嫂子!

　　〔秦娘竭力不让自己哭出来,下。宋万山痛立无言,慢慢地向另一方向走下。

　　〔一片汪洋。小琴雨中走上,痴痴望着远路。雨雾深处升起口琴声,收光。

第三幕　夏　夜

　　〔又过了数年,一个夏天的傍晚。

　　〔大院一地夕照,鸟叫声,清脆动人。残墙处涂有"改革开放,实现四化"的标语。院内多了些偏厦,秦家窗口改成小卖店。

　　〔空地上,小苹苹在哭,秦娘在叉腰骂街。

秦　娘　这是哪个王八蛋欺负到我头上了,孩子哪得罪你了,野种,你他娘个腿才是野种哪,告诉你们谁再欺负孩子,我一天骂他八遍祖宗! 行了苹,别哭了,陪你舅看书去。

小苹苹　(抹泪)小明舅舅没在屋里,不知道去哪儿了。

秦　娘　什么,不是让你看着他吗?在这帮姥姥看铺子。小明!小明!
　　　　[秦娘四下张看,寻喊。大林扶万山上,万山老了许多,头发有些花白。

大　林　秦娘,万山叔连着加班身体顶不住了,刚才摔倒了差点出事。

秦　娘　我的天,快坐下。

宋万山　没大事,别听他瞎说,大林,你快回去,车间活紧缺人手,快去啊你!
　　　　[大林急下。秦娘扶万山坐下,鸟声。

秦　娘　干干干,你还当是年轻时那会儿哪?身体不行还逞能!(倒水)

宋万山　厂里号召全厂老工人带头加班加点拿下这批活,为四个现代化作贡献,车间里小年轻多,我是老人,得带个头啊!粉碎"四人帮",厂子一天比一天兴旺红火,大家伙心气可足了,都在撒欢干炽蹶子干,可我这条该死的腿就是不给我做脸!(捶腿)

秦　娘　你呀!一干活就啥都忘了,早晚得累死!咋样,要不我扶你去医院看看?

宋万山　不用,没那么娇气,歇歇就行。回头躺一会我还得去厂里看看,不放心哎,这两天小明还是成晚不着家?

秦　娘　到晚上就没影,挺晚才回来,问他干啥去了也不说。越大越让人操心!

宋万山　孩子心里不好受啊,考大学这段,家里啥好吃的都先可着他,可偏偏差十分没考上,他能不窝火吗?本来六子也到了考学的年龄,你让六子提前进厂里当工人,保小明一个考大学,自己个也辞了工作开小卖店挣钱。孩子大了,嘴上不说可心里有数,他是怕再考不上家里白花钱挨累!

秦　娘　死崽子,让六子提前进工厂上班是因为他学习不好考不上,可他打小学习就好,考试老考第一。真是不懂事,过去那年月不兴考大学没法子,现在国家让考了,说啥我也得……小苹,再去给姥姥找找你小舅!
　　　　[正在玩的小苹苹跑下。鸟叫声。

宋万山　唉,光为他们操心了,你自己……头晕的毛病这段还犯吗?

秦　娘　好多了,唉,我这辈子就是累心的命,你不也一样,雁子本来早该放出来,可在里边又打了架伤了人,给加了刑,唉,看看这几年你这头发白的,总算是快见亮了,雁子要出来了,我这几个也都长大了……

宋万山　是呀,他们大了,可咱们都见老了。嫂子,前几天厂里的老刘头和牛大姐结婚了,他们两家孩子也是打小就好,亲上加亲。他们办事我去了,回来好几天都睡不好觉,这两天我在厂里拼命地干活,可心里老在合计。

秦　娘　万山,我知道你要说啥,可我还是觉得那样不好,雁子和小琴俩孩子会怎么看,小苹苹会咋看?还有这一大院的人……

宋万山　你说的也是,可我这心里老是觉着……

秦　娘　万山,你的心思我知道,咱们都老了,要是这群孩子早点立世,一个个成家立业,比啥都强,你说是吧。那么些年都过来了,都这个岁数了,我现在就剩一个心思,就是这群孩子

宋万山　孩子,孩子,咱们这辈子到底图的啥,啥啥都……

秦　娘　(岔开话题)万山,雁子出来工作的事,今头晌我去街道找了牛主任,他答应帮着想辙,你别着急,过两天我再去问问。

宋万山　又麻烦你,托了不少人,可一听说是监狱里出来的都……

　　〔有人来买东西,秦娘卖货,顾客下场,侯向阳推自行车上,侯婶在后追。

侯　婶　他爸,昨晚上了一宿夜班,咋又要去?厂里不是让你回家歇一天吗?

侯向阳　行了行了,回家去!厂子大干快上搞会战,我那车间进度跟不上,大家都在厂子加班,这会我哪能在家躺着?让你回家你听见没!

　　〔侯婶无奈,下。

侯向阳　(走向小卖店)小瓶老龙口。

秦　娘　(冷冷地)没有!

侯向阳　哎,那不摆着吗?

秦　娘　有也不卖。

侯向阳　这,我又不是不给你钱?

秦　娘　一百块钱一瓶,拿钱就卖给你。

宋万山　向阳,雁子的工作你能不能……你是车间主任,说得上话,替我跟厂里说说,好歹安排个……

侯向阳　这事照说我倒是能说上话,不过我刚提成正职,再说现在待业青年

这么多,安排个劳改释放犯,谁说怕都够呛。万山,不是我不帮忙,可啥事都得按政策办,国家又没文件,眼下厂里这么忙,还是别给领导找麻烦。

秦　娘　(闻味)我说侯向阳,你浑身上下咋有股怪味?官味,就没一点人味!

侯向阳　哎,你这是怎么说话哪?我……

秦　娘　我咋说话,你说我该咋说话,雁子当年咋进去的?你拍拍良心说,你心里有愧没?打什么狗屁官腔?呸!(猛地泼出一盆脏水)

侯向阳　你,你干什么?

秦　娘　干什么,我泼水!不知道自己是谁了?一天到晚嘚瑟劲,一院住着谁不知道谁?现在像个人似的,当初学徒时偷吃别人饭盒的饭,偷看女人洗澡,让人逮着啥样忘了,跑这来摆臭架子,整急了我把全大院人都叫出来,把你那点事从头到尾数叨数叨!老天也不长眼,啥人都当干部!

侯向阳　我说老秦婆子,你嘴下积点德行不?我这干部是在厂里拼命干活干上去的。我容易嘛?一天到晚操多少心受多少罪,我,一院住着,我不明白你们干吗这么和我侯向阳过不去?我是王八蛋,我做过错事,我对不起你们,可这些年我心里的苦你们知道吗?这一大院人都把我当贼,都和我劲劲的,你们知道那是啥滋味吗?不和你们说了,我上班去。万山,雁子的事我得空和厂长说说。

秦　娘　你给我回来!

〔她将一瓶酒放到柜台上,侯向阳慢慢拿起,将钱放下,推车向下走。

〔另一侧,宋雁拎着简单的行李,刚出狱打扮上,他用力撞倒侯向阳。

侯向阳　谁呀,干什么你,(爬起)哟,是,是雁子?你,你啥时出来的?雁子,过去的事都过去了,哪天到家坐坐,爷俩喝一杯酒?

宋　雁　我在里边遭罪,你在外边过得倒挺滋润,不光没老,还比以前少兴了,你养得不错呀!(一把抓住侯向阳的衣襟,将侯向阳提起来)

侯向阳　干什么,你干什么!

宋万山　雁子,你放手,不许胡来!

秦　娘　雁子,你这浑孩子,你还想再进去呀?

〔宋雁放手,狠狠踹侯向阳的自行车。侯向阳欲恼,把话咽下去推着变了形的车下。

宋万山　雁子,咋今个就出来了! 不是说还得几天吗?

宋　雁　爸,你老的头发……都是我不好,让你跟着受苦了! (恸伏在万山膝前)

秦　娘　看看你们爷俩,老天保佑,人回来了比啥都强。小琴六子一会儿就从厂里回来了,我呀好好整他一桌菜,大伙聚聚! 苹苹,好孩子,快过来,你不老叨咕爸爸吗? 你爸回来了,去呀孩子,叫爸!

小苹苹　(一步步走向宋雁)爸!

　　　　[父女紧紧相抱,收光。鸟声啾啾。

　　　　[一片月色,宋雁的偏厦,宋雁独坐吹响口琴,小琴一身工装疾步奔上,站住,听着这熟悉的口琴声,她激动地一步步登上小偏厦,口琴声止。

宋　雁　小琴!

小　琴　雁子! (二人慢慢走近)

宋　雁　我在这等你。小琴,一晃七年了,你瘦多了,谢谢你,这些年你一直照看我爸,一人带着苹苹。每次你去看我都给我带苹果,今天一出来我就……

　　　　[桌上一排排红苹果,闪着光。夜色深处响起口琴吹奏的《红苹果之歌》。

　　　　[口琴声声,小琴动情地看着,抚着苹果,将苹果拿起贴到脸上。

小　琴　雁子,你还没忘?

宋　雁　怎么会? 都是我一个一个挑的,挑最红最甜的。小琴,你不嫌弃我? 我宋雁现在一无所有,我蹲过大牢,我是个谁都不要的劳改犯。

小　琴　(捂住他的嘴)不,你不是,你不是,雁子哥,你有我,还有苹苹,知道吗? 雁子,我天天晚上都梦见你,梦见你出来,我们这样面对面在一起!

宋　雁　我也是,小琴,睁开眼睛是你,闭上眼睛也是你,要没有你我熬不到今天。从今天起为了你和苹苹,我要玩命地挣钱干活,要不,我就不是人揍的!

小　琴　雁子哥!

　　　　[二人紧紧抱在一起不顾一切地疯狂接吻,口琴声声,红苹果掉了一地。

　　　　　〔小六子一身工装,拎着大包小袋闯入,撞上这场面。

小六子　雁子哥雁子哥哪,哟,对不起,我啥都没看见! 你们继续,继续。

宋　雁　你小子,(给他一下)六子,你好吗?

小六子　好好,雁子哥,哥们现在是工人阶级了,领导一切,这两月干得不错,还他妈上车间光荣榜了哪,哪天我领你上厂里看看,老牛 B 了。看,我买了酒,还有好吃的,今晚上咱好好撮他一顿! 边喝边唠。
　　　　　〔收光。

　　　　　〔夜色中,秦家亮着灯光,小明走来,望着窗口灯光,欲下,秦娘出。

秦　娘　给我站住——
　　　　　〔小明站下,一言不发,蹲到地上。

秦　娘　说吧,这些天你都上哪去了,你说呀?

小　明　妈,我,在家里我待不住,出去走走,唉,我没脸见你、见六子哥!

秦　娘　你呀,我最看不上你这样,没考上大学的多了,耷拉个脑袋顶屁用?重打锣鼓另开张,好好复习明年再考,不行咱就后年大后年!

小　明　妈,我——

秦　娘　行了,从明天起老实在家复习,给我进屋,咋的,还得八抬大轿抬你!
　　　　　〔屋内一片欢声,万山、宋雁、小六子、大林等团团围坐,小明进屋。

小六子　来来小明,尝尝我买的外国洋酒。妈,你别忙了,快来呀! 各位,今个咱们都得喝好喝透,我先整几句,现在多少人都在考大学,去年这时候我也想试巴试巴,天天看书看得我这脑袋都要裂了,那个罪遭的。当时老妈做主让我进厂上班,说实话我真是不情愿,现在我得感谢老妈的英明决策,我当工人正合适,小明考大学也是命中注定。虽说今年差十分,可明年一使劲我老弟兴许还能考上清华北大,到时候他就是大院里第一个大学生! 我提议,先为我老弟明年考上大学干杯!

小　琴　没错,明儿,姐和六子都挣钱了,你想买啥资料尽管买。看你的了!(干)

小　明　我,谢谢大伙。(干杯)

小六子　好! 可大院数数我他妈谁都比不上,打小个矮人小,打架都打不过别人,尽受气,可我小六子也想活得像个人样,到哪儿都不低气,到哪都让人瞧得起,那才有意思才叫牛。可这人咋样才能变得牛?才能让人瞧得起?上了一段班我才发现,当工人就得活好,有技术,啥活到你手上能干得漂亮玩得明白,那大伙才宾服你才把你当回事。我现在就一条:趁年轻玩点命多学点技术多长点本事!各位,现在我小六子老牛了!上了光荣榜不说,小哥们们全维护我,钱也没少挣,连厂里那些小姑娘都对我挺那个,将来我小六子一定要娶个漂亮的女的成家,什么录音机电视机录放机全置备上,好好牛他一把,妈,到时我让她天天侍候你。

秦　娘　这孩子,媳妇还没影哪,就在这吹大牛。

小六子　吹牛,妈,我明天就可以给你领来俩让你挑。嫁给我小六子算他们有福,往后小明上大学的学费我也包了,我小得溜干点就有了!来,我再起一杯,为咱家日子变好,为我小六子当工人,干了!

宋　雁　都比我强啊,工作,上大学,可我……苹苹都这么大了,我连个……我宋雁不会就这么趴下,三十年河东三十年河西,日后不定谁咋样哪。我和几个一块出来的哥们商量了,不靠家里不靠爹妈,过段日子一起上南边打工去。来,六子,连整三个!

小六子　好,这么整不过瘾,换大碗,咱们来个痛快的。

小　明　也算我一个!

大　林　还有我!（四人用大碗喝）

　　　　[秦娘一直忙前忙后,始终没上桌,这时端着热气腾腾的饺子出来。

小六子　饺子来了,哇,真香,妈,我就爱吃你做的香油饺子!你快坐下,你也吃一个,过两天就是你的生日,看你儿子给你买了件什么生日礼物。（取出条漂亮的长披肩,为妈妈披上）

小　明　（取出一包,打开,拿出一件上衣）妈,这是我给你买的。

秦　娘　小明,你哪来的钱买衣服?

小　明　妈,这,这是我平常攒的。

秦　娘　学会和妈撒谎了是不,你过来,让我看看你肩膀!（扯开小明衣服,小明的肩膀一片红肿）天,肿成这样,我就觉着不对劲,说,你干啥了?

小六子　小明,咋回事,干啥了弄成这样?

小　明　妈,这些年你为了我吃了不知多少苦,可我从小到大,还没给你买过一样东西,你要过生日了,我想……我在车站货场跟着搬货扛大包。

秦　娘　你,你这身子骨咋能干得了那么重的活?

小六子　小明,你咋回事,有哥在用你去干活? 我真想揍你一顿!

小　明　妈,六子哥,大学没考上,干点活,我这心里头好受些,再说妈过生日我说啥也得……我早就想给妈买件衣服,这一件我看上好多天了,今天总算把钱凑够了。

秦　娘　(抚着小明肩膀)疼吧,你呀,你这孩子,我去拿药。

小　明　妈,我不疼,你穿上试试,一定特别好看,要是不合身明早上我再去换。

小　琴　妈,这是我和小丽给你的生日礼物,你看好不好看?(也取出礼物)

秦　娘　(含着泪看)你们哪,尽乱花钱,能有这份心妈就高兴!

小六子　妈! 你老就擎好吧,咱们都长大,能挣钱了,你老盼的好日子就快来了! 你们大伙说是不是? 来,今个妈高兴,我们也高兴,各位接着喝,借酒劲我给大伙跳段舞,热闹热闹。

　　　　[小六子抓起一盆当鼓,欢快边击边舞,小苹苹也加入,与其俏皮对舞。

　　　　[紧跟着,宋雁、大林也高兴地醉舞起来,其他人持筷子打拍子叫好。

　　　　[秦娘站在一边高兴地看着。侯向阳急急忙忙自夜色中奔上。

侯向阳　(焦急)各位都在,有点急事和大伙商量商量,厂里这批活进度太慢,弄不好到时间咱们不能完成合同了,大伙再辛苦点突击夜战一下。我知道大伙都很累,可真要误了工期,我这主任头一个没法和厂里交差,帮我个忙吧。六子,车间里小年轻的都和你好,都听你的,你再带个头加个夜班,年底厂里评青年突击手我一定把你报上!

小六子　不行,我刚下班,你想把我累死呀!

侯向阳　我给你们提高加班费,一晚上三块六。

小六子　(支起双腿)对不起侯向阳主任,我累了,吃完饭我要睡觉。

侯向阳　那就五块,五块咋样?

小六子　我说姓侯的,你咋这么没劲,把我当成甫志高、王连举了,不去!

侯向阳　你这张嘴呀,好嫂子,求求你帮我说说。

秦　娘　（将饺子装入饭盒）六子,拿上这盒饺子,班上吃,给我麻溜去,听见没?

小六子　妈!

秦　娘　妈什么妈,你还是我儿子不? 厂子要劲的时候咱们老秦家啥时含糊过?

小六子　嘿,你以为我真不去呀,我是瞧不起他这号人,看着就来气,好,不吃了,加班去! (扔嘴里一个饺子)这饺子我老是吃不够,给我多留点,回来我接着吃,雁儿哥,明早我回来再唠!

秦　娘　（递上工装）六子,加小心,你都连上了俩夜班了。

小六子　没事,我这体格,三天三夜都没事。往大了说是给社会主义建设作贡献,往小了说是给老妈你争气给咱家挣钱,有了钱咱家天天吃香油饺子。

宋万山　（也无言起身）我也去,大林,你也跟着一块去。

秦　娘　小琴,你也去吧,多个人多份力。

侯向阳　谢谢,谢谢,我谢谢大伙了。

　　　　〔万山、小六子、小琴、大林拿工装向外走,一些工人都从各家出,下。

秦　娘　（目送着,看披肩）快熬出头了,等他们成了家,上了大学,我就该享福了!

　　　　〔收光。

　　　　〔夜色茫茫,大林气喘吁吁跑上。

大　林　秦娘,秦娘,六子,六子他出事了。

秦　娘　（急出）什么! 出事,出啥事,你快说呀!

大　林　秦娘,吊,吊车翻了,眼看着柱子和二迷糊就要给砸底下了,六子跑过去把他俩推到一边,可他自己……

秦　娘　啊? 快点说,砸着哪儿了,胳臂还是腿?

大　林　秦娘,他,他死了! 万山叔上去救小六子手也给砸伤了!

　　　　〔秦娘倒下……大林急呼,急速收光。

　　　　〔秦家变成临时灵棚,有花圈、挽联,供有小六子遗像,香油饺子成了供品。

[灵棚内,秦娘呆坐不动,神情恍惚,小明、小琴、小丽等担心地看着她。

秦　娘　琴,丽,去把所有的灯都打亮,六子要回家了,去看看,好像是门响了,六子,六子是你吗? 妈在这等你哪,(捧着饺子)这香油饺子妈还给留着哪,你说的加完班就回来要接着吃,你吃呀,吃呀,妈在边上看着你吃……

小　琴　妈,你——

秦　娘　来,六子,妈给你伴奏,你再跳一个。(发疯地举起小六子叩过的盆敲起来)

[鼓声,令人心碎的鼓声。一束追光,仿佛真有小六子在追光中跳舞。

小　明　妈,你别这样,求你老了,六子哥走了,还有我,还有小琴姐……

[秦娘只是一下下叩着盆。

小　明　六子哥,这不是真的,你不会就这么走的,咱们从小就在一起,从来没离开过,一起上学,一起爬树,什么都在一起,你怎么走了?

[秦娘仍在击鼓。宋雁走入,跪到遗像前,给六子磕了一个头。

宋　雁　六子,我要走了,雁子哥发誓,我要去挣钱,挣大钱,以后我代替你养这个家! 小琴,我不能一分钱没有两手空空娶你,我要和那些哥们去广东闯一闯,你要信得过我就再等一阵,我挣了钱就回来。(走到秦娘面前)秦娘,六子走了,你老要不嫌弃,我宋雁就是你老的亲儿子,我拼了命也要挣钱回来,以后我供小明上学,给你老养老送终!

[仍是鼓声,宋雁冲秦娘磕了三个头,转身下,小琴追下。

[仍是盆鼓声,侯向阳持酒瓶子出现在夜色中,他又喝酒了,狂喝。

侯向阳　六子,侯叔对不住你,你别老在我眼前晃,我求求你,别跟着我盯着我。

小　明　(一把抓住)姓侯的,都他妈是你干的好事,你还有心喝酒。(夺下酒瓶)

侯向阳　你打吧,打我一顿我这心里能痛快点! 打呀,求求你打呀!

小　明　你以为你这样我就不敢打你吗? 好,今天我就成全你!(举起酒瓶)

侯向阳　六子,他是个好孩子,我从小就喜欢他,想不到今天……小明,你侯叔是个小人物、沙拉密,活得比谁都累呀!

小　明　(停住手)姓侯的,你进去看看我妈,看看她成了什么样了,走啊你。

〔小明拖着侯向阳向内走,将他推到秦娘面前,侯向阳扑爬向坐着的秦娘。

侯向阳　嫂子,你骂我一顿打我一顿吧,我侯向阳欠你的,欠你一辈子,六子他是因工死亡,我保证为他多争取点抚恤金,再让厂里追认他做青年突击手。这回我算是惨透了,厂里头说这事我有责任,还要给我处分哪。六子,你在天有灵,原谅你叔吧! 厂长,这事不能怨我呀!

〔秦娘仍叩盆,侯向阳抓起酒瓶子喝酒叨念着醉下。万山手臂吊着绷带上。

宋万山　嫂子,你停下,你停一停,你别敲了,你不能再敲了,再敲你会……

〔秦娘不听,仍敲,万山拼命夺盆,秦娘不给,最后万山硬抢下盆,咚的一声盆落地,秦娘抱着盆坐在地上。

宋万山　嫂子,你别这样,你这么下去我……天塌了有地接着,山坍了有人撑着,再大的事有我在身边。

秦　娘　万山,我不该让他去,我要不逼着孩子去,就不会出事了,我不该呀!

宋万山　嫂子,这不能怪你呀,咱的孩子咱们清楚,就是你那会儿不让他去,厂子活这么急,他也会去的。

秦　娘　他小时候我老是打他,追得他到处躲,就这么一个亲儿子,干吗要打他。他不笨,弄点啥鬼精鬼灵的,他爸活着的时候没少说,要让儿子上大学,可我愣是让他进厂上班,现在想想真后悔呀! 我哪哪都对不住他,我不是个好妈,我是天底下是最差劲最不好的妈,六子,妈欠你的太多,还都没法还,该死的是妈,妈真想和你一块走一块去啊!(自责地捶打自己)

宋万山　嫂子,你别这样,记着当初我挨斗的时候,你和我说,让我挺住,现在该轮到你挺住了! 咱六子是天底下最好的孩子,进厂这段大伙都夸他,说他特别像我老秦大哥,他是为厂子为了救柱子和二迷糊! 你养了个好儿子,可惜呀,我没能救下小六子,老天爷不长眼,咋就不让我替替他? 要是能让六子活过来,别说是伤了手,就是死我也……

［二人沉默，双双流泪。

宋万山　嫂子，你要挺住！

秦　娘　万山，挺了这么多年，这次我，我实在是挺不住了，万山！

　　　　［她再也控制不住，扑到万山肩头放声大哭，头乱撞着，哭声让人
　　　　心碎。

宋万山　（轻拍着她的肩头）这些年苦了你了，外边看你挺刚强，到底也是个
　　　　女人呀，可我知道你能挺住！你不会丢下孩子们，丢下我和孩子们！
　　　　大伙都爱吃你做的饺子，我也爱吃，一吃就没够，你还得接着给我们
　　　　做呀！

秦　娘　万山！

宋万山　腿不行了，如今这只手也……可嫂子，只要我宋万山还有一口气，我
　　　　就会帮着你，帮你到死。我也不想给厂子添麻烦，我还有一只好手，
　　　　伤好了我上街修自行车卖大碗茶。你也一样，这个家不能散摊黄
　　　　铺！你要是没了魂似的，孩子们就都没了主心骨。嫂子，他们都在
　　　　看着你，你是当妈的呀，这道还得接着走，日子还得接着过呀，你说
　　　　我说的对不？

　　　　［小明一直默坐在屋外窗下，此时走进来

小　明　妈，大学我不考了，咱和厂里说说让我接六子哥的班。

秦　娘　你，你说什么，你再说一遍！

小　明　妈，你别看我瘦，我能行，这些天我在车站干活已经挣着钱了，我是
　　　　男人，我不能让你一个人支撑这个家，你就答应我吧！妈！

　　　　［秦娘打了小明一个嘴巴，大静场。

秦　娘　你，你个混蛋孩子，你说啥，你想不考大学了，老老小小都盼着你能
　　　　考上大学你想不考了，你咋这么混哪！你这孩子！明呀，妈现在就
　　　　剩下你了，就指望你了，你不想考也得考！妈就是打也要把你打上
　　　　大学去！

宋万山　明呀，你要真不想考了，我也要揍你！冲六子冲你妈，你也得接着
　　　　考啊！

小　明　妈，万山叔，我考，我考，头拱地我也要考上！

　　　　［收光。

〔夜色中,宋雁背一包和小琴上。

小　琴　不能等几天再走?

宋　雁　不,我一分钟也待不住,这就去找柱子和大成,赶今晚的火车。小琴,照顾妈爸和苹苹。等着我,我会挣钱回来的,到时候咱们正经八北地结婚办事,我要雇上全市最好的车,让你穿最贵的婚纱,放鞭炮请乐队娶你进门,让你下半辈子天天过好日子。

小　琴　雁子哥,我等,等着你回来,等着那一天。(取出一包钱)这些钱都是我这几年攒的,原想你出来……你全都带上吧!雁子哥。(扑到宋雁怀里)

宋　雁　就是没有六子这事,我也要出去闯闯,窝在这大杂院里我不甘心,顶天也就像我爸一样憋屈一辈子,我就是条虫子,也要爬出去看看外头啥样!眼下人们都在往南边去,听说那边到处是钱,你敢闯敢干,就能挣着大钱。我要拼一把!我要让全院的人看看,我雁子是条响当当的汉子!

〔宋雁背包欲下。秦娘上。

秦　娘　雁子!(慢慢地,取出一包钱放到宋雁面前)这,这是小六子挣的,我一直给他攒着,寻思将来……你们俩打小就好,带上它做路费、当本钱,有你刚才在六子像前那番话,算是秦娘没看错你,秦娘不要你发什么誓,许什么愿,长点志气混出个样来!拿着,我让你拿着!

宋　雁　(捧着钱)秦娘!我,我宋雁要是不干出个人样不回来见你。

〔收光。空黑中响起火车汽笛声。

第四幕　春　夜

〔又是数年以后,早春的傍晚,淡淡的夜雾飘浮。

〔墙垛上有醒目的动迁告示。侯向阳摆弄喇叭上。

侯向阳　(鼓捣好喇叭,开始广播)大院居民同志们,今天是大院动迁的最后期限,请大家抓紧最后时间搬家。咱们这块的地皮已经由厂里卖给了南方老板,准备在这里盖商业城,明早上开始施工单位进驻,大家抓紧时间呐!

　　［广播声，夜色中侯婶急上。

侯　　婶　　求求你，别喊了，大林他们都对动迁有气，要搬咱自己搬就得了，你还嫌得罪人少啊！

侯向阳　　你少嘚嘚，这动迁又不是我定的，谁有意见找上边说去，找投钱扒大院的老板说去，我一个房管处小处长就管组织搬家。（小声地）他们已经答应了，安排好动迁，给我一套大三室，今晚钥匙就能到手。这些年厂里头儿都住上了新房，有的还二三处房子，就他妈我，为了弄套好房子求爷爷告奶奶，眼瞅着要退休了还……我算是把啥都看开了，都是扯淡！房子、钱这些才是真格的，趁着我还有点权，能闹点啥是啥，麻溜回家收拾东西。

　　［侯婶叹气下，侯向阳继续广播。大林和二工人奔上。

大　　林　　姓侯的！你再嚷嚷我他妈宰了你！告诉你，不答应我们的条件我们不搬！

侯向阳　　我说大林，你这就不对了，就因为差你几米面积，和国家对着干有你好果子吃吗？再说，吸引外地资金改造老城区拆掉大杂院建商业区，这是市政府的决定，厂里和人家白纸黑字签的合同，你们有意见，有能耐你找上边去，和我来劲找错人了，我这是公事公办。

大　　林　　反映反映，到哪哪踢球，扯皮泡人，我王大林豁出去了，明早上我就守在这不走了，反正厂子没活放长假了，把我抓进去，还有地方吃饭了！

侯向阳　　你英雄，你好汉，你爱咋的咋的，你别影响我工作。（继续广播）注意了，夜里十二点停电停水，明早上推土机要推平大院，请抓紧最后时间搬家！

　　［他广播着向大院深处走，广播声飘动。

　　［秦家升光，广播声响着。
　　［苍老的秦娘在桌前包饺子，双眼已看不清，动作迟缓，小丽进出摆碗筷。

秦　　娘　　又催咱们搬家哪，这大院住了一辈子，真要挪窝了，还有点舍不得！

小　　丽　　妈，这两天我高兴得都睡不着觉，进了新楼，冬天就有暖气了，再不用烧煤球,一家一卫生间,再不用排队上厕所了,咱家是一楼,我照样可以接活做衣服,我都高兴死了!妈,那空气可新鲜了,还有条河,春天来了,到处是花呀草的,多好啊!

秦　娘　是呀,动迁动迁一步登天,这几年城里头新楼越盖越多,大伙一直眼巴巴盼着早点动迁进新楼,可谁想到赶上厂子不景气,活少,好几个车间都放了长假,开工资都费劲,大伙搬家装修的钱都不凑手,好些家房子面积还不够米数。

小　丽　妈,你就不能想点好事,我小明哥不光上了大学,现在又考上了名牌大学的研究生,这是院里多少年都没有过的事!现在大家伙可羡慕咱家了。

秦　娘　(也笑)是呀,唉,明天一早就要走了,再回来就得放假了。
　　　　〔小明上。

小　丽　妈,我明哥回来了,我去盛饺子,咱们好好吃它一顿!(入内)

小　明　妈,车票拿到了,明天早上八点半的!(坐下)妈,你老的眼病越来越重了。家里要动迁,小琴姐放了长假,还没找到工作,这时候走我真……

秦　娘　放心走你的吧,家里院里这么些人,搬家用不着你,你姐工作早晚能找到,啥也别惦着就管安心念书。来,要走了,再吃顿妈包的饺子!吃呀!

小　明　香,妈,真香啊!

秦　娘　那就多吃点。来!(为其夹,饺子掉落桌上)瞅我这眼神,嘿,真老了。
　　　　〔小明默看着,老秦娘再夹,放入小明碗中。

小　明　这些年雁子哥一直没信,万山叔盼他盼得病倒了,你的眼睛也是因为他。要动迁了,他该回来看一看。

秦　娘　是呀,头二年往家寄了好大一笔钱,就再也没消息了。你姐和小苹隔三差五就给他过去干活的地儿和他寄钱来的地儿都打长途电话,人家也不知道在哪,妈打发人去南边找,到了也没找着他,这孩子真让人揪心。

小　明　妈,我总觉着不对劲,寄来那么多钱说明他还活着,而且干得不错,不来信我看十有八九……现在只有姐一个人还相信雁子哥,总是说他会回来。

秦　娘　苦了小琴了,还是少和你姐提这事,她心里比谁都……要是再不回来呀,怕是就找不着家了。也怨我呀,当初我要留个心眼不让他去就好了。

　　　　[万山被小苹苹拉上,他已满头白发,背驼了,腰弯了。小琴拎一桶跟上。

宋万山　苹苹,我没脸进这个门,跟姥姥说我不舒服,小琴,把这鱼……

小苹苹　爷爷,走吧! 前几天刘叔去广东,我和妈托他去找我爸了。我还给爸写了信,告诉他家里要动迁了,刘叔说一定想办法找到我爸,把信捎到,说不定看到这封信他就能回来,快走吧你! 姥姥,爷爷来了!

　　　　[小苹硬推万山进屋,小琴随入。

秦　娘　你呀,以后叫你过来你就过来,磨磨叽叽地,坐!

宋万山　小琴,那啥,把鱼给你妈煮上,今天钓了不少,一个个都小二斤,瞧!

　　　　[万山从桶中抓出条活蹦乱跳的鲜鱼,众叫。

秦　娘　快拿个盆来。病刚好,不好好养病,你老去钓啥鱼?

宋万山　活动活动钓钓鱼累不着。大夫说了吃鲜鱼对眼睛有好处,往后我天天都去钓。你吃了眼睛会见好的。唉,死雁子,要搬家了也不回来看看。

小　琴　爸,咱不说这个了行吗?

秦　娘　小琴说的对,不说这个! 要搬家了,咱们热闹闹地再吃顿饺子,我去盛!

宋万山　小琴,你的工作有着落了吗?

小　琴　还没有,爸,我不想找了,昨晚上我和小丽商量了,现在人们都有钱了,来做衣服的越来越多,这几年我俩手艺都练得差不多了,钱也挣了不少,我俩和妈商量了,搬过去以后,借着一楼的门脸开个服装店。要是人手不够,我就找几个放假在家的姐妹一块干。

小苹苹　爷,我妈说了,要是干得好,她就再往大了干,还兴办个小服装厂哪!

小　琴　事情赶到这了,我想试巴试巴,不靠厂子,谁也不靠,自己往前闯闯。

　　　　[大林和几工人奔上。

大　林　秦娘,万山叔,我刚刚听到消息,说是投钱扒咱们大院的公司代表马
　　　　上就要到咱这来了。你们猜,那个代表是谁? 是宋雁,咱们的雁子!
　　　　[众惊,议论,激动,特别是秦娘和小琴。

秦　娘　(抓住大林的手)大林,是真的吗,不会是听错了吧!

一工人　没错,我到厂部找领导说房子事,看见他了,一身名牌,外头还停着
　　　　大轿车。这回呀,咱的事有门了。秦娘,万山叔,你们和雁子好好
　　　　说说。

大　林　对,还有小琴姐,让他给咱大伙增加面积,要不补钱也行。

秦　娘　小琴,他到底回来了!

　　　　[夜色中响起汽车声。宋雁和几随从上,西装革履,环视着多年不见
　　　　的大院。
　　　　[小苹苹声音:爸,这是第一百封信了,我们住的大杂院就要动迁了。
　　　　　　　　　　　你再不回来就找不到家了,这几年爷爷等你等得头发
　　　　　　　　　　　都白了,每次去看他,他都在屋里叹气,妈也老多了,
　　　　　　　　　　　除了上班照顾家,就爱到老槐树下想心事。
　　　　[他望着秦家窗口的灯光,克制着内心的情感。侯向阳拿着喇叭
　　　　跑上。

侯向阳　雁子,真是你呀,想不到你出息了! 当上了大老板,不认识我了,我
　　　　是侯向阳,你侯叔啊,我那什么,正帮着你们组织动迁哪!

宋　雁　唔,明天早上全部搬光,有问题吗?

侯向阳　没问题没问题,雁子——

宋　雁　那就交给你了,影响了明天开工我可要你们负责! 行了,你忙去吧。
　　　　[侯向阳和宋雁手下说了几句跑下。小苹苹出来。

小苹苹　爸? 爸! 是爸回来了! (跑回)妈,姥,快出来呀,我爸回来了!
　　　　[屋内人们走出,看见宋雁,静场。

宋万山　雁子? 真是雁子?

宋　雁　爸,是我,是我回来了,你的头发怎么全白了,这些年……你还好吗?

宋万山　你,你还知道回来! 你把爸、把小琴都忘了!

宋　雁　爸,挺多事我以后慢慢和你说,这些年我给你寄的钱你都收到了吗?

宋万山　钱,我要钱干什么?你把小琴、苹苹扔下不管,爸到哪头都抬不起来呀!

宋　雁　爸,是我的错,这些年我天天都想着回家,撒谎我就不是你儿子。爸,你老要有气有恨,就狠狠打我一顿吧。

宋万山　打你,我想宰了你!(打宋雁,宋雁不动,任宋万山打,宋万山一阵咳嗽)我,我老了,打不动你了,你他妈滚!我没你这个儿子!

小　琴　(扶住老人)爸,你这是干啥呀,他回来了,这是好事呀!

秦　娘　(走到宋雁跟前打量他)看这样子,你小子真在外头发财了?

宋　雁　算是挣了点钱,秦娘。(恭敬地鞠一躬)

秦　娘　唉,你爸等你把头发都等白了,小琴的头发也变灰了。还行,还行啊,你还算有良心,到底还是回来了。雁子哪,扒这大院真是你?

宋　雁　是,我在的那家公司决定投钱打开北方市场,听说这边市政府搞开发,就买下这块地皮,准备先建一座商业城,具体事是这边办事处办的。

大　林　雁子,好样的,到底发了!你回来了,大伙的事就有盼头了,不管咋的你得替我们说话,这次安置大伙面积不够,连秦娘家面积也不够。

宋　雁　这件事我都知道了,可大林,别的事情都好办,这件事我帮不了你们。

大　林　什么,雁子,你?

宋　雁　我也是给公司老板做事的,只能执行老板和公司董事会的决定,既然双方签订了合同,现在的事你们也知道,一切都要按合同办,否则公司要赔钱的。你们也许不知道,考虑到咱们机床厂的实际困难我们公司实际上已经做了很大让步,除了负责动迁安置,还付给机床厂一大笔资金,厂里说是要拿这笔钱搞设备改造,给你们这些放长假的人员发工资。

大　林　雁子,你可是从这大院出去的,如今你有钱了,可不能忘了大伙呀!

宋　雁　这件事,我真是无能为力,我赶过来也是想劝劝大家,还是赶紧搬吧。明天开工已经定了,不会再拖了,事情弄到最后恐怕对谁都没有好处。

大　林　不行,我们不搬!看能把我咋的,有能耐你们就开推土机把我轧死!
　　　　[大林领同来的工人下。

秦　娘　这件事回头再说,走,别在外头站着,都进屋去,小琴,把饺子都下了。

　　　　[众进屋,宋雁感情复杂地看着屋内,随从将许多礼物放到桌上,退下。

宋　雁　这些礼物是送给你们的,爸的,秦娘的,这是给苹苹的。

秦　娘　等等,秦娘想知道,你这些年在外头干些啥?咋没个信呀?

宋　雁　真不知该从哪说,这些年苦拼苦斗流血玩命,死了好几个来回,我不知道给你们写过多少信,可写了撕,撕了写,混得越来越差我没脸……后来我在工地上伤了人出了事又进了监狱,再后来遇上现在的老板,她看得起我,对我不错,我跟着她一点点干起来。秦娘,爸,小琴,当年小六子做过的梦在我身上实现了,看,(拿出两串钥匙)这是两套三室一厅的钥匙,我替你们在天堂小区选好了,新房装修买家电家具都由我负责,我已经安排了,明天一早来车给咱两家搬家。

小苹苹　妈,我爸真挣钱了!

　　　　[大林和几工人复上,异常悲愤,围向宋雁。小琴出厨房,听到怔住。

大　林　宋雁,你他妈的!三子,把打听到的事大点声说出来,让大伙都听到。

一工人　秦娘,万山叔,小琴姐,他不是一个人来的,他和个女的住在宾馆豪华间。

宋万山　雁子,这,那个女的是谁?你说话呀!

宋　雁　爸,她,她是公司的老板,这些年多亏了她帮我,我才弄到今天这个样。小琴,我,我带来张支票,以后苹苹的赡养费、教育费都由我来付。

宋万山　原来你,你在外头,你个混蛋王八蛋!(打了他一个耳光,悲怆地下)

宋　雁　爸,秦娘,我,我也是没办法!

秦　娘　雁子,你过来,我叫你过来!

　　　　[宋雁走到秦娘面前。

秦　娘　(细看着,用手摸)我的小雁子,这,这是你吗?雁子?是我眼睛不行了,看不清了,还是你变了样?你,你知道你干了什么?你知道这些年小琴是怎么过来的?我们是怎么过来的?你到小琴跟前去,你看着她们,看哪!

　　　　[宋雁不敢面对她们。苹苹走到宋雁跟前。

小苹苹　爸,这不是真的,你说,这不是真的。先前你寄钱来的那些汇款单,哪一张妈都要看好多遍,你以前来的那几封信妈都绺得平平整整夹在小本里。一到苹果下来的时候妈都买回来一些,她看着苹果坐在屋里想你。

宋　雁　秦娘,小琴,(跪下)我,我对不住你们!

秦　娘　(接看钥匙)这钥匙是我们家的?三室一厅,真大呀,(远远撒开)想啊,盼啊,想不到盼来个……好啊!雁子,你小子真好啊,你给我滚!滚出去!

[秦娘一阵晕眩,众忙扶她进里屋。

大　林　姓宋的,我他妈真想……算你狠!好吧,你听着,你不仁我们也不义,冲小琴姐、秦娘、小苹苹这些年,冲你干的这些事,明天,咱们全都不搬走!

[众工人响应下,小琴一直站在那未动。

小苹苹　(将礼物扔到宋雁脚下)你走,你快走,这不是你家!我没你这个爸!(哭)

小　明　想不到,这么多人盼你等你,你却……六子哥要是活着见你这样,他会杀了你!你有钱了,你有很多钱,可万山叔满头的黑发、妈的眼睛,还有小琴姐等你的那些日子,你用钱买得回来吗?带着你的东西走吧,走啊!

[小明领小苹苹入内。宋雁怅然地从地上拾起钥匙。

宋　雁　(痛楚地)我知道我不该,可我必须得那样做我只能这样做!我要有钱我要有大钱,有了钱才能活得体体面面像个人,有了钱才能打败这该死的世界。到外头看看就知道了,现在的社会早就和以前不一样了,一切都变了,我们每个人都得变,在外面没有钱,连条狗都不会理你,善良、忠诚、老实,这些东西现在能卖几个钱,一分钱都不值!小琴,我知道你会恨我,我也恨我自己,你知道我下了多少次决心才……

小　琴　你真不该回来,你不回来我还有盼头,你这么回来,我……

宋　雁　我这辈子最对不起的就是你,我向你保证,我可以给你你要的一切,我可以让你过有钱女人的生活,那些女人有的一切你都可以有!

小　琴　你放手,我让你放手!

宋　雁　不管你相信不相信,这些年我老是梦见你,梦见我们俩在一起。我什么都不想瞒你,我有钱了,可我他妈一点都不快活,这心里老像是压着一座山似的,像是有数不清的老鼠在咬着它。求求你,拿着吧,这是你该得的,钥匙链是我特为你选的,苹果!我宋雁到死都忘不了!忘不了你老唱的那支歌。(轻唱)大红苹果,圆又圆……

小　琴　都过去了,全都过去了。你我之间再也不会有什么红苹果了!

宋　雁　小琴,收下吧。你收下我心里还好受些。

小　琴　留着自己住吧,你把你自己卖了钱,又拿着它们来买我,买我们大家,这的人没那么贱。这些年我什么都学会了,就是没学会一样,受人施舍。

[小琴转身入内。宋雁痛苦无言,断续的口琴声中慢慢向下走。小琴捧一包复出。

小　琴　你等等,(将包放下,一层层打开,都是钱)这些钱都是你的,我一直舍不得花,一分钱都没动,原想等你回来,可……还给你,你全拿走。

宋　雁　小琴,你这样等于杀了我一样!你在拿刀捅我的心啊!

小　琴　这话应该我说,我让你把它们拿走!

[小琴下,宋雁孤独而立,慢慢拿起东西走下,收光。

[夜色茫茫,宋家偏厦升光,宋万山白发苍苍枯坐着。宋雁走上,痛苦望着,走到水龙头前大口喝水,痛苦地以水浇头。二随从上,侯向阳上。

宋　雁　小赵,给缺面积的动迁户每人再加四百元,照我说的办,我会向公司解释。明天早晨这里必须一家不剩全部搬光,开工时间一分钟都不能拖。

侯向阳　雁子,雁子,宋总,我那个……

宋　雁　(从随从手中接过一把钥匙)他们说你干得不错,这么卖力,是为它吧?

[侯向阳欲接,宋雁把钥匙扔到地上。侯向阳急伏身去取,宋雁以脚踩住。

侯向阳　雁子,别和你叔开玩笑啊,我求求你了,侯叔老了,就想有套房子过这晚年哪,我跑前跑后地挨骂受气,嗓子都喊哑了,我求求你了!

宋　雁　姓侯的,你他妈真不值钱,(一脚踢得远远的)取去,去呀你?

侯向阳　(紧紧抓住钥匙,悲笑着)啊,房子,房子,我侯向阳到底弄到房子了。
　　　　〔侯向阳跌跌撞撞下,宋雁领手下人下。水龙头哗哗响着。偏厦里,
　　　　慢慢收光。

　　　　〔秦家,孩子们扶秦娘坐下。秦娘痛苦不已。

秦　娘　小琴哪,当初你和雁子好,是妈点的头,可没想到,妈对不住你呀,要
　　　　是当初妈……妈这辈子老做错事,妈没看对人哪,没料到这步呀!

小　琴　妈,我不怨你,我不怨你,这些年我好像一直在等,在盼,虽然我没
　　　　说,可我早就觉着他十有八九会……现在我解脱了,我再也不用等
　　　　了。搬完家,我和小丽的服装店就开业!妈,你不用为我担心,你说
　　　　过,再难老秦家的人都要挺住。现在跟以前不一样了,道越来越多
　　　　了,我会拼命干,我要供苹苹上最好的大学,也像小明似的,考硕士,
　　　　考博士。

小　丽　妈,小店名都起好了,叫"姐妹服装店",它会一天比一天红火!

小　明　妈,你别难过,到了学校我要拼命地学,争取得奖学金,业余时间我
　　　　就去打工,让家里少花点钱。毕业以后我要大干一场,这次咱家房
　　　　子小,将来我会给你置套好房子,比咱现在的新房还大还亮堂。你
　　　　这辈子没享着什么福,说啥我也要让你过几天舒心日子!

小　琴　是呀,妈,到时候啥也不让你老干,你老愿意吃啥我给你买给你做。

小　明　对,到时候你愿意穿啥给你老买啥。

小　丽　现在不少老人都爱牵个狗遛弯,妈,到时也给你养一条。

小　明　没错,还有不少老人跳那个老人迪斯科,以后你也去跳。

秦　娘　好,好,妈等着,等着那一天!前天晚上啊,我梦见六子又回来看我
　　　　了。我告诉他,大院要拆了,妈要进新楼了,小明也出息了,考上了
　　　　研究生不易呀,写了多少字,一年年的,手指头都磨出茧子来了。妈
　　　　老忘不了,这些年你坐在桌边上写作业,我在边上用小刀给你一根
　　　　根地削铅笔。

小　明　用针线钉作业本,用旧挂历包书皮,我爱剩饭碗,你老让我把碗舔
　　　　干净。

秦　娘　你和六子一出去玩就忘了回家,天晚了不回来,我就可大院喊……

小　明　"饭做好了,别玩了,回家吃饭了。"妈!

秦　娘　要走了,像小鸟似的飞了,记住妈的话,鸟飞再远飞得再高,都不要忘了窝在哪儿,都不要忘了它是吃啥食长大的。咱这大杂院破破烂烂的,这的人没文化,一辈子开机床翻砂推煤球扫大街蹬三轮,可这个世界再变,都不能没有老百姓!

小　明　我记下了,到啥时候我都会记着这些话,妈,我不会让你老失望的!

秦　娘　这辈子总算圆了一个心愿,咱家总算出了一个有文化的。有文化,真好啊,这么多年妈没白熬,依足了,依足了。

　　　　[母子相依,缓缓收光。

　　　　[夜深了,夜空万点繁星。宋万山抱一盒子和二胡默坐树下。秦娘拄拐杖上。

宋万山　这里边有雁子从小到大的照片,(捧看照片)雁子小时候多招人喜欢,多孝顺,那次偷铁卖钱,还给我买了这瓶酒。(抱着那瓶酒,又捧出些证书)这些是当年得的奖状、证书,干不动了,看看它们心里就热乎,耳朵边尽是机器声,进火葬场我也要带着它们。我知道你会来这,我心里埋了多少年的话今晚你得让我说出来,我宋万山一辈子除了雁子妈,就是你了,可到了……一来二去我们都老了、快不行了,可我这颗心……

秦　娘　万山,我知道你的心,知道!

宋万山　嫂子,要是有下辈子,天崩地裂下刀子我也要娶你!

秦　娘　老了,咱俩都老了,万山,要是真能有下辈子,我会嫁给你的。唉,这辈子尽为孩子们了,到底把他们都拉扯大了,立事了,翅膀硬了,多撒着膀子要飞喽,看着他们那个年轻劲,真是看不够啊!

　　　　[孩子们的口琴声,二老人感慨万千地望着听着,侯向阳家夫妇拿行李物品上。

侯　婶　他秦娘,万山大哥,我们先走了。

侯向阳　我这辈子快闹腾完了,想一想,到了也没得下啥。我知道我得罪了不少人,能原谅的就原谅我,唉,这一辈子过的! 走到头了才发现,

除了闹了套房子啥都没剩下。(下)

侯　婶　这是送给小明的,我们的一点心意。唉!(给二人鞠了一躬,下)

[大林等大院的老老少少慢慢从夜雾中走来。

大　林　秦娘,大伙商量了,明早晨谁也不搬。要搬也行,他宋雁得在这跪一天。我们咽不下这口气!咱不能就这么饶了姓宋的!

秦　娘　都不许乱来,明天我带头搬,咱不冲他宋雁,冲厂子。这动迁是厂子定的,厂子要喘口气,要给大伙开资,咱住在大杂院的人啥时和厂子分过心哪,天大的事咱拿得起放得下!差几米总比住在这破破烂烂的地方强,明早上谁要是穷作胡闹不搬家,我可拿棒子抡他!就要进新楼了,新窗户新门新日子,这是多好的事呀!这些年大伙在这大院里互相帮衬着,过得不错,咱得接着朝前扑奔往前闹扯!这好日子得慢慢尝,苦啊难哪风啊雨呀都经过了,它才能发芽长叶开花结果,熟了的时候才能咬一口甜掉牙。(抚摸一个个孩子的头)孩崽子们,可劲吃饭好好念书,往后谁上了大学谁有了出息都到我家去,秦奶奶给他包香油饺子!

[收光。远处夜空无数星斗在闪光。

[天明了,晨雾飘浮。

[大院人陆续从雾中上,来为小明送行。秦娘由小琴等搀上。

秦　娘　(手拿鸡蛋包)妈给你煮的鸡蛋,还热乎哪,带着道上吃。

小苹苹　(取出一串纸鹤)小舅,我和小姨叠了一百只千纸鹤,祝你一路顺风!

宋万山　小明,好好学,给你妈争气,给这一大院人做脸!

秦　娘　明,给大伙鞠个躬吧,是这一大院人把你拉扯大的。

小　明　(向众深深鞠躬)妈,我也要谢谢你!要没有你,我……妈!

[母亲抖抖地扶住,抖抖地为其抹去泪,挥手让他上路。

[撞撼人心的音乐,小明远去,秦娘不顾一切跌跌撞撞追扑而行——

秦　娘　孩子,到了地就给妈来信!缺钱妈给你寄!孩子,妈等你回来!

[晨雾涌动,老母亲站在雾中拄着拐杖恋恋不舍,长久伫望——

——剧　终

小剧场话剧

带陌生女人回家

时　间　寒冷的冬季,七天七夜
地　点　风雪北方,一座城市和一座小山村
人　物　小　雪
　　　　大　林
　　　　父　亲
　　　　母　亲
　　　　二　丫

（一）

[空黑中响起各种汽车笛声,天际飘着散碎雪花,渐现出夜色中的十字街头、两张覆雪的双人长椅。

[小雪默坐在长椅上,美丽、冷艳、怅然,身边放一小包,一手缠着绷带。

[汽车往来驰过,不时有车灯光柱扫过,夹杂着阵阵风雪之声。

小　雪　(独白)真冷啊,真黑呀,这可能是世界上最冷的一个晚上。在北风烟雪里整整转了两天,还没找到落脚的地,身上的钱都花光了,肚子咕咕叫,一点劲都没了。唉,真希望能走进一个暖和的屋子好好吃他一顿好好睡上一觉。

[空黑中有几个男人唱着歌醉行而来。(看不见人,但听得到他们的声音)

[声音:哟嗬,妹妹,一个人坐在这干啥哪? 等哥呢?

　　　　嚯,这妹子盘挺亮啊,天这么冷,和哥一块找地方热乎热乎去!

　　　　瞧我妹妹冻的,来,哥给你暖暖手。

[男人的笑声围绕着小雪,小雪本能地四下躲闪,不断挣脱着,反抗着。

小　雪　干什么? 你们要干什么? 走开,我让你们走开!(浪笑声向她逼近,霍地从怀里拔出一把刀护住自己)来呀,来呀你们这帮混蛋!

[对方的笑声止,急骤的风雪声。

小　雪　和你姑奶奶来这个! 姑奶奶我啥没见过,来呀,怕你们我就不是人揍的! 不就是一条命嘛,我早就不在乎,来呀你们!(紧握着刀子)!

[声音:靠,这妹妹挺生猛啊!

　　　　小妞,你别整这个呀,这可就一点不好玩了!

　　　　得,哥几个,遇上一母老虎,十有八九有神经病,咱们撤!

[声音远去,小雪握刀子的手慢慢放下,她变得虚弱,一下跌坐在长椅上,欲哭无泪。她走进电话亭抓起电话,摸出最后几枚硬币,咬牙投入进去。

小　雪　喂喂,我不找你,你让我和我姑说话。姑,我实在没地方去了,你看
　　　　能不能?我知道你有难处,你让我先待两宿,一宿也成啊!
　　　　［对方电话出现忙音,她狠狠打了电话几下,踢了电话亭一脚。
　　　　［风声阵阵,她围着长椅跺着脚,裹紧衣服躺下缩成一团取暖。
　　　　［风雪声不息,不时有汽车灯光扫过这里。
　　　　［大林上,提着好几个包,心事重重,放下包,取出磁卡打电话。

大　林　老同学,能不能帮个忙?拿出七八天时间跟我回趟家,真的,我需要
　　　　一个女孩做我的女朋友回家去见我爸我妈。是,我是有女朋友,可
　　　　……刘月,我真不是开玩笑。(对方放了电话,他苦笑,再打)吕琴
　　　　吗?我彭大林,不好意思,我有件事想求你,你能不能陪我回我家走
　　　　一趟?做我的女朋友去见见我爸我妈,就几天,哎哎,小琴!小琴!
　　　　［对方又关机。他沮丧地坐下,从包里取出一小瓶酒,大口喝。

小　雪　(闻到酒味,忍不住,抄着袖凑过去)大哥!
大　林　(向四下看看)你,你在和我说话?
小　雪　是,你,你能不能给我……
大　林　(不耐烦地)要饭的,一边去!让你一边去听见没!倒霉。(喝酒)
小　雪　你?你才是要饭的哪!(走开,见大林又喝,忍不住再次上前)大哥,
　　　　那啥,(编瞎话)早上我钱包让人偷了,一天没吃又冷又饿,能不能让
　　　　我喝点?
　　　　［大林打量她,递酒瓶,自己点上支烟。

小　雪　谢谢啊!(接过猛喝一口)暖和多了。大哥,好事做到家,送佛送到
　　　　西天,再给我一棵烟行吗?一棵就行。
大　林　这……你这人还挺不惜外呀!(递烟,点火)
　　　　［小雪近乎贪婪地大口吸着,身子冻得发抖。

大　林　(打量)看你冻得这样,这么冷的天你一个人在这干吗?怎么不
　　　　回家?
小　雪　(苦笑)啊,那啥,家里人太多,看着烦,出来溜达溜达散散心。
大　林　你可不像出来散心的,和家里人吵架跑出来的吧?天黑了,还是早
　　　　点回去吧!
小　雪　唉,我倒是想早点回家,可……不瞒你说大哥,我都不知我该去哪儿?

大　林　出来打工的？找不着工作没地方住了？

小　雪　是,大哥,你是不有活？我啥都能干,钱多少好商量,只要有住的地。

大　林　我可没什么活给你干。

小　雪　真可惜,你还喝不？不喝我都喝了。大哥,这大冷的天你跑这来干啥？

大　林　(苦笑)唉,咱俩差不多,你是无家可归,我是有家难归。得,我还有事,这盒烟给你吧。(提包欲下,又止步回转身细细打量小雪)哎,小姐!

小　雪　(警惕地)你,你看什么,你要干啥？(向后退)

大　林　你别误会,我不想干啥。(犹豫,下决心)有件事,你能不能跟我走一趟？

小　雪　跟,跟你走一趟？你别过来! 我让你站远点! 瞅你像个人似的,原来更不是东西! 今个我真倒霉到家了!(抓起小包欲下)

大　林　你等等! 你听我说完好不好？我真有事求你帮忙。

小　雪　告诉你,你要敢胡来我就报警!

大　林　(递证件)你先看看我的身份证和工作证,看完我再和你说。

小　雪　看这干吗？(看)看不出你还念过大学,工作也不错。

大　林　你听我说,是这样,我爸病了,我妈让我一定带着女朋友回家好让我爸看看,可我女朋友有点特殊情况去不了了,我想找个人替她,整整跑了一天也没人愿帮这个忙,所以我想……

小　雪　什么乱七八糟的,她去不了,你自己回去不就得了吗？编这套瞎话骗人,当谁听不出来呀？告诉你,想骗我你怕是还嫩了点。

大　林　我,我说的都是实话,但凡能行我不会找你。你能去的话……

小　雪　啊,咱俩认识都不认识,我就跟你回家,万一你半道把我卖了咋办？再说你知道我是谁？让我跟你回家不怕我把你家偷了把贼招你家去？

大　林　我是看你不像那种人,才……你们出来打工不就是为了挣钱吗？这七天不让你白去,我给你钱!

小　雪　给我钱？

大　林　对,你跟我回家待一周,七天,我给你五百块。

小　雪　（不相信地）什么？你,你再说一遍,几百?

大　林　五百,从现在开始计时,就算我雇你了! 这七天我管你吃管你住,条件是你必须一切全听我的,照我说的办。

小　雪　啊,我听明白了,大哥,你是想包我,你把姑奶奶当成啥人了?

大　林　不是不是! 那方面你尽管放心,我保证这七天不碰你一指头。我可以发誓!

小　雪　（旁白）真邪了,还有这种事? 这人真是脑子进水了,进得还不少! （转对大林）不碰我? 那你要我跟你干啥? 啊,大马路上深更半夜的你一个男人要领一个女的走,还要给她不少钱,不是干那种事,谁信哪!

大　林　那是别人,我不是你说的那种人,我保证你不会出那种事,这点你放心。

小　雪　不干那个? 你不会是想把我卖了吧?

大　林　你? 你不愿意算了! 我找别人去! （提包欲下）

小　雪　你等等,去七天管吃管喝还不那啥,到日子还给五百块钱,是真的?

大　林　当然是真的,我知道这事挺荒唐,可……（诚恳地）五百块不算少了,省点花够你过两三个月了。当然,我不会现在就给你钱,七天以后咱俩在这结账。

小　雪　可万一你半道跑了我找谁要钱? 你,你得先给二百做定金!

大　林　这……可以,（掏钱）你接了钱就算去了。

小　雪　（接钱,举钱辨看真伪）哎,这咋像是假的?

大　林　不可能,从银行刚取的怎么会是假的? 好,给你换一张。（为其换钱）

小　雪　哎,我要真跟你去! 也不能是你这个价! 五百块太少,七百!

大　林　七百,这是最后的价! 不行我找别人。

小　雪　好吧,我去! 你说的对,我现在缺钱。可去是去,你别想邪的歪的,要犯坏别怪我不客气!

大　林　这你放心,我保证。对了,你得把你的身份证交给我,押在我这!

小　雪　你倒一点不傻! （取出身份证,拍过去）给你!

大　林　（看其身份证）冯小雪,名字倒是挺好听,我叫你小雪吧。

小　雪　随你便,反正就一代号。啥时走? 我快冻死了!

大　林　(从包里拿出一新大衣)喏,你穿上。

小　雪　给我的? 太好了,你这活真不错呀。(接过,穿上,走动)哎,你女朋
　　　　友到底咋回事? 她干吗不去? 是她把你甩了吧?

大　林　这件事和你没关系,你的事我不多问,我的事你也少打听,现在起我
　　　　得和你约法三章。第一,这七天你不许抽烟。(夺过烟盒)第二条,
　　　　说话不许老带脏字,什么姑奶奶、他妈的,都不许说。第三,不许动
　　　　不动就架二郎腿颠嗮,不许这么抱着胳臂斜着眼瞅人,也不许听见
　　　　什么不高兴的话就撇嘴! 好好女孩这么多毛病!

小　雪　这……这也不许那也不让,我不喘气得了呗!

大　林　咱们说好的,你要听我的,这是我这边的条件!

小　雪　你,我哪知道你这人这么多事? 好,我就忍七天,可你得加钱!

大　林　怎么,你还要加钱!

小　雪　刚才你也没说这三条呀! 加不? 不加我就不去了!(转身欲下)

大　林　好! 我再加五十。

小　雪　一百!

大　林　一百就一百。

小　雪　七天,八百块钱? 说准了?

大　林　说准了,七天七夜,八百。

小　雪　成交!

大　林　好,从现在起你是音乐学院毕业生,现在在文化宫教音乐。咱俩处
　　　　朋友已经一年多了!

小　雪　什么乱七八糟的,太多了我记不住。

大　林　记不住也得记! 该说什么我一样样告诉你,你都得背下来,绝对不
　　　　能出错。拿东西上汽车站,明天必须到家,挺长一段路哪!
　　　　〔二人拿起东西,收光。

　　　　〔升光。
　　　　〔二人双双坐在长途车座位上。
　　　　〔汽车行进,喇叭声声,一些车灯光影不时照入。天地间雪花慢慢

飘落。

小　雪　我不会是撞见鬼了吧? 还头一回遇上这么怪的事这么怪的人。也别说,让人踹了的人都爱神经,不知道别人遇上这事会咋办? 反正我现在比啥时候都需要钱,看他那瘦样也不能把我咋的,大不了留点心眼。人哪,到了我这份上啥事都能干得出来!

大　林　人哪,逼到份上了啥都能干得出来。现在我才相信,这世界上再难办的事根本办不成的事有了钱真就能办成,唉,当钱就是一切的时候,世界也就跟着贬值了! 妈,爸,你们原谅我,我只有这么办只能这么办!

小　雪　鬼知道这七天七夜会出啥事? 管他哪,明天的事明天再说!
　　　　[汽车声声,收光。

(二)

　　　　[升光。
　　　　[黄昏落日,雪野中的一座小山村。
　　　　[村口,穿着厚厚棉衣的父亲和母亲在树下守望着,二人苍老、质朴。
　　　　[二丫在雪地上跑来跑去,唱着歌。

母　亲　二丫,别乱跑,看这孩子,一听说他哥要回来,乐成这样。
　　　　[雪在飘,风雪声声。

母　亲　老头子,外边冰天雪地的,风又大,你还是屋去吧,这会工夫你出来好几趟了。
　　　　[父亲偏立不动,也不说话。

母　亲　哎,老东西,你病着哪! 这要是病大发了咋整?

父　亲　(偏哄哄地)你少嘟嘟行不? 愿意进去你进!

母　亲　你呀,谁也犟不过你。

父　亲　(担心地)也不知大林能带个啥样的回来,现下这城里头啥样姑娘都有,老侯家小二领回来的那个……唉!

母　亲　是呀,那女的头发乱得像个鸡窝,还红一道黄一道三四个色跟五花鸡似的,归其是县城洗头房里的。这城里人可真会享受,洗头还单整个房子。不过他爸,侯家老二那货哪能和咱大林比? 大林看上眼的我看一准错不了!

　　〔风雪声中二丫跑上,拉住母亲比画着。

母　亲　(急看)哟,是,是他们! 老头子,这回没错,是大林回来了!

　　〔二老人向前迎去。风雪中,大林快步奔上,见到二老人。

大　林　爸! 妈!

父　母　哎! 大林! 你小子到底回来了!

大　林　雪太大,车误住了。爸,你老的病这阵咋样?

父　亲　好,好,好多了!

大　林　爸,妈,你们看我带谁回来了! 小雪,小雪! 你快点。

　　〔小雪上,一边拎着包,一边贪看着四下的雪乡景色。

小　雪　快接我一下呀,大哥,你家这块风景挺好呀!

大　林　别乱叫,叫我大林,回头你想看啥随便看。记住,照我路上说的别整错了,热情点! 爸,妈,这就是我信上和你们说的。小雪,这是我爸我妈。

小　雪　(上前行礼)大叔好! 大姨好!

父　亲　(不知说啥,搓着手乐得不行)哦哦,好,好啊!

母　亲　好,好,都好都好! 是叫小雪吧,快让大姨看看。(拉住小雪上下相看)

二　丫　(围着转,看着小雪)嘻嘻,好看,好看,哥,好看!

大　林　小雪,这是我妹妹,叫二丫。

二　丫　嘿嘿,嫂子好! (模仿小雪,鞠了一个大躬,把小雪吓了一跳)

母　亲　这孩子,没结婚没成亲的,咋叫上嫂子了? 你得叫姐。

二　丫　我就叫嫂子,她就是嫂子嘛! 嫂子,我这么叫你行不?

小　雪　(笑)你愿意叫啥叫啥,咋顺嘴咋叫。

大　林　(提醒地)小雪,东西哪!

小　雪　啊,对了! (看手上的礼物)哎,这,这哪个是给哪个的?

大　林　(瞪她一眼,迅速接过)爸,这是小雪给你买的药和补品;妈,这是给你的,都是你爱吃的。

小　雪　对对,二老收下吧! 没多少钱,头回来算我一点心意。

母　亲　哎呀这孩子,来就来吧,买啥东西呀!

小　雪　小妹,这是给你的。(拿出一红围巾为她戴上)

母　亲　二丫,快谢谢!

二　丫　(憨笑着)谢谢!(摆弄着)好看,真好看,妈,我漂亮不?

小　雪　大姨大叔,不好意思,我俩处了二年半对象,我一直想来看看你们,可老有事老没来成,不过以后好了,我和大林快那啥了,到时我们就老那啥了。

母　亲　大林,她是说……

大　林　啊,妈,她是说我俩关系确定了,不是外人了,以后她会常来看你俩。

小　雪　对对,就这意思。大林不把我当外人,你们也甭拿我当外人。讲话了,见面就是亲人嘛!

母　亲　呵呵,这孩子说话真实在!我们家也是实在人家,快到家吧,冻成啥样了!饭菜都做得了就等你们回来了。二丫,前头领道!

　　　　[二丫拿着东西,四人有说有笑向下走。

母　亲　(悄悄拉父亲)说话唠嗑挺实在,模样也挺那啥!我看不错,你瞅着咋样?

父　亲　我看不错,不错!

　　　　[收光。

　　　　[音乐飘动,中心演区升起一束灯光,现出大林家,半铺热炕,一张炕桌,上边摆满热情腾腾的农家菜,一家人围坐吃饭。

　　　　[母亲不时给小雪夹菜,二丫闷头大吃着。

母　亲　来来来,酸菜炖粉条,小鸡炖蘑菇!小雪,到这就跟在家一样随便点,该吃吃该睡睡该玩玩!这酸菜是自己家腌的,菜都是咱家地里的,吃着咋样?

小　雪　(应接不暇吃着)哎,好吃,挺好吃!有酒吗?

母　亲　啊,啊啊,有酒有酒!(递酒)对,天冷,喝点酒暖和。

小　雪　(接过倒)大叔大婶!我看出来了,你们都是实在人,我饿坏了,就不客气了!大叔大婶,你们吃呀!

母　亲　啊,吃吃,咱都吃,你大叔啊,头好几天就张罗让我割肉杀鸡,恨不得你们立马就进家门!

父　亲　闺女,尝尝这个,城里头吃不着。

小　雪　哎,(吃着)味挺地道!比城里的好吃!大姨,你老这手艺真不错!
　　　　哪样都挺香,大叔,我敬你一杯,大姨,我也敬你一杯,大林,咱俩整
　　　　一个。

　　　　〔大林瞪她。

小　雪　啊啊,嘿嘿,现在我才缓过来点。

母　亲　雪呀,把外套脱了吧。(帮小雪脱外套)哟,里头咋穿这么少啊!咱
　　　　这荒山沟风大雪大,这几天出来进去小心点别着凉,回头大姨给你
　　　　找两件衣服。

小　雪　啊,我喜欢穿得少,显着精神。你们农村的大棉袄肥棉裤我可穿不
　　　　惯。(拿起桌上老头的香烟,划火点着抽起来,架起二郎腿)

　　　　〔大林皱眉,碰她腿,示意她放下,又帮她掐灭烟。她不情愿,只好
　　　　服从。

大　林　妈,爸,小雪就这样,特实在不会装假。对了,她歌唱得特好,市里艺
　　　　术节上过台演出得过奖哪,现在教音乐,学生们都喜欢听她的课。

母　亲　是嘛,好,好啊,你大叔这辈子就喜欢实在有本事的人!

父　亲　姑娘,你会抽烟,抽吧。

小　雪　我……那我就不客气了。(欲点,看见大林表情,迟疑)

父　亲　抽吧抽吧!不装假好。小雪呀,你家里都啥人呀?父母是做啥的?

小　雪　我爸我妈?早就不在了,(发现大林示意)啊!大林,给我倒点醋。

大　林　(忙接过去)爸,我来信不都说了吗?小雪是独生女,父母都是省城
　　　　老师,一个教大学,一个教中学。

小　雪　对对,老师老师,刚才我说错了,我从小在我干爹干妈身边长大,他
　　　　俩都去世了。我爸是大学教授,我妈是主任,教导主任。

母　亲　好人家呀!大林前段来信说要上你家和老人见面,见没?

小　雪　啊,他们挺热情的,都挺喜欢大林。(大林又示意)大姨,他没事就去
　　　　我家,我爸我妈啥态度他比我还清楚。

母　亲　大林,你来信不是说以前没见过面吗?咋这么快……

大　林　啊,从打上次见面以后我就常上她家去,他爸挺和气的,年纪和我爸
　　　　差不多,退休以后闲着没事,特别愿意我去。

小　雪　对,我爸老了,特喜欢有人去,跟他一块喝酒一块搓麻。

父　亲　搓,搓麻? 搓什么麻?

大　林　爸,就是打麻将,城里人都叫搓麻。(小声地)行了你,越说越不着边! 嘿,城里头老人都爱玩,退休了干啥活动的都有。妈,你就别老问了,赶了一天一宿又累又饿的,你让她多吃点,吃完了让她早点歇着。

父　亲　是是,你个老太婆真没眼力见! 明天再聊,得,我吃完了,小雪,慢吃,吃好! (下炕蹬上鞋子走出去)

母　亲　来,咱们接着吃! 你大叔从来都这样,吃完就下桌。这老东西就担心大林看不准人,怕他处的对象跟侯家老二领回来的那个一套号的,那个女的到家十来天啥活也不干,除了吃就是睡,动不动就抽烟喝酒跟人打麻将……

　　　　　[小雪吓了一跳,张着嘴不动,不敢吃了。

小　雪　那啥,我也吃好了,我帮你老拣桌子刷碗! (快速下炕麻利地收拾碗筷下)大姨,你别动,剩下的事我全包圆了。

　　　　　[母亲看着。收光。

　　　　　[升光。
　　　　　[小雪拿笤帚麻利地扫地。

小　雪　(看无人)嘿,到底是大学生,挺能编扒呀,我猜你念的是编扒系吧?

大　林　说啥哪,白给你讲了一路,啥都记不住。唉,总算是把今天糊弄过去了。以后几天就这样。

小　雪　哎,我可告诉你,再这么下去你行,我可不行。你找我来时也没说你家人这么爱问事。坐这么长时间车骨头都快颠嘚散架子了,到地方还跟问犯人似的问得我脑袋都大了,要是再问这问那,我可不知道咋对付?

大　林　放心,有我在边上哪,刚来头两天肯定得问问,过两天就好了。

小　雪　好? 我看一点不好! 你爸你妈都把我真当成你女朋友了,以后我看你咋整?

　　　　　[母亲端一盆热水进屋。

小　雪　（接过热水）大姨,我来。

母　亲　大林,你爸的药快熬好了,你去看看。

　　　　［大林下。

小　雪　大姨,我住这,你们住哪?

母　亲　我们几个住下屋! 你这边有事想要啥招呼一声,我就过来。

小　雪　这……这怎么行? 大林说大叔有病,你们岁数大,我上那屋。

母　亲　哎哎这可不行,你是贵客,大老远从城里来,哪能让你睡下屋,你就
　　　　听大姨的吧。

　　　　［母亲端过热水。

母　亲　来,热乎水,脱了鞋泡泡脚,走了那么长道,洗洗解解乏。（帮脱鞋）

小　雪　哎哟大姨,我自己来,这可不行!

母　亲　哎呀你就别跟大姨客气了,将来咱不就是一家人吗? 大林找了你这
　　　　么好的媳妇,让大姨干啥都愿意!（不由分说帮着洗起来）大姨瞅你
　　　　说话唠嗑干活挺沙楞麻利的,像是咱家人! 唉,我和你大叔都老了,
　　　　二丫这个样,以后这家都指望大林了。不是我夸我们家大林,这孩
　　　　子挺争气,十里八村那么些年就他考上了省里大学,真给我们做脸
　　　　哪! 以后大姨就把他交给你了,你替大姨好好照看他。

　　　　［母亲慢慢说着话,一边为小雪洗脚。

　　　　［静场,水声一声声,小雪有些感动地看着面前洗脚的老人。

母　亲　好,小雪,早点歇着吧。

　　　　［母亲端盆出,小雪望着她背影,渐显沉重。

　　　　［她慢慢脱衣上炕。

　　　　［西屋炕头升光,一束光射向大林,大林心事重重。

　　　　［一束光射向小雪,她慢慢坐起身。

小　雪　（大口地吸着烟）真是活见鬼了,我怎么跑到这地方来了? 原以为就
　　　　是跟着这家伙出来挣点钱,可怎么也没想到撞到这么个家里来。那老
　　　　太太给我洗脚时不知怎么的我一下子想起了我妈,小时候妈也是这样
　　　　给我洗脚,她那双手跟我妈的手一模一样! 大叔说话不多,可他老让
　　　　我觉得像个人,爸!“爸”、“妈”,老长时间没说过这两个字了!

大　林　今天总算是混过去了,但愿以后几天能像今天这样,别让他们看出

什么。爸又瘦了,又见老了,回来一次他就……唉!

小　雪　从没这么闹心过,他们把这事当真的了,真把我当成他家没过门的儿媳妇了,这玩笑好像有点开大了,开过了。头一天就这样,要再整个五六天可真让人受不了! 这事一点都不好玩了。要是过几天他们弄清楚了我是谁怎么办,那我不成骗子了吗? 骗吃骗喝还骗钱,冯小雪再不是人,骗天骗地骗什么人都可以,可骗这么两个老人缺德做损,下辈子我都睡不着觉!

大　林　只要爸高兴,妈高兴,我就满足了。这出戏要唱下去,唱到最后!

小　雪　不行,我不能再在这待着,明个一早我就走!

　　　　[夜,天地间雪仍在下,收光。

(三)

　　　　[第二天早晨。

　　　　[晨,雪地上,大林和小雪一前一后追行而来。

大　林　小雪,你听我说,你真不能走!(横身拦住路)

小　雪　让开!

大　林　我不,我就不让开! 我说有你他妈这么整的!

小　雪　哟嗬,你可是上过大学的,知识分子大学生,也张嘴骂人?

大　林　我,我就骂了咋的? 做买卖还讲信用讲商业道德哪,你怎么这么不讲信用不讲道德,答应好的事谈好的价钱,说变卦就变卦! 你也不为我想想,你拍屁股走了,让我怎么收这个场? 我怎么和我爸我妈说? 你这不害我吗? 好,算你厉害行了吧,留下待几天,到底要多少钱,什么条件,你说吧! 你们这些女人是不都和市场上的猪肉鸡蛋似的,都得标上价论斤论两地往外卖? 你别装相拿架了,说吧,咱们商量!

小　雪　你,你是个混蛋! 我没条件不商量,和你没商量! 有钱你找别人,让我走!

大　林　我,我就不让!

　　　　[小雪硬闯,二人撕扯争执,大林顺手推倒小雪,一时二人都愣住。

小　雪　你敢打我？混蛋！（回手也推倒了大林）

大　林　你,你敢打我？

小　雪　你多啥？你是大学生我就不敢打你了,你先打我的！让道听见没,
　　　　让我走！

　　　　〔大林死活不让道,二人僵持、对峙。

　　　　〔传来刨冰声,一声声。

　　　　〔冰河上,老父亲在冰上刨冰取鱼。

大　林　爸？你怎么在这呀,你身体有病怎么能？

父　亲　小雪,起这么早啊？

小　雪　啊,大叔你早,我,我出来看看雪景。

大　林　对,爸,她一直想看我们这的雪景。

父　亲　大林,回家拴爬犁,领她去河上转转散散心,麻溜去呀！

　　　　〔大林下。

父　亲　嘿嘿,咱这别的不行,这条大河春有春景冬有冬景,一年四季都挺
　　　　好看！

　　　　〔马嘶声！马蹄声！

父　亲　这小子倒挺麻利,小雪呀,去吧,好好玩玩。

　　　　〔小雪没办法只好下。收光。

（四）

　　　　〔空黑中传响着风雪声,响起一阵阵马蹄声、马铃声。

　　　　〔光明,阳光闪动,大林驾着爬犁,小雪坐在后边,二人都默默无话。

大　林　（独白）大青驹拉着雪爬犁在冰封的河上跑着,马蹄声嘚嘚响,马脖
　　　　子下的小铃叮当响,河面厚厚的冰发着亮光,好半天我们俩谁都没
　　　　说话。说实话,她居然不是为了钱,只是因为不愿意留下骗我爸我
　　　　妈才要走的,让我挺吃惊。是呀,是我硬拉她加入我设的这个骗局,
　　　　她有理由拒绝,可……全都乱套了,要是她真走了,真不知道这出戏
　　　　该怎么唱下去,怎么收场？

　　　　〔光影闪动,马蹄声声。

大　林　你怎么一句话都没有？

小　雪　我和你没话！

大　林　刚才的事怪我，我道歉。只要你不走，让我怎么道歉都行。

小　雪　挺大的男人动手打个女的，道歉就完了？我是猪肉是鸡蛋，你别和我说话。

大　林　你，你还没完了？你还打我了哪！

小　雪　你再动手，我还打！你别和我说话，我不认识你。算我倒霉，跟你到这来遭这罪。你拉我去车站，我要回去！

大　林　七天以后我和你一块回去，现在我不拉。

小　雪　你？你不拉！我自己有腿，我自己走！（一下跳下爬犁，走）

大　林　哎！这离县城还好几十里哪！

　　　　［小雪大步朝前走，大林在后边驾爬犁跟行，雪河上马铃一声声。

大　林　我说你挺有劲头啊，这冰天雪地的你走几十里地，不怕冻死！

小　雪　冻死我乐意，我死也不在这受你的气，大学生，知识分子，狗屁！

大　林　你，我是狗屁你是什么？你当你是啥好人哪，好人谁那么晚在马路上转悠？

小　雪　你，我就不是好人，咋的吧！你别跟着我，远点！

大　林　哎，你站下咱们谈谈？我让你站下，你站下呀！（跳下爬犁扑向小雪）

　　　　［雪地上，二人厮打滚成一团，最后都没劲了坐在雪地上。

大　林　（气吁吁地）好了，我们谈谈吧。

小　雪　谈什么谈，有什么好谈的，不谈！

大　林　小雪，你知道吗？这次我就是绑也要绑回来个人给我爸我妈看看！我只告诉你我爸有病，可你知道他得的是什么病吗？他得的是癌症！医生说他已经活不到明年春天了！

小　雪　你在开玩笑吧？你又在蒙我骗我。

大　林　什么时候了我还有心和你开玩笑！唉，我们这个地方多少年没出过大学生，我爸我妈好强，一心要供我念大学。他们省吃俭用啥钱都舍不得花，我考上省城大学，爸妈都乐得不行，可家里再也拿不出学费了，几天工夫妈头发全白了，我爸拎个包东家一百西家五十地借钱,把心爱的山坡地也卖了!我前脚走,他就去了县城,扛大包蹬三轮卸煤车,最难时还卖过血!大学四年,我花的每一分钱都有他的血汗哪!现在我工作了挣钱了,可他……过去他身体特别好,乡下活方圆几百里是第一号,谁都比不上他,都是为了我才……(泪流满面)

[阵阵风雪吹过。深挚的音乐飘动。

小　雪　这,这是真的?

大　林　得病以后我和妈劝他住院,他怎么也不肯,说他就是死也要死在家里。他是想省钱,想……他这辈子一直是这样,总想着家里的日子,想着我和二丫。小雪,其实我和我那个女朋友早就黄了!她嫌我家是农村的,嫌我爸和二丫有病,这事我一直瞒着家里,没敢告诉他们,可这回非让我带她来,我实在没辙了才……爸从来没提过啥要求,就这点愿望我说啥也得满足他!你看我给你钱打车买东西出手挺大,其实我平时根本不这样。为他花钱我不在乎,我……求你了小雪,你都看见了,你来了他有多高兴,昨晚上他说话时眼睛里充满了希望,就像走夜路的人一下看到了亮有了奔头!我爸这一辈子好脸好面,全村人都知道你来了,这时候你就这么走了……就帮我七天,让他乐呵呵过完这七天行吗?我怎么求你你才能答应?要不你拿鞭子抽我几下出出气!(将鞭子交到小雪手上)小雪,你抽啊,求求你,抽啊!

[小雪执鞭,大林伫立。风雪声。小雪慢慢扔下鞭子。

小　雪　好吧,我留下。

大　林　太好了!(一把抓住小雪的手)谢谢你小雪,真太谢谢你了!

小　雪　(拿开大林的手)不是冲你,是冲你爸,冲老人,我把这出戏演完!

[收光。

[响起一声声刨冰声,父亲在冰河上挥着冰镐一下下刨着冰。

[小雪走来。

小　雪　大叔,你这是?

父　亲　小雪,你来了,大叔没啥好招待你的,弄几条鲜鱼,回头煮鲜鱼汤给你接风。

　　[老头一下下刨着。光渐收,老头隐去。

　　[一束光射向小雪。

小　雪　这件事其实和我没有一点关系,可看着他那个样,还有那两个老人,我没法不留下,我不想让他伤心。他和大姨都和我妈一样年纪,都是那种把什么都给了孩子的人。这家伙说话办事挺气人的,可他对老人那份心倒挺让我……我只能把这出戏演下去。这辈子脸上堆着笑心里发狠演了不知多少戏,这样的戏还是头一回……

　　[一束光射向大林。

大　林　这件事和她没有一点关系,她最后答应留下让我挺感激,这出戏又可以继续唱下去了,真应该谢谢她!

　　[漫天大雪飘舞着,雪中一声声刨冰声。

小　雪　啊,这的雪真大呀,这真美呀,不知咋的,我开始有点喜欢上这了!

　　[收光。

（五）

　　[夜色茫茫,碎雪飘飘。

　　[民间音乐起,锣鼓声声欢快异常。

　　[音乐声中,喧哗的人声,父亲、母亲领着小雪、大林上,二丫跟在后边。

母　亲　小雪,都是村里的乡亲,知道你来了都想见见你。小雪,来,大姨给你引见引见。（拉小雪与不见人但闻其声的众乡亲一一相见）这是三叔三婶,最心疼我们大林了,这些年没少帮咱家。

小　雪　（行礼）三婶好,三叔好!

　　[声音:好好,这姑娘长得真俊啊,到底是城里人,跟画上下来的似的!

母　亲　这是你四大爷,大林小时候没少缠着他玩。

小　雪　（行礼）四大爷,你好!

　　[声音:好好,嘿,大林爸妈都没少念叨你,这回总算见着了!不错

不错!

母　亲　这是秦八爷,这是九奶奶,这是……

小　雪　(行礼)秦八爷好,九奶奶好!

母　亲　这是小五子,这是老七,这是二妹子,都是和大林一块长大的。

小　雪　(行礼)五子哥,七哥,你们好,二妹子好!

母　亲　大伙随便坐,今晚上大伙好好热闹热闹! 大林,倒酒! 老头子,招呼客人。

[一片人声,一束光追射小雪,小雪极放得开地和众乡亲们交流着。

小　雪　大叔大婶,三叔三婶,四大爷,九奶奶,还有各位,我敬大伙一杯,感谢大伙这两年对大叔大姨二丫的帮助,我和大林不在老人身边,没少让大伙费心! 我哪,在这谢谢大家,敬大家一杯,我干了!

[小雪干杯,乡亲们一片叫好声!

[声音:行! 到底是大学生,知书达理,会说话,喝酒也爽快不外道,像是咱们村的人! 哎,我说咱大伙也别愣着,来来来,咱们也敬敬小雪呀!

[一片敬酒声。

大　林　大叔大婶,小雪不能喝,我代她喝吧!

[声音:不行,那哪成? 大林,你小子这还没咋地哪,就护媳妇了。(笑声)

小　雪　大林,没事! 不就喝酒吗,算啥事呀,我喝! (一一饮下)

[声音:好样的! 喝了咱村的酒,就得做咱村上的人,要我说,你俩就别腾着了,明年开春小雪就当新娘子吧,大伙说好不好!

[声音:没错,要我说,今个就让他们先演习演习,让两人喝个交杯酒好不好?

[欢叫声中,二人被推到一起。

小　雪　交杯酒就交杯酒,来! 咱俩整! (和大林喝起交杯酒)

[众人一阵哄笑声、叫好声。

[声音:哎,大林来信没少夸咱嫂子歌唱得好,咱们让她唱一个咋样? (众响应)

小　雪　行,那我就给大伙唱一个!

[众人连声叫好！小雪大方地起身。

小　雪　（唱）在那遥远的小山村，

　　　　　　小呀小山村，

　　　　　　我那亲爱的妈妈已白发鬓鬓，

　　　　　　过去的时光难忘怀，难忘怀，

　　　　[歌声止，众人热烈叫好！

　　　　[众人声音：哎，我说，再让小雪给咱跳个舞咋样？

小　雪　好，大伙愿意看，我跳！二丫，来，和姐姐一块跳！

　　　　[她带着醉意尽情地跳起秧歌！

　　　　[二丫扯着红头巾跟在小雪后边满地乱蹦。

　　　　[天地中，雪在下。小雪在追光中忘记一切尽情地舞着。

　　　　[升起几束光，老父、母亲、大林出现，都望着神采飞扬爽快热情的

　　　　小雪。

母　亲　（心事重重，走到大林身边）大林，你过来下，妈有话和你说。

　　　　[追光中，大林走到母亲身边。

母　亲　大林，她咋这么能喝酒呀？

大　林　妈，这有啥？城里的女孩都能喝酒！

母　亲　大林，你是不是有啥事没和妈说呀？

大　林　妈，你说啥哪，啥事我没和你说？

母　亲　你跟妈说实话？她真是你那个女朋友？

大　林　妈，你看你，她不是我女朋友是谁？别人我能往家领吗？

母　亲　可……可妈咋觉着有啥地方有点不大对劲，你俩好像一直在演戏似
　　　　的。昨个你这边说她爸妈是省城的老师，她那边说她爸妈都没了。
　　　　今早上你俩吵架妈听到几句，你好像说要给她多少钱，这又是咋回
　　　　事？这么能喝酒，两手指都发黄了，指定是抽烟抽的，还有她说话唠
　　　　嗑和做派咋不像是……二丫说夜里还看见她身上刺着好几朵花，你
　　　　和妈说实话，她到底是干啥的？

大　林　妈，二丫有病，她说的你能信吗？

母　亲　不对，这里头准有事！你肯定在和我撒谎，大林，你痛快跟妈说行不！

小　雪　（醉上）大姨，我也敬你老一杯！哎，大林，别愣着，和我一块敬！

[三束光照着三人,三人一起喝酒,大林、母亲都有心事,小雪又一饮而尽。

[渐收光。

[一束光照着母亲和大林。

大　林　妈,我只能这么办,我信上说得那么好,爸来信就打听,要是我不领个人回来,爸得多难过! 妈,这件事你千万别和我爸说。你也看见了,爸那么高兴,我哪次回来他都没这样。

母　亲　可……你呀你,让我说你啥好哪! 你爸可是都当真了,还想开春让你俩结婚哪。他这辈子最好脸,最恨别人蒙他骗他,他要知道是这回事,那不是要他的命吗!

大　林　所以妈你千万不能告诉爸,妈,我求你了! 从打知道爸得了这种病那天起,天天都像有把刀在割我的心,只要爸高兴有一点笑模样我就开心。你不也是吗? 妈,你也别怪人小雪,是我叫她来的,她心眼挺实在,人挺好,连二丫都喜欢她,大伙都在夸她,都说她不错。

母　亲　可这路事没有这么整的呀! 眼下糊弄过去了日后咋办? 咋和你爸说?

大　林　先让爸高兴一段,以后的事以后再说。妈,反正我把她领来了! 戏开场了,就只能往下唱。

母　亲　唉,也只能这样,这两天你爸看着像个没事人似的,可头些天他那样子真吓人,白天人前人后硬撑着,哪儿难受也不说,可到了晚上一上炕就疼得直叫唤,怕我听见了心疼,牙咬得山响……

大　林　爸的病我还不死心,只要有一点希望我就绝不放弃,我回省城就联系接他去住院。妈,小雪的事你就听我的吧。说好了就七天,到日子我就领她走。

母　亲　唉,也真是难为人家姑娘了,这,这可怎么收场啊!
[传来乡亲们喊大林声,大林应下。
[母亲闹心不已,父亲带几分醉意上。

父　亲　不错,真不错。老婆子,你不在屋里招呼客人在这干啥哪?

母　亲　啊,没事,我出来拿点东西。哟,要那啥来的? 瞧我这记性。
[四束光,大林小雪在敬酒,母亲父亲各有心事望着他俩。

［收光。

（六）

［村前,河边,幽深的夜空下,雪花在飘舞。

［半醉的小雪醉步而来,哼着歌,她环视着乡村,仰看飞雪,看夜空,呼吸着雪乡清新的空气,走到河边,伏在冰面上,捧起河水大口畅饮,洗脸。

［一声声水声。大林上。

大　林　小雪!你真行,爸今天晚上比啥时候都高兴!乡亲们也在夸你,真想不到你这么能喝酒,歌唱得好,舞跳得也好。

小　雪　挺长时间没这么喝酒唱歌了!真有意思,我好像真成了你女朋友,真成了你家快过门的新娘子!真他妈有意思!逗死了。(带醉旋转在碎雪之中)哈哈哈,来呀新郎官,搂着你的新娘子跳个舞!

大　林　这,这大冷的天这么晚了?

小　雪　冷,我可一点不觉着冷,咋了你这家伙?哈,瞅你那样!放心,我又不会吃了你,有你这么胆小的新郎官吗?到我这来,拉住我的手,跟着我跳!来!(带大林跳)一二三,一二三,真笨,还大学生哪!编扒唬人挺能耐,跳舞你还真得和我学!

大　林　你,你以为我真不会跳啊?跳就跳!

［冰雪河上,小雪和大林跳起双人舞!

［夜空中,繁星闪烁,仿佛许多眼睛。

［淡淡的音乐飘摇不散。小雪兴奋地大笑,笑声中她丢开外套抛开大林,一个人在冰河上尽情旋舞,最后跌倒,笑变成了哭。

大　林　(慌了)小雪,你怎么了?

小　雪　哦,没,没怎么,我就是想哭!我就想痛痛快快哭会儿!假的,全是假的!我这是在演戏,演戏。

［静场。

大　林　小雪,我一直想问你,你家在哪?你爸你妈哪?怎么一个人在街上转悠?

小　雪　问这些干什么！我干吗要告诉你！

大　林　我,我没别的意思,我是想知道点你的事,我已经把什么都和你说了。

小　雪　我没爸,没妈！我是石头缝里蹦出来的,树棵里长大的！

大　林　这怎么可能？小雪,说实话,我越来越觉着你不是个打工的,你在城里做什么？舞跳得这么……专业,还这么能喝酒能劝酒,你像是……

小　雪　让你别问你就别问！烦人不烦人？

大　林　我……

小　雪　好吧,我告诉你,我爸我妈早死了！

大　林　那,那你还有别的亲人吗？

小　雪　我让你别问了你没听见哪,我不想说。

大　林　你不说,可我看出来了,什么打工的,被人抢了钱包,你都是在骗我！这些年在城里我什么人都见过,我还不至于笨到一点感觉都没有,你能喝酒,抽烟抽得那么凶,唱歌、跳舞、说脏话,样样都会,你像是……

小　雪　那又怎么样？好吧,我告诉你,你没猜错,我坐过台,我是坐台小姐！我是个坏女人,够了吧！你还想知道啥？怎么,后悔了吧,是你求我跟你来的。别以为你是什么好人,我承认我是认钱,你不也一样吗,有俩破钱就以为你是天,可哪找女人跟你回家骗人,你比我高尚多少咋的？

大　林　你！能告诉我你怎么会……？

小　雪　没人生下来就想干那个。小时候真好啊,爸爸,妈妈,后来我爸得病死了,妈又找了人,那个后爹没事就打我,妈护着我老是和他吵,过了两年妈也死了,我就和几个姐妹进城打工,洗碗刷盘子擦皮鞋什么苦活脏活我都干过……

　　　　〔阵阵狂风。

小　雪　后来遇上了一个对我不错的男人,我动了真格的,把什么都给了他,就想和他结婚成家,可没承想他是一个大骗子！王八蛋,他把我所有的钱都骗走了！真想一刀宰了他！都说世上好人多,我咋一个也没碰上。他走了,我拼命喝酒拼命跳舞,成天和那些人鬼混,我想过死,什么都想过,天天这么混这么活有他妈什么劲! 再后来赶上公安"大搂",我给送进了女子自强学校。

大　林　　小雪!

小　雪　　在里边我问自己我就这么过一辈子吗? 要是我爸我妈活着看见我这个样他们会怎么想? 我切破手指头发誓再也不干那种事,要重新开始过人的生活,可出来才发现连个落脚的地都……过去的姐妹、亲戚都不愿收留我,我都不如一条狗! 狗还有个窝,我什么都没有! 大林,说心里话,我真羡慕你,能念大学,有这么好的爸妈!

　　　　　[静场,风声。

大　林　　小雪,我不知道说什么好,这些天我能觉出来,你其实不是个坏女人。

小　雪　　谢谢你! 这几天我也看出来了,你比我认识的那些男人都强! 唉,不说了,我还是头一回在雪地里和人跳舞,这感觉真酷!

　　　　　[二丫跑上,舞着红围巾乱扭乱跳着。

二　丫　　嫂子,我到处找你,快来跳舞啊! 七不隆咚隆咚锵,真好玩,哥,你快点娶我嫂子吧,嫂子嫁到咱家就能天天教我唱歌跳舞了。

小　雪　　好二丫,来,和嫂子一块跳! 七不隆咚隆咚锵……

　　　　　[二人扭着唱着跳下,大林望着。

　　　　　[收光。

（七）

　　　　　[深夜,母亲在灯下默坐,父亲上。

父　亲　　老太婆子,你在这发啥愣哪?

母　亲　　啊,没,没啥。

父　亲　　(坐下,盯看着她)老婆子,我看出来了,你是心里有事?

母　亲　　啊? 没有,我是在合计小雪这孩子,她挺不错的,老头子,你说是吧?

　　　　　[父亲默默无言,二人各有心事。

　　　　　[大林急上。

大　林　　妈,不好了,小雪头烫得厉害,一劲地打寒战,像是发高烧! 刚才还吐了。

母　亲　啊,老天爷,准是在外头抖搂着了,我去生火,烧碗姜汤给她喝!

　　　　[紧张的音乐中,三人分头忙碌。

　　　　[少顷,母亲和大林端姜汤走入小雪房间。

　　　　[小雪裹着被子躺在炕上瑟瑟发抖,二丫围着她乱转,不知咋办好。

大　林　小雪,你喝口姜汤吧!(扶小雪喝下)妈,还是这么烫?还在发抖。

　　　　[母亲喂小雪喝下,看着小雪病中的样子心中不忍,脱鞋上炕,抱过小雪。

母　亲　孩子,让你受苦了,别怕,会好的,会好的。(解开衣服,用身体去暖小雪发抖的身体)好孩子,靠紧大姨,靠着大姨就不冷了!

小　雪　大姨,你……不用了。

母　亲　这孩子,大姨身上热,来吧。瞧你冷的,大姨给你焐焐,抱紧我!

小　雪　大姨!

母　亲　哎呀,你这孩子咋回事,听话! 快点。

小　雪　大姨!

母　亲　别怕,别怕,有大姨哪!

　　　　[音乐中,母亲紧紧抱住小雪,用身体暖着她。

　　　　[老父亲默默穿好棉外套,拿起手电。

大　林　爸,你要去哪呀?

父　亲　我去拴车,拉小雪去县医院!

大　林　爸,那么远的路你这身体咋行,要送你留在家里我送他去! 今晚上雪太大,要不再挺一挺,明一早我送她去!

父　亲　等明早上黄花菜都凉了,要是今晚上病大发了咋整,你们不去,我去!

母　亲　大林,麻溜拴车,妈和你送小雪上县医院! 二丫,抱两床被子来! 他爸,把马灯点上。

　　　　[二丫抱被子,大林拴车,老太太背小雪,老头提灯。

　　　　[急收光!

　　　　[深夜中响起急促的马蹄声。风雪呼叫,漫天雪花。

　　　　[苍茫风雪路。大林驾爬犁急驰着,母亲抱着小雪坐在上边,亮着只

马灯。

小　雪　(在母亲怀抱中独白)我到死都忘不了这一夜!马灯光照着驾雪橇的大林,照着前边的盘山路,一条我能记一辈子的路,一边立陡立崖一边万丈深渊,老北风刮到脸上像刀子一样割得肉都疼。我躺在大姨怀里,她紧紧地抱着我,我能感到她的心跳,靠着她像靠着一座大山。

母　亲　大林,你这兔崽子,看准道,稳着点!

大　林　哎!

　　　　[急促的马蹄声、马铃声。

母　亲　大林,前边就是老爷岭断头崖,老爷岭,断头崖,九曲十八弯,弯弯路险车要翻,你小子睁大眼睛看准了道!把精神头给我提起来!

大　林　哎!妈,我看着哪!

　　　　[尖戾的马嘶声,暴厉的风雪声,三人随之起伏颠簸。

大　林　妈,不好了!要翻了!吁——吁!(死死勒住缰绳)

母　亲　咋的了,大林?

大　林　吁!吁!妈,路太滑,大青腿打滑,站不住了,我,我要勒不住了!

母　亲　大林,你个浑小子!有点老爷们样,这车上三大活人哪,你给我勒住了!

大　林　是!勒住了!我不会让它掉下去的!(将缰绳紧紧勒入手臂)

母　亲　小雪,你别怕,我去帮他一把!(扑过去,抓起鞭子)大林,稳住神!大青马,娘个腿的,你给我挺住了!听我的令!吁。好,吁!好!好样的大青马,回去给你弄顿香油拌炒豆,让你可劲造!给我起来!驾!(扬鞭挥响一串鞭花)

　　　　[马嘶声声,三人随着音乐形体舞蹈。

　　　　[雪橇冲过了最险峻的路段,马蹄声重新恢复原来的节奏,轻快地跑起来。

　　　　[深情的音乐。马蹄声不息。大雪仍在飞舞。一束光射向小雪。

小　雪　(独白)那天整整折腾半宿,到医院打完滴流我就睡着了,睡得特沉特香,第二天早上我睁开眼睛,窗外的雪还在下,我看见了大姨和大林,大姨一头银发靠在墙角的长椅上,大林趴在我床头,都睡着了,他们守了一整夜!我真想大哭一场!住了三天院回到家,大姨又给我做了热腾腾的鸡汤让我补身子。九奶奶送了红枣,三叔三婶送了中草药,四姑送了一篮子鸡蛋,这么多年没人疼过我,现在都有了!这根本不认识的一家人一村人都是我最亲的人!真快啊,七天七夜没咋的就到了,我就要走了。这场游戏要收场了,一切都要重新开始。真像是一场梦,多好的一场梦,真不愿意就这么醒了!

〔收光。

(八)

〔最后一夜,一地月光。

〔台上的各色农家景物泛着动人的光,小雪一身农妇打扮,坐到灶边添柴烧火,麻利地切菜,一下下拉着风箱。大林上,心事重重。

大　林　小雪,我来吧!

小　雪　明天就走了,今晚上你就让我多干点吧。

〔月光满地,灶坑里火光闪动,映着两个年轻人,二人无言地一起拉风箱。

小　雪　大林,我有件事我想问你,我和你说的我过去的事,大姨是不知道了?

大　林　她看出来了,我只好……不过爸还不知道。小雪,我有挺多话要和你说。

小　雪　我也是,好像有挺多话要说。你说怪不怪事,我都有点不愿意走了!哎,你还是要想法给大叔治病,癌症也有治好的。

大　林　是,我急着回去也是要去跑这事,回头我就接爸去省城治病。小雪,你也一样,世界上的路挺多的。

小　雪　是呀,回到城里我会从头开始,我要找份正经工作,好好干!我不怕吃苦。

〔二丫上,捧出几个精心编织的小纸人!

二　丫　嫂子,我新扎的,这是你,这是我!这是我哥。

小 雪	送我的?（看着）真像!
二 丫	（紧紧抱住小雪）嫂子,我不愿意你走,我不想让你走!
小 雪	二丫,别……以后姐还来看你!
二 丫	你保证? 下次回来让我吃你和哥的喜糖,喝你们的喜酒,到时你还给我唱歌!
小 雪	（含泪带笑）唱,我给你唱!
二 丫	不骗人?
小 雪	不骗人,姐保证。

　　〔二丫伸出手掌,小雪与其击掌。

　　〔母亲扶父亲慢慢走出,小雪惶惶迎上,父亲母亲默看着一桌丰盛的家宴。

父 亲	小雪,这么多菜? 都是你做的?
大 林	爸,她一大早就开始忙活,还特意跑到河上刨冰给你老逮鱼熬了一锅鱼汤!
父 亲	这孩子! 唉,你能有这份心大叔就知足了!
小 雪	（扶二老坐下,心情复杂地）大叔,大姨,明天一早我就要走了,不知道以后啥时才能见到你们……我没大姨做得好,好赖你们尝尝。
父 亲	尝尝? 好,尝尝!（喝汤）哟,不错,好喝,真好喝! 老婆子,我尝着比你做得还好!

　　〔众人笑,小雪给二人端菜、夹菜。

父 亲	唉,这辈子尽喝你大姨做的汤,没想到这回又有人给我……小雪,明个就要走了? 啥时再来呀?
小 雪	哦,我还会来看你老的,你老千万要好好养病,你老苦了一辈子,现在大林长大了,这个家的好日子才开始,你老更得硬朗朗地活着,看着这个家一天比一天好!
父 亲	小雪,大叔这辈子就信一条,人生在世再苦再难都不怕,靠自己这双手干正经活挣干净钱过踏实日子,人活着才活得硬气,日子过得才舒坦。进我彭家门的人穷点没啥,得先有一双干活的手有一颗干净的心,一点点闹一步步走,钱少会一点点多起来,日子差会一天天好起来!

小　雪　大叔,我记下了。

父　亲　大叔听你的话,去治病! 治好了病硬朗朗地等到你再来看大叔! 你
　　　　说的对,大叔要看着大林成家,看着咱这个家都过上好日子! 一想
　　　　起这些大叔就觉着身上有劲了,啥病都没了! 这口气三年五载还咽
　　　　不了,我要等着,等着! 小雪呀,说定了,开春你一准来,这次没照顾
　　　　好你,下次来,春暖花开了,河里的冰都开化了,咱这可是有的看!

母　亲　是呀,到那会儿咱这可热闹了,大雁回来了,河边草棵里尽是他们的
　　　　蛋,暖乎乎的可稀罕人了,还有各色各样的鱼、大虾、大螃蟹满河汉
　　　　子地游。

父　亲　没错,到时候大叔亲自下厨给你做桌鲜鱼宴,好好吃一顿。咱说
　　　　定了!

母　亲　小雪,你就答应了吧! 开春了就来吧。

二　丫　嫂子,你可一定要来呀

小　雪　大叔,我来,开春了我一定来!

父　亲　来,一块干了,为小雪送行!
　　　　〔众人一起饮下。收光!

　　　　〔升光,灯光下母亲坐在桌边一针一线缝着一个手闷子。
　　　　〔小雪端一盆热水上。

小　雪　大姨,你老做啥哪?

母　亲　小雪,来,(咬断线头)大姨送你样东西,一见面我就觉着你的手老是
　　　　冰凉冰凉的,老话说:十指连心,手和心是通着的,人的手冷那是她
　　　　心里冷没有疼。要走了,没啥送你的,大姨给你缝了副棉手闷子,别
　　　　嫌样子老不时兴,都是新棉花,可暖乎了,来,看合适不?

小　雪　(试)合适,合适! (满眼是泪,紧紧抱住手闷子)
　　　　〔她弯下腰为母亲脱鞋。

母　亲　你这是干啥!

小　雪　(眼中含泪恳求地)大姨,要走了,让我也给您洗次脚,我来时头一个
　　　　晚上是您给我洗的脚,今天……

母　亲　这哪行,不行不行。

[小雪不管不顾埋头给老人洗起脚来,水声一声声!

母　亲　好孩子!不管别人咋看你,不管你以前咋样,大姨瞅着你是个好闺女,让你这么走了,大姨真是不放心哪!咱娘俩有缘,老话说不是一家人不进一家门,这七天你为大姨家做的事,大姨心里有数,有数啊,大姨该谢谢你!雪,从今往后,大姨这就是你的家你的窝!啥前飞累了想回就回来,大姨认你做个干闺女,打今个起大姨就是你亲妈!

小　雪　妈!(扑到母亲怀中)

[音乐飘动。母女紧紧抱在一起。

[收光。

(九)

[城市,夜,街头,天上雪花飘飘。

[又是开场时那两张长椅,覆满白雪,音乐轻轻飘动,二人缓缓走来。

[阵阵汽车声,车灯的光柱扫过,二人默立不动。大林取出钱。

大　林　这个给你,八百。

小　雪　不,我不要。

大　林　这怎么行?咱们是说好的。

小　雪　我不记着我们说了什么!你快走吧!看见你我就烦!我让你走!别在我眼前晃来晃去的。

大　林　你还是收下吧,这已经不是那笔钱了,是我爸我妈让我给你的。你找到工作前先用着,求你了小雪,收下吧。(也发火)我让你收下听见没!

小　雪　(捧着钱流泪)好吧,我留一点。剩下的算我送给大叔治病的钱,我让你拿着!(将大部分钱交还大林)有空常回家看看俩老人,别忘了领大叔看病。

大　林　嗯。小雪,也许我们还会见面!

小　雪　不知道。

大　林　你要去哪?能告诉我吗?

小　雪　我还不知道。这城市这么大,路这么多,总会有一条是给我走的,我
　　　　会找到一条一直走下去。明天一早我去职业介绍所,去劳务市场找
　　　　工作,我会从头开始,你放心,我会拼命地干好好地活! 过一段也许
　　　　我真会去看大叔大姨,看二丫。我说你这人咋这么磨叽,快走啊你!
　　　　求你了!
　　　　[大林走去,走到舞台一角,止步,回头望去。
　　　　[各种城市音乐飘摇而起,霓虹灯猛烈地闪耀不停,各种汽车声响成
　　　　一团。
　　　　[漫天大雪纷纷扬扬,二人默立其中。小雪捧起手闷子看着。
　　　　[舞台深处出现彭家三口,三人在挂灯。红灯笼慢慢升起,三人一片
　　　　红光。
　　　　[小雪以慢动作缓缓走向雪雾深处那片红光。
　　　　[感人的大合唱声起。漫天大雪飘飘而下,最后化成鲜花之雨。

——剧　终

话　剧

矸子山上的男人女人

时　间　现代

地　点　北方,一座历史悠久的矿山

人　物　秦铁柱　五十多岁,女子拣煤队党支部书记,当年在井下是有
　　　　　　　　名的掘进队队长,外号秦大咧咧。

　　　　佟　丽　女,四十多岁,女子拣煤队多年劳模,队长,丈夫死于矿难。

　　　　大咋呼　女,五十多岁,拣煤队里的泼辣娘们,丈夫也死于矿难。

　　　　梅三姐　女,三十多岁,拣煤队女工。

　　　　亮　亮　女,二十多岁,拣煤队最年轻的女工,父亲死于矿难。

　　　　平　平　女,二十多岁,拣煤队最困难的女工。

　　　　小　霞　女,十几岁,小哑巴,佟丽女儿,长年跟佟丽在矸子山
　　　　　　　　上玩。

　　　　铁柱妈　女,老一代矿山女工,铁柱母亲。

　　　　大林奶　女,老一代矿山女工,大林奶奶,身体多病。

　　　　亮亮姑　女,老一代矿山女工,亮亮父去世后一直拉扯亮亮,有
　　　　　　　　眼疾。

　　　　赵黑子　梅三姐丈夫,矿工,矿山关闭后去小煤窑挣钱。

　　　　大　林　平平丈夫,伤残矿工,半瘫在床。

　　　　九　嫂　女,拣煤队女工。

　　　　二　琴　女,拣煤队女工。

　　　　三　丫　女,拣煤队女工。

　　　　众女子拣煤队姐妹

　　　　刘大炮　倒煤的大款,富庶的小煤窑主,当地矿区的一霸。

　　　　刘大炮的几个手下

第一场

　　[空黑中,各种矿区特有的"声效"强劲地混响起来:运煤车的汽笛声、运煤车隆隆的驰来声、运煤车从高处向下倒煤的巨大响声、清脆的工铃声。

　　[接着传来了众女工集体的喊声:"来煤了——! 来煤了! ——"

　　[音乐大作! 舞台大升光,现出一体积巨大的黑色矸子山,尘烟弥动,细雨飘飘,水气蒸腾。细雨中,佟丽率众女工穿灰黑工装系各色头巾、背着篓筐弓着腰,拼命拣着煤。佟丽的哑巴女儿小霞跟在女工身后开心地玩耍着。

　　[少顷,众女工们累得不行,东倒西歪瘫在那里,一个个气喘吁吁的。

佟　丽　哎,姐妹们,咱们让三姐来一段,咋样?

二　琴　(粗声大嗓地)三姐,来段过瘾的!

三　丫　(跟着喊)对,整段赶劲的!

三　姐　来一段就来一段!!! (起身唱起来)哎——
　　　　　拣出一筐筐煤哟堆起一座座山,
　　　　　出透一身汗啊才有那吃和穿!
　　　　　男人们下矿井哟咱女人拣煤炭,
　　　　　上山是煤嫂呀,下山哟……

众姐妹　(齐声)咋的?

三　姐　是呀,俏牡丹!!!

二　琴　挖煤的汉子见了咱——

三　丫　眼发直、腿发软、嘴发干、浑身上下呀,

众女工　直呀直冒烟儿!

　　　　[三丫和二琴夸张地表演男矿工看女工的傻样,众女人开怀大笑。

佟　丽　咱们接着干吧!

　　　　[大咋呼,一粗拉拉的五十多岁的女工颠颠跑上。

大咋呼　哎哎哎,啥时候了还在这穷乐和! 我打听着准信了,咱们矿真要关闭了!

　　　　[姐妹们纷纷扔下工具,围上去。

九嫂等	真的假的？大咋呼,谁说的?
大咋呼	板上钉钉错不了了！杨矿长媳妇亲口和我说的,咱们这没煤了,国家要按那个"资源枯竭型"的矿山关闭,打明个起矿上就不再往咱这运煤了,咱们拣煤队全体放长假!
九　嫂	妈呀,这么说是真的了? 那咱们这帮人咋办啊?
三　丫	是呀,咱拣煤队不是国营的,安置费啥的能有咱们的份吗?
平　平	(扔下工具急跑向佟丽)佟姐,你知道点信儿不? 这不是真的对吧?
三　姐	(和几女工也围住佟丽)佟姐,这不能是真的吧?
佟　丽	我,我也不太清楚。都别急,秦铁柱上矿上打听了,回来就知道了。就算是关闭了矿上也会……咱们还是先干活吧。
大咋呼	干活干活,都没饭吃了还干个屁活！走走走,下班回家!

〔众女工一个个放下工具,走向不远处的简易工棚。

| 佟　丽 | 哎,你们,你们,这还没到点儿哪! |

〔音乐低回。小霞拉着佟丽啊啊地询问,佟丽无言拉起小霞也走向工棚。

〔工棚内升光。一排更衣箱,简易的淋浴喷头。

〔女工们在光束中洗着澡,互相擦背,有的说着话,有的默默无声。

〔秦铁柱,一个高大粗糙的汉子,沮丧地走向工棚。

〔小霞望见他,忙跑向佟丽,拉住佟丽比画着。

| 佟　丽 | 哦,是你秦大爷,哎,秦铁柱回来了! |
| 秦铁柱 | (装着没事,嬉皮笑脸地)同志们好！同志们辛苦了! (向里走) |

〔工棚里一片尖叫声,正脱换衣服的忙抓衣服乱穿,有的抱东西掩住怀。

| 大咋呼 | 哎哎,干啥你,先别进来,出去出去! |
| 秦铁柱 | 嘿,邪门了,我一来你们就给我演外国电影,麻溜地,把衣服穿巴上出来,我五十多岁的人啥没见着过? |

〔女工们衣衫不整奔出来,梳头的,擦头的,穿着拖鞋、系着扣子围向秦铁柱。

| 大咋呼 | 大咧咧,赶紧地麻溜地,是不黄铺散摊了? |
| 众 | 秦叔,矿里咋说的? |

佟　丽　秦铁柱,快给大伙说说。

秦铁柱　(强打精神)说说?那咱们就开个小会,(重咳一声)给大伙通报个好消息,前几天省委书记到咱矿检查工作,亲自到三道沟那片的棚户区看了!看见咱们住的条件实在太差了,立马眼泪就下来了!那家伙,决堤了,眼泪哗哗的!

大咋呼　尽扯,还"哗哗的",你看见了咋的?这叫啥好消息呀?哪年不来点领导?来了能咋的?走走过场,啥问题都解决不了!

一女工　没错,该啥样还啥样!

一女工　就是,跟这个握握手跟那个说通大话,照两张相拍拍屁股就走了!

秦铁柱　哎哎哎,这回可不一样!人书记当场拍板:立马帮咱们建新楼!

大咋呼　拉倒吧,咱们不想听这个。你说正事!

众　对对,你说正事!

秦铁柱　(环视众人,心情沉痛地)关闭矿山的事,定了!

　　　　　[响起尖厉的汽笛声,女工们一片死寂,一个个无力地坐在地上。

秦铁柱　(望着众人)哎哎哎,你们听我说,矿山是关闭了,可矿上对咱们女子拣煤队那可是非常重视!你们想啊,咱们拣煤队是一般部队吗?在这十里矿区咱们是隔着窗户纸吹喇叭——名声在外呀!佟丽、大咋呼的男人,还有亮亮他爸都是井下出事去世的,搁战争年代你们都是烈士家属啊!佟丽,矿劳模、市劳模,上过电视登过报,在上头是挂了号的。还有我秦铁柱,十六岁当矿工,得过十三次先进一次劳模,在井下出生入死受过伤,抢险救人立过功,这么多光荣历史……

二　琴　也是啊,咱还评过那么多次先进哪!

大咋呼　我说大喇叭,你少扯这些没用的?捞干的说,到底想咋安排咱们?

梅三姐　对呀,说了半天具体是啥办法啥政策呀?

秦铁柱　这,当然有政策!(假模假式掏出一小本,翻开)初步是九条!!!头一条:保证大伙人人都会有工作,收入和现在的工资比只高不低!

　　　　　[众女工兴奋地议论。

秦铁柱　第二,大伙关心的医疗保险、养老保险,全由矿上交了!

众　哇,太好了!

秦铁柱　第三,第三是安置费,比照国营职工一分钱不少!

众　　　哈！接着说,第四……

秦铁柱　我知道第四,第四,等我看看啊……

大咋呼　这个磨叽,拿来我念!(一把夺过本子看)啊,这,这上边啥都没有!

　　　　[大静场,佟丽等女工一个接一个抢过本子看,一片沉默,望向秦铁柱。

秦铁柱　嘿嘿,那啥,我,我光听了,没记,有些政策还没研究哪!等那边开完会一定下来,我立马就告诉大伙!

大咋呼　(火冒三丈)大咧咧,你咋这没心没肺哪?都啥时候了还拿咱们逗闷子!!!

众女工　(集体大爆发,七嘴八舌地)

　　　　这人咋没正形呢,你还能不能有点真格的!

　　　　你是啥党支部书记呀,我看你就是个骗子!

　　　　就是,他说话根本不能信,兴许连领导的毛都没见着!

秦铁柱　谁说我没见着,谁说我没见着?矿长亲口和我说的!

梅三姐　行了秦铁柱,你就别编了!!!

大咋呼　散会散会散会!都他娘的黄铺了还开个屁会!

九　嫂　以后也别开了!没人要没地方去的处理品,塞到咱们这来了!

秦铁柱　(急)你说谁没人要没地方去?老子是井下出事腰受了伤,矿上才让我上这来的,白纸黑字盖的大红章,谁再瞎说我跟她翻脸!!!

　　　　[女工们被他这一嗓子吓住了!静场。

秦铁柱　(只好说实话)我,我是撒了谎,我想溜进去听听,可那刘主任死活不让我进会场,说我不够级,是,咱是个副股级。想想也是啊,咱们是大集体,矿上光国营矿工机关干部就十几万,咋也得先研究安置他们哪?你上市场买大白菜还得排一阵子队哪!

大咋呼　(爆发地)啥玩意?老娘好时候全扔在这矸子山上了,到了倒成大白菜了!!!研究个屁安置个屁!我们就会拣煤,一没技术二没文化,学啥都来不及了,咱们过去就是后娘养的,现在后娘也不养了!

九　嫂　给孩子治病欠了一大堆饥荒,下个月家里就没钱了!(哭)

　　　　[大咋呼也大声哭号起来,不少女工跟着高一声低一声哭起来。

秦铁柱　哎哎,大姑奶奶小姑奶奶,求求你们了!别哭啊,我就怕你们来这个!我说错了行不?你们不是大白菜行了吧?我那就是打个比方。

得,这么的,我秦铁柱给大伙打个保票:我保证矿上能把大伙安置好!保证你们人人都有工作,保证……

三　丫　秦叔,你真能打保票?那我以后有啥难处可就找你了。

大咋呼　(更激烈地)尽扯王八犊子,你打保票管啥事?告诉你,把老娘逼急了我明天就上你家吃饭去!我上你家炕头!上你那领工资!

众女工　可不咋的,这些年你打保票打得还少啊?

　　　　就是,你是矿长?是市长?你打保票顶屁用!

　　　　[女人们一齐将衣服、拖鞋、脸盆扔向秦铁柱,秦铁柱节节后退。

秦铁柱　哎哎哎,得,这么的,我再到矿上去,说啥我也要见着矿长。唉!

　　　　[秦铁柱急急跑下。女工哭声一片。佟丽失神呆立。

三　丫　佟姐,那以后咱们咋办呀?二琴、三姐,你们,你们倒是说话呀!

梅三姐　唉,我还没心思呢!

一女工　我得回去合计合计。

二　琴　咋办?爹死娘嫁人各人顾各人!明天我就去城里找活干,干不了技术活,我还有把子力气,我去当保姆当钟点工!

大咋呼　不行,这口气我咽不下去!要我说大伙一块去矿上找他们要个说法,再不行,就上市里上访告状!咋样?我领头,你们谁跟我去?

九嫂等　我跟你去!我也和你一块去!

亮　亮　你们可真有"累",有用吗?我还巴不得不让咱们干了哪,正好换个活法!现在挣钱的路多了,我同学二玲在夜总会陪人跳跳舞喝喝酒唱唱歌,一点不累,哪天都挣好几百。守着这矸子山,一辈子也跳不出穷坑!你们谁想跟我一块去?

大咋呼　我说亮亮,让我们去干那个,你缺德不缺德?

亮　亮　嘿,咋说话哪?干那个咋了?能挣钱是真格的!都这会了装啥大瓣蒜哪?

大咋呼　哎你说谁大瓣蒜?

亮　亮　说你哪咋的?就你这样的想去我还不带你哪!长得跟烤地瓜似的!

大咋呼　我,烤地瓜?呸,别长得漂亮点就不知道姓啥了!小妖精!骚货!

亮　亮　(扔下手里的东西)大咋呼,你再说一遍!

　　　　[两女人打起来,又揪头发又撕脸,大伙拦架,一片混乱。

佟　丽　（大声喊）行了！都收拾东西回家吧！

　　　　　〔二人停下，众人都不说话，匆匆收拾东西。

佟　丽　亮亮，你可绝不能去那种地方，这可不是开玩笑。

亮　亮　（凄楚地）开玩笑？我还笑得出来吗？你是大先进大劳模，咋的也能找着个挣工资的地方。我才二十三哪，赌我也要赌一把！

　　　　　〔众人拿上东西心情沉重向下走。

平　平　（丢了魂似地）佟姐，那明天，明天咱们就……

佟　丽　明天，明天……准是弄错了，不，这不会是真的，不可能是真的！

　　　　　〔一声尖厉的汽笛声，煤车隆隆的巨大声响，铁链铿然断裂的声响，一声声洞穿女工们破碎的心！众女工集体止住脚步，无语默立，茫然怅望。

　　　　　〔山间石缝里草丛中水蒸气缓缓弥动，漫向众人，漫向整个矸子山。

歌　声　　　破工棚哟我的家，

　　　　　　矸子山哟我的妈，

　　　　　　想不到啊这一天——

　　　　　　没了家，没了妈

　　　　　　我的那个两眼泪哗哗，泪哗哗！

　　　　　〔大收光。

第二场

　　　　　〔数日后，秋去，冬来，初冬时节的一个傍晚。

　　　　　〔现出大片低矮拥挤的老旧工棚房，层层叠叠，各种平房、耳房错落着，高高矮矮的烟囱，杂乱的电视天线。远处可见落日下高大绵延的矸子山。

　　　　　〔暮色渐浓，夕辉残照，一些人家的窗口亮着灯光。

　　　　　〔空地上有一人工压的水井。铁柱妈在井台边压水接水。小亮姑挂一木棍站在夕照中远眺，病快快的大林奶背一捆干树枝吃力地沿坡而上。

铁柱妈　哟，拣了这么多，快放下歇会！（帮助卸下）你那病好点没？

大林奶　吃了你给我的药好多了。一到冬天这屋里又冷又潮，大林的病这几天又重了，咋也得把炕烧得热乎点儿。

亮亮姑　我呀,倒是愿意过冬天,咋也比夏天强,一下雨就得从屋里往外淘水。

铁柱妈　对,抗洪!(三人都笑)

大林奶　亮亮他姑,你那眼睛咋样了?

亮亮姑　还那样,能看见点儿我就知足了!(远望)这几天哪,我右眼皮子老跳,亮亮去城里找工作,老是挺晚才回来……

铁柱妈　她姑,她那么大个人不会有事的。老姐俩,咱们都是老的,这会都得拿得住事儿,车到山前必有路。

大林奶　对,咱们都听你的,那我先回去了。(吃力地背柴)

铁柱妈　(帮大林奶背好柴)你慢点走。(拎起水桶)亮亮她姑,我也回去了。

亮亮姑　(叨念着)回去,回去。(又惝惝远望)唉,这个死亮亮咋还不回来?

　　[三老人陆续下。梅三姐家升光。

　　[墙上挂有三姐年轻时穿戏装的漂亮剧照、夫妇俩的合影和一支箫。
　　[丈夫赵黑子坐在炕桌前喝着酒,他已酩酊大醉,仍持酒瓶狂喝。

梅三姐　把酒瓶给我,你都快成酒桶了!(上去抢酒瓶)你疯了?不要命了!

赵黑子　(狠命推开三姐,吼)疯了!我就疯了!(扒着窗口向外边狠嚎起来,随后又抓过酒瓶狂喝)没活干没地方去,不喝酒你让我干啥?干啥?

梅三姐　黑子,你别这样,我求求你了!家里还有点积蓄,挺一阵没问题。

赵黑子　老子要养家,要供儿子上学,要干活要挣钱……

梅三姐　我知道,我都知道,你下不了井心里难受!黑子,我合计了,二弟的三轮车还闲着,明天我就进城去蹬三轮……

赵黑子　你?蹬三轮!哈哈,我赵黑子到了他妈的让老婆蹬三轮养活的份上了!(心碎欲绝地)三姐,当初你就不该嫁给我!打小你跟你爸学了那么多年戏,去考市京剧团到城里当演员那有多好,你干吗鬼迷心窍非嫁给我这个煤黑子?不值呀!跟着我吃苦受罪,你图啥呀你!

梅三姐　哎呀你说这些干啥?我乐意嫁给你,吃苦受罪我心甘情愿。

赵黑子　可我真是死的心都有了!我差啥呀,我赵黑子没旷过一天工没偷过一点懒,哪次下井我都是第一个呀!我干得好好的……逼急了老子就去砸、去抢!(乱摔东西,摘下挂在墙上的箫欲摔)

梅三姐　黑子!那可是我送给你的!

［黑子猝然住手,恸叹,躺倒在炕上。

梅三姐　黑子,我倒觉着这样挺好的,不用像以前那样提心吊胆地过日子了,也不用听着矿上响警报吓得魂都没了。我嫁给你,不就图能守着你平平安安地过日子吗?

赵黑子　(满眼是泪)三姐!我想好了,明天我就去刘大炮的小煤窑!

梅三姐　什么?我的老天爷,那刘大炮心比煤还黑,光顾挣钱别的啥都不管,前一段他那还出事了哪!你,你要真背着我去了,我可和你急!!!

［三姐家光暗。

［平平家升光。炕上躺着大林,外间大林奶干着活。平平背着孩子端着洗衣盆进屋,见灶上的药锅开了,忙放下洗衣盆,从药锅里向外倒药。

平　平　(端药走向大林)来,吃药吧。

［大林不动。

平　平　咋了?该吃药了。(舀一勺喂他)

大　林　不吃!我说了不吃!(决绝地)以后我也不吃了!

平　平　大林,你,你这是要……你要是……我和孩子咋办?奶奶咋办?

大　林　平平,我病了这么长时间,这个家全靠你撑着。当初我不想要孩子,可你还是给我生了儿子!我大林几辈子都报答不了你!现在你工作也没了,外头欠了那么多的饥荒……

平　平　哎呀这不用你管,借的钱我一笔笔都记着账哪,以后咱有钱了都能还上。

大　林　拿啥还呀?平平,我想了好多天了,我要是早一天闭眼,你就可以……到时候你就带孩子找个好人,好好地再走一家……

平　平　你说啥哪!当初你受伤时就让我和你分手,那会咱俩不说好了吗?不管咋的都要好好守着过一辈子,你忘了?只要你有一口气,我就伺候你!来,把药吃了,你别让我着急上火行不行!(强喂)

［大林仍扭头拒吃,平平背上的孩子哇哇直哭。大林奶默默走入。

大林奶　(上前接过孩子)让你吃你就吃!平平说啥你不兴顶嘴!还要我求你咋的?大林,你要撒手走了,奶奶还活不活了?吃呀你!

　　〔大林默默端起药碗。平平家收光。

　　〔天际飘起雪花。
　　〔亮亮穿一身时尚服装哼着歌上。
　　〔秦铁柱前后挎两大包,胸前挂着一小包,手上拎着一小黑板,也哼着歌上。

秦铁柱　是亮亮吧?

亮　亮　叔。

秦铁柱　(打量亮亮)你,你跟叔说实话,你真去了那种地方?

亮　亮　干啥呀,吓人倒怪的! 我去了咋的? 那地方有啥不好? 挣得多干得少。我可不想一辈子在这破工棚里过穷日子。

秦铁柱　穷咱也得有骨气,那地方咱不能去。亮亮,没工作叔帮你找! 缺钱叔给你,(从包里取钱)刚从银行取的,(急点出些)够不? 叔这还有。

亮　亮　叔,你让我说你啥好啊? 你能月月给我开工资呀?

秦铁柱　你,你这孩子咋张口闭口就是钱?

亮　亮　行了,你根本就不懂。叔,爸死了以后你一直照顾我,我一辈子感激你。可我求你以后别管我了行不行? 我穷怕了!! (向下走,放声大唱)"再也不能那样活,再也不能那样过,迷迷瞪瞪地爬山,稀里糊涂地过河……"

秦铁柱　这,这可咋整呀!
　　〔亮亮大唱着下。秦铁柱急得团团乱转,最后抱着头沮丧地蹲在地上。

　　〔雪花飘舞。铁柱妈从雪中上,上前一下揪住铁柱的耳朵。

秦铁柱　别惹我,烦着哪!

铁柱妈　烦啥烦! 快说,箱子里的存折是不你偷去了? 麻溜给我交出来!

秦铁柱　哟哟,妈呀妈,你这手咋还这么有劲呢?

铁柱妈　别打岔,存折哪?
　　〔佟丽拎着水桶出家门,到井台接水,听到母子对话。

秦铁柱　嘿嘿,存折是我拿的,你老不是急着娶儿媳妇吗?

铁柱妈	哦？（忙松手）你相中谁了？是佟丽不？佟丽妈也看中了，是不她答应了？你想给她买啥东西？
铁柱妈	妈，我知道这些钱是你这些年省吃俭用一块一毛攒的。
铁柱妈	是呀，那是给你娶媳妇用的！
秦铁柱	里头还有一份是你给自己留的过河钱……钱就算我管你借的，等有了钱我立马还给你。妈，雪下大了，你赶紧回家吧，我还有事哪。

[佟丽默默听着，水哗哗溢出，她忙拎水桶向家门走去。

铁柱妈	儿子，这几天你都折腾瘦了，你得悠着点！
秦铁柱	知道了，你先回去吧。

[铁柱妈下。秦铁柱背上大包向佟丽家走去。大咋呼拎桶上，走向井台。

大咋呼	哟嗬，这黑灯下火的还串门呀！（看着秦铁柱背的大包）咋的，搬过来呀？
秦铁柱	咋呼啥呀？我就搬过来了咋的？让开道，我和佟丽有重要事要商量。
大咋呼	拉倒吧，都黄铺了还有啥重要事？（横身拦住不让秦铁柱过）
秦铁柱	我说大咋呼，你不告状了？
大咋呼	别提了，尽瞎耽误工夫，上哪哪都让回来等信，现在大伙可就指望你了！大咧咧，你就不能腾出点空来也关心关心我？佟丽是一个人我也是一个人，她过去是先进是劳模，现在我和她都平等了……
秦铁柱	你晚上吃饭吃的啥？
大咋呼	喝粥啊！
秦铁柱	我看你是喝醋喝多了，嘿嘿，我呀，还就喜欢上她家串门，有事没事都喜欢串，这两条腿它自个就爱往这溜达。
大咋呼	你，你想气死我是不？论长相、论体格、论实在劲、论举家过日子，我哪点不如她？你呀，剃头挑子一头热！人家佟丽心里有那件事，根本就容不下你。我说你咋就一根筋哪？
秦铁柱	我就一根筋了！
大咋呼	你，你媳妇过世都六年了，咱俩哪哪都对脾气，整成"一副架"那得多合适。
秦铁柱	得得得，打住打住！哎，那是谁上你家去了？

[大咋呼伸脖张看，秦铁柱背上大包拎起小黑板撒腿就跑，钻入佟

丽家。

大咋呼 好你个大咧咧！你等着！

[大咋呼下，秦铁柱进入佟丽家。佟丽家光强。

[墙上挂有佟丽丈夫遗像、一小黑板和不少奖状。小霞在小黑板前
练字。

秦铁柱 小霞，写字哪！来，看看这个！（拿出小黑板，拿出一盒彩笔）奖励咱
们小霞的！用这个写字画画那才来劲哪，别看咱小霞不能说话，可
一定得有文化！

[小霞高兴地看着，亲了秦铁柱一下，将两把椅子并排放好，让秦铁柱坐
好。自己跑进里屋，拉出佟丽，推妈妈坐下，又拿起小黑板跑入里屋。

秦铁柱 这孩子真懂事。哎，今天我又去见矿长了，我没管那套，进屋就拍桌
子骂娘！我说："别人暂时不给安排工作行，可得给佟丽安排！这些
年矿上、市妇联好几次调她，她都没去，一心朴实地在矸子山上玩
命。啊，矿上好的时候拿人家树典型当标杆，矿上不行了就把人家
当咸鱼干晾起来了，还讲点良心不。"矿长说："秦铁柱，嗑挺硬啊！"
嘿嘿，他说我嗑挺硬！他还说，星期一开会第一个就研究你的
事……

[佟丽不睬他，默默过去拿出一酒瓶，郁闷地喝起来。

秦铁柱 你，你咋还喝上酒了？

佟　丽 （又拿出一个酒盅）你也喝点。

秦铁柱 你饶了我吧，从打那回那档子事我就滴酒不沾，一闻着酒味就……

佟　丽 （自己喝）今天我去矿上了，矿长昨天就出差了！你走吧！

秦铁柱 这——（只好讪讪地往外走）

[佟丽走向丈夫的遗像痛苦无语，秦铁柱走到门口，止步回看。

秦铁柱 佟丽，我知道你心里难受，难受你就骂我几句！你骂！（恸楚地）唉，
都怨我呀！我欠你家的，一辈子都……那档子事压在心里，挺多话
我都……

佟　丽 那你就别说！那天不是你换了别人，老彭也会去救的。

秦铁柱 （感动地）是，老彭走的时候你也是这么说，那会我都快疯了，就是你

这一句话让我挺过来的。啥也别说了,你工作的事我包了! 矿上要不给你安排,我帮你想办法!

佟　丽　(喝醉了)行了! 除了吹牛说大话你还能不能有点真的? 这些天你编了多少瞎话? 都快编出花来了! 我像个傻子似的听你的话相信你的话,我等着盼着,可等来了什么盼来了什么? 一个五尺高的大男人你就剩下一张嘴了,你走吧! (痛喊起来)走啊你!

[小霞跑出,扯佟丽,拉秦铁柱,又在小黑板画了一个笑脸,示意二人笑。

秦铁柱　(痛苦地抱住小霞)霞呀,大爷笑不出来呀,我欠你爸一条命啊! 出事的头一天晚上我喝了大酒,第二天硬撑着干完活倒在掌子面稀里糊涂就睡着了,冒顶时你爸已经逃出了事故区,看我没出来他又……

佟　丽　(流泪打断)你别再说了,她听不见! 你走吧。

[大咋呼、九嫂几女工上,轻手轻脚走到佟丽家门口,侧耳听,扒门缝看。

秦铁柱　(走到门口,又止步)不对呀,我正事还没办哪。(从包中取出一叠钱"啪"地拍在桌上)看,看看,这回我给你来点真格的! 从矿上弄来的,特批给拣煤队的,一人一百,马上给大伙点票发钱!

佟　丽　这,我去矿上咋没人和我说要发钱?

秦铁柱　呵呵,这说明啥? 说明我秦铁柱好使! 我秦大咧咧出马,一个顶俩!

佟　丽　秦铁柱,你跟我说实话,这钱……

大咋呼　(一下从门外窜了进来,看着桌上的钱)哈哈,来钱了! 大咧咧,矿上发钱了还不麻溜地给我们?

秦铁柱　你吓我一跳。诈尸呀!

大咋呼　(又一下窜出去,喊起来)矿上给大伙发钱喽! 女子拣煤队的快来领啊! 来晚了没份了!

[喊声中,二琴、三姐、平平等女工们纷纷上,走进佟丽家领钱。

秦铁柱　别乱别乱——(眉飞色舞地挨个发着钱)看看,这嘎嘎三响的大票不是忽悠你们吧? 一人一百,不光有钱还有东西哪,领完钱过去领东西!

平　平　(捧着钱激动地)这是救命钱啊! 这一百块就能……

秦铁柱　一百？说少了，你家困难，二百！（又点出一张百元大票）拿着。

佟　丽　平平，我这二百也给你，明天赶紧去给大林把药买了。

平　平　佟姐，我——

秦铁柱　这……（急拉佟丽到一边）再给你二百，劳模矿上另给二百，我刚才忘了。

　　　　[佟丽不要，秦铁柱硬塞，被大咋呼看在眼里。

二　琴　（看着大包里的东西）哎呀妈呀，这是啥呀？好像是卫生巾！

秦铁柱　嘿，宋经理欠我人情，我让他支持俩钱他死活不干，把这包玩意塞给我了。我一看正好，我用不上，你们能用啊！都好好用啊。

二　琴　天，妈呀，这牌子我都没见着过！

三　丫　（乐颠颠地跑过来亲了秦铁柱一口）秦叔，你太伟大了！

秦铁柱　嘿，挺好啊，领完的都给我来一下！

二　琴　秦大哥，快跟我们说说，还有啥好事？

秦铁柱　当然有好事！（咳一嗓）哎哎哎，下边我举行个新闻发布会！矿上让咱们不要急，面包会有的牛奶也会有的，眼下让咱们先自谋生路。我合计了，都没啥技术搞点大伙能干的，养羊养兔子养鸡养鸭开个小卖店啥的，咱们来他个海陆空一起上！

　　　　[众女工七嘴八舌，议论纷纷。

秦铁柱　别吵吵别吵吵，老让我说半截话哪！上回说的棚户区动迁的事省里书记拍板了，一年内一家不落全都搬进新楼！各位，全是两水两气新楼房，塑钢的窗户大阳台，楼前楼后像花园儿……

众　　　妈呀，这是真的？

大咋呼　我说你们还真信哪？除了这钱和卫生巾是真的，别的都是扯哩格楞，盖新楼盖新楼哄哄多少年了，全是他娘的耍大刀！到现在连个厕所也没盖！

众　　　可不是咋的，到现在还几百人一个坑哪。

　　　　没错，给咱们盖个厕所就知足了！

　　　　对，你叫矿上马上给咱们盖厕所！

　　　　我们要厕所！我们要厕所！

秦铁柱　（被围攻中急得冒汗）好好好，盖厕所盖厕所，我反映！妈巴子放着花园小区不住,住厕所,真是帮老娘们!

九　嫂　哎哎哎,这家伙又说咱们"老娘们"了!

大咋呼　娘个腿的,削他一顿得了!大伙跟我上!!

　　　　〔大咋呼率众女人追打秦铁柱,秦铁柱狼狈躲逃。女人们又是呼号喊叫,围追堵截,七手八脚掀翻按倒秦铁柱,九嫂抽下他的裤腰带。

秦铁柱　(用力挣开)哎我的妈呀,裤带,我裤带哪?(寻着裤带,系着裤子)大咋呼,我正式警告你,你再瞎搅和穷捣乱,明年分新房没你的份!

大咋呼　好你个秦大咧咧,敢威胁我搞打击报复?别以为我没看见,你刚才多给了佟丽二百块钱!凭啥呀?就算你俩勾打连环有那事,咱们一样卖苦大力,她为啥拿双份?

　　　　〔大静场,众女人看着佟丽和秦铁柱!小声议论。

佟　丽　大咋呼,你——

秦铁柱　大咋呼!我就多给了咋的?我乐意多给,佟丽,拿着!

佟　丽　不,我不要。

秦铁柱　拿着!

佟　丽　你们知道这钱是哪来的吗?想不到干了大半辈子,现在要靠这种钱……

　　　　〔佟丽痛楚地丢下钱,含泪奔下。

　　　　〔更大的静场。大咋呼等小声议论着,秦铁柱沮丧地蹲在地上。

大咋呼　大咧咧,这,这钱到底是哪来的?

秦铁柱　管哪来的?花就得了!

　　　　〔远处传来长长的汽笛声!

　　　　〔小霞四下寻找佟丽,扯住秦铁柱问。

秦铁柱　佟丽哪?佟丽哪去了?佟丽——

　　　　〔秦铁柱急急奔下。大咋呼、梅三姐等忙乱地跟着寻下。收光。

　　　　〔黑黑的夜晚,矸子山上,细碎的雪花在飘舞。

　　　　〔夜色苍茫,佟丽默默地在飞雪中拣着煤。秦铁柱深一脚浅一脚地寻上。

秦铁柱　佟丽,是佟丽吗?你咋跑这来了?走走走,赶紧回家!

［佟丽不说话，埋头拼命干着。秦铁柱上去抢工具。

佟　丽　你松手，松手啊！（痛喊着）我不要你管！（狠咬秦铁柱的手）

秦铁柱　你——

佟　丽　（无力地跌坐雪地中）这几天我老做一个梦，梦见我从山顶上掉了下去，掉进了一个黑乎乎的大坑，咋爬也爬不上来，我喊我叫，谁都不来救我。

［尖厉的汽笛声在风雪中鸣响起来，又随风声逝去。

秦铁柱　你，咋会没人救哪？多高的山多大的坑我大咧咧都会去救你！

佟　丽　（流着泪）这些年我一直都在拼命干，天天第一个来最后一个走，恨不得一个人干几个人的活，怀孕六个月我还在山上干，小霞得了病我也没……当时要是我照顾得好点，她也不会变成哑巴！

秦铁柱　佟丽，你，你是在往我心里捅刀子啊！这些年一看见你高兴我心里就踏实，一看见你受屈看见你掉眼泪我就……佟丽，我求求你了，这当口你得咬牙挺住啊，你是劳模是队长……

佟　丽　"劳模"、"队长"，现在我啥都不是了！我就和这些矸石一样，没用了，一点用都没了！

［空黑中，矿车隆隆驰过的巨大声响。

佟　丽　这些天我一直在城里到处找活干，我寻思有了活我心里就能踏实点，可那些招工的一看我这双手就摇头，说我这手干不了他们的活。（痛看双手）这手咋了？它这个样怨我吗？这双手年轻那会儿还绣过花哪，那会大伙谁不夸我的手好看，夸我的手巧？难道我不想有一双好看的手？

秦铁柱　这双手咋了？咋了？我，我就稀罕你这双手！这是世界上最好最能干的女人才配有的手！

佟　丽　（向天际痛叫）老天爷呀，你这么对我不公平啊！！！（失声痛哭！）

［飞雪中再次响起煤车声、汽笛声。

［幕后混响："来煤了！"

［佟丽抓起工具不管不顾拼命干起来。

［音乐，音乐。大咋呼、梅三姐及几女工手持手电，无声看着。

［空际再次响起了巨链断裂的声响。佟丽跌扑在矸子山顶。

秦铁柱　（跺脚）佟丽！（气呼呼地来回走着，喊）我，我要骂你！你真没出息！

佟　丽　我就没出息了，你有出息有能耐？你当我不知道，你给大伙的钱根本就不是矿上给的，是你从自己家里拿出来的！

　　　　［大静场。女人们一个个瘫坐在雪地上。一片沉寂。

大咋呼　（失神地）矸子山哪，我们汗洒在这泪流在这，人变老了变丑了，这会你咋不吱个声说句话呀？帮帮我们哪！（风雪声啸叫着，漫过山头）你就会刮风，就会下雪，娘个腿的，你把我们都埋在这吧！！！

梅三姐　这些天过的是啥日子？一天比一年都长，我，我就想哭！想大哭一场。

二　琴　白天在七楼那家擦玻璃，身子悬在楼外，我和自己说，我这是咋了？咋改行当老妈子了？心里那个难受，我差点没从楼上跳下去！

九　嫂　这几天在家里话都不敢大声说，不挣钱被人养活，比杀了我还难受啊！

平　平　谁来帮帮我们哪！

　　　　［女人们东倒西歪躺在风雪之中。矸子山上风雪声声。

秦铁柱　（爆发地）这是咋了！一个个哭唧尿相横躺竖卧的，说你们没出息说错了吗？过去你们一个赛一个全是好样的，这些年经你们的手拣出来的煤能堆成几座大山啊！可现在你们却熊了趴下了，起来！都给我起来呀！

　　　　［风雪中，女人们都不说话，慢慢坐起来、站起来。

秦铁柱　矿山没煤了就得关闭，这是现实！咋的，那咱们就不活了？一块找绳上吊？佟丽，大咋呼，你俩男人走的时候难不难？孤儿寡母这些年难不难？你俩熊了吗趴下了吗？我就不信，这么能干的一群女人就爬不过这个坎！——那天我跟你们拍了胸脯说了大话保证把大伙安排好，这把我决不咧咧！就是豁出命我也要说到做到！——从明天起咱们一家一户过筛子想法子，一块找活干找钱挣！刮多大风下多大雪，咱拣煤队的人也要一块往前奔，一个也不能落下！

　　　　［矸子山上，雪花飘舞，女工们雕像般伫立。

佟　丽　是呀，我也不相信我就这么完了，我才四十多呀！

梅三姐　多难多苦的日子我们都过来了都没倒下，这一回我们也不能倒下！

二　琴　没错，咱拣煤队的女人没孬种，这回咱们照样能挺过去。

平　平　能挺过去，准能挺过去！

大咋呼 娘个腿的,我真想大喊几声,喊他三天三夜!(吼唱起来)

　　　　老娘我站在矸子山哟,

　　　　淋着那满天雨喝着那八面风……

众女人 (齐声吼唱)

　　　　三伏天哗啦啦的冰雹雨哟,

　　　　三九天带冰碴的雪和风……

大咋呼 老北风里我放声唱哟,

　　　　大烟雪里我可劲疯,

　　　　天生下一个犟脾气,

　　　　不怕你地裂不怕你天崩……

众女人 想哭咱就哭啊,想笑咱就笑!

　　　　哭哭笑笑过一生,过一生!

　　　　[女人们在风雪中吼唱着。

　　　　[歌声飘荡矸子山。收光。

第三场

　　　　[夜,煤城,一繁华街口。

　　　　[雪花飞舞,夜总会的霓虹灯闪烁变幻,不时有躁烈的音乐传出,夹杂着喊声、笑声。远处是灯火辉煌的都市楼群。

　　　　[飞雪中亮亮挎小包上,望着夜总会,迟疑止步。

　　　　[一刘大炮的手下从夜总会门口走出来。

一手下 妹妹,来了,我们老大都等你老半天了,赶紧进去吧!

　　　　[亮亮强作笑容,走进了夜总会。内传来一片笑声、音乐声。

一手下 哎,那擦皮鞋的小孩,过来过来!

　　　　[小霞抱一小木箱跑上,放好工具,起劲给他擦起皮鞋。

　　　　[少顷,大咋呼、三丫推一卖馄饨小车,挎着篮子上。

大咋呼 馄饨,薄皮大馅热乎馄饨!

三　丫 咸鸭蛋,带油的咸鸭蛋,一块钱俩!

大咋呼 (麻利地支好车)来,在这再卖会儿,挣点是点! 等大咧咧他们来了,一块回去。(扯嗓子喊起来)都来吃呀,刚出锅的热乎馄饨啊!

三　丫　　咸鸭蛋,带油的咸鸭蛋,一块钱俩!

　　　　　〔三姐推着一辆人力三轮车喊着上。

梅三姐　　有用车的吗? 有用车的吗?

　　　　　〔那手下擦好皮鞋扔下钱就走。小霞见钱不够,追着讨要,死活不让他
　　　　　走。对方只好扔下钱骂咧咧走进夜总会。小霞拾起钱笑了,细心揣好。

大咋呼　　小霞,三姐,过来暖和暖和! 看你们冻得那小样!

　　　　　〔三姐安顿好车子,和小霞一块过去围着大咋呼的小车烤火。

　　　　　〔秦铁柱、佟丽和数女工说笑着上,提兔笼的,牵羊的,大包小裹的。

秦铁柱　　大伙先找地方歇会,明天咱再接着来! 我上工会妇联跑工商局信用
　　　　　社接着跑,你们上劳务市场继续找活,都别走远啊,等矿上的车一到
　　　　　搭车回营!

　　　　　〔女工们三三两两在石凳、马路牙子上坐下,有的跑到大咋呼处
　　　　　烤火。

一女工　　这城里人也太有钱了! 瞅那大楼那么漂亮,这得多少钱才买得起呀!

一女人　　哎,刚才有个女的,牵着条外国狗,走道这样"式儿"的。(模仿着)

　　　　　〔众女人哄笑着,平平默默脱下外套罩上兔笼。

九　嫂　　平平,这么冷的天,你不怕冻着啊?

平　平　　没事,我经冻,它们冻坏了可不行! 秦大爷说用不了多长时间就能
　　　　　下崽。

秦铁柱　　(牵着羊凑到佟丽身边坐下)累了吧? 给你弄这俩羊咋样? 会养了
　　　　　我再帮你掏弄几只,以后你就当他个养羊大户!

　　　　　〔羊叫,佟丽后退。

佟　丽　　秦铁柱,我还是觉着不行。一看它那俩眼睛我这心就乱跳……

秦铁柱　　哎,这可是求爷爷告奶奶贷款买的,你可不能打退堂鼓! 这玩意跟
　　　　　小孩差不多,你就当又养俩孩子了,来,摸摸! (让她摸羊,又让她把
　　　　　羊抱在怀里)咋样? (嬉皮笑脸地)哎,我这些天表现不错吧? 你要
　　　　　是表扬我两句我就更来劲了!

大咋呼　　(望见,醋意顿生,走过去)哟嗬,这么近便,就差铺盖卷一合办事了。

秦铁柱　　嘿嘿,又吃醋了,你爱说啥说啥,咱俩就近便了咋的吧?

大咋呼　你！我说大咧咧,我也是寡妇失业的,你帮这个帮那个,啥时帮帮我呀?

秦铁柱　嘿嘿,那呀,得看你表现。

大咋呼　大咧咧,我可是响应你的号召自谋生路了。

秦铁柱　行,盖新楼时我给你说话!

大咋呼　好啊,只要能住进新楼我天天请你喝酒。嘿嘿大咧咧,我就喜欢你这样。别看我平时老冲你,其实你在我心里——

秦铁柱　得得,又来了! 哎,矿上的车咋还没到哪? (走开)

大咋呼　佟丽,我可不是吓唬你,你要对他有意思就抓紧,现在啥事都讲竞争,咱俩也一样,没准哪天我就先下手了!

　　[佟丽浅笑,不搭她的话。

秦铁柱　(向夜总会张看)哎,有谁见着小亮没? 这几天我转了好几个夜总会歌厅都没找着,妈的,瞅这些地方就别扭,惹急了我弄点炸药把它们都炸了!

　　[内有女工喊"秦叔",秦铁柱应着下。

　　[夜总会门口传来一片笑声,刘大炮醉态出门。

刘大炮　不给面子是不? 走走走,赶紧地!

　　[几黑衣打手将亮亮拖出。亮亮一身很薄很透的艳装,不情愿地挣扎着。

亮　亮　刘哥,我今天真有事,下次行吗?

刘大炮　没下次了,这就跟我上车。陪我一晚上,我再给你点五张! 今晚上把我陪舒服了我就包了你! 我从指头缝里拉拉点就够你美滋滋过一辈子!

一手下　我们老大新置了一套大号子,洗脸盆子马桶盖都是镶金边的,正等着个二奶呐!

亮　亮　刘哥,我这个拣煤的怕伺候不好你!

刘大炮　嘿,够味! 刘哥我就稀罕你这样的! 走,跟我上车!

亮　亮　那你等我一下,我去拿下衣服。

刘大炮　(一把拉住亮亮)哎,是想借引子溜啊? 我那可是啥样衣服都有……

　　[秦铁柱帮一女工拿着东西上,看见亮亮。女工们也看见了亮亮,小

声地议论着。

秦铁柱　（不顾一切大步冲上去）你给我放手！（推倒刘大炮,护住亮亮）

刘大炮　秦大咧咧? 老子正到处找你哪! 你串拢一帮人到处告我乱开小煤窑,弄得上头天天查我,你个臭拣煤的,敢断我的财路,你是不是活腻了?

秦铁柱　你才活腻了哪! 省里市里早就下令查封你们这些小煤窑,别人都不敢干了,就你仗着有俩糟钱到处捅咕还在那儿偷摸地干,不定哪天就抓你个现行! 还敢打亮亮的主意,今个我看你敢碰她一下,亮亮,跟我走!

刘大炮　站住! 挺横啊! 今天我倒要看看你这煤黑子有几斤几两——

秦铁柱　你想干啥? 我看你敢动我! 还反了你哪!

一手下　哎哎,有话好说,有话好说。

　　　　［几打手佯装劝架,将秦铁柱推到暗处,一通暴打。秦铁柱的惨叫声。

　　　　［佟丽、大咋呼急冲过去,众女工也冲上去,均被打手推开。一片混乱。

刘大炮　（吹出一声口哨）秦大咧咧,咱们走着瞧!

　　　　［刘大炮及打手们四散而下。

大咋呼　（跳着脚骂着）王八蛋,有种的你给我回来!!!

　　　　［佟丽等扶出秦铁柱。他头上流血,衣服上也是血。佟丽急为他裹头上的伤。

秦铁柱　这帮混蛋,真他妈敢下黑手啊! 亮亮,你马上跟我回家,走!

亮　亮　不,我就不走! 让我回去干啥? 卖馄饨? 养兔子? 放牛? 明告诉你们吧,死我也要死在城里!

秦铁柱　你,你爸和我是铁哥们,他临死前攥着我的手让我照看你,他要是活着看见你干这个,非砸折你的腿不可!

亮　亮　我爸已经死了! 就是他活着也管不了我!

秦铁柱　你! 你要不听话我也可以削你!

亮　亮　削我? 我爸是让你照顾我让你带我过好日子,可我问你,好日子在哪儿哪? 我要给我姑治眼睛做手术,我要买新房子,我要活得像个人样,拿钱来! 拿钱来我就跟你走!

秦铁柱　你,你——（气得举手欲打亮亮,却一下打在自己的脸上）

佟　丽　亮亮,你说的啥话呀? 他都打成这个样了,你——

亮　亮　叔,对不起了! (向大咧咧鞠了一躬,欲跑下)

秦铁柱　(追上去)亮亮,你不能去,不能去啊,叔求你了! (给亮亮重重跪下)

　　　　[亮亮拧身向另一方向跑下。

　　　　[揪扯人心的音乐。众女人无言默立。

　　　　[一切隐去,台上只剩下秦铁柱头缠渗血的绷带怵立在一束追光中。

秦铁柱　(向空黑中)老哥哥呀,我现在真是不知道该咋办好了,有一天九泉之下见到你和我那老嫂子,我咋跟你们交代呀? 我这张脸往哪搁呀? 这些年大伙老管我叫党代表,说我是拣煤队的“洪常青”! 虽说是开玩笑,可我听着挺当真,我就是党代表,这帮女人都是我的兵啊! 可现在,我这个党代表洪常青,眼看着她们一个个……我他妈算啥男人啊! (起身)不行,我还得去找他们! 我要把话说透!

　　　　[纷飞的大雪中,头缠渗血绷带的秦铁柱大步流星走起“圆场”。

　　　　[锣鼓声中,他一路奔行,闯入一片雪花乱舞的强光。

秦铁柱　各位,我,我这个拣煤队的小书记有几句话要说! 你们成天在这开会,能不能下去走一走看一看,看看工人们都在干啥? 过的啥日子? 拣煤队的那些女人无冬历夏两只手在铁块子似的矸石堆里扒呀挠呀,抓呀拣呀,她们的手都风湿了变形了伸不直了,都说女人是月亮,可她们是啥月亮? 矸子山上流血流泪流汗的月亮! 可她们眼下活得有多难你们知道吗? 拣煤队里最漂亮的女孩在干啥你们知道吗? 咱得早点想法帮帮她们啊! 要不咱对不起她们,对不起那些死去的弟兄呀,他们在地底下会骂咱们啊!

　　　　[震撼人心的音乐! 现出一个个女工,无声地站在飞雪中听着。

秦铁柱　(转向另一侧)你们几位是市里的领导吧? 我跟你们反映个情况,要改造棚户区了,大伙又高兴心里又没底,都担心房价定高了,没工作了,都没有多少积蓄,拿不出更多的钱买房啊! 不少人都盼老了、盼死了,咱欠他们的,欠了几十年! 他们在几百米深的井下挖了几十年煤,可几十年了住的还是……这笔债再不还上,就伤了工人们的心,他们就不信任咱们了,啥啥都不信了! 我是个老党员老矿工,说句掏心窝子的话:咱共产党当年打天下靠的啥? 是民心,是得了老百姓的心！要是忘了老百姓失去了老百姓的心,咱共产党的天下都坐不稳啊!!!（深鞠一躬）拜托了!

〔异常苍凉粗犷的女子歌声起——

　　　哎嘿哟,哎嘿哟,

　　　苍苍的那个老天哟,

　　　高高的那个山,

　　　死去的那个男人哟,

　　　活着的那个女人,

　　　千万双饥渴的眼睛哟,

　　　默默地看着哟,看着这片天!

〔大收光。

第四场

〔棚户区,暮色苍茫,一家家灯火闪动着。

〔亮亮姑仍在高坡处伫望,大林奶在井台压水。

亮亮姑　（焦急地）唉,这个死亮亮啊! 啥时候才回来呀?

〔铁柱妈手拿几张报纸一路小跑上。

铁柱妈　哎哎,老姐俩都在,这盖新楼的事报纸都登出来了?

大林奶　（看报纸）好,好啊,这回是要动真的来实的了!

铁柱妈　看,增加的面积一平米只要咱六百多,像你家这样特殊困难的还有特殊政策,这上边都写着哪。

大林奶　（急接过看,激动地）真是太好了!

亮亮姑　（也看）总算等到这天了! 土埋大脖了能住上新楼房,死也能闭上眼了!

铁柱妈　哎,咱可不能死,要是没了那才屈得慌哪! 到时候咱老姐仨得硬硬朗朗地一块进新楼!

大林奶　是这话,死咱也得死在新楼里!（悲喜交加地擦泪）唉,我那老头子,我那儿子,都没赶上这一天呀!

铁柱妈　是呀是呀,还是咱们有福啊! 得,我得赶紧找铁柱合计合计!（下）

大林奶　我,我也得赶紧回去告诉大林。(来劲地压满水,用力提水下)

　　　　〔亮亮姑继续焦灼远望。

　　　　〔亮亮穿着高腰皮靴、高档裘皮衣,手里提几个大袋上。

亮　亮　姑——

亮亮姑　亮亮!(急迎上)

亮　亮　姑,托那么多人捎话非让我回来?出啥事了?

亮亮姑　啥事?半个多月了你都不着家,你跟姑说,你到底在城里干啥了?

亮　亮　姑,咱回家说吧。你看,我给你买了这么多好吃的,还有营养品。

亮亮姑　不,你这就给我说!(打量亮亮)你,你哪来的这身衣服?你是不有啥事瞒着姑?

亮　亮　姑,我,我找着工作了,在市里当模特,活不累工资还挺高的。

亮亮姑　当模特?可我怎么恍惚地听她们说你在外头跟了一个男人……

亮　亮　谁这么埋汰我?那是她们看我挣钱多,眼红!姑,用不了一年我准能让你住上大房子,还能治好你的眼睛,到那时候我天天陪着你,我还会是你的亮亮!

亮亮姑　亮亮!不,不行,你得跟姑保证,你要发誓!

亮　亮　(痛苦默立)好,我发誓,我向天发誓!!!姑,咱回家吧。

　　　　〔亮亮扶着姑姑下。

　　　　〔梅三姐推着三轮车上,呵着手走进家门。

　　　　〔三姐家升光。赵黑子系着围裙向桌上摆放酒菜。

梅三姐　黑子,我回来了!

赵黑子　可算把你盼回来了,冻坏了吧。(忙上前帮她脱外套)

梅三姐　今天运气不错遇上俩大活,累死了!在家干啥了,又喝大酒了?

赵黑子　嘿嘿,今个我要好好犒劳犒劳我老婆!夫人上座!

梅三姐　(笑着回应)多谢相公!(坐,见一桌子菜)黑子,你哪来的钱?

赵黑子　尝尝!(夹、喂)再尝尝这个,你最爱吃的。

梅三姐　(渐变色)你背着我去刘大炮那了?(扔筷子)我不吃了!

赵黑子　没事,大矿我都干得了,到那跟玩似的!(拿出一沓钱)看,这才几天就挣了这么些,你点点!

三　姐　（拧身）我不点。

赵黑子　三姐，马上要盖新楼了，这回咱咋的也得弄个大房子，还得好好装修装修，这都得钱了。刘大炮路子野手上订单多，我有技术他愿意花大价钱聘我，三姐，我挣钱了，你再也不用去蹬三轮了。哎，我保证，只要挣够了钱我立马回家！

梅三姐　我不听，不听！黑子，我宁可不住大房子宁可不装修宁可蹬三轮，我只要你，只要你不出事，只要我们全家平平安安的！

赵黑子　三姐——

梅三姐　黑子，你还记得咱俩订婚那天的事和你跟我说过的那些话吗？我要你再说一遍！

赵黑子　我……

梅三姐　（慢慢摘下墙上的箫）那天，我要从宣传队去市里考剧团，你听到以后大雪泡天跑到女工宿舍找我，拿着我送给你的这支箫像个疯子似的在我窗户下边吹了大半宿！

赵黑子　那天晚上我都快冻成冰棍了，可一点不觉着冷，我吹呀吹呀拼命地吹！

梅三姐　我也疯了，我从窗口跳了出来，咱俩一块跑上了矸子山。在山上你亲了我，亲了那么长时间，我都快背过气去了！

赵黑子　到死我也忘不了！当时我和你说：我赵黑子是个挖煤的，可就是豁上命我也要让你过上好日子，一生一世我都会疼你爱你守着你。

梅三姐　我说，那咱俩就守一辈子！

赵黑子　你说完我都乐蒙了，然后你唱戏，我吹箫，一直到天亮……真他妈好啊！

　　　　　〔幕后箫声飘动。

梅三姐　黑子，那你就该听我的话呀，从今以后再不去刘大炮那了，你答应我！你不想听我一辈子给你唱戏了？

赵黑子　想呀！咋不想？

梅三姐　那你就答应我。你要是答应了，今晚上，不，现在我就给你唱！

赵黑子　好，我答应，我答应你，不去了。

　　　　　〔三姐起身，长夜深处，鼓板轻响。

三　姐　（念白）——冤家！（含泪唱起）

　　　　　都只为思凡把山下，

　　　　　与青儿来到西湖边，

　　　　　风雨湖中识郎面，

　　　　　我爱你神情倦倦风度翩翩……

　　　　[长夜，飘动着三姐的歌声，她以长围巾作水袖轻轻起舞。

　　　　[黑子痴痴看着，流着泪高声叫好！持箫吹起来，二人舞着唱着，光暗。

　　　　[佟丽家升光。梅三姐的歌声飘动。

　　　　[佟丽、小霞在灯下看书。

佟　丽　真想不到养羊还有这么多说道，妈还真有点上瘾了！（兴奋地一会拌料一会喂羊）妈这双手干不了别的，挤羊奶铡草拌饲料一点问题没有，这么干下去不定哪天妈还能当个养羊状元哪！

　　　　[小霞比画着你指定行，又在小黑板上画了一张大大的咧开的嘴！

佟　丽　是你秦大爷？嘿，别说，这张嘴还挺像大咧咧！

　　　　[母女俩都笑起来。小霞又伸出大拇指！

佟　丽　明白，妈明白。以前他这张嘴一咧咧起来就没谱，老让妈觉得靠不住，这一段日子他真是，妈这颗快死的心都让他给点着了……

　　　　[小霞欢快地作吹喇叭状，又将花手巾蒙在头上，来回走动着。

佟　丽　（笑）这孩子咋啥事都懂。唉，过去他跟你爸好得像亲兄弟，这些年也多亏了他在边上帮着咱娘俩。（望着丈夫的遗像）八年了，这八年你爸一直在我心里，一天都没离开过，妈要是真迈出这一步，你爸会怎么想？

　　　　[小霞指着父亲的遗像比画着爸也会高兴。佟丽默默无语。

　　　　[小霞又在小黑板画出了一大房子，比画着你、我、秦大爷一起住新家。

佟　丽　（看着画）是呀，明年就要进新楼就要有新家了。霞，妈要拼命地干，再干上几年就给你治病送你上学！霞，一会儿你秦大爷要过来，妈想留他好好吃顿饭。

　　　　[收光。

　　[屋外，秦铁柱左挎手风琴、右背小鼓，胸前挂着唢呐、小钹等小乐器，后背一小箱上，他心情不佳，把家伙什放下，呆坐出神。

　　[黑子一身酒气晃晃悠悠出了家门。

秦铁柱　黑子，你等等，你小子真上刘大炮那小煤窑了？

赵黑子　是，咋了？闲着也是闲着，挣点是点。（欲走）

秦铁柱　你给我站下！你小子脑子有病了？刘大炮那是有名的"凶窑"、"死窑"，他是在拿你们的命赚钱哪！

赵黑子　（沉痛地）我就剩这条命了，就得拿它换钱，让三姐受苦让她养活，我赵黑子对不住"爷们"这两字！大哥，你要有能耐把矿上生产恢复了，我还第一个下井！

　　[黑子晃晃地下。

　　[秦铁柱心中郁闷难当，抓起鼓槌狠命地打起鼓来。

　　[鼓声，激愤的鼓声。大咋呼、九嫂唠着嗑走上。

九　嫂　妈呀，这么多家伙，大咧咧，你这是要开音乐会咋的？

　　[秦铁柱不理，闷头打鼓，越来越激愤的鼓声。

大咋呼　拉倒吧，就他那两下子长得那奶奶样，开音乐会还不把人都吓跑了！

秦铁柱　（更火了）说啥哪？我长得不好？年轻二十岁我也是一大帅哥！我这两下子咋的？吹拉弹唱我哪样不比他们那帮人强？

　　[他继续打鼓！二琴等女工闻声而出，围看着。

秦铁柱　都别惹我！我还没过劲哪！我是打把式卖艺的！王八蛋，老子就卖了！

　　[他操起唢呐在高坡处一通猛吹。

大咋呼　好！男愁唱，女愁浪，不唱不浪不热闹！（喊）哎——都来看节目啊！

　　[人们陆续出来观看。小霞跑来，开心地围着秦铁柱，佟丽也闻声出。

佟　丽　秦铁柱，你，你这唱的是哪一出啊？

秦铁柱　佟丽，你别管！今天我要撒欢耍一阵，不然我得憋疯了！哎，我给大伙来段《打虎上山》咋样？

　　[众齐声叫好！大咋呼胡打鼓！小霞乱打钹！锣鼓点响起来。

秦铁柱　（走圆场，亮起杨子荣身段，唱）——穿林海，跨雪原啊，气冲霄汉哪！

　　　　　〔众人齐声叫好!

佟　丽　都停下! 大咋呼,你没看出来他心里不好受吗?

　　　　　〔众停下,看着秦大咧咧。

大咋呼　是有点不对劲? 大咧咧,到底谁惹你了? 跟大伙说说!

众　　　是呀! 秦叔,老秦大哥,到底咋回事?

秦铁柱　唉! (默默拿出两份执照)

大咋呼　(看)妈呀,我馄饨摊的执照! 你给办下来了!

九　嫂　小卖店的执照! 太好了! 我去那么多趟都没办下来。

佟　丽　秦铁柱,这是好事呀。

秦铁柱　(苦涩地)好事? 丢人哪! 我去找侯科长帮你们盖章,这猴崽子看咱没给他上钱架着二郎腿说:慢慢排号吧,不还没饿死人吗? 在我这你们是个小数,还是小数点后边的小数! 还说:你秦大咧咧不是爱叽哩哇啦耍活宝吗? 你在我这来一通我就给你盖。(悲凉地)奶奶的,我们是煤黑子,可我们也是人! 耍,你要我,我就跟你耍! 我带着这些家伙什到了他办公室,小样,我这"小数点""点"不死你! 我一会唢呐一会鼓,二人转、快板书,一会工夫全楼都给"点"着了,他们局长、书记都出来了。这孙子一看不好立马把章……

　　　　　〔舞台深处传来悲怆的乱鼓声、唢呐声。

大咋呼　啥也别说了! 别人说啥都是放屁! 你是响当当的爷们! 纯爷们!!!

九　嫂　对,俺那口子说了,往后咱家日子好了,不谢天不谢地,就谢你秦铁柱大哥!!!

众　　　对,在我们眼里你就是共产党!

　　　　　你就是党中央!

　　　　　往后你就站在天安门上挥手指方向,我们都听你的!

秦铁柱　嘿嘿,这可整大发了,一家伙把我整中央去了! 得,一看见你们这帮人我啥气都消了。受多大屈吃多大亏——值了!

大咋呼　不行,我得给你消消气。走,上我家去! 我请你吃饭好好陪你喝一顿!

九　嫂　哎哎哎,上我家去! 我家还有两瓶好酒没动哪。

二　琴　哎哎,我早就想请秦大哥了,秦大哥,我给你好好炒俩菜。

大咋呼　哎哎排号排号,我先说的!大咧咧,先上我家!(扯住秦铁柱右臂)

九　嫂　不,还是上我家去!(扯住秦铁柱左臂)

众女工　(一齐涌上)上我家上我家!

秦铁柱　行了!一会把我扯零碎了,我还有要紧事哪,咱们改天吧,白白。

　　　　[秦铁柱背上家伙什走去。众女人默望着,佟丽更是百感交集。收光。

　　　　[平平家升光。

　　　　[数个兔笼子,平平正在喂兔子。大林躺在炕上。大林奶悠着孩子。

平　平　这几只也打蔫了,真急死人了!(喂兔子)吃呀,咋都不吃呀?

大　林　我来试试。(用力爬过去,喂)好兔子,求求你吃点吧!这是得啥病了?昨天还活蹦乱跳的咋成这样了?唉,当初我就担心养不活,可你偏要养……

平　平　会不会是着凉了?

大　林　来,放我这,我这暖乎。(将兔子放入怀中)平平,实在不行,咱把那些好的赶紧卖了吧。

平　平　不,我不卖!大林,这是咱家的盼头啊!头一次看见这些兔子一摸它们这毛茸茸的身子我就喜欢得不行,你看,它们这小样多可爱,这小鼻子、这小嘴、小眼睛……别看现在就这几只,将来它们生下小兔,小兔再生小兔,就会变成几十只、几百只,多好啊!那我就成兔妈妈了!等它们都长大了,卖了钱还上债,治好你和奶奶的病。

大　林　平平,你是在做梦吧,这几只都这样了……

平　平　你放心,明天我就去掏弄药。

　　　　[秦铁柱拿着小箱颠颠地上。

秦铁柱　药来喽!看看,灵丹妙药!取家伙什,今个我当把白求恩!

平　平　(忙取勺,碗)秦大爷,真是太谢谢你了。

秦铁柱　(调着药)哎,我这叫为兔子服务,发扬革命的人道主义,来,兔爷,张嘴,哎!喝了病就好喽!(喂药)兔奶奶!

平　平　秦大爷,我指定把兔子养大。让我来吧!

大林奶　(端水过来)铁柱,喝点水暖暖身子!多亏你了,真不知说啥好了。

秦铁柱　嘿嘿,大婶,那就啥也别说了。

大　林　(拼力爬起)秦大爷,你,你是我们家的大恩人哪!(重重叩头于炕
　　　　上)

秦铁柱　哎哎这是干啥,快起来。得,赶紧喂药吧,我还有点事。

　　　　[秦铁柱出门,大林奶和平平将他送到门口。平平家光渐收。

　　　　[秦铁柱向佟丽家走去,大咋呼从暗处转出。

大咋呼　(一把抓住)往哪跑! 等你半天了,上我家吃饭去!

秦铁柱　大咋呼,我真有事。

大咋呼　少啰唆,炕烧热了酒烫好了,你不去今晚上我觉都睡不好,麻溜跟
　　　　我走!

秦铁柱　我求求你了大咋呼,你那俩眼珠子噌噌直冒火星子,我害怕!

大咋呼　大咧咧,你就给我一次机会行不? 我求你了! 你是我大咋呼遇上的
　　　　最好的男人,我这辈子嫁不了你,下辈子也要嫁你!(扑上去一把搂
　　　　住秦铁柱,嗷嗷大哭)我就是稀罕你!!!

秦铁柱　(傻了,不知咋办好)我的妈呀,这可咋整啊……

大咋呼　就算你和佟丽好,也不能连我的酒桌都不上啊! 今天你去也得去,
　　　　不去也得去! 给我走!!!

　　　　[大咋呼强拉硬扯,几乎是拖着秦铁柱下。

　　　　[佟丽系着围裙走出家门张看,内传来大咋呼的声音,她疾步追望,
　　　　有些失落地慢步踱回。小霞急上,手拿拴羊的绳套,扯住佟丽比画。

佟　丽　出啥事呀,羊? 羊咋了? 我的天,这大雪天! 小霞,你在家待着别乱
　　　　跑! 大白——

　　　　[佟丽呼唤着寻下,小霞也跟着跑下。收光。

　　　　[深夜,又是矸子山,白雪皑皑。

　　　　[佟丽深一脚浅一脚上,疯了般大声呼喊着。

佟　丽　大白,大白,你跑哪去了? 你可不能丢啊! 你要是丢了我……(滑
　　　　倒,跌坐在雪地上,传来羊叫声)大白? 是大白!(跟头把式扑过去)

　　　　[纷飞的雪花中,大白出现在山顶处,秦铁柱笑呵呵地冒了出来。

秦铁柱　嘿嘿！还有一个大黑哪！

佟　丽　（扑上去）大白,大白你没事吧？你咋跑这来了？

秦铁柱　多大点事呀！看你急的,真是个女人,小孩还有跑丢了的时候哪。

佟　丽　（抱紧大白）老秦,它直哆嗦,不会生病吧？它都怀羊羔了,会不会……

秦铁柱　我看看,这不好好的吗？过一阵子指定给你生个胖宝宝,（抱过大白）咋样大白,表示表示,说说你想不想当妈？

　　　　〔大白羊咩咩地叫着,回应着。

秦铁柱　哎哎,你听你听,它还唱上了！

佟　丽　（破涕为笑）你这家伙！都吓死我了你还乐！

秦铁柱　嘿嘿,得,没事了,打道回府！

　　　　〔二人牵着羊并肩而行。

秦铁柱　哎,今天中午我给奶厂的胡老四送了两瓶酒,这个酒鬼乐坏了,他说了,咱这的鲜奶有多少要多少！

佟　丽　真的,这可太好了！

秦铁柱　嘿,还有更好的哪！今天我正式给矿长提了条建议,这么多矸石闲着挺可惜的,用咱这的煤矸石建个砖厂,大伙还可以进厂当工人。矿长说："大咧咧,你这主意挺绝呀。"这回我可不是咧咧,我真见着矿长了,矿长说了："这事就由你牵头张罗！等砖厂建成了你就当总经理！"嘿嘿,我就要成秦总了！

佟　丽　不会吧,人家准是拿话儿"甜乎"你哪！

秦铁柱　啥话？当那么多人说的能是甜乎我吗？（神气走动）哎,看我像老总不？

佟　丽　（笑）呵,哪有你这样的老总,我看啊——像个羊倌！

秦铁柱　是不太像,回头换套衣服捯饬捯饬就像了。（憧憬地）嘿嘿,我秦大咧咧成秦总了！管一大砖厂,谁见着我都管我叫"秦总",哈哈！我要好好干往大了干,我要让全市全省都知道我大咧咧,让全国各地都争着抢着买我大咧咧出的砖,厂子有钱了我就给大伙月月发奖金年年涨工资……到那时候大伙日子都变好了,几十年的破工棚全没了,变成了一座座新楼房。养羊的办起了养羊厂,养兔子的办起了种兔站,烧砖的干物业的干家政的……哈,我就又有吹的了:全是我秦铁柱手下的兵,全是我秦铁柱的部队! 牛! 太牛了!

佟　丽　也不知咋回事,以前听你唠唠我就觉着你像在说梦话,现在一听你唠唠我这心里就发热,浑身上下都……这些日子一看不见你听不到你唠唠我就觉着心里没着没落的。

秦铁柱　真的,我真有那么神? 佟丽,有句话我……今天我把这层窗户纸捅破得了! 佟丽,这些年我心里就一个人,那就是你!

佟　丽　老秦!

秦铁柱　我知道我这人毛病挺多的,可别的事上我爱唠唠,这件事,我知道你心里有道坎一直过不去,过去我也总合计老彭是我的好兄弟,又是为我去世的,我再和你……可现在我想开了! 人走了回不来了,可公鸡还得打鸣母鸡还得下蛋日子还得过,咱俩都是一个人咋就不兴往一块凑凑? 凑到一块咱俩就都有家了,小霞也有新爸爸了,我还一家伙老婆孩子都有了! 佟丽,嫁给我一块过吧! 往后你手冷我给你焐手,脚冷我给你焐脚,身子冷,我给你焐被窝!

佟　丽　妈呀,你这人咋啥事都这么直来直去?

秦铁柱　嘿,不说拉倒,说我就捞干的! 佟丽,这几年我这心就跟猫抓耗子咬似的! 都闹腾死我了!

佟　丽　(感动不已)老秦! 这些年你的心思我都……小霞这孩子也没少和我……(也动情地)我也老想着能遇上个有情有义的好男人,对小霞好,对我好,我会疼他爱他把整个心都掏给他,有了男人家才是个家,女人才是女人! 两个人在一起,日子再苦也是甜的……可,可我已经老了,一个又脏又丑造得没人样的黄脸婆,你真不嫌我?

秦铁柱　嫌? 我个五大三粗的煤黑子岁数还比你大,你不嫌我我就……谁说你是黄脸婆? 谁敢这么说我他妈大耳刮子扇他! 佟丽,在我心里你是最漂亮的! 咱俩就那啥得了,等这一天我都快等疯了!

佟　丽　你,你这家伙整得我这心咚咚乱跳。

秦铁柱　嘿嘿,跳才对哪,说这路事心能不跳吗? 你摸摸,我这心也咚咚乱跳!

佟　丽　老秦! 八年了,这八年我,可这事也太快了点,你,你再让我……

秦铁柱　　对对,你得合计合计。反正该说的我一句不剩全说了,就等你一句
　　　　话了。哎,咱俩都是工人,别整的跟知识分子似的磨磨叽叽的,这么
　　　　的,三分钟! 我给你三分钟! 你在这合计,我上那边等信儿,合计好
　　　　了给我个动静!

　　　　〔小霞跑上,看见二人,高兴地拍手,跑过来。

秦铁柱　　哟,小霞来了。那啥,羊找着了,我和你妈正商量那啥呢! 走走,跟
　　　　我走! 你合计吧。(跑起圆场)锵锵锵锵锵锵,嘚锵嘚!

　　　　〔秦铁柱领着小霞一前一后踩着"家伙点"奔向山顶。

佟　丽　　老秦,你,你这家伙,有你这么整的吗?

秦铁柱　　(在山顶上高喊)一分钟! 两分钟了! (向着风雪荒天大喊)佟
　　　　丽——我大咧咧稀罕你! (大声唱地吼起来)

　　　　　　　哥哥我坐山头啊,

　　　　　　　妹妹你在山下头,

　　　　　　　等你盼你,盼你快开口——

　　　　　　　我白天想我夜里盼,

　　　　　　　想和你呀手牵手,

　　　　　　　多么大的风,多么大的雪,

　　　　　　　咱俩人一起走,一起走!

　　　　〔秦铁柱粗犷奔放的情歌在风雪长夜里动人飘荡。

秦铁柱　　佟丽,我秦铁柱要娶你当老婆! 我要吹着唢呐迎你进洞房!

佟　丽　　真是个大疯子! 好,秦铁柱,我答应了!

秦铁柱　　你说啥? 我没听清——你大点声。

佟　丽　　大咧咧,我——答——应——了!

　　　　〔整个世界混响着佟丽的声音"我——答——应——了——"。

　　　　〔山下,佟丽一步步走向秦铁柱。

　　　　〔山顶,秦铁柱欣喜若狂领着小霞一步步奔向佟丽。

　　　　〔幕后歌声在继续,音乐在飞扬。

　　　　〔矸子山上风飘雪舞,大片大片的银色雾气弥漫飘摇,如歌如画。

　　　　〔大收光。

第五场

　　[一年之后,棚户区最后一个三十之夜。

　　[天上碎雪飘舞,棚户区点点灯火,不少人家挂起红灯笼,不时有鞭炮声。

　　[空地上,小霞一身新衣独自看着夜空中不时升腾起的烟火,开心跑下。

　　[大林奶拿着一串鞭炮一个红灯笼,铁柱妈拎着鱼肉上。

铁柱妈　哟,老大姐,你这是?

大林奶　嘿,买挂鞭,崩崩这些年的晦气! 你又是酒又是鱼的,不想过了?

铁柱妈　这个大年三十可不一般,开春就住新楼了! 自打新楼动工,这一年啊,我天天都到工地去转悠,看哪都顺眼,瞅哪都高兴! 这是咱在棚户区里过的最后一个春节,我豁出去了,大鱼大肉啥好来啥!

大林奶　对,今天哪,我也要来它个大红灯笼高高挂!

铁柱妈　我看这么的,叫上亮亮他姑一块到我家去! 咱三个老姐妹一块过年守岁!

大林奶　好,好啊!

铁柱妈　今晚上咱们老姐仁还得来它个边吃边唱! (唱起了"二人转小帽")
　　　　　　正月里来是新年呀,

大林奶　(接唱)大年初一头一天呀,

二　人　(合唱)家家团圆日呀,
　　　　　　少的给老的拜年呀——

　　[两个老姐妹踩着锣鼓点边唱边舞向各自家走去。

铁柱妈　(乐得走错了方向)哟,我家在那边! 老姐姐,别忘了一会过去!

大林奶　忘不了!

　　[二老人下。收光。

　　[——梅三姐家升光。

　　[梅三姐进进出出,向炕桌上摆着饭菜,等待着黑子归来。

[平平家升光。

[平平和黑子在看兔笼。平平为大林穿新外套,扶着他架起拐下地活动。

[大林帮平平在窗口挂起了灯笼。大林奶持大灯笼进屋,三人一起看大红灯笼,相扶着一起走出小门,走向后院,在院里高杆上升起大红灯笼。

[佟丽家升光。欢快的音乐飘着。墙上贴有许多张可爱的儿童水笔画。

[佟丽和数女工正在忙活,和面的、剁菜的、摘菜的、炒菜的,进进出出。屋外,大咋呼扛一箱啤酒上,小霞也颠颠地随上。

大咋呼　(喊着进了佟丽家)来喽,过大年喽! 哎哎今个咱闹他个通宵,谁也不许睡觉! 哎,咋没见大咧咧哪?

九　嫂　哟,看看咱大咋呼啊,一会儿看不着大咧咧就想了!

[众哄笑,大咋呼打九嫂,借机走出门,向远路张看。

二　琴　真事,佟姐,秦大哥哪?

佟　丽　别提了,砖厂要挂牌了,根本没让他当总经理! 他跑去找矿上理论,上头说他嘴上没把门的素质不行,顶大天当个小组长。

九　嫂　是呀,我看他就不咋像总经理呀!

三　丫　哎,秦叔咋不像总经理? 我看他当总理、当联合国秘书长都够格!

佟　丽　唉,生了几天闷气,今早上来找我说他想开了,不放心亮亮,进城去找亮亮了。哎,大伙都记着,见着他说啥都行,就是别跟他提这件事!

[众女工答应着、议论着,屋外,梅三姐心事重重地上,伫望。

大咋呼　三姐,快进屋,大伙一块热闹热闹!

三　姐　唉,我这心里没着没落的,黑子又不知上哪去了。

大咋呼　瞅你这份出息! 大过年的,准是让他那帮哥们拉去玩牌了。

三　姐　黑子说,刘大炮想趁着过年上头管得松狠狠挣笔大钱,这几天正出高价找人下窑,我真怕黑子又……不行,这心嘣嘣乱跳! 我得去找找,老天爷,可千万别出啥事呀。

[梅三姐急急寻下。

[亮亮扶秦铁柱上,亮亮头缠绷带,秦铁柱只穿着内衣内裤,冻得哆哆嗦嗦。

大咋呼　天哪!大咧咧,亮亮,你们这是咋了?出啥事了?

[众女工闻声都出来,扶秦铁柱进屋。

佟　丽　快,把被给他裹上!

[众七手八脚抱过花被子把秦铁柱裹得严严实实。

佟　丽　(给秦铁柱倒开水)亮亮,到底出啥事了?

亮　亮　(流着泪)我想回家过年,刘大炮把我绑在床上说死不让,秦叔闯进来要领我回来,刘大炮说……

秦铁柱　(寒战着)这混蛋说:"冰天雪地地跑这来学雷锋啊,行,我成全你,人可以带走,你得把你的衣服脱了,押在我这!"

亮　亮　我秦大叔真就一件一件地……

大咋呼　这帮挨千刀的!大咧咧,你咋样?

佟　丽　老秦,冻坏了吧!

秦铁柱　(寒战着)没、没事,我这体格,当锻炼身体了!(喝着水)亮亮,看明白了吧,你选的这个道可是一抹黑呀,回头吧!

亮　亮　(流着泪)这一段日子我天天想夜夜想,就想回家,想和你们在一起!

秦铁柱　得,大过年的咱把这篇先翻过去!开席,上菜,倒酒!今天我要开戒!

[大家忙起来,包饺子的,往桌上端菜的,秦铁柱穿好佟丽找来的衣服。

大咋呼　哎哎哎,大伙静静,让咱们秦总先说两句!

[众小声嗔怨大咋呼,向她耳语,一起同情地看秦铁柱。

大咋呼　哎,不说好了让你当总经理嘛?我还等着管你叫秦总哪!

秦铁柱　嘿嘿,没啥,命里八尺不求一丈!我就是一煤黑子,压根就没那命!好歹把砖厂弄成了,能安排二三百人就业,我知足了!哎,这事以后都不兴再提了,丢砢碜!下边请佟丽女士宣布一个有伟大历史意义的重要新闻!佟丽,快点。

佟　丽　看你这猴急劲!好,我说!昨天我和老秦领证了!

[女人们炸了锅,围住佟丽,扯着秦铁柱欢呼喊叫。

九　嫂　老秦,挺能耐啊,到底把我们佟丽追到手了!

秦铁柱　(得意地)嘿嘿,那客气啥?该出手时就出手,我也不能光帮你们忙活了,自己也得忙活点呀!说实话,啥总经理不总经理的,我最想当的是新郎!进新楼咱俩就办事!看我买啥了?(取出一红盖头给佟丽蒙上)

二　琴　哎呀秦铁柱大哥,你是不想这会儿就入洞房啊?

秦铁柱　嘿那当然了,换谁谁不急?要不你们忙着,我和佟丽现在就入……
　　　　[众一片哄笑。

大咋呼　(咧嘴大声哭号起来)咋这么快就那啥了,我还寻思你俩没成我那啥哪!我咋干啥都赶不上趟哪!(众笑,抹泪)得,这样我就彻底断念想了!大咧咧,佟丽,那我就等着喝你们的喜酒、闹你们的洞房了!

众　　对,我们要喝喜酒,我们要闹洞房!

大咋呼　来,咱们大伙为大咧咧和佟丽的事一块整一个!

众　　对!整一个!(纷纷倒酒)

秦铁柱　好!整!(一饮而尽,又倒酒)今天我要隆重地敬你们大伙一个!(动情地)你们这帮老娘们呀,真是太不容易了!你们是天底下最招人稀罕的女人!(一饮而尽)我爱死你们了!我恨不得让你们全当我老婆!!!
　　　　[众女人对视,集体发动追打他,他满屋乱跑。

秦铁柱　哎哎哎我说的是真话,说真话还挨打呀!好好,我又错了,罚酒行不?(一饮而尽)拿鼓来,我给你们来段醉鼓!
　　　　[小霞抱过鼓来,秦铁柱在女人们当中威风八面地打起了欢庆的鼓来。
　　　　[鼓声,鼓声……急促的警笛声响起,秦铁柱停住,众女工大惊,张看。
　　　　[警笛声中,三姐神色慌乱地奔跑而上。

三　姐　老秦——铁柱大哥!(跌倒)

秦铁柱　咋了三姐?(与众女人围上去)

三　姐　(瘫在众人怀中)黑子,黑子在小煤窑出事了!

秦铁柱　啊?(大喊)黑——子——(不顾一切急急奔下)

　　［众女工一片混乱,纷纷跟着向下跑,急收光。

　　［撕扯人心的警笛声,接着急救车的笛声刀子般划过舞台。
　　［空黑中,舞台各处响起了喊声:秦铁柱——秦大哥——秦大咧咧!
　　［天地间,雪在静静地下着。
　　［人们雕塑般站在雪中,一个个痛苦不堪,他们永远失去了秦大咧咧!
　　［小霞抱画有一张大嘴的小黑板跑上,挨个比画问,没人回应她,终于明白出了什么事,她撕心裂肺大叫一声重重跪下!
　　［黑子头缠渗血绷带,一身黑泥,木木地走上,走到铁柱妈面前,他重重地跪下! 三姐疯了一样扑上去,狠命捶打黑子! 黑子一动不动跪在那。
　　［幕后,震撼人心的女声无字哼唱起,盘桓不散。

佟　丽　老秦,你就这么走了,咋就这么一个人走了呀? (恸喊)你走好呀!!!

众　人　老秦,老秦大哥,秦叔,铁柱! 你——走——好——啊!
　　［令人心碎的"民间招魂"鼓声响彻舞台!!!
　　［天地间飘来了唢呐声,那么美那么动人,悠悠地飘动游走。
　　［悠扬的唢呐声中,舞台上高高的矸子山悄然裂开,大片红光透射其中!
　　［秦铁柱出现在红光中,手持唢呐吹着,一步步走来,笑呵呵地望着众人。

秦铁柱　嘿嘿,你们这是咋了? 刚才还有说有笑的,这会咋都哭上了? 咱的日子已经见亮儿了,好日子正撒着欢朝咱这奔哪,这棚户区最后一个春节咱们得高兴得乐和呀! 不兴哭啊,都不兴来这个!
　　［众恸立无语。

秦铁柱　妈,你老是天底下最刚强的人,你老说咱秦家的人天塌下来了腰杆也要挺得直直的,这会儿你老可不能……

铁柱妈　(缓缓走出)铁柱呀,妈别的事都能挺住,可——(捧出新房钥匙)这,这是新房的钥匙,这些天妈一直把它揣在怀里,都焐热乎了,就等着你结婚成亲的那一天了……(说不下去了)

秦铁柱　妈,儿子对不起你,你老攒的过河钱还没还给你就……儿子没法给你老养老送终了,你老百年之后儿子一定在那边好好地孝敬你!

铁柱妈　好儿子!

秦铁柱　佟丽,我……你说这事整的,我又说了大话,没让你当成新娘子,没让小霞有个新爸爸,也没让我自个当上新郎官。

佟　丽　老秦,我还来没得及告诉你,昨天晚上我做了一个梦,开春了,雪化了,黑黑的矸子山上小草长出来了,还开出了挺多花,满山遍野的花呀,草里边、花里边到处都是咱的羊,它们在吃草,在撒欢!(空黑中羊叫声传来,此起彼伏)咱俩手牵着手一块上了山,在那举行了婚礼……

梅三姐　老秦大哥,你给了黑子一条命,我们两口子一辈子都……这些天我也天天做着带色带响的梦,梦见新楼盖起来了,我和黑子俩欢天喜地地搬新家……秦大哥,明天我就把秦大婶接过去,往后她就是我和黑子的亲妈!

平　平　秦大爷,我梦见我真当上了兔妈妈,养了上百只、上千只兔子!秦大爷,我要给它们讲你的事,让它们全都记住你。

大咋呼　大咧咧,这一阵我老爱做一个梦,梦见我大咋呼成亲了,那个热闹那个喜庆啊!我穿着身红衣裳头上戴了挺多花……(哭)没法子,新郎官还是你!

亮　亮　叔!这段日子我一直在做梦,梦里好像什么都有,房子、车子、衣服、钱,可我做的是一场噩梦啊!叔,你答应过我爸要照顾我的,你咋不管我了呀?!

秦铁柱　亮亮,叔走了,叔最放心不下的就是你啊!叔就想和你说一句:噩梦醒了,那咱就再做一个新梦,做一个美美的梦。

　　〔舞台深处,梦幻般的音乐深情飘动。

秦铁柱　嘿嘿,你们哪真是我秦大咧咧的兵!我呀,我就爱做梦,咱是小老百姓,干点啥都不容易,遇上个沟沟坎坎更得使出吃奶的劲,咱就得学会做梦,梦见好东西好事好日子,梦见人活着的好,那身上才有劲心里才亮堂才能挺过来,要是心里老压座大山那活得多累呀,嘿,心里有朵花才能活得美,活得香滋辣味的!来,大伙都把眼泪擦了,为了这些梦咱得好好地活乐和儿地活!拣煤咱是好样的,不拣煤了咱也是好样的!矸子山上的人没孬种!老百姓要过好日子,啥啥都挡不住!!!

[佟丽一身红嫁衣手托红盖头再度升起于舞台上。

佟　丽　老秦,你欠我的,欠我一个婚礼,欠我一个洞房,欠我一个花烛夜! 我要你为我掀起这红盖头,你要给我吹唢呐!

秦铁柱　佟丽,我秦大唢唢就是稀罕你!!! 这辈子我娶不了你,下辈子,下辈子我一定娶你! 你爱听我吹,现在我就给你吹! 瞧我的!

[秦铁柱操起唢呐奋力吹起来——唢呐声激越飞扬!

[唢呐声中,无数鞭炮炸响! 更多的红灯笼亮了起来!

[整个矸子山一点点变得火样鲜红,俨然是一座燃烧着的生命之山。

[大雪纷纷从天而降。

[喜庆的婚礼音乐热烈飘动。

[婚乐中,佟丽缓缓蒙上了红盖头,一步步走向了另一世界的秦铁柱……

[众男人女人牵着羊、抱着兔子、端着饺子缓缓跟行、跟行……

[矸子山深处,秦铁柱喜滋滋吹着小唢呐,迎向了佟丽和他的亲人们。这是天地间最美的婚礼,超越了生界和死界,超越了所有苦难和辛酸!

[秦铁柱为佟丽掀开红盖头,二人对望、对舞,舞得那么美、那么动人。

[众人围着二人集体缓缓舞起东北民间大秧歌。

[震撼人心的歌声——

歌　声　　小唢呐那个响起来,

　　　　　　红盖头就盖住了头,

　　　　　　深一脚浅一脚走在那云里头,

　　　　　　这辈子遇上你我发呀发了疯,

　　　　　　扯住你不撒手呀生死到白头!

　　　　　　哎嘿哟,活得有奔头,有奔头!

[大雪纷纷扬扬,唢呐声热烈奏响着。大束强光从高处射入。

[一轮血红的太阳升起在矸子山上,矸子山、棚户区都被染红了。

[男人女人雕塑般站着,红光照透了这群雪中的人物群像。

——剧　终

话　剧

黑石岭的日子

时　间　20 世纪 50 年代至今,前后约半个世纪光景
地　点　中国北方矿区,一个叫黑石岭的地方
人　物　刘黑子
　　　　范大炮
　　　　秦秀文
　　　　彭乐呵
　　　　淑　芬(女)
　　　　槐　花(女)
　　　　大　龙
　　　　二　龙
　　　　三　龙
　　　　大　琴(女)
　　　　大　凤(女)
　　　　小　凤(女)
　　　　小孙女
　　　　老矿山(灵魂)
　　　　众男女矿工及家属

序幕:大地深处

[……骇人的爆炸声、塌方声、呼喊声、惨叫哭号声、警报声。

[几百米深的井下,烟浪翻腾,岩壁横斜,巷道区有矿灯晃动、人影偃仰。

[一追光中刘黑子挺身而立,范大炮、秦秀文,彭乐呵站立不稳,摇晃跌扑。

刘黑子　(洪亮的声音)不要慌!

彭乐呵　黑子哥!

范大炮　黑子哥!

刘黑子　往前边的副井跑!!!

[光影声效中,四兄弟舞蹈着,跌、爬、扶、挽、拖、拉。

[重重喘息声混响。

刘黑子　(紧张四下张看)闪开!!!

[黑子一脚踢开乐呵,两手推开秀文、大炮,自己在纷飞的乱石中倒下。

[黑暗、死寂! 乐呵等三人在微光中一一现出。

彭乐呵　(爬着,哭腔喊着)黑子哥,大炮哥,秀才,你们还活着吗?

秦秀文　(坐起来,喘息着)活着,我还活着。

彭乐呵　(急爬向二人)大炮哥! 秀才! 我还以为就剩下我一个人了。

秦秀文　要不是黑子哥咱们就死定了,他救了咱们三条命啊!

范大炮　黑子哥?(与二人对视)快!!!

[三人急四处寻索,在乱石中找到黑子,他已多处受伤,头部颈部均在流血。

彭乐呵　黑子哥! 黑子哥! 血,这么多血!(哭)他死了?!

秦秀文　还有气,黑子哥,你说话呀?!

范大炮　脖子伤成这样了,说个屁话! 快,把血止住!

[三人一起为黑子包扎。

[猛然间塌方声再起,天摇地撼,头顶一块巨石急速下坠,四人翻滚,跌爬,挣扎逃生……

[巨石竟卡在了头顶上方,四人重新聚集,惊悸张看。

彭乐呵　(绝望)完了,完了! 咱们会死在这儿的! 不,我不想死,我不想死啊!

［黑子紧搂乐呵让他平静下来,对三人嚅动嘴唇却发不出音,急用手比画。

范大炮　哥,你要说啥? 秀才,他这是……?

［黑子说不出话,乱比画也表达不清楚,觅到一茶缸一下下狠叩乱石!

秦秀文　一、二、三……

三　人　四、五、六、七、八、九……

［随着叩击声和三人的数数声,舞台深处一支灯,又一支灯,九支灯亮起!

［九点灯光闪动明灭……

［黑子再比画,伸出九指,再伸一指。

范大炮　哥,你是想说,当年井下走水,大伙用九条命救你一条命的事?

［黑子拼命点头。九支灯光摇动,钟声声声激响。

［钟声里,传来老矿山的喊声:都不要慌,要挺住!!! 隐去。

［黑子合手成团,示意要抱成团,要挺住!!!

秦秀文　哥的意思是咱们要像他们那会那样,要挺住,等到上面的人来救咱们!

范大炮　没错,这离风口不远,命大,咱们就能活着出去!

［黑子向三人伸出手。

［范大炮、秦秀文、彭乐呵都伸出手,四双手紧紧握在一起!

［黑子示意少说话。四人牵着手,慢慢坐在黑暗中,喘息,等待。

彭乐呵　(舔着干裂的嘴唇)哥,我渴!

秦秀文　得想法找水,有水就能挺下去! (几人一起到处找水)

范大炮　(寻找中)水来喽! (递缸子)

彭乐呵　(先抢过来喝了一口)呸,啥味?

范大炮　嘿嘿,老子的尿!

彭乐呵　啊! (吐)

秦秀文　(接过,喝)喝吧,这会儿,它管用啊。(把缸子递给黑子)

范大炮　好酒好酒。

［黑子接过,喝,递给范大炮,范大炮喝。乐呵接过,再喝。

［四人紧靠在一起坐下,等待救援。

［黑暗中传来了有力的撞砸声,由弱而强。

［四人慢慢抬起头倾听,起身,挣扎爬动,互相抓紧,彼此对视,慢慢站起!

　　〔高处一道强光透入,又一道强光透入。
　　〔收光。

第一场　五十年代

　　〔数日后,春,大跃进年代。矿区到处红旗飘飘,当年的歌曲飘响着。
　　〔黑石岭,崭新的砖瓦平房依坡而建,层层叠叠错落有致。刘黑子家的新房子前有一院套,院中有一桌数凳,有一人工压水的水井。院外有一大幅标语,上写"鼓足干劲,超英赶美"。
　　〔大炮、乐呵领数工人忙碌着,修栅栏,收拾院子。秦秀文在井边写着日记。

范大炮　秀才,又写上日记了?

秦秀文　(合上本子)感慨万千啊! 一想到黑子哥,我心里就难受!

范大炮　是呀,矿上已经决定,不让黑子哥再下井了。唉! (向众人)收拾好了吗?

众　　　好了。

范大炮　黑子哥声带断裂再不能说话,大伙都知道了?

众　　　知道了!

范大炮　他一时半会还出不了院,今天咱得接待好嫂子! 记住了,谁都不许把这事透露出去! 我怎么说你们怎么说! (众答应)

彭乐呵　对,一会儿嫂子来,咱们要像咱们欢迎市里省里领导那样,越热烈越好!
　　　　〔一工人跑上,"来了来了,嫂子来了"。

彭乐呵　操家伙! (抓起鼓槌指挥)一、二……
　　　　〔工人们操各样乐器吹打起来,在热烈的鼓乐声中走向高处。
　　　　〔汽车声,淑芬怀抱二龙手牵大龙,带着槐花等几乡下女人挽包提篮上。

彭乐呵　欢迎嫂子!

众工人　(列队喊)欢迎嫂子!

彭乐呵　欢迎嫂子,欢迎嫂子,欢迎你们! (众应和着)

范大炮	嫂子,我叫范大宝,在井下专门负责放炮,大伙都叫我大炮!（介绍着）这是彭乐呵。
彭乐呵	嫂子好!
范大炮	秀才,这是秦秀文秦秀才。
淑　芬	秀才好。
范大炮	这是我们采煤队的弟兄!
众工人	嫂子好!
范大炮	我们欢迎嫂子到黑石岭安家落户!!!
众工人	欢迎嫂子!
淑　芬	谢谢,谢谢你们。
槐　花	（看着房子,山东口音）娘呀,还是正经的砖瓦房呀!
一姑娘	（上前看窗户）窗户还镶着玻璃哪!
范大炮	嘿嘿,这是矿里特别为咱矿工安置家属新盖的工人新村!!! 你们看,一水的大瓦房,玻璃窗!（跑到水井边）看这水井! 自动的! 自动的!
槐　花	（惊讶上前）娘哎,神了! 自己就出水了,这往后都不用挑水了!
	［女人们不停地压水,新鲜得不行。大龙欢喜地跑来跑去看这看那。
淑　芬	（四下看）大炮,黑子哪? 俺怎么没见他的影?
范大炮	啊,黑子哥得了先进去省里开会了,得过些日子才能回来! 嫂子,黑子哥是好样的,从解放到现在年年都是先进,我们大伙全服他! 前两天矿长还表扬他在井下舍……
彭乐呵	（急打鼓,跑上）嫂子,黑子哥临走前嘱咐我们要热烈,热烈!
秦秀文	（上前）嫂子,我从技校毕业到矿上,黑子哥没少帮我,挺多活都是他教我的,连我这条……（乐呵捅他）哦,这条幅是我送给你们的,（展开一条幅,上写"生死相依"）——"生死相依"!
范大炮	（抱过脸盆）嫂子,这脸盆是我的!
乐呵等	嫂子,这镜子是我的,这是我的,我的!
	［矿工们纷纷送上各样的生活用品。
	［刘黑子颈缠绷带暗上,站在院外迟疑着不敢上前,看着妻儿又高兴又心碎。
大　龙	（发现黑子,大喊）娘,爹在那儿! 爹!（开心地摇响铃铛）

淑　芬　黑子……

范大炮　黑子哥,你咋跑回来了?

淑　芬　(奔迎上前)黑子,你,你这是怎么了???受伤了?伤得重不?(查看)你说话呀!

　　　　[黑子憨笑、苦笑,奔向大龙,抱着孩子亲着。

淑　芬　(发觉不对)黑子,我和孩子来了,你怎么一声不吱呀?(环看众人)你们,你们这是?乐呵,告诉嫂子咋回事?秀才,你们说话呀!

范大炮　(流泪上前)嫂子,别问了,井下出了事,他,他再也不能说话了!

淑　芬　(震惊,不敢相信)不能说话了?天!不,这不是真的!(奔向黑子)黑子,你说话呀!说一句,说一个字也行啊!黑子!俺求你了!

　　　　[音乐飘动着,黑子欲说不能,痛立。淑芬确认了这个事实,向后退着,茫然无助地看众人,再看黑子,看年幼的大龙,捧托起乡下带来的筐。

淑　芬　怎么会这样,怎么会这样?天哪!(恸恸跌倒,筐里的红枣撒了一地)

大　龙　娘!(扑向母亲)

　　　　[大静场。黑子和众矿工扶起淑芬,众人无语,落泪。撕扯人心的音乐!

　　　　[音乐中,黑子蹲下身,一颗颗拾着,众人无声地跟着拾拣。

　　　　[黑子忍痛上前向淑芬比画着让她笑,笑拍胸脯,活动腿脚,表示:看,我活得好好的。又用乐呵的鼓向淑芬轻打,表示:我能听见,听得真真的。

　　　　[他抬头看见槐花,忙将大炮拉过来,想让二人相看却说不出话,急拉淑芬。

淑　芬　(抹泪,忍着内心的伤痛)大炮兄弟,这是你哥给你介绍的槐花!能干,实在,家庭成分贫农,听了你的情况看了你的照片,收拾收拾就来了!

范大炮　嘿嘿,好,来得好!槐花同志,你好!(伸手与槐花握手)

　　　　[一片笑声,二人不好意思分开。

淑　芬　桂花,你们也过来,这就是你黑子哥说的那个乐呵。

　　　　[乐呵奔过来,伸出手。桂花不好意思地和他"打"了一下手。二人跑开!

淑　芬　小翠、小铃,都是俺一个村的妹子,听说你们这条件好,都跟俺一块来了!

　　　　［二姑娘点头打招呼,男工们和姑娘们彼此相看着。

　　　　［大炮、乐呵、秦秀文走上前。

范大炮　嫂子,这次要不是黑子哥,咱们哥仨就……从现在起,黑子哥就是我们的亲哥,你就是我们的亲嫂子! 咱们哥仨和你一块照顾他!

秦秀文　对,从今往后咱有福同享、有难同当! 生死相依!

彭乐呵　咱们哥四个今生来世都是亲兄弟!

　　　　［黑子激动地看着三人,伸出手。

　　　　［三人也伸出手,四兄弟手紧紧握在一起。

范大炮　(唱)下井了,一口老井百丈深,

秦　、彭　(齐唱)下井了,点点矿灯亮精神哎……

　　　　［音乐起,四兄弟舞,众矿工跟着舞起来。黑子拉淑芬,淑芬带泪苦笑。众舞蹈着,手搭肩,人相连,舞成了一条"火车长龙"。

　　　　［响起轰响的车轮声,尖厉的火车汽笛声! 众隐下。

　　　　［黑子痛立在火车汽笛声中。四下响起了妻儿的声音。

老矿山　唉! 黑子,咋地怂了?

　　　　［黑子寻声四望。

　　　　［黑子奔向师傅,重重跪下,磕了个头。他欲说,却不能说,双手混乱地比画着,仍表达不清,捶打着胸膛,捶打着地面,瘫软在地上。

老矿山　师傅知道你心里想啥! 黑子,你倒是该想想当年井下透水的事。

　　　　［水声。

老矿山　——眼瞅着水呼呼地往上漫,我们九个人搭起了人梯,你踩着大伙的肩膀爬上了风口……你活下来了,黑子,你是在替师傅、替我们九个人活啊!

　　　　［钟声!

老矿山　你是不能说话了,也不能下井了,可你还能听见能看见还能干活啊! 小子,这会儿你不能犯怂! 不能堆下! 要挺住!!! 你看看,在你身边还有那么多好兄弟在帮你,咱矿工过日子过的就是人,活的就是这份真金白银的兄弟情义! 黑子,记住,牵手过河,抱团过冬,这就是咱老百姓的活法！！！

[老矿山隐去。九支灯光陆续暗下去。

[黑子缓缓站起身来。

[淑芬拿着一件衣服走出家门，走入月光之中。

淑　芬　黑子，你一个人坐那儿干啥？到现在俺也不敢相信这是真的……好好的一个人就这么不能说话了，来的路上俺和孩子那个乐呀，一家人总算到一块了，可以好好过日子了！房子、院子，啥啥俺都挺可心，可……千好万好，也不如你平安无事好呀！咱俩打小就在一起，你心里想啥我都知道，往后俺就是你的嘴！你想说啥俺替你说，俺照顾你一辈子！！！

[音乐飘动，黑子一直不动。淑芬走到黑子身后，摇动了大龙的小铜铃。

[小铜铃轻响，一声，又一声！

[黑子闻声转身，伸手接过铜铃。

[淑芬为黑子披上外套，夫妇二人手握到一起。

[铃声，动人的铃声！！！

[收光。

第二场　六十年代

[60年代，黑石岭，夏，大标语变成"工业学大庆"。

[刘家院内绿意葱葱。大龙大琴在洗衣裳，二龙在玩。屋里墙上挂有全家福、四兄弟合影和"生死相依"的条幅。

[落日时分，槐花挺着大肚子粗声大嗓喊着，牵着大凤上。

槐　花　大炮，大炮！

大　龙　槐花婶，大炮叔没在咱家！

[槐花继续喊着，二龙招呼大凤一块玩。

槐　花　大凤，走！！！

大　凤　妈，我再玩一会！

槐　花　快点走！记住，看见你爹往死了哭！

[槐花喊着下,大凤随下。淑芬和几拣煤队女工一身工装上。女工们陆续下。

[淑芬望着,叹气,走进院子。

二　龙　(发现淑芬)哎,妈回来了!

淑　芬　妈呀,大琴,又帮大娘洗衣裳了,(脱套袖)快给我!

大　琴　大娘,我不累!在家我也总帮我妈洗衣服。(继续忙着)

大　龙　妈,矿上新盖的房子可漂亮了!我跟你打个赌咋样?爸在井下是先进,调到井上管仓库,到处回收旧材料给矿上省老多钱了,这回矿上指定能给咱家房!

二　龙　打赌!

淑　芬　妈不赌,妈信!

二　龙　妈,分新房我单要一间!我不和我哥住,他脚老臭了!

淑　芬　好好!一人一间!

[大龙、二龙一起欢呼!

[黑子一身工装提兜子上,他笑呵呵地摇响小铜铃。铃声悦耳响起!

孩子们　爸回来了!大爷回来了!

[孩子们迎上,刘黑子笑着从兜子里一样样取出苹果、哨子、笔等发给孩子。孩子们欢喜不已,吹哨的,喊着"骑大马"的,二龙爬上黑子后背让他背!

[黑子开心地口咬小铜铃,背着二龙跑进院子,淑芬迎上递水,孩子们散开。

淑　芬　黑子,咋样?

[黑子先摇头,后笑着从口袋拿出一串钥匙,笑着举到她眼前,

淑　芬　钥匙?新房的!(欲接钥匙)

[黑子开心地闪躲开,晃着钥匙逗着淑芬,跳上椅子举着,淑芬够不着。

淑　芬　大龙,二龙!

孩子们　钥匙!钥匙!(围追堵截抢钥匙)缴枪不杀……

[黑子举着钥匙逗得孩子满院追。

[孩子抢下钥匙交给淑芬!又喊又跳!

淑　芬　今天我多做几个菜,庆祝庆祝! 大龙去摘菜,二龙,取酒,大琴,一会
　　　　儿在大娘这吃饭!

　　　　［外边传来骂声。范大炮扶缠着绷带的秦秀文上,扯嗓子大骂着。

范大炮　奶奶的,老子就说了就骂了,有能耐你们枪毙我! 来呀!

　　　　［刘黑子忙迎过去,拉住大炮,扶秦秀文坐下,比画着询问。

范大炮　不给我房子,还吓唬我说再来运动往死收拾我! 狗娘养的! (又吼
　　　　起来)我就说了咋的? 大炼钢铁就是扯犊子……(黑子用衣服蒙住
　　　　他的头不让他说下去)没完没了地整秀才就他妈不带劲,写几本日
　　　　记写几封信硬说里头有问题,这不明摆着欺负文化人吗! 王八蛋,
　　　　往后老子一天骂三顿,拿你们当下酒菜!

　　　　［黑子把他拉回桌边。淑芬端酒、菜过来。

淑　芬　来,大炮,哥儿个聚上了,一块喝点消消气。秀才,你这是……

秦秀文　一言难尽! 一言难尽!

范大炮　一下井就拼命表现! 哪儿危险往哪儿上,把头都弄得破了!

大　琴　爸,还疼吗?

　　　　［秦秀文黯然摆手。黑子拉大炮、秀文坐下,倒酒。

范大炮　(狂喝)头些年国家困难,闹灾荒外国人还卡咱脖子,我从没跟矿上
　　　　张过嘴,可现在槐花爹妈从乡下来了,家里已经下不去脚了,槐花马
　　　　上又要生了……这些年我范大炮干得咋样他们眼瞎呀? 老子得了
　　　　那么多奖状,从哪论他们都该给我房子啊!

　　　　［乐呵骑着自行车,车把上挂着一兜上。

彭乐呵　庆祝哥嫂子分房,打牙祭喽! 刚拣了点破铜烂铁卖了俩钱,花生米、炸
　　　　黄花鱼、菜包子! 酒! (拉过秀文)秀才,我给卫生所小冯大夫送了瓶
　　　　雪花膏,帮你弄了张病假条,你就装病歇他一个月,省着天天挨收拾!

秦秀文　不,我不干这种弄虚作假的事,死,我也要死在井下!

彭乐呵　死心眼哪,一点不活泛!

秦秀文　活泛,我日记都不敢写了,我就不该读书不该认识字! 我是家庭出身
　　　　不好,是对反右、大跃进认识不清说过错话,可我爱咱们国家,爱咱们
　　　　矿啊! 我真恨不得把心掏出来,让给大伙看看到底是红的还是黑的!

　　　　［槐花领着大凤风风火火上。

槐　花	范大炮,你不上矿上去找去闹,还有心在这灌猫尿?!死崽子,哭啊!(大凤立时大哭)盼星星盼月亮,扳着手指头数着日子等这一天!到了盼来这么一出……你说你,在井下放炮,到上边你还放炮?!你们说说,老少三辈六口人住一间房,这日子没法过了……
范大炮	行了行了!你当老子心里好受啊,别哭了,都别哭了! [母子俩的哭声!刘黑子心如刀绞,走过去哄着大凤。大凤还是哭……
槐　花	你还跟我瞪眼睛?一口一个肯定能分着房子,哄着我天天跟你干那事,要不这个能怀上吗?现在房子在哪,在哪?明说吧范大炮,你要不着房子,咱俩就打八刀,离婚!我明天就带我爹我妈大凤回老家!
范大炮	你,你这不是逼我吗?我也不能生出套房子来呀?
槐　花	生不出来就离!离婚!(坐地上放声大哭)老天爷,我咋这么倒霉呀!你一个大男人,房子都分不着你成啥家?离婚!我要和你离婚!
淑　芬	槐花,再咋的也不能离婚啊。
彭乐呵	呵呵,我有个招!干脆,你俩来个假离婚,跟矿上要房!
二　人	(怔住)假离婚?
彭乐呵	对,假离婚!哥,这事就得往大了闹,矿上不会看着你们离婚不管! [黑子急摆手,摇头表示这么干不好。
彭乐呵	哎呀,哥,这事你别管了!矿上得掂量掂量,要是矿工因为没房离婚,那以后还能有好姑娘到咱岭上嫁咱矿工吗?(找来纸、笔)来来,秀才,你肚子里墨水多你来写,咱俩帮着攒个离婚报告!快点!
秦秀文	(苦笑)想不到我这点文化用在这上了!我可没写过呀,写啥?
彭乐呵	我也不知道写啥?对了,你先写上:"我们二人自愿离婚。"
范大炮	尽扯王八犊子,谁自愿离婚了?拉倒拉倒,这事传出去我成啥人了?
彭乐呵	你管那些干啥?房子到手是真格的。拿到房子咱俩再帮你打复婚报告,不听他的,接着写"我二人性格严重不合,感情严重操蛋。骡子嫁给马了,弄不到一块堆,只能离婚了"。
秦秀文	这不文化呀,也不真实呀!
槐　花	就是,谁是骡子谁是马呀?天天一被窝睡觉孩子都俩了……乐呵,这玩意要是交上去,假的弄成真的咋整啊?

彭乐呵　你不整天嚷嚷和他离吗？先离着，要到房再说。

槐　花　好，成真就成真！写！往邪乎了写！

淑　芬　乐呵，秀才，你俩可不能干这种缺德事。

彭乐呵　嫂子，我这是帮他们！是积德！

　　　　[黑子再次冲上去，抢笔。

彭乐呵　哥，没别的招了！！！（推黑子）再写，慢着，离婚后孩子归你俩谁呀？

槐　花　当然归我了，是我地里长出来的庄稼！

范大炮　什么归你！地是你的，可老子点的种！没我你自己能生出来吗？

槐　花　什么归你，俩孩子都是我的！

范大炮　不行，这个归我。（拉大凤）

大　凤　哎呀爸、妈，你们这是干啥呀？你们不能离婚，不能离！（哭）

槐　花　（大哭）我的命咋这么苦呀！（大凤也哭）

　　　　[长长的火车声！黑子冲上去抢过笔，乐呵欲夺，秀文取另一支笔写。黑子急得直跺脚，一把拉过淑芬，二人来到后区高台。黑子比画着，伸手要钥匙。淑芬不答应，争辩着，扭身返回，黑子追，大龙二龙围住淑芬，拦住黑子。黑子只得止住，急得满院乱转！

秦秀文　写好了，我念念：(念)"申请离婚书，我二人自结婚之日起，天天同床共枕但始终同床异梦，性格南辕北辙，感情极不融洽……"

范大炮　这什么乱七八糟的？

槐　花　就是，这说谁哪？

秦秀文　书面语，这是书面语！

彭乐呵　好！太有水平了！接着念……

秦秀文　"每日争吵，不共戴天，咫尺斗室，度日如年，共同生活实难维系，请领导予以批准！申请人：范大宝，刘槐花。"

彭乐呵　按手印吧！

　　　　[槐花放声大哭，大凤也哭。黑子急，奔向淑芬硬夺钥匙。淑芬死不撒手。

淑　芬　不，我不能给你！黑子，咱家早就住不下了，以前你让过房，那会儿咱孩子小我没说啥，这回，帮钱给东西我都依你，让房，我不答应！！！

大　龙　就是，妈成天干活那么累，腰动不动就疼，再住在这会越来越重的！

二　龙　（抱住黑子胳膊）爸,我要住新房,我要住新房!!!

淑　芬　（哭）黑子,你就依我一回吧!

　　　　［黑子硬要,淑芬狠咬他的手! 黑子忍痛挺着,钥匙落地! 二人伏身
　　　　去拾。

　　　　［淑芬痛望黑子,慢慢递上钥匙。

　　　　［黑子走过去夺下离婚书用力撕碎,几人怔住。他奔向大炮,将钥匙
　　　　塞给他。

范大炮　哥,你这是……不行,这绝对不行,你的房我不能要! 住你的房子我
　　　　下半辈子都睡不好觉!

槐　花　是呀,这能行吗? 你们家也等着这一天哪!

　　　　［刘黑子笑着,死命按住大炮的手,逼他收下。

范大炮　这不扯呢吗?

　　　　［大炮扔下钥匙跑开,二人一跑一追。

淑　芬　（含泪）大炮,你就拿着吧! 矿上开始盖新房了,我和你哥可以等下
　　　　拨,他是党员是劳模,你不收下他也一样睡不好觉! 槐花,他不收,
　　　　你收着!

　　　　［刘黑子将钥匙塞到槐花手中,又高兴地向淑芬伸出大拇指,咧嘴憨
　　　　笑着。

槐　花　黑子哥,姐……快,大凤,给你大爷大娘鞠躬!

　　　　［音乐飘动,槐花和大凤齐齐鞠躬,秦秀文、彭乐呵看着感动。

范大炮　哥,嫂子,我欠你们的,你们这份情义我范大炮记一辈子! （鞠躬）

　　　　［黑子憨笑着上前扶起大炮。

　　　　［黑子走向妻儿,笑摇小铃,拉着淑芬到房子一侧兴奋地比画。淑芬
　　　　不解。

彭乐呵　我明白了,哥是说,要在这盖偏厦?! （黑子点头）

秦秀文　哥,国家有困难,"自己动手,丰衣足食!"

二　龙　盖偏厦喽!

　　　　［音乐起,大家舞蹈着,干起来。收光。

第三场　七十年代

[70年代,黑石岭。秋,雷声,闪电。大雨浇淋着偏厦林立的棚户区。

[大标语变成"反击右倾翻案风!"空中飘着"要学那泰山顶上一青松"的歌声。

[雷声,乐呵雨中上,紧张地四下张看,向后招手。大炮背着秦秀才奔上,黑子帮扶着。三人扶秀文上炕,帮他脱湿衣服。秀文蓬头垢面满身泥水。

秦秀文　(痛哭着)你们为什么要救我! 为什么要救我呀?

范大炮　废话! 不救你看你死呀? 你这是畏罪自杀!!!

秦秀文　死了好,死了干净,我这种人就该死! 来一场运动都批我斗我,扫大街扫厕所颜面扫尽,老婆走了家散了,大琴入不了团找不着工作,前途茫茫,不如归去! 归去!

范大炮　兄弟,谁没有堵心的事? 我那二凤头几年煤烟子中毒没了,我都要疯了! 那我也没跳水泡子呀? 哥教你个招:想不开你就喝酒,喝完倒头就睡!

秦秀文　喝酒? 我最想喝的是毒药! 我实在是想不明白呀,邓小平重新复出,我以为有盼头了,写了信要求平反,可"反击翻案风"一来,我又成反攻倒算的还乡团了! 我都这样了反啥攻倒啥算啊?

彭乐呵　哎呀你得跟我学,睁只眼闭只眼没心没肺! 开会时我也发过言斗过你,可关上门不照样是哥们吗? 得看开! 那河泡子下去就没影,你想喂鱼呀?

秦秀文　我想变成鱼! 鱼游得那么自由那么欢畅,从小水泡游到河里,从河里游向大海,那我就彻底解脱了! 我,我怎么死都死不成啊?

[黑子上前抱住他,拍着他的头,摇撼着他,摇头,顿脚,流着泪比画:"兄弟你不能走了!"又抖抖地捧起红糖水碗,非要他喝下。

秦秀文　哥,你断了我的死路,你能给我指一条生路吗? (打翻水碗)

[黑子痛楚,秦秀文号哭,大琴大龙湿淋淋跑上,淑芬槐花也急急奔上。

大　琴　爸! (扑向秦秀文)你咋干这种事呀? 妈走了,你要再有个……爸!

秦秀文　大琴! 我这样活着只能拖累你!

大　琴　爸,我就你一个亲人,你要是……那咱俩一块死!

　　　　〔父女抱头痛哭。

　　　　〔黑子受不了了,大步奔出屋,在急雨中乱转。大炮、乐呵见状跟出来,淑芬、槐花也出来,几人围住了黑子

　　　　〔雷声,雨声,黑子痛苦地向几人比画,比画不清楚,乱摇铜铃。

淑　芬　(最先明白了)黑子,我知道你意思,他是想说,咱们得想个法子!

范大炮　没错,得想法让他看着点亮儿,有点活头儿。

槐　花　哎,我倒有个法:能拴住男人的就是女人。咱们给他再找个后老伴,后街刘寡妇一直托我给她找个人家……

彭乐呵　拉倒吧! 刘寡妇那脾气秀才扛得住吗? 哎,把他老婆找回来咋样?

淑　芬　算了吧,她就是看秀才没指望熬不住才走的,现在就更……

槐　花　要不,让秀才领大琴跑,回老家也行啊,跑得越远越好!

范大炮　得了,往哪跑? 哪安全? 给逮回来就更惨了!

　　　　〔几人面面相觑一时无计。雨声,黑子满院乱转,手里摇着铃。

　　　　〔大琴出门,大龙安慰着她。黑子看到二人,怔住,思虑,跑向几人比画。

范大炮　哥,你要说啥? 你想让大龙和大琴结婚? 别说,这倒是个法!

彭乐呵　这,这绝对不行! 哥,你忘了,你是党员啊,轧上这门亲家,反革命家属的帽子你得戴一辈子呀!

槐　花　就是,大龙娶了大琴,就得跟她遭一辈子罪呀!

　　　　〔黑子望向淑芬,淑芬也向黑子摇头。黑子无力地蹲下去,狠命拍着头。

彭乐呵　这就对了,哥,你别急,咱慢慢想法子。

　　　　〔大龙走出屋,走向几人。

大　龙　爸、妈、叔、婶,我要和大琴结婚!!!

　　　　〔几人对视,意外。

彭乐呵　大龙,你别犯傻,将来有了孩子,上学工作、入团入党都得吃瓜落啊!

槐　花　就是,大琴没工作,真成了家……

大　龙　婶,这些我都不在乎! 我和大琴好了这么多年,看着她这个样我……秦叔要是没了,大琴也……爸,成亲以后有啥事我大龙一个人扛,绝不埋怨家里! (上前重重跪下)求求你们了,就成全我们

俩吧！！！

　　［雷声！黑子欣慰地看着儿子，拍他的脸，走向淑芬，征询着。

淑　芬　唉！（为父子俩感动）黑子，你的心思我懂，（扶起大龙）大龙，你的心意我也懂！再说也到成家的年龄了，这件事，我依你们！

　　［黑子拉大龙大琴进屋，众跟入。黑子笑着向秦秀文轻摇小铃，秀文欠起身。黑子让二孩子并排站好，比画着"给俩孩子成家"，比画吹喇叭，喝喜酒。

秦秀文　哥，你要说啥？你这是……

范大炮　秀才，哥想让大龙和大琴成家，跟你攀亲！

秦秀文　（惊愕，忽然起身，跳下炕，光着脚）大琴，跟爸走！

　　［秦秀文拉起女儿就跑。

　　［父女俩跑出屋，跑进院子，跑向院门。黑子等追出，四下拦截他。

范大炮　哎呀，你跑啥呀？！

秦秀文　我求求你们了！我是啥？是瘟疫，是臭狗屎，别人躲都来不及哪！哥，你是党员，你们一家都是工人阶级，跟我攀上亲家，那，那就让我给祸害了呀！万一因为我你们家……我一辈子都……（又跑），我不死了行不！我保证不死了行不？！

　　［黑子情急之下拼命摇响了铜铃。

　　［众人一起看着黑子。

　　［黑子向秦秀文拍着胸脯表示：这门亲事我结定了！又口咬着小铃，开心地比画摆酒席、吹喇叭、扭秧歌步，表示：这是喜事，咱要好好办，往大办！

秦秀文　哥！可这事我不能答应！

　　［黑子进屋，取下"生死相依"条幅，走向秀文，慢慢展开条幅！音乐飘动。

范大炮　秀才，你不为自己想，也得为大琴想想啊！

淑　芬　房子现成的，成亲的东西我都预备好了。

秦秀文　哥，嫂子！你们大恩大德，我没齿难忘！

　　［黑子急扯过大龙，做口型让他改口叫"爸"。

大　龙　（含泪上前）叔，你就答应了吧！成了家我指定对大琴好对你老好……爸!

秦秀文　哎!

淑　芬　大琴,你也过来,改个口,叫你大爷一声爸,叫大娘一声妈!

大　琴　爸! 妈!

〔秦秀文踉踉跄跄奔入屋内,放声大哭。

淑　芬　那,这事咱明天就办!

〔收光。化入欢乐的婚礼喜乐。

〔婚礼喜乐中升起满台红光,

〔刘家大屋、小偏厦的门窗上都贴着大红喜字。

〔院里摆着大小数张桌子,众男女矿工音乐中上,伴随音乐布置婚宴。

〔乐呵喊:新人到!

〔大龙用自行车推着大琴上,二人都一身新衣。二人向众人的欢呼声中鞠躬。秦秀文也换了身衣服由大炮陪上,黑子和淑芬上前迎接秀文。

〔乐呵喊:进洞房!

〔众欢呼,新人在音乐中走进屋子。

〔乐呵喊:倒酒,开喝!

众矿工　(喊酒令)一颗红心向太阳啊,两个新人进洞房啊,三面红旗迎风飘啊!

〔一方败北,欢呼声中输方喝酒。

范大炮　来!(加入)四海翻腾云水怒啊,五洲震荡风雷激,六六大顺把井下呀!

〔大炮输了,欢呼声中喝下两大杯!

〔追光追射大炮。

范大炮　(喊嚷着)静一静! 我代表黑子哥和我嫂子还有秀才嘞嘞几句——今天大伙都得喝好、喝透! 喝倒! 咱们的日子是紧巴点,可心里头不能也紧紧巴巴的,小日子咱得当大日子过,苦日子咱得当乐和日子过! 活一天咱就乐和一天!

彭乐呵　不乐和——

众　白不乐和!

彭乐呵　白乐和——

众　　　谁不乐和!

范大炮　哎哎,我再宣布个重要事:我和槐花商量了,趁今天这个喜日子就手把大凤和二龙、小凤和三龙的定亲酒一块喝了! 哥,嫂,咱们也是亲家了!

众　　　九大精神放光芒! 喝!

槐　花　(端着大勺给各桌盛菜)哎哎哎,成家赶紧把孩生,多生快生铆劲生! 长大互相轧亲家,亲上加亲都乐蒙!

　　　　[一片哄笑声。

彭乐呵　哎,秀才哪?

众　　　秀才——

　　　　[一束追光中秦秀文从桌下爬出,他不胜酒力已显醉态,手里还拿着酒壶!

秦秀文　(亢奋地)今天是我秦秀文这么些年最高兴的日子,我有好多话要说,我现在想活了,我心里暖乎啊! 暖乎啊! 现在我知道了什么叫"相濡以沫",更知道了什么叫"生死相依"! 这是世界上最好的婚礼! 我哥是世界上最伟大的哥,我嫂子是世界上最伟大的嫂子! 他妈的我秦秀文有姑爷了,根红苗正,我有党员亲家了,我女儿有家了! 我秦秀文也要活出个人样来! (醉倒坐地)来,喝!

众　　　(再喊)七个大碗喝起来,喝! 八个样板天天唱! 唱!

秦秀文　(唱)今日痛饮庆功酒,

范大炮　(唱)壮志未酬志不休,

彭乐呵　(唱)来日方尝显身手,

刘黑子　(哑唱)甘洒热血……

四　人　(合唱)写春秋噢噢噢,噢噢噢,哈哈哈哈哈哈!

众　　　实心实意如一人,试看天下谁能敌。

　　　　[众人的大笑声!

　　　　[歌声中,黑子带醉扭舞起来……灯光变化,现实空间里众人显现。

　　　　[黑子舞向淑芬,淑芬笑着和他一起舞,场上众人跟在后边共舞。

　　　　[收光。

第四场　八十年代

[80 年代,冬,黑石沟,冰封雪盖,炊烟飘动,棚户区杂乱拥挤,屋顶有电视天线。刘家又建了两间新偏厦,墙上贴满奖状、照片,多了新家电新家具。当年的流行歌曲飘动着。大标语变成"改革开放,搞活经济"。

[小凤拉扯着衣衫被撕破、头上有伤的三龙自院外上。

小　凤　我不让你去!我就不让你去!给我坐这!

三　龙　(挣)小凤,你别拉我!(气鼓鼓地)敢跟我立棍,看我怎么削他!

小　凤　哎呀,他是矿上的地头蛇,谁都不敢惹他!

三　龙　我不管他是谁,埋汰我,欺负你,我一板砖拍死他!

小　凤　你要不听我的,我就告诉大爷让他揍你!

[三龙又欲冲下。小凤已将棉手套一端系在三龙腰带上,笑着拉回三龙。

小　凤　嘿嘿!三龙哥,这是你第十二次为我打架了!(大胆地亲三龙一下)

[传来槐花的喊声"大凤——大凤——"

小　凤　我妈正满世界找我姐,要给她介绍对象哪!

三　龙　那我哥哪?你妈真不带劲!呸!

小　凤　呸呸,哎三龙哥,是不我妈给你介绍的那个对象黄了,你才这么大火气?

三　龙　你妈介绍的什么狗人?长得跟倭瓜似的,还跟我说:70 年代嫁人就嫁工农兵,80 年代嫁人要嫁老板华侨大学生,还他妈跟我要两室一厅,呸!

小　凤　呸!三龙哥,以后我不许你再去看了!我宣布,你是我的!你对象就是我!

三　龙　你,小屁孩,玩去!

小　凤　你,我就要嫁给你!三哥哥,咱俩打小就在一块,你哄我背我护着我,我想你念你追着你,咱俩天生就是一对!这半年我妈总给你介绍对象,我都恨死她了!你要跟别人好了我也恨你,恨你一辈子!

[三龙没听,趁小凤不注意,持板砖杀下。小凤喊着"三龙哥"追下。

　　　　　〔偏厦里,布帘后,传来大凤的哭声。

二　龙　你倒是说呀,你妈到底咋说的? 你敞开说! (拉开帘)

大　凤　妈说只要她活着就不让我嫁给挖煤的,一辈子提心吊胆地过日子,不定啥时就成寡妇了,妈还说……

二　龙　她还说啥?

大　凤　她说二凤是煤烟子中毒死的,说啥也要让我和小凤嫁个住楼房的人家!

二　龙　可我上哪去弄楼房啊! (出偏厦到正屋为大凤倒水)我看明白了,你妈就是不想让咱俩成!

大　凤　昨晚上她和爸吵了半宿,今天一早就让我在家等着和那个人见面!

二　龙　(返回偏厦递水给大凤)大凤,你真舍得和我……?

大　凤　我舍不得! 只要和你在一起我就开心就快乐,我真不知道该怎么办好,妈拉扯我和小凤不知吃了多少苦,可我更舍不得你! (哭)

　　　　　〔二人抱在一起。传来槐花喊声"大凤——大凤——",大凤拉上布帘。
　　　　　〔小孙女摇着铃跑上,黑子追上,大龙、大琴扶着淑芬上,提着鱼、菜、肉。

大　琴　妈,坐下歇会儿!

淑　芬　唉,我这腰真不中用了,(坐下)大龙大琴,赶紧去换点啤酒,再买几盒烟。

大　龙　哎!

小孙女　我也去我也去。

　　　　　〔三人下,黑子满心喜悦拿着围裙出。

淑　芬　黑子,今天把二龙大凤的日子定了,咱就抓紧办,咱就又了了一件心事! (黑子点头欲系围裙)咋,你要露一手? (帮黑子系围裙)
　　　　　〔黑子淑芬进厨房。
　　　　　〔院外,槐花喊"大凤——大凤——"上。大炮提着两瓶酒上。

范大炮　喊个球! 家里那俩人让我撵走了!

槐　花　啊! 那是我托人给大凤介绍的对象……

范大炮　我就撵了! 昨晚上我已经跟你挑明了! 我欠黑子哥一条命,咱家欠他家的情,大凤小凤说啥也要嫁给他家,这事没商量,你给我家去! (大步进院,高喊)哥,嫂子!

〔黑子迎出,高兴地摇着小铃。

范大炮　(举酒)哥,定下日子喝下这酒,咱就是亲家了!(二人对笑,淑芬也出)嫂子,咱得赶紧操办!(三人同笑)

〔二龙大凤闻声疾从偏厦出,喊着"爸"上前,一家人高兴不已。

〔槐花破马张飞地冲进来。

槐　花　范大炮,你给我听着,这门亲事我不答应了!!!

〔黑子、淑芬惊愕互望。

淑　芬　槐花,啥啥都准备好了,你哥把偏厦都刷好了,你这是……

范大炮　我是一家之主我说了算,这没你说话的份!!!

槐　花　你要敢自己做主,咱俩就离婚!

〔大炮气得抓板凳要打槐花,黑子夺下。

〔黑子上前,比画,询问槐花……

槐　花　哥,嫂子,以前我是答应过这门亲事,可现在,这事是我对不住你们,下辈子我槐花当牛做马报答你们,可人家给大凤说的对象啥啥都比你家强,能安排大凤进城,还能住楼房,我苦了大半辈,孩子不能再……往后我就指望她们姐俩了!(咬牙,放狠)把话挑明了吧,你家要有套新房子,我立马把大凤嫁过来,陪嫁一样不少,没房,这事就拉倒!!!

淑　芬　槐花呀!(无力跌坐)

范大炮　你这不成心吗?明知道没新房子,老子的脸都让你丢尽了!(抓家什打槐花)

〔大炮打,槐花躲,黑子等人拼命拦。

槐　花　好你个范大炮,你敢打我,(以头相撞)你打,给你打,你敢再打一下咱俩就离婚,这就去办手续!(哭坐于地)

范大炮　你,你咋又来这一套啊?(跺脚)

大　凤　(上前)妈!求求你别这样,(槐花大哭)妈,你这是干啥呀?

槐　花　(哭着)大凤,妈实在是苦怕了,穷怕了,你要不想让妈死,就答应妈!

大　凤　妈——

槐　花　你,我这就死给你看!("放长条"躺在地上)

大　凤　妈,你,哎呀!

〔大凤大哭,跑下。槐花哭喊着"大凤,我死给你看"追下。二龙也追下。

淑　芬　大炮,快回去看看,千万别出啥事! 快去呀你!

　　　　[大炮只好下。老两口呆立,木坐。

　　　　[摩托车声,穿着气派的乐呵提着两瓶茅台几条鱼、夹皮包拿头盔上。

彭乐呵　乐呵来了! 特供茅台! 大马哈鱼! 给我表弟发了两车皮煤,来钱了! 哥,嫂子,乐呵现在有钱了,以后缺钱了就从我这拿! 二龙大凤办事的花销我包了! 这改革开放真是好啊,一家伙我把啥啥都看明白了:别的全是扯淡,有钱才能吃香的喝辣的,才能过上好日子!

　　　　[大炮手提一根绳子垂头丧气地上。

彭乐呵　大炮,看,特供茅台!

范大炮　(拿着绳子)这败家娘们非逼大凤答应,不答应她就玩上吊! 哥,嫂,说话不算数,我他妈算啥人哪? 哥,你打我一顿吧! 你打呀!

　　　　[大炮哭着狠抽自己嘴巴。黑子抓住大炮的手,哥俩抱在一起。二老人默坐。

彭乐呵　(看三人)咋,变卦了? 差钱我这有啊! (取出皮包)

范大炮　不差钱! 差房子!!!

彭乐呵　房子? (思虑)有辙了! 找秀才啊! 他现在是科长了,正管这事!

淑　芬　(眼前一亮)对呀! 让秀才帮着跟矿上要间房子! 秀才快到了,黑子,你快去迎迎他! 我去做两个秀才爱吃的菜

　　　　[淑芬急入内,大炮、乐呵随黑子迎出。一身干部服的秦秀文上。

秦秀文　哥,你还迎我干啥? 乐呵,大炮,不好意思,有个会来晚了。

　　　　[几人簇拥着秦秀文一块进屋。秦秀文脱外套,挂到墙上。

淑　芬　(端菜出)秀文来了!

秦秀文　嫂子,我外孙女哪?

淑　芬　一会儿就回来,你们哥几个先吃着,快坐。

　　　　[黑子将秦秀文请上"主座",乐呵给四兄弟、嫂子的杯子都倒上酒。

彭乐呵　来,见面喝一盅!

　　　　[四人一齐举杯,笑着喝下。

范大炮　(心急似火)秀才,今天是给俩孩子挑结婚的日子,另外我们有事

求你!

彭乐呵　（见秀才看他）不是我的事,是黑子哥的事!

秦秀文　哥,说,我全力以赴!

淑　芬　（以手加额）这可太好了! 来,黑子,咱俩一块敬秀才一杯!!!

　　　〔三人举杯,一起喝下! 大家都笑。

范大炮　太好啊,兄弟,你就是活菩萨呀,哥以后打个板把你供起来! 来来来,咱们一块喝一个!

　　　〔四人一起再次举杯敬秦秀文,秦秀文停住。

秦秀文　到底什么事? 不,不会是房子的事吧?

范大炮　秀才,哥没脸见人了,就因为没新楼房大凤要和二龙黄,他妈也……你是分房委员会的副主任,我知道矿上分房还剩了几套房,咋想法你也得给俩孩子弄一间!

彭乐呵　对,花多少钱我出!

淑　芬　钱我这也有!

秦秀文　（渐变色）唉,别的事啥都好说,可这事,你们也知道,从来矿上分房都是僧多粥少! 这次矿上明确规定:先分给干部和井下第一线的工人。政策不能变,我做不了主啊!

　　　〔静场,众举着的酒杯悬在空中。

彭乐呵　哥和嫂子的事,你也来这套!

范大炮　秀才,前段分房我去找过矿上,可他们说我不是当年的采煤队队长了,不在第一线的只能等下一拨,奶奶的! 我都气疯了! 那会儿我就想去找你,可黑子哥劝我别给你添乱。现在实在是逼得没步了,秀才,算我求你了!

秦秀文　唉,我一个技术科长能有多大权? 我这个分房副主任,那就是个牌位! 开会我都坐在最边上,我跟你们直说了吧,书记矿长已经拍板,剩下的几套房子一套都不能动! 全部留给以前矿难中死去的工友家属! 不可能了!

范大炮　矿难家属该给房,可哥也是矿难中受的伤,咋的你也得帮着从里边匀一间。

彭乐呵　哪次分房没有机动的,哪次分房没猫腻?

秦秀文　别说这个！哥,等下回吧,下回我一定……

　　　　[大静场,众无语,表情不一。淑芬放下杯,默默走开,入内。

　　　　[四兄弟闷在场上。黑子端着酒杯,手抖抖的,欲和秀文碰杯,又独
　　　　自喝下。

范大炮　(心碎地看着)哥,你先出去一会,我跟他说!

彭乐呵　对对,一会儿你再进来!

　　　　[二人推黑子出门。大炮、乐呵回来,坐于秦秀文两侧。

范大炮　秀才,行,你行,你真够意思! 新媳妇娶了官当上了,不是当年那会
　　　　了? 咱们可是一块喝了三十多年生死酒的弟兄! (拍桌子)

秦秀文　弟兄归弟兄,大炮,我实在是,你们听我说……

彭乐呵　(猛拍桌子)行了! 别以为我不知道? 矿上缺个副矿长,就为这个你
　　　　啥话都不敢说,掉个树叶都怕砸脑袋!

秦秀文　你,是,我是想当副矿长,可这有啥错? (拍桌子)现在时代变了一切
　　　　都在变,我咋就不能为自己想想? 业务全荒废了,不走这条路我走
　　　　哪条路? 现在谁不为自己想? 你彭乐呵不为自己吗? 钻政策空子
　　　　到处找人倒腾煤! 煤耗子! 彭对缝! 真形象!

　　　　[院内,黑子一会蹲下一会起来,围着屋子转,凑上前听,再上前几
　　　　步听。

彭乐呵　(冲上去)对缝咋了? 守着矿山不靠煤挣钱那不傻子吗? 让一部分
　　　　人先富起来是国家下的令! 我就想挣钱,挣大钱! 我的事你少管!

秦秀文　好好,我不管。你有你的活法,我有我的活法,咱们谁也别管谁!!!

范大炮　你俩吵个屁呀! 哥还等着哪! 秀才,你总可以跟矿上说说吧?! 好
　　　　歹你去争取争取,万一你说了话……

秦秀文　一句话也不能说! 你们怎么就不为我想想? 全矿都盯着那几套房
　　　　子,我和黑子哥是亲家,一旦有人说闲话以后我还干不干了? 搞不
　　　　好我这科长……

彭乐呵　哈,说真话了! 你是怕丢了你的乌纱帽,你是想往上爬,想当矿长!

秦秀文　我,我要是矿长就好办了!!!

彭乐呵　嗬,知识分子要夺权哪!

秦秀文　生生死死这些年我终于看明白了:只有权力才能给人尊严! 开会

时你必须坐在中间,正中间!!!

彭乐呵　(怒火中烧)等你坐到"正中间",大凤早嫁别人了,孩子都打酱油了!

范大炮　秦秀文,论私,哥是你的救命恩人,论公,哥是矿上的元老功臣!

〔听见争吵声越来越大,黑子大步奔到三人前,痛楚摇铃!静场!

范大炮　哥,你把衣服脱下来让他看看你一身的伤,把你的奖状、证书都拿出来让他看看,让他拿给矿上那些人都看看!

〔黑子迟疑,淑芬自内一声"在这哪!"捧着一包袱出,黑子上前拦。

淑　芬　不,我要给他看,我要给他们都看看!(推开黑子,捧着奖状包袱,走向秦秀文)秀才,嫂子不怕你笑话,这些天我总是梦见放鞭炮、办酒席、闹洞房……槐花今天这一出把我的心都撕碎了!秀才,嫂子从没求过你啥事,再不好办你总能说上话呀!你就帮帮嫂子,嫂子求你了!!!

〔淑芬欲跪,众扶住。

〔秦秀文慢慢走开,走向挂衣处,取衣服。

范大炮　什么狗屁兄弟!秦秀文,从今往后我不认识你,咱们绝交!(奔下)

彭乐呵　对,绝交!我呸!(抓起头盔、包,也奔下)

秦秀文　(穿好外套,拎起包)哥,嫂子,对不住了!(鞠躬)

〔秦秀文下。黑子扶着淑芬,二人痛立。

〔二龙拉大凤上,看着这场面。

二　龙　(上前)爸,要不,你去求求矿上!这些年咱家没沾过你一点光,这回您就帮帮你儿子。爸,我求求你了,你就成全我一回吧!(跪下)

大　凤　叔!你就去一趟吧!

淑　芬　他爸,这些年咱从没跟矿上张过嘴伸过手,这回,咱的要求不高啊,咱只要一间,一间呀!咱的孩子也得娶媳妇,咱也得过日子,他爸,我也求你了。(也跪下)

〔音乐!黑子痛扶淑芬,抓起酒瓶尽数喝光,一把抓起奖状包袱奔下。

〔大雪漫天,音乐揪扯人心。

〔刘黑子跌跌撞撞行进在风雪中。

〔一束束光柱亮起,二龙大凤出现,淑芬出现,大炮和乐呵出现。

二　龙　爸,我求求你,你就成全我一回吧!

淑　芬　他爸,俩孩子的婚事要是因为这个黄了,那咱俩一辈子都是罪人呐!

范大炮　大炮没能耐,大炮这辈子活得窝囊啊,哥,就看你的了!

彭乐呵　哥,打哪论都该给你房子,这事天经地义,谁都说不出来啥!

槐　花　哥,你家要是有套房子我立马把大凤嫁过来。

大　凤　叔,你就去一趟吧!

　　　　[风雪声声,黑子顶风冒雪奋力走着。

　　　　[又一束光柱亮起,秦秀文出现。

秦秀文　哥,矿上已经正式决定,全部留给矿难家属!!!

　　　　[强烈的混响:矿难家属!!! 矿难家属!!!

　　　　[黑子陡然止步!

　　　　[每束光柱里的人物重复着自己的语言,排浪般涌向黑子,包围了黑子。黑子置身于一组组人物之中,听着,询问着,痛苦地抉择着。

　　　　[蓦地,空黑中响起长长的火车汽笛声! 众人尽皆隐去。

　　　　[黑子孤零零站在那儿,天际再次传来了老矿山的声音

老矿山　黑子!

　　　　[风雪中,一支矿灯亮了,老矿山出现,大口大口抽着烟。

　　　　[黑子扑着爬着奔过去,他捧举起奖状证书,急切地比画着,伸出一根手指!

老矿山　黑子,你真要和那些孤儿寡母一块争食吃抢房住吗? 你张得开嘴,伸得出去手吗?

　　　　[黑子慢慢解开扣子,一件件脱下衣服,赤裸上身,身上一处处伤疤!

老矿山　是呀,你是啥啥都给了矿上,可好多兄弟把命都给了矿上!!!

　　　　[黑子痛楚闭眼,慢慢穿上衣服,掉头向家走去,望见家中灯光,止住脚步。

　　　　[家中,淑芬呆坐在灯下。

老矿山　黑子,别忘了,你身上扛着九条命啊! 九条命啊!

　　　　[黑子再止步! 老矿山隐没。

　　　　[狂野的风雪漫向黑子。他跌坐于地,全身落满雪花,瑟缩成一团,深埋在雪中。少顷,他取出小铃,狂摇起来。

　　［铃声急响,渐化成矿井深处的钟声,一声急似一声,响成一片!

　　［钟声里,舞台深处烟雾弥动,九支灯一一亮起,摇晃游走。

　　［水声汹涌不息!

　　［惊恐的喊声:"水来了! 水上来了! 咱们完了!"

老矿山　(声音)都别慌! 稳住神! 就剩下咱们十个人了! 抱成团才能活下去! 上头就是出口,来,搭人梯! 踩着肩膀上,黑子,你最小,你先上!!!

　　［歌声起:下井了,一口老井百丈深;下井了,点点矿灯亮精神!

　　［九支灯奔聚一处叠成光的人梯,一小灯游走着攀上光梯最高处。

　　［凶猛的水声!

　　［九人的喊声:"黑子兄弟——活下去! 黑子——替咱照顾家人!"

　　［年轻黑子的恸喊声:"师——傅!"

　　［九支汇成一支如炬的生命之灯!

　　［一切隐去。

　　［追光再次射向风雪中的黑子!

　　［黑子重重跪下,抖抖地捧起奖状,抚看,将奖状一张张撕碎,扬向空中。

　　［歌声:下井了,手牵手来不离分;下井了,生死同心把日子奔!

　　［收光。

第五场　九十年代

　　［夏,棚户区已成沉陷区,地表下沉,许多墙壁裂了缝。院内堆放着各样修房材料及工具。大标语变成"深化改革,重振雄风"

　　［大龙收拾着桌子。大琴系着围裙出。小孙女跟出。

大　琴　大龙,到底咋回事? 爸为啥今天要下这个死令?

大　龙　心里急呗!

大　琴　急啥呀? 好几年了,他们老哥们几个都没合到一块。

小孙女　为啥非得今天聚呀?

大　龙　爸挨家挨户给大伙修房子从房顶摔下来差一点命就没了,病了这么

　　　　多天乐呵叔一直没来,你爸来了屁股没坐热就走了,大炮叔更是。

小孙女　今天要是他们再不来啊,爷爷的病非得加重!

大　琴　你说这也怪了,这人家都要来了,他倒拉着拐出去了。

大　龙　哎呀你就别磨叽了! 赶紧忙活吧。

　　　　[二龙提一筐啤酒上。三龙端菜上。大龙大琴和他们一起进出忙活。

　　　　[大炮喝着酒,醉得步子不稳,晃晃荡荡地上,槐花追上。

槐　花　他爸,看你都醉成啥样了,求你了,别再喝了!

范大炮　你少管我! 不喝醉我他妈没脸进他的门。

槐　花　你胃切得就剩四分之一了,再喝就没命了!

范大炮　败家娘们,你再管我,我就和你离婚!

槐　花　(怯怯地)他爸,你打我骂我干啥都行,别动不动就要离婚呀! 咱俩
　　　　都老了,消消停停地过日子不行吗?

范大炮　过个球! 我这辈子算白活了,我死的心都有啊! 大凤离了婚小凤说
　　　　死不嫁人,我那帮老哥们全让你得罪光了,连个一块喝酒的人都
　　　　……(又喝)

槐　花　(急)哎呀,别再喝了! (扑上去抢过酒瓶)

范大炮　(欲夺)咱俩现在就去办离婚手续!

槐　花　(向下快走)老了老了我咋落个里外不是人呀!

　　　　[槐花叨念着抱着酒瓶下。大炮从怀里又掏出一瓶,喝。

槐　花　(复上)少喝点!

　　　　[大炮挥手吓唬槐花,槐花退下。大炮看着院里的酒席,欲进不能,
　　　　又喝酒。

　　　　[淑芬系着围裙从厨房拿着炒勺出,头发已尽数花白,腰弯了背
　　　　驼了。

淑　芬　(看见大炮)大炮来了!

范大炮　哎,嫂子!

淑　芬　进来呀,要不是你哥今天下了死令,你还不进这个院子吧! (心碎
　　　　地)病了这些天,别人不来看他我不生气,可你们几个也……他有多
　　　　寒心你们知道吗?

范大炮　(负疚地递上两盒药)嫂子,这药给哥,这个给你,你的腰病也得……

淑　芬　那几次的药也是你放那儿的吧？

范大炮　吃啥啥不香，喝啥啥没味，看啥都来气，活得这个……全靠它做伴了！（喝）

淑　芬　你这酒喝得越来越凶了，悠着点。

　　　　〔淑芬摇头，入厨房忙活，大炮坐下，继续喝。

　　　　〔乐呵打着手机上，神情焦灼。

彭乐呵　（打手机）老侯，我真是没咒念了！你先借我，日后我一定还你，喂喂！

范大炮　哟，彭大老板，山珍海味吃撑着了，上这遛食来了？哎，我咋听说你被人联名举报了，小煤窑、银行账户、房子、车子全给查封了，假的吧？

彭乐呵　幸灾乐祸！（接着打电话）喂，喂——

范大炮　（边喝边唱）我坐在城楼观山景，耳听得……

　　　　〔乐呵不停地打电话。大炮唱着。

　　　　〔秦秀文上，摇着扇子，拿着一包药。淑芬出。

秦秀文　大炮来了，乐呵也到了！

　　　　〔乐呵离开椅子，走到一边接着打电话。

范大炮　秦大矿长，你这是来旅游还是来参观啊？要不要我给你当把导游，领你去看看咱沉陷区的房子？墙裂大缝子地往下陷，老子快成地下工作者了！

秦秀文　又放炮！嫂子，省领导非常重视棚户区改造的事，已经开会研究了！

范大炮　哼，开会开会，开完会全都醉！研究研究好烟好酒！改造改造猛吃猛造！

淑　芬　真的？

秦秀文　经济上去了国家有钱了，高楼大厦花园广场建得不少了，这棚户区改造指日可待了！

淑　芬　唉！但愿这回是真的！（走向厨房）

彭乐呵　你等着我，我马上就到！（关手机，抓起包）嫂子，我走了，有急事！

秦秀文　乐呵，今天哥叫咱们来肯定有事。

淑　芬　你哥说了，今天一个也不能少，这顿酒不喝完，谁都不许走！！！

　　　　〔病态苍老的黑子拄着棍子上。看见三人，黑子高兴地摇动小铃。

三　人　(闻声迎上)哟,哥! 哥回来了!

　　　　[黑子笑着看着这个拍拍那个,拉三人坐下,又把筷子逐一放到三人面前。淑芬打开酒,黑子接过,倒酒。黑子坐定,欲比画。

淑　芬　酒倒好了,我代你们黑子哥开个头! 今天叫你们来是为乐呵的两件事。

　　　　[乐呵闻声起身欲往外走。黑子按住他。

淑　芬　先说说你开小煤窑的事,当初你开小煤窑,他就担心你会出事,最近听说你摊了事,他都快急疯了! 他想借这个日子把你们几个叫到一块听听你下一步想咋办,商量商量咋帮你! 他是个残疾,有话说不出来,可心里在流血啊! 这些年你们几个越来越生分了,当初我到矿上来你们仨是咋说的,没忘吧? 今天还是乐呵的生日,这个生日到底咋过,往下该咋办,你们哥几个喝好,说好!

范大炮　到底是我哥! 我嫂子!

　　　　[四人无言举杯,喝下。

彭乐呵　哥,你的心意乐呵领了,可我真有事,时间来不及了! (又起身,黑子拉住他)哥,你都这样了你帮不了我,你就别管了! 哎呀,这酒能喝出啥味来呀?!

范大炮　哥,这出戏我替你开锣?

　　　　[黑子示意大炮说话。

范大炮　(搬过一椅,拉乐呵)你,坐这! 开庭审判! (按乐呵坐下)坦白从宽,抗拒从严! (返回到桌边)我们代表人民代表党审判你! 你都作成啥样了? 啥事都敢干啥钱都敢花,国家三令五申还照样干,你早该有这一天了!!! 这叫王八上菜板,你没跑了!

彭乐呵　胡说八道什么,哥,他再这样我可走了!

　　　　[黑子用力摇小铃,示意乐呵坐下。他让大炮别说话,示意秦秀文说话。

秦秀文　好,我来说,大炮的话是话糙理不糙。可你的情况太严重了,私开小煤窑,偷税漏税,非法经营,行贿国家干部,从法律上讲哪一条都够进去的了! 你不要心存侥幸了,公安局工商局反贪局几家联合调查,市领导都做了批示,除了主动自首,你没有别的路了!

范大炮　对！顽抗到底死路一条！

彭乐呵　你们,哥,我冤啊！这年头秉公守法能挣着钱吗？不把那些人喂饱了
　　　　我混得下去吗？牛大头,洪麻子,侯老三,他们的小煤窑哪个合法？哪
　　　　个不该收拾？凭啥就收拾我？我不服,我就是不服,刘副矿长在我那
　　　　有股份,从我这拿的钱海了！这会他要敢不帮我,我就跟他同归于尽！

范大炮　嘿,他还挺牛兴！

秦秀文　乐呵,姓刘的事你还不知道吧？昨天他已经被"双规"了！保护你的
　　　　那些人一个个都得进去!!!

　　　　〔彭乐呵跌坐。

范大炮　好,太他妈好了！来,喝酒！

秦秀文　多亏他那些事我没沾边,这一点我问心无愧！

彭乐呵　(怒)秦秀文,数你最不是东西！下边告我他不替我说话,上头查我
　　　　你也不帮我摆平,你就巴不得我进去！

秦秀文　我怎么帮你摆平？你干的那些事谁能帮你,谁敢帮你？

彭乐呵　你,你就会给自己开脱！你不帮我行,当年大凤二龙要房子的事你
　　　　干得那叫人事吗？你再说说,你当矿长这些年给大伙干过啥正
　　　　经事？

范大炮　乐呵,你老实点！你这是转移视线,干扰法庭秩序！哥,重新审！

　　　　〔黑子点头,摇铃。

彭乐呵　你少在这添油加醋！我就干扰了！你就是狗人,狗人！

秦秀文　(冲过去)你怎么骂人？怎么这么没修养？

彭乐呵　我就没修养了！你爱咋的咋的！(一把推开秦秀文)

秦秀文　彭乐呵呀彭乐呵！人,即便没有信仰也要有良知!!!

范大炮　对,说得对,这话有水平！

秦秀文　没有良知也要有底线!!!

范大炮　对,得有底线！

秦秀文　你彭乐呵的底线在哪???

范大炮　你的底线哪？

彭乐呵　(爆发地)少跟我扯这些没用的！我不知道什么信仰什么底线？那全是
　　　　扯淡！做生意讲那个不有病吗？生意场是啥？是赌场是角斗场,赌运气

赌胆量赌命,想赢想活,你就得心狠手黑! 我的底线就是钱! 钱!!!

〔黑子霍地起身,手打乐呵。

彭乐呵 (上前)哥,你救过我的命,你咋打我都不还手,乐呵随你打!!!

〔黑子一下下狠打自己的脸!

范大炮 (上前)哥,打你自己干啥呀! 该打的是他,你不打我打!

彭乐呵 (大怒)你打我,你算老几呀? 我再咋的也比你强! 除了抱着酒瓶子喝酒骂娘你还会干啥? 从头到脚全是酒味,都快成酒坛子酒桶了!

范大炮 你,老子就喝了咋的? 不喝酒我闹心!

彭乐呵 闹心? 你是亏心! 当那么多人和黑子哥轧亲家,你家姑娘嫁哪去了?

范大炮 你,你他妈埋汰老子! 你敢再说一遍?

彭乐呵 我就说了咋的? 忘恩负义! 背信弃义! 你算什么男人?

〔大炮屈辱大叫,扑上揪住乐呵就打!

彭乐呵 (挨打急了)我,我跟你拼了!

〔二人厮打起来,从这边打到那边。秦秀文上去拉,被乐呵推开,黑子上去拦,乐呵将他推开,还扯下了黑子的铜铃。黑子跌到一边,秦秀文、大炮忙过去扶。

范大炮 连哥你都敢打?! (猛扑上去骑着乐呵打)

秦秀文 (扶黑子)没大没小! (也冲上去)

〔三人厮打成一团。黑子不顾一切扑上去用身体紧紧护住乐呵!

〔歌声:下井了,一口老井百丈深呐……

〔歌声中,淑芬、大琴、大龙、二龙、三龙也从各自屋中出。

淑　芬 (痛喊)都给我住手!!!

〔四兄弟住手,站立,一个个都气喘吁吁。悠长的歌声!

彭乐呵 (哭)我都这样了你们还这么对我,你们还是不是我兄弟? 当年在井下要玩完的时候还有你们仨在我身边,可现在怎么谁都不帮我呀!!! (号啕大哭)

〔大静场。黑子抖抖地拾起铜铃,捧起擦拭。他慢慢拿起棍子递到乐呵手中,比画着让乐呵狠打自己。他屈腿蹲下,伏下身。

彭乐呵 哥,我真得走了。两个工人在井下受了伤,我答应给他们一笔钱,可账号冻结了,我手上……我那些朋友一个个都在躲我,我是开黑煤窑的,可我也当过矿工也挖过煤,我的心还没黑透,就是砸锅卖铁我也要把这笔钱凑齐!!! 把钱凑够,交给那俩工人,我就去自首!!! 判刑坐牢,我都认!!!

　　［三兄弟对视,感动。

　　［黑子亲昵地摸摸乐呵的头,起身望淑芬。淑芬入屋。

　　［黑子走到桌边,带头端起了酒碗,他抖抖地伸出了四个手指。

　　［三人无语,一个个都伸出手,四兄弟的手再次紧紧相握! 四碗酒喝下!

　　［音乐飘动。淑芬拿着一个存折复上。

大　琴　妈,这是你和爸给二龙三龙攒的结婚钱!

　　［音乐飘着。黑子接过存折放到乐呵手上,指着自己的心口,轻轻拍拍钱。

彭乐呵　哥,嫂子,你俩攒了大半辈子,俩孩子都没结婚,这钱我……

淑　芬　拿着吧,钱,就是给人花的,花在刀刃上才有分量。

彭乐呵　嫂子! 哥!

秦秀文　唉,四个人,四十年! (取出一卡)这张卡上有笔钱,凑一块。

范大炮　(取出一点钱)这是我两个月的酒钱,你大炮哥已经成了废人了,就当哥给你赔不是了!

淑　芬　乐呵,你要真进去了,缺啥哥和嫂子给你送! 弟妹那儿,我们帮你照顾!

彭乐呵　哥,我走了,两个工人等着钱做手术呢。

　　［黑子再摇铃,示意停下。

淑　芬　乐呵,你都忘了? 今天是你的生日啊!

彭乐呵　啊! (痛哭)

　　［黑子摇动小铃,唤大家过来!

　　［只余下乐呵捧着钱泪流满面站在那。

　　［黑子的铃声!

　　［乐呵慢慢转身,回看众人,一步步走向黑子,一声痛号,跪倒于地!

　　［感人的音乐,动人的生日烛光。

　　［收光。

　　　　　　　　［大凤二龙出现在两束光中。

大　凤　二龙,你,还好吗?

二　龙　大凤,听说你离婚了,搬回沟里来了。

大　凤　唉,没缘分,没感情,命! 这就是我的命!

二　龙　不公平的命!

　　　　　　　　［又升起两束光,三龙背着包,小凤追上。

小　凤　三哥哥,真要走?

三　龙　下岗了,我不能靠生活费过一辈子,我要去外边打工! 换个活法!!!

小　凤　那我哪?

　　　　　　　　［大凤、二龙的光束中。

大　凤　十多年了,我的月亮总是残缺的。

二　龙　整整十二年,我的月亮也没圆过。

大　凤　不该这样苦自己! 为啥不结婚成家过日子?

二　龙　忘不了咱俩在一起的日子,刻骨铭心!

大　凤　你的心,我懂,可现在我只想自个拼命工作,挣钱,把孩子拉扯大。

二　龙　大凤,你忘了咱沟里的一句老话:再长的路两个人一起走,就不会那么累。

　　　　　　　　［三龙、小凤的光束中。

小　凤　三哥哥,你要走我不拦你,你给我个明白话,啥时回来娶我?

三　龙　小凤,别为难我了! 工作都没了,我自己都瞧不起自己! 听三哥一句,找个好点的,嫁了吧!

小　凤　不,我就不! 这辈子我非你不嫁!

三　龙　小凤,你,你这是何苦哪?

小　凤　我乐意,我就要嫁给你! 三哥哥,我要和你"生死相依"!

　　　　　　　　［音乐,深情的音乐。

二　龙　大凤,两片残月合在一起就是一轮圆月。

三　龙　小凤,爸妈都老了,我要闯出个样来给他们争口气,给黑石岭的人争口气! 到了那一天,你要还有这份心,三龙哥就风风光光地娶你!

大　凤　二龙,合在一起的月亮一定很圆很亮!

小　凤　三哥哥,到了你说的那一天,我要把自己打扮成黑石岭最漂亮的新娘……

　　　　〔动人的音乐中四人隐下。

　　　　〔许多人的呼喊声"拆迁了——拆迁了——",喊声震撼天地!

　　　　〔舞台上的棚户区房倒屋塌,化成一片废墟。大收光。

尾　声

　　　　〔音乐飘动。一篷新房魔幻般升起,白云游祥,有如梦幻。

　　　　〔秦秀文、乐呵上。大炮由槐花搀上,黑子推淑芬坐轮椅上。他们都老了。

　　　　〔黑子再度摇响小铃。

三兄弟　来了,来了! 来了! (笑)

槐　花　慢点,慢点! 医生不让你激动!

范大炮　再管我,就离婚! (挣开她)钥匙! 新楼的钥匙!

彭乐呵　(也捧着钥匙,落泪)矿上也"宽大"了我一小套。

秦秀文　(也拿出钥匙)我用矿长楼和他们调了这儿的一个大套,这回我真成
　　　　了"还乡团"了!

　　　　〔众笑,看黑子。黑子装不懂,举铃变戏法,"亮"出钥匙。老哥们
　　　　对笑!

　　　　〔黑子取出瓶酒,秦秀文、乐呵也各自"亮"出酒,再对笑。

范大炮　酒,我的酒?

槐　花　(递过一小小的酒瓶)少喝点。

淑　芬　今天高兴,让他们喝点。

范大炮　碰瓶!

　　　　〔黑子摆手,取出当年的旧茶缸晃着!

秦秀文　这缸子瞅着眼熟。

彭乐呵　见过。

范大炮　(接过)嘿,五十年前在井下,(众笑)来,用它喝!

　　　　〔乐呵倒酒,四人互相传着缸子喝起酒。音乐飘着。

范大炮　这辈子忽家伙就过去了,咱们都老了! 我欠黑子哥的没还,国家倒

替我还上了,这日子就跟这酒一样,苦的、辣的、甜的、酸了吧唧,全了,来!(大炮喝)

彭乐呵　在里边那段日子我也天天想:人这辈子,就像唱歌,哭着唱,笑着唱,哭哭笑笑都是歌,可我他妈唱跑调了……(哭,乐呵喝)

〔黑子拍着他,为他擦去眼泪。

彭乐呵　哥,我也经常在想你,你发不出一个音儿,可数你唱得最好,唱得人心里暖和啊!(举杯)哥,乐呵敬你一杯!

几　人　(开玩笑)哎,说句话再喝,对,说话,那咱就说!(黑子急)

淑　芬　我替他说吧!出门的时候他让我把这个带来了!

〔淑芬慢慢展开"生死相依"的条幅,几老人充满感情地看着。

秦秀文　哥,这条幅你还想挂在新楼里?我这辈子不知写了多少字,可还是数这四个字写得最满意!我还是有文化的!(喝)这段我总是梦见咱们四个年轻那会,一块坐着矿车下井……

彭乐呵　一块在掌子面干活……

秦秀文　一块扯着嗓子在巷道里唱歌……

范大炮　(唱)下井了,一口老井百丈深噢,

彭乐呵　(唱)点点矿灯亮精神呀,

秦秀文　(唱)手牵手来不离分——

〔三老人哭着笑着唱着。

〔黑子伸出手,三兄弟边唱边伸出手,四双手紧握!

四　人　(合)生死同心把日子奔!

〔音乐,歌声。几人推着淑芬舞起来。舞台后区大龙等许多矿工加入其中。

〔强光中,黑子再次摇动小铃。

〔铃声,满台动人的铃声!

——剧　终

话　剧

风雪漫过那座山

时　间　20 世纪 40 年代初,一个寒冷、肃杀的冬季

地　点　东北大地,莽莽白山黑水间

人　物　方　梅　女,抗联三团政委,"北满梅花",四十多岁。

　　　　黑　龙　三团参谋长,五十多岁。

　　　　六　炮　三团战士,土匪出身,五十左右。

　　　　牛　海　三团战士,山民猎户出身,号称"雪山通",三十多岁。

　　　　小　白　女,三团卫生员,学生出身,二十多岁。

　　　　小羊倌　三团小战士,方梅警卫员,羊倌出身,十几岁。

　　　　周　山　三团营长,淘金汉出身,四十左右。

　　　　牛海娘　女,牛海的老母亲。

　　　　桂　花　女,六炮的相好女人。

　　　　槐　花　女,方梅的女儿。

　　　　一　诗　小白的恋人。

第一幕

[炸弹呼啸而过,爆炸声、激烈的枪炮声、拼杀声……

[空黑中,抗联战士逐一出现在漫天风雪里。

[黑龙、六炮、牛海挣扎站起,缓缓向舞台纵深走去,站定回望,良久。

六　炮　老驴头! 大龙! 刀把子! ……小鬼子,我操你八辈儿血祖宗!

黑　龙　六炮,你要干啥,别胡来!

六　炮　放开我! 老子跟他们拼了!

黑　龙　六炮! 咱们的任务是保护政委突围! 这比啥都要紧!

六　炮　唉!

[方梅、小羊倌、小白出现,望着痛楚的牛海。

方　梅　海,听姐说,别这样……咱要活着! 要突围出去! 才能给三儿报仇!
　　　　日后姐和你一块儿去看娘,姐和你一块儿照顾她老人家,给她老人
　　　　家养老送终!

牛　海　姐!

小羊倌　谁?

[六炮持枪冲上护住小羊倌,黑龙、小白出枪护住方梅、牛海,操枪
欲射。

六　炮　什么人? 出来!

周　山　别开枪……是我。

黑　龙　是周山!

小　白　周营长还活着!

[周山跌扑翻爬而上,瘫倒在地。

方　梅　小白,快给他包扎一下!

[小白为其包扎。

周　山　政委,多亏你把鬼子引开了,要不我……我可能就再也见不到你了!

六　炮　周山,好样的! 这种时候没撂杆子还回来了,是条汉子!

周　山　死,我也得跟政委死在一起!

方　梅　你们营的人哪? 突出去多少?

周　山　突？往哪儿突哇？三十多人全都打光了，就剩下我一个了！我们拼命把小鬼子往北边引，可还是让鬼子给包围了！满山遍野的鬼子呀！惨哪！弟兄们一个个全倒下了……全都死啦！就剩下我一个了！

　　　　〔所有的人"凝固"在原地。

周　山　这次小鬼子加上汉奸出动了五六千人，关东军总部下了死命令：不把三团彻底消灭，不把政委抓住，决不收兵！所有的路都被他们把住了，正在一点儿点儿收网！别的抗联部队根本联系不上，听老乡说他们已经分几路撤到"老毛子"地面上去了，眼下这方圆几百里只剩下咱们七个了……完了，全完了，咱们抗联彻底完了！

六　炮　啥完了？！咱们弹药够用，再打几天几夜也没问题！老子还怕他人来得少哪！奶奶的，七个人对他五六千人，这么玩儿才过瘾哪！

小羊倌　就是！啥阵势咱没经过？咱就跟小鬼子耗……还像以前那样拖垮这帮王八蛋！

周　山　（从怀中掏出一张纸）政委，你看……但凡有房子有墙的地方都贴满了报纸！上边说你已经被乱枪打死了。

小羊倌　我看看我看看！又是通缉令！

小　白　（念）"方梅，抗联三团女政委，匪号'北满梅花'，活捉该匪者赏钱十万，捕杀该匪者赏钱八万……"政委，价钱又涨了！

小羊倌　小鬼子咋不给我也来一张？我也想知道我这脑袋值多少钱！

方　梅　哼！占点儿便宜就虚张声势！我方梅在他们的报纸上已经死了六七次了！黑龙，地图！

　　　　〔方梅打开地图，众人围了过来。

方　梅　再往北，过了西风口，老林子就到头了。这一带以前我去过，一色的大冰山、大雪谷，熊瞎子、野狼都不去，那儿啥吃的都找不到！

六　炮　"宁进老林子，不过西风口，过了西风口，鬼门关里走！"奶奶的，这次咱们是让小鬼子逼到"鬼门关"了！

方　梅　牛海，你是"雪山通"，这一带你最熟，你来看看。

黑　龙　牛海！你咋了，你没听见哪？！

牛　海　不用看！八岁我就跟着我爹采药、打猎，哪年都在这一带转，现在咱们只剩下这一条路了,进神山!

众　人　神山?

牛　海　出了西风口,再走十里地就是神山。老辈人给后人立下了规矩:到哪儿都行,就是不能进神山!

六　炮　唉呦,我想起来了!干胡子那会儿,老瓢把子被仇人追杀钻进了神山,再没回来。三当家的领着人去找,费了好大劲儿才进去,发现他在那儿冻成了冰坨子啦!

黑　龙　小鬼子这是想把咱们逼上死路哇!这些年咱们一直是他们的眼中钉,现在他们觉着机会来了,想抓住方政委,把抗联三团彻底灭掉!

小　白　吹吧!只要政委活着,就意味着咱们抗联还在!

六　炮　是这话!只要"北满梅花"的旗号一亮,就顶得上几万人马刀枪!只要这杆大旗不倒,被打散的弟兄用不了多久都会聚到她的旗下,继续和小鬼子干!

牛　海　政委,神山说啥咱们都不能进啊!进了那儿,凭咱们有多大本事都得听天由命了!我这个"雪山通"也不灵了!

方　梅　可我听说:神山里有条大峡谷,藏着一条路,叫"通天路"。

牛　海　那都是传说!听我爷说只有神仙附体、神灵暗中保佑才能找到那条通天路!我爷还说,那住着很多先人的魂灵,白毛风一起白毛雪有十几丈高,那会儿就能看见那些魂灵,一个个儿全穿着白,白盔白甲白袍子……吓也能把人吓死!

周　山　这……这是真的?

小　白　越说越神了,我倒真想进这个神山去看看。

小羊倌　太带劲了,咱们就进神山!看看那些白色的魂灵,走走那条"通天路"!

周　山　扯淡!万一进了神山找不到那条路怎么办?怎么办!?政委,三团可就剩下咱这七个人了!你和军长费了多大劲儿起几落才拉起这支队伍,咱们七个要是都完了,那三团的香火就断了!还是想别的法子吧。

牛　海　是呀,我还想留着这条命回去伺候我老娘哪!三儿死了,我要是再死了……那我娘咋活呀?

黑　龙　政委！

众　人　政委！

方　梅　周山说的没错，咱们七个是三团最后一点骨血！只要能杀出去，用
　　　　不了多久，咱们就能变成七十人！七百人！说啥也要把这点火种
　　　　留住！

　　　　[众人凝立不动，良久。

方　梅　我看把话挑明了没坏处，现在咱们面前只有三条路。一条是和小鬼
　　　　子拼命，强行往外突！不过这恐怕是条死路。一条是向小鬼子投
　　　　降，这当然是条活路。还有一条——就是进神山，找到"通天路"，从
　　　　那儿闯出去，准备东山再起！这是一条死里求生的路！可是咱们谁
　　　　都没进过神山，能不能找到那条路谁也说不准，所以进神山也可能
　　　　是一条死路！

　　　　[六个人慢慢向四面散开。

方　梅　你们能坚持到今天，打了那么多恶仗硬仗，你们受的伤、流的血已经
　　　　证明，你们每一个都是好样的！我不为难大家，三条路，走哪条，主
　　　　意你们自己拿！

黑　龙　在党旗下宣誓那天起，我黑龙这条命就交给党了！政委，我黑龙跟
　　　　你进神山！

六　炮　我六炮活着就为一件事儿——收拾小鬼子，给弟兄们了账！只要这
　　　　口气没咽，我就和他们玩到底！老子豁上了，再赌他一把大的，闯闯
　　　　这座神山！死，我他妈也得再赚他十个二十个的！

周　山　我不想进神山，我不想进神山！我不想冻死在那个该死的地方……
　　　　我从死人堆儿里爬回来，就是想活，想活着！想活着……想活着。

牛　海　我想活，三儿死了以后我比啥时候都想活！可大不了就是一个死！
　　　　活着，我回家伺候老娘给她老人家养老送终，死了，正好陪着三儿一
　　　　块儿上路！

小　白　自打从北平来到东北参加抗联，我就做好了牺牲的准备！大伙儿身
　　　　上都有伤，照顾伤员是我的责任，伤员到哪儿我就跟着到哪儿！死
　　　　也死在他们身边。

小羊倌　死？凭啥是我死？小爷我还没活够哪，把小鬼子打跑了我还接着回

家放羊哪！我要活到一百岁，不，一百零一岁，气死这帮乌龟王八犊子！

　　　　［枪声又起。

六　炮　小鬼子又围上来了！没啥好合计的，别磨叽了，进神山！说不定老天开眼、山神保佑，让咱们闯出神山活下来！冻死的是这帮小鬼子！

小羊倌　没错，政委，你就下命令吧，咱们一起闯神山！

方　梅　好！进神山！（起身）用六炮常说的一句话，这回咱们就和小鬼子赌一把大的！和他们好好玩一把！下赌注的不光是咱们，小鬼子也得赌，那儿风大雪大他们更遭罪，论吃苦、论抗冻、论走雪山、爬雪谷，他们比不上咱们，这回咱们要向神山借兵，让小鬼子尝尝关东大烟炮的厉害！大家记住：咱们不是为了死。为了咱们抗联，为了所有死去的弟兄和同志，咱们要活！要活着走出神山，从头再来！咱还得在小鬼子的膏药旗上再捅他几个大窟窿！叫小鬼子看看，也叫咱全东北的老百姓看看，抗联没完，抗联还在战斗！如果我牺牲了就由黑龙代替我！黑龙牺牲了，由周山和六炮领着剩下的人接着干！这个文件包里都是重要文件，还有咱们三团的团旗……请活下来的人一定要带好它！（合：是！！）好，准备出发！

黑　龙　六炮，牛海，你俩在前边开路！小白、小羊倌负责照顾政委，周山和我殿后！走！

　　　　［风雪中，七个人互相扶着，逆风顶雪艰难而行，黑龙用棉衣扫着脚印。

　　　　［渐隐。

第二幕

　　　　［风狂，雪猛，方梅等人艰难前行、喘息、驻步，黑龙回望。

黑　龙　政委，小鬼子停下了。

方　梅　好，咱们也找个背风的地方歇一夜，积攒点儿体力，天亮了闯神山！

黑　龙　牛海，六炮，你俩一南一北放两个哨，都精神点儿，当心小鬼子摸上来！回头我和周山去换你们。小白、小羊倌，你俩照顾政委！周山，咱俩想法儿找点儿能吃的东西。

[六炮、牛海、黑龙、周山分头下。

[小羊倌和小白一起扶方梅坐下。

方　　梅　小白,小羊倌,累了吧?

小羊倌　不累,我有的是劲儿。

小　　白　政委,你该换药了!

方　　梅　药箱里的药不多了,省着点儿用! 明天再换吧!

小　　白　你浑身发烫,肯定是在发高烧。

方　　梅　没事儿!

小羊倌　政委,我都后悔死了,这一枪我替你挨就好了!

方　　梅　唉,我倒是希望能替那些走了的弟兄们多挨几枪,让他们全都活下
来! 不少人还是为了保护我倒下的……一想到他们,我的心就在流
血,像是被撕成了多少半!

小　　白　政委,别这么想,眼下你不出事比什么都重要。

小羊倌　对,我们的任务就是保护你! 有我在,小鬼子甭想抓住你!

方　　梅　小羊倌,就要进神山了,怕不怕?

小羊倌　有啥好怕的? 有你在,黑龙大哥他们在,我还正想看看这神山有多
邪行,没几个人进去过,咱们进去了才带劲儿哪!

方　　梅　行,像我方梅的兵! 小白,帮我把大衣脱下来。

小　　白　政委,你必须睡一会儿!

方　　梅　睡不着哇! 小白、小羊倌,你们先睡!

[小白帮方梅将大衣脱下,盖在小羊倌身上,小白依偎在方梅身旁。

[方梅哼唱起《喀秋莎》。

[三人隐去。

[牛海在放哨,周山上。

牛　　海　谁?

周　　山　是我。我有点儿不放心,后脊梁直冒凉风,总觉着小鬼子会偷偷摸
上来。

牛　　海　有我在这儿看着,兔子都别想过去!

周　山　兔子？兔子在哪儿？扯淡！这鬼地方转了半天一点儿吃的都没有！唉，明天就要进神山了，明天就要进神山了……

牛　海　唉！打小鬼子死了我心甘情愿，可要生乎拉冻死在那个鬼地方，真他妈不值！

周　山　是呀，这一阵子点儿越来越背，越来越不走运。

牛　海　真有点儿想我娘了！我和三儿从家出来已经小五年了……

周　山　我离开家快十年了！头些年在乌苏里江边淘金子，天天做发财梦、金子梦，我就想开个金店，天天坐在金子里，金生金，钱生钱，那得多滋润啊！

牛　海　你小点儿声，别把小鬼子招来！

周　山　小鬼子来了，金沟金矿全给他们占了，金子梦做不下去了，我才干义勇军投奔了抗联！这些年，我就没过过一天安稳舒服的日子，这么活着，没劲！真他妈没劲！

牛　海　日子苦我倒不怕，山里人苦惯了，我就盼着能从神山闯出去，回趟家看看我娘！爹让小鬼子生乎拉用刺刀挑死了，娘送我和三儿投抗联给爹报仇，走的时候我俩发过誓，打完小鬼子就回家伺候我娘。

周　山　兴许咱们都活不到那天了……兴许咱们都活不到那天了！其实小鬼子想抓的是政委！

牛　海　想抓政委得先过我牛海这一关！这些年政委对我和三儿老好啦！那年我打黑瞎子受了重伤，是政委从大山里一步一步把我背回家的！俺娘病了，是政委跑了几十里山路给俺娘找大夫看病！俺娘说了她的心比菩萨还好……咱山里人最讲个知恩图报！

周　山　政委对我也有恩呐！我被日本人捅了好几刀扔在金沟里，就剩一口气的时候，政委和汪军长路过那儿救了我！政委还替我挡过枪子儿，差一点儿自己送了命，要是没有她我周山早就完蛋了。牛海，你看紧点儿，我再去六炮那儿看看。

　　　　［周山下。

牛　海　唉，俺娘这会儿也不知道干啥哪？

　　　　［牛海娘出现在追光中。

牛　海　娘，你，你眼睛咋了？

牛海娘　海儿,娘看不见了,娘的眼睛哭瞎了!

牛　海　娘!

　　　　[娘向牛海走来,她颤抖的手摸着牛海的头。

牛海娘　好,好啊! 没伤着哪儿吧?

牛　海　娘,都怪我呀,我回来晚了!

牛海娘　汉奸报信儿说咱村有人给抗联送粮食,小鬼子把全村的人都杀了! 你妹,肠子都让刺刀挑出来了,娘抱着她哭了三天三宿,眼睛就看不见了……

牛　海　娘!

牛海娘　可娘不能死,娘这口气不能咽! 娘得等你们回来! 海儿呀,娘就一句话——报咱家的仇,报咱全村的仇!

牛　海　娘! 我记住了,只要我不死,就会给他们报仇!

牛海娘　老天爷呀,你开眼了! 我俩儿子都好好的,牛家的烟火没断,牛家村还有后! 小鬼子,牛家人还要和你接着干!

牛　海　娘! 打完小鬼子,儿再也不走了,我天天守着你!

牛海娘　好,好啊,照顾好三儿,打完了小鬼子就回来! 娘等着那一天!

牛　海　娘!

　　　　[牛海娘离去。

牛　海　不行,我得回去看我娘! 娘就剩下我一个儿了,我得回去给娘养老送终! 我得回去看我娘!

　　　　[牛海娘再度出现。

牛海娘　海儿,你这是往哪儿去?

牛　海　娘,儿要回家去伺候娘啊!

牛海娘　你给我站下! 儿呀,你这么回来算咋回事?!

牛　海　娘,进了神山,儿就再也见不到娘了!

牛海娘　儿呀,全家的仇不报了? 全村人的仇不报了? 你是娘的儿呀,娘这一辈子从没让人指过脊梁骨,你这么回来了,见着人娘咋说? 让娘咋活人? 你自己还咋活人? 你给我回去!

牛　海　娘,我死了,你咋办哪?

牛海娘　起来,你给我起来! 咱牛家的人死也得站着死! 咱要活,可不能像条狗似地活着！你再往前走一步，娘就再没你这个儿了！我宁可打死你也不让你这么回来……你个混蛋玩意！回去！你给我回去！
（棍打牛海）

牛　海　娘！娘！

牛海娘　儿呀！别怪娘心狠！你要这么回家，娘死了都没脸见你爹，没脸见那些死去的乡亲们哪！牛家的列祖列宗都不会答应啊！
　　　　〔牛海娘隐去，牛海在风雪中久久地跪着。

牛　海　娘，不孝的儿子给你磕头了！死，我也要死在神山！
　　　　〔牛海隐去。

　　　　〔六炮在放哨。

六　炮　一百多号弟兄啊，个顶个儿都是血性汉子，现在就剩下我一个了！小鬼子刚打进来那会儿，大大小小十几路绺子的弟兄歃血结盟对天发誓要和小鬼子干到底！打军车、炸军火、烧炮楼子，那仗打的！真过瘾哪！现在，弟兄们都死了！他妈了个巴子的，这仇老子还得接着报！
　　　　〔传来一个女人的歌声——
　　　　　　一更里呀，月在天。小女子盼情郎坐立不安呐！
　　　　　　二更里呀，月牙儿弯。端着那灯儿守在门边儿呀！
　　　　〔桂花出现在追光中，她向六炮缓缓走来。

六　炮　到底是大草甸子上的"一枝花"，唱得真他妈好听！

桂　花　死鬼，你还活着？

六　炮　嘿嘿，当然，高人给我算过，说我命大去了，少说也能活个七十八十的。

桂　花　我等你等得这颗心都要碎了！打上次你走了就再没回来，被窝一宿一宿给你留着，烧锅酒一宿一宿给你烫着，可你这死鬼咋连个影儿都没见。你可是答应过我，指定要活着回来……你，你这个狠心的！

六　炮　桂花，老子想你，想搂着你睡觉，想听你唱小曲儿，想跟你说话儿，想和你唠嗑儿。

桂　花　那一宿你说了多少好听的嗑儿呀，我一个字儿一个字儿都记在心里,都当真了。你说这些年爬冰卧雪,在枪子里刀尖上过日子累了乏了,想搂着稀罕的女人热炕头热被窝地好好地睡上几天几宿……你还说你投抗联以前,在一个秘密的地方儿藏了金子和烟土,你说你想用这些钱财和我一起好好过日子……

六　炮　我说过! 我还要用那些条子、那些烟土,照顾我那些死去兄弟的家人,说好了的谁先走了,活着的要照看他的老婆和孩子!

桂　花　这些天,我天天晚上给你留着门儿,留着灯儿,灯碗儿里的油添了一遍又一遍,灯芯儿跳了一回又一回,歪着躺着总是睡不着……你这死鬼,你真不想让我热酒热炕地给你暖身子? 不想听我给你唱曲儿? 伺候你、疼你、守着你过一辈子?

六　炮　桂花! 我……现在我他妈比啥时候都想你呀!

　　　　[六炮一把将桂花搂在怀里。

桂　花　你个死鬼……还那么有劲儿!

六　炮　桂花,明天我就得去闯神山了!

桂　花　神山? 我的天,你要去神山?

六　炮　会有一场恶战! 打完这仗就来看你。

桂　花　我不让你去,死鬼,求你了,千万别去!

六　炮　放心,不会有事儿的,让小鬼子围住又不是一回两回了……

桂　花　不,你会死的! 求你了,跑吧逃吧! 一会儿也别耽误,趁着天黑趁着雪大,赶紧跑赶紧逃! 凭你的本事你肯定能活着逃出来! 桂花求你了!

六　炮　不,我不能! 我六炮从娘肚子里出来就不知道啥叫逃! 这会儿当孬种当怂包,死了做鬼都不踏实!

桂　花　你个死鬼,不听我的,你会后悔的!

六　炮　你别说了! 这种事我六炮这辈子不做,下辈子也做不出来。人在天地间,活的就是他妈一口气,这口气比命还要紧! 气在人在,气没了气断了,人活着也没劲! 再说,我是谁? 我六炮咋会死哪? 桂花,把酒热好,把被窝焐热,等着我! 打完这仗我一准儿来看你,咱俩热炕热酒喝个痛快! 老子要给你点种,要你给我生儿子! 有了儿子老子就啥都全乎了。

桂　花　你这死鬼,这可是你说的,我等着,等你回来! 回来我给你生儿子! 我要可劲地生,给你生一群儿子!

六　炮　哈哈哈哈!

　　　　〔桂花起身离去。

六　炮　桂花、桂花! 桂花,等着我! 有你在,我他妈就死不了!

　　　　〔六炮隐去。

　　　　〔周山躺在雪原中。黑龙上。

　　　　〔周山的身体蜷缩着、扭曲着、颤抖着、痉挛着,他不停嘶喊着。

周　山　弟兄们,你们在哪儿,在哪儿呀? 死了,都死了,全都死了! 我不想死,我不想这么死……(大叫)啊! (蓦然坐起)不能这么死,不能这么死……

黑　龙　周山,你怎么了? 周山!

周　山　(神经质地抓枪,跳了起来)有情况? 小鬼子在哪儿? 在哪儿?

黑　龙　我说——你梦见啥了? 睡着觉还直喊!

周　山　我喊了吗? 睡瘾症了! 恶鬼缠身了! 唉,这仗打得越来越让人提不起精神,死的死、散的散……怎么到了这个份儿上了? 你知道吗? 杨靖宇杨司令的爱将一军的师长程斌,前一阵也反水投降了日本人,还领着人满山遍野追杀杨司令……

黑　龙　提那个软骨头干哈?! 当初老子就看不上他,那是个孬种!

周　山　当初拉队伍打鬼子,心是热的,血是热的,呵出来的气都是一团火,可现在……这心,瓦凉瓦凉的! 就像掉到冰窟窿里似的。

黑　龙　周山,你不会是瞅着咱快不行了,也想学那些软骨头给小鬼子当差效命吧? 那你可小心点儿,我这把枪可爱走火……

周　山　你……我是心里烦,和你说说,想他妈哪儿去了?

黑　龙　我怎么觉得你这次回来有点不大对劲?

周　山　不对劲? 我哪不对劲? 哪? 你——你怀疑我? 老子身上小鬼子的枪眼就有七个,你有啥资格怀疑我? 别以为我不知道,这几年你他妈没少和政委说我的坏话:喝几顿酒撒几次酒疯说我纪律涣散,私分点东西说我组织观念不强,连我和底下人发发牢骚也……就差把

　　　　我拉出去毙了！

黑　龙　我说的全是事实！

周　山　少跟我扯王八帘子，我他妈不爱听！你就是看老子不顺眼找老子的
　　　　茬儿！

黑　龙　怎么的，我问问你不应该吗？你们几十号人都牺牲了，就你一个儿
　　　　平平安安回来了……

周　山　你！你这是埋汰老子！姓黑的，你有证据吗？拿出来！拿不出来老
　　　　子跟你对命！（拔枪）

黑　龙　（拔枪）你想干什么？这些年几十个怂包软蛋都做了老子枪下鬼！
　　　　不管你以前立过多少功，真当叛徒我照样毙了你！

　　　　﹇二人对峙……

周　山　（收枪）好，好，我不和你计较……你正派，你讲原则，你觉悟高，我他
　　　　妈啥都不如你行了吧?!可老子还不至于当叛徒！

黑　龙　（放下枪）那就好！我黑龙做人做事光明磊落，我是对党负责，对咱
　　　　抗联三团负责！

周　山　你？姓黑的，这笔账我以后和你算！（躺下）

　　　　﹇方梅走来，黑龙迎上。

黑　龙　政委，你又去查哨了？

方　梅　我去牛海和六炮那儿看看。黑龙，我决定了，明天到了神山，你领大
　　　　伙先走，我掩护你们！

黑　龙　政委，你开什么玩笑，这怎么行？

方　梅　不，就这么定了！小鬼子要抓的是我！你们的伤都比我轻，一块走
　　　　我只能拖累你们！我不能看着你们一个个都为了我倒下去。黑龙，
　　　　老三团只剩下这几个人了，大姐拜托你，你要把他们几个活着带出
　　　　神山！

黑　龙　政委，你听我说……

方　梅　别争了，我是政委，现在是生死关头，都得听我的！

黑　龙　死，没啥了不起的！我一个煤黑子在深不见底的煤洞子里挖了十几
　　　　年煤，多亏汪军长和你带我参加了革命介绍我入了党，这些年国民
　　　　党的大牢、小鬼子的枪子，我都领教过！死，对我来说是奖赏，是歇

脚儿、解乏儿,是到天上和汪军长他们见个面儿! 现在我就一个念头:我黑龙走了没啥,你必须活着,你得领着大伙儿接着干! 政委,明天,还是我来断后!

方　梅　不要再说了! 黑龙,假使我方梅牺牲了,三团还有你,还有你们几个! 哪怕只冲出去一个人,咱们的大旗都要打下去。

黑　龙　这,我记住了! 政委,我觉得周山有点儿不大对劲儿!

方　梅　我也看出来了! 你去换换牛海,让他也睡一会儿。

　　　　〔黑龙下。周山警惕坐起。

方　梅　怎么,睡不着? 来,周山,一块坐会儿,唠会嗑儿……

　　　　〔周山走到方梅身边,坐下。

方　梅　你的伤怎么样?

周　山　我还撑得住。大姐,你的伤咋样?

方　梅　一样,撑得住! 周山,你的手在抖?

周　山　我——(忙掩饰,还是抖)

方　梅　你的腿、你的全身都在抖。

周　山　没有的事,我,我哪抖了?

方　梅　大姐眼睛里可不揉沙子! 我和老汪刚到东北咱们就在一起了,整整十年了,我比谁都了解你,你瞒不过我! 我早就看出来了,你心里一直在闹腾,是吧? 兴许你的心也在发抖?

周　山　我——

方　梅　脑子乱了,怎么也睡不着觉,对吧? 怎么,让小鬼子弄"毛愣"了?

周　山　姐,你真厉害,啥都……唉,当初在金沟儿,听你和汪军长讲打鬼子救中国的道理,我全身的血都发热,眼前刷刷直冒光! 打起鬼子来汗毛孔里都是劲儿,当连长、当营长,威风! 牛! 可现在……真像一场梦啊! 大姐,你没说错,这些天我就没睡过一个囫囵觉儿,脑子里枪炮声就没停过,哪哪儿都是死去的弟兄,断胳膊断腿的,人都没气儿了血还咕咕地冒! 那些脸、那些没闭上的眼睛……我也躺在那,脑袋都没了!

方　梅　以前你也打过不少恶仗硬仗,也没见你这样,周山,你怕了?

周　山　怕? 挖金子的时候不知死了多少回,我怕过吗! 这些年几次受重伤

骑的是大白马。明年大槐树开花的时候,妈妈会骑着大白马回来。

方　梅　槐花,我的槐花!

槐　花　我想让妈妈给我梳小辫儿,想让妈妈带我骑大白马……(唱)春天开槐花呀,妈妈回到家……

方　梅　槐花!妈妈一定会回来的,妈妈就是变成风变成云变成漫天大雪,也会回来看我的小槐花……到时候,妈给你梳小辫儿!

[歌声,槐花唱着歌隐去。

[方梅伫立,听着,流泪,也哼唱起来"春天开槐花呀,妈妈回到家……",向舞台纵深处走去。

[小白、小羊倌睡在雪原上。小白起身,四顾寻觅着。

[小白起身,在风雪中走去。

[追光里,一诗缓缓出现,随着小白而行,小白驻步回望,一诗站定。

小　白　一诗!

一　诗　小白!

小　白　你死去了!

一　诗　一块儿来东北的北平学生都死去了!

小　白　只剩下我了……也许,明天我也会死去,死在神山里。我会笑着死去,乘着漫天风雪,和你在天上相会!

一　诗　不,小白,你要活,要代我们活下去,坚持到抗战胜利的那一天!

小　白　坚持到抗战胜利那一天!

一　诗　本来说好了,打跑了鬼子咱俩就结婚。

小　白　我一直在等那一天!

一　诗　你穿着婚纱捧着鲜花向我走来。

小　白　你挽着我的手臂,娶我做你的新娘!

一　诗　小白,如果有来生,我一定娶你!

小　白　一诗,如果有来生,我一定嫁你!

[小羊倌在梦中,他缓缓起身。

小羊倌　大草甸子、小清河、花蝴蝶、小蜻蜓! 带劲儿……真带劲儿!

小　白　一诗,我真的非常感谢你! 真的! 我这个只知道上街喊救亡口号的女学生遇上了你,爱上了你,是你把我从北平带到东北参加了抗联,在这里我认识了汪军长、方政委,我学到了在学校里永远也学不到的东西! 我学会了怎么做人、怎么战斗、怎么爱、怎么活着,我觉得每天都活得很快活、很幸福! 真的!!

小羊倌　哈,我的羊,我的羊都在! 大老白,小卷毛,胖娃子,肉球子! 告诉你们,政委问我打跑了鬼子想要啥? 我说:我啥都不想要,就想回家接着放羊。这下可好了,我又和你们在一起啦!

一　诗　是呀,我们很幸福,很快活。当我脱下学生装,成了一名抗联战士的时候,我很幸福;当我拉响手榴弹,和鬼子同归于尽的时候,我很快活——我没当俘虏,没给北平的学生丢脸,没给中国人丢脸!

小羊倌　小鬼子再也不会来了,这大草甸子归咱们了! 这些年小爷我就盼着这一天哪! 我要把你们养得肥肥的、胖胖的,让你们生一群一群的小羊羔子! 我要领着你们天天在这大草甸子上操练! 一二一!

小　白　真盼着抗战胜利的那一天早一点儿到来!

一　诗　所有活着的中国人,一起去建设一个自己的新国家……

小　白　一个再也不受帝国主义奴役欺辱的新国家!

一　诗　一个富强、民主、受全世界尊重的新国家!

小　白　一个没有战争、没有仇恨、充满了爱、充满了幸福的新国家!

小羊倌　一个像诗一样美、像画一样美的新国家!

　　　　［小白和一诗久久地伫立。小羊倌憧憬着。

　　　　［六炮、黑龙、方梅、周山、牛海前行,小白、小羊倌渐渐融入队伍。

　　　　［方梅等转身,艰难前行。

第三幕

　　　　［方梅等七个人,相挽相扶,艰难行进在神山的风雪中。

　　　　［众人的心声:

　　　　牛海:这就是神山?

　　　　小白:天,真美呀!

　　　　六炮:好大的风雪呀……

　　　　小羊倌:风叫声都和别的地方不一样!

　　　　黑龙:路太滑了,小心,大家小心……跟上!

　　　　周山:山神啊,保佑我们吧!

　　　　〔密集的枪声。

　　　　〔全体围拢住方梅,射击。

六　炮　奶奶的,马队都调上来啦! 这是要和咱们拼命了!

方　梅　(射击着)黑龙,你领大伙先撤! 大伙快跟黑龙走! 我掩护你们!

黑　龙　不,不能听你的! (吼)小白、小羊倌,快扶政委走! 咱们到山里会合!

方　梅　黑龙,你要干什么?

六　炮　(冲上前猛射,吼着)快带政委走啊! 这儿交给我们了!

几　人　政委快走!

　　　　〔黑龙、六炮等以身体护住方梅,射击着。

　　　　〔小白、小羊倌不由分说扶方梅,推三人向神山深处下。

黑　龙　这儿地形不错,你俩留在这儿。周山和我到那边儿,组成交叉火力。

六　炮　你就瞧好吧!

黑　龙　周山,走啊!

　　　　〔黑龙、周山持枪急下。六炮、牛海急下。

　　　　〔六炮和牛海与敌人交火的枪炮声。

　　　　〔画外音。

六　炮　兔崽子,你爷爷在这儿哪! (端起机枪猛烈扫射)

牛　海　我这是打兔子的招儿,一枪一个! (单发点射)

六　炮　过瘾! 真他妈过瘾哪! 跟他妈切韭菜似的!

牛　海　又一个! 又一个! 再来一个! 又一个!

　　　　〔牛海中弹后,倒退着边打边出现在台上,他跪倒在地。

六　炮　牛海!

牛　海　……

　　　　〔牛海身体软了,倒下。

牛　海　呵,死,原来是这么个滋味儿,好,好啊,死了我就能见着娘了,死了我就能回家了……

　　　　［炮声震天。

六　炮　小鬼子……来吧!

　　　　［六炮疯狂的扫射声,炮弹炸响。

　　　　［六炮扑倒到炮声中,摇摇晃晃地站起,钉子般钉在那儿……

六　炮　该轮到我啦! 这一天到底来了! 我得去会我那帮弟兄们了!

　　　　［六炮再次扑倒在地。

　　　　［枪声再起。

　　　　［黑龙和周山二人冲上。

周　山　黑龙,牛海和六炮那边没动静了,他俩都完了! 咱们得撤了!

黑　龙　不!(从包里取出一捆炸药)我用这些炸药炸坍这个山口,让小鬼子
　　　　一个也进不来!

周　山　你疯了,炸了山口,咱们万一在里边找不到路,就没活路了!

黑　龙　屁话,要是鬼子进了山口,咱们还是没有活路。

周　山　不行! 黑龙,炸了山口咱们就死定了!(抢过炸药包)

黑　龙　周山,你是不是怂了,想给自己找后路? 告诉你,要是你动了那种念
　　　　头,我现在就把你收拾了!(拔出枪来)

周　山　你……? 什么念头? 我动什么念头了?!

黑　龙　奶奶的,你别来这一套!(动手抢炸药包)

周　山　黑龙! 不能炸呀! 我求求你啦!

　　　　［二人争夺起来。

　　　　［黑龙中弹,周山惊恐。

黑　龙　你他娘的! 老子最恨的就是有人从背后开枪! 你小子真他妈让老
　　　　子……瞧不起!(倒下)

　　　　［周山惊恐地扔下手中的枪,他慢慢靠近黑龙,用手摸了摸他的
　　　　脉搏。

周　山　黑龙! 我不是故意的,我不是故意的呀!

　　　　［周山将自己的大衣脱下,盖在黑龙身上。

周　山　死了,他真的死了! 咱俩的账了啦! 老子再也不用防着你了! 你他
　　　　妈再也不能盯着老子了! 哈哈哈哈!!

周　山　不行,不行! 政委肯定认为我是故意杀了黑龙! 她不会饶了我! 她不会饶了我! 我得活,我得活下去! 要想活下去就得把政委干掉! 政委! 政委是我大姐呀! 我一直管她叫大姐呀! 不对! 他是"北满梅花"呀! 鬼子要抓的就是她呀! 把她交出去我才能活! 把她交出去我就能活!! 就这么干! 就得这么干! 必须得这么干! 枪? 我的枪呢? 我的枪呢?!

[周山在雪地中找到自己的枪,突然止步,转身从黑龙身上扯走自己的大衣。

周　山　(战栗着)这,这是什么鬼地方? 血,全是血! 怎么到处都是血!? 怎么到处都是血?

[周山将大衣扔在雪地上。

[周山跌倒在地,良久。他慢慢爬起,将子弹一颗一颗压进弹夹。

[小白和小羊倌扶着方梅走来。周山走向三人。

小　白　周营长,他们三个哪?

周　山　完了! 他们三个都完了! 全都死了……

小羊倌　你说什么?

小　白　不,这不是真的!

方　梅　小白,给他包扎一下。

周　山　先别管我,小羊倌,西边有条岔道儿,小鬼子很可能从那边儿上来。

小羊倌　交给我了! 小鬼子,看小爷怎么收拾你们!

周　山　小白,小羊倌一个人恐怕不行,你去帮帮他,我来照顾政委。

小　白　好吧。(跟下)

[周山走向方梅,举起了枪。

周　山　政委,对不住了,你得跟我走,去见日本人!

方　梅　周山,你……

周　山　没错,我不想和你们一块死在这神山里,不想冻死、饿死、被乱枪打死! 我受不了啦你知道吗? 你干吗这么看我? 别用这种眼神儿看我!

方　梅　你的手在抖? 你的脸也在抖? 你的腿也抖上了! 你这个熊包软蛋!!

周　山　我……我乐意抖! 大姐! 不对! 政委! 不不不对! "北满梅花"!

对!"北满梅花"! 抗联完了! 你痛快放下枪跟我走!! 放下枪跟我走!!!

方　梅　你跟我这么些年,最了解我,我会跟你走吗?

周　山　不会! 你必须跟我走!

方　梅　周山,知道你现在的样子像什么?

周　山　什么样子?

方　梅　你像一条没有脊梁的疯狗! 你不光背叛了我,你背叛了你的信仰,背叛了你的民族! 也背叛了你自己!

周　山　(狂笑)哈哈哈哈……我只想要命……要命! (神经质地喊起来)放下枪跟我走,再不走我就用你的命换我的命!

方　梅　我不会走的,我就站在这儿,站在你面前,等着你向我开枪! 有种的来呀! 我的枪法你知道,先倒下的未必是我! (快速拔枪,指向周山)

　　　　〔小白突然举枪冲上。

　　　　〔接连几声枪响。

　　　　〔周山、小白相继倒了下去,小羊倌随即奔上。

方　梅　小白! (扑爬过去,抱住小白)小白……

小羊倌　小白姐! 小白姐!

小　白　政委,这么死,我真幸福!

小羊倌　小白姐!

方　梅　小白——

　　　　〔画外音:

　　　　小白的声音:小羊倌,就剩你了,保护好政委!

　　　　黑龙的声音:你们一定要找到那条通天路!

　　　　六炮的声音:你们一定要闯出去东山再起!

　　　　牛海的声音:你们一定冲出去照看好我娘!

小羊倌　小白姐! 大哥哥们! 你们放心,有我小羊倌在,政委就在!

方　梅　小羊倌,来! 背上! (将背包捧在小羊倌身上)咱们一定要找到那条"通天路",走出去! 准备东山再起!

小羊倌　政委,咱们走!

方　梅　走!

　　〔方梅拉着小羊倌艰难前行,"文件包"在小羊倌身上晃着,小羊倌滑倒。

方　梅　将小羊倌背起。

　　〔画外音:

　　方梅的声音:小羊倌,你听我说:如果我牺牲了,你一定要想法找到那条路闯出去。这文件包你背好……

　　小羊倌的声音:政委!

　　方梅的声音:背上! 出去以后代我交给刘屯儿的老赵。记住,对外头任何人都不要说我已经牺牲了,用我的名义召集人马再把抗联的大旗打起来! 跟老赵和大伙说:抗战一天不胜利,就一天不放下枪!

　　小羊倌的声音:我记住了! 不过这些话得你去和他们说。

　　〔二人停下脚步。

小羊倌　政委! 咱们被小鬼子包围啦!

方　梅　是时候了! 咱们最后给小鬼子送一份大礼! (取出炸药包)炸了这个山头,来一场大雪崩,跟王八蛋小鬼子同归于尽!

小羊倌　嘿! 这么多鬼子,咱们赚大发了……

方　梅　小羊倌儿! (把小羊倌紧紧抱在怀里)

　　〔方梅与小羊倌在风雪中挺立,拉响炸药。

方　梅　小鬼子! 去死吧!

小羊倌　去死吧!!!

　　〔震人心魄的爆炸声。

　　〔舞台上的后底幕开裂,层层叠叠的雪浪腾起。

　　〔方梅和小羊倌冰雪雕塑般地伫立,良久。

　　〔冰壳破裂声。

　　〔小羊倌松动。

小羊倌　路——通天路!!!

　　〔画外音:

　　六炮的声音:哈哈,神山显灵了!

牛海的声音：天啊，我看见路了！

黑龙、小白的声音：我们找到路了！

几人集体的声音：我们——找到——路了！

方梅的声音：人们哪，替我们活！替我们战斗到底！

［裂开的底幕折射出刺眼的光亮。

［一条通天路赫然出现。

［一面残破的旗帜在猎猎飘动着。

［小羊倌慢慢原地退到方梅身边

［黑龙、六炮、小白、牛海从舞台两侧向方梅慢慢聚拢，站定，渐渐凝固，似雪雕般的群像。

——剧　终

话　剧

万世根本

——凤羊村纪事

时　间　　上世纪 70 年代末

地　点　　中国中部乡村,江淮大地上一个村子

人　物　　龙家祥　队长,四十多岁,高大魁梧、倔强刚强的江淮汉子。

龙家瑞　副队长,三十左右,矮小黑瘦,年轻胆大有冲劲,新婚不久。

龙家福　队会计,三十多岁,憨厚、忠诚、胆小、老实。

凤奶奶　女,年近八十,"花鼓女",祖上世代打花鼓要饭,历尽沧桑。

关二爷　六十多岁,老队长,坐过牢断了腿,受敬重的硬汉。

龙三叔　五十七岁,通文墨知掌故爱说文辞,有文化的长者。

锄把子　四十多岁,种田能手,一生迷恋种地。

三花子　三十多岁,光棍,生性乐观,爱唱爱跳花鼓灯歌样样通。

家祥妻　女,四十岁,讨饭时病重,饿死在外地,后几场以魂灵出现。

家瑞妻　女,二十多岁,龙家瑞新婚不久的妻子。

家福妻　女,三十多岁,风风火火,大大咧咧。

凤　姑　女,二十八九,龙家祥妹妹,漂亮小寡妇。

憨　妞　女,十几岁,弱智,孤女,被凤奶奶抚养。

田专员　五十多岁,矮胖,有思想有谋略有主见,又一条江淮硬汉!

秦书记　年近五十,高大粗壮,工农干部,没文化,俭朴粗放。

其他倔杆子、算盘子、老五、老七等村民

七个过去年代的花鼓女

龙家祥的孩子等村童

第一幕

[空黑中响起浑厚凝重的画外音:天苍苍,春种秋收,一代代农民劳作奔忙;地茫茫,夏雨冬雪,说不尽农家暖热寒凉。一把锄头啊,养育了千年古国;一捧泥土啊,承载着千年热望! 本剧为你讲述公元20世纪70年代末,中国中部一个乡村里一段石破天惊的故事。

[音乐中,漫天碎雪飘舞,农民们扶老携幼相扶缓行,捐弹棉花家什的,挑炉匠挑子的,背着乐器的,持着花鼓的,挽着包袱的,拄着棍的——

[舞台旋转着,队伍行进着,苍凉的歌声起——

男:说凤羊,道凤羊,

　　凤羊本是个好地方,

　　大地苍苍天茫茫,

　　百年古路长又长。

女:盼天盼地盼雨雪,

　　盼了月亮盼太阳,

　　盼了一辈又一辈,

　　打起了锣鼓泪两行。

[队伍渐静止不动凝成群雕。

[大喇叭响起来:县委紧急通报,紧急通报:近来我县大量农民外流,严重破坏了粉碎"四人帮"以来我县出现的大好形势,从即日起严禁任何人……(中断)喂喂,凤羊小队队长注意了,公社通知你,地区新调来的田专员马上就到了,你们要赶紧做好欢迎准备!

[激响起了哨子声。队长三花子狂吹着哨子上。

三花子　(大喊)开会了! 凤羊小队开会了!

[大喇叭响:赶紧做好欢迎准备! 一定不能出一点差错。

三花子　(冲大喇叭喊)催催催,催个熊,老子张罗着哪! (喊)田专员马上就到了,能喘气的能动弹的,赶紧到村头集合准备开欢迎会!

[会计龙家福扛着几个旧宣传牌上,上写着"欢迎侯专员"、"不许要饭"。

龙家福　队长,都拿来了! 换个田字就能用! (取出一"田"字字块)

三花子　好,先放这! 你赶紧挨家挨户叫人去,见着人就往这赶!

龙家福　还是你去叫吧! 大伙都在收拾东西要出去要饭哪,连你哥锄把子都要去了!

三花子　我的孩嘞! 县里公社秦书记三令五申早下令不许出去要饭,田专员马上就到,这不要我好瞧吗? 你在这弄好牌子,守着路口,放出去一个我扣你一月工分!

　　　　〔三花子吹哨子跑下。

龙家福　这——唉! (将牌子上的"侯"字换成"田"字,立牌子)

　　　　〔咯咯咯的鸡叫声,家福妻风风火火捧着一只瘦鸡上。

家福妻　咕咕咕——喔喔喔——龙家福,你个败家子,戳那干啥哪? 快帮我逮鸡!

龙家福　我这有重要工作,有重要领导要来。队长让我——

家福妻　屁领导,老娘的鸡要丢了,半个家就没了! (吼)快点呀!

　　　　〔龙家福吓得只好扔了牌子和老婆追鸡而下。

　　　　〔一时间,鸡乱叫,人乱喊。

　　　　〔人群中,龙家瑞痛喊:不走了! 我不走了——

　　　　〔音乐出,龙家瑞拨开人群。

龙家瑞　不走了,打死我也不走!

龙家祥　家瑞,"碴子一住,出去要饭",是咱凤羊多少年的老规矩! 走吧,这头一回咬咬牙,往后就……

龙家瑞　不,我不去! 哥,我真恨不得跳到大淮河里淹死,爬到铁路上让火车轧死!

龙家祥　(恸抱龙家瑞)兄弟! 你胡说个啥,你死了彩凤咋办? 你爹你娘咋办? 他们省吃俭用供你念书,都指望你哪!

家祥妻　家瑞走吧,咱两家搭伴走。彩凤,出去把小三背着,女人带着孩子好要……

家瑞妻　(含泪上前)家瑞,别这样,嫁给你时我说过,啥苦日子我都不怕,要饭吃我也跟你过一辈子!

龙家瑞　彩凤,俺对不住你呀! 过门不到一年就……我龙家瑞五尺高的男人

养活不了媳妇,没脸见人了!(捂脸痛哭)

[二人抱头痛哭,家祥的孩子哭,家祥妻哄孩子,龙家祥烦乱抽出烟袋抽烟。众女孩哭。哭声一片。家祥妻空灵的哄孩子声让大家的哭声渐停。

[三花子吹哨子颠颠跑上。

三花子　嚯,都来了!我就知道大伙还是有觉悟性的,(迎接老人)呦,几位老同志更有觉悟!听我说,这田专员是新调来的,以后闹救济款返销粮就全靠他了!见着他大伙举着牌子:欢迎欢迎!热烈欢迎!喊完女人孩子就使劲哭,管他要钱要粮!我还听说田专员最爱看咱的花鼓灯,凤姑,四妞,做好准备,一会给他好好表演。

龙家祥　(怒)三花子,你就这么当队长?就会搞这些假套子虚招子!

三花子　你……

锄把子　闭嘴!咱家咋出了你这么个货,别在这丢人了!

佝杆子　就是,一天到晚就会吹哨子,还不如弄个公鸡打鸣呐!

三花子　你们当这活好干咋的?有谁想干我马上交哨子!(笑着递哨子)谁来?你们谁来?家祥哥,你来呀,咱俩调个个儿。

家祥妻　我们家祥不干这个!

三花子　(笑)就是嘛,(龙家祥起身收拾家什)得,跟你们实话实说吧,我叫大伙来,一是迎接专员闹点救济,二是专员走了咱就商量出去要饭的事!上头不准,我三花子准!我挨个给大伙盖章开证明!

几村民　正好,赶紧给我开一个。

三花子　好好,一个一个来!(坐下,神气地拿出小公章,开条子盖章)

[音乐铺垫。

龙家祥　(哭笑不得)唉!凤奶奶,二爷,三叔……我们走了,要到吃的我就打发人送回来。

凤奶奶　走吧,家里有我们哪!

关二爷　大伙路上互相照应着。

龙三叔　唉,秋风凉,古道长——保重!

[音乐,众人拿起家什相扶着上路。

三花子　(发现众人要走)哎,不能走啊!凤姑,你个女人带个孩子出事咋弄?

留下跟我迎接田专员,我给你多记点工分!

凤　姑　走开! 让人"恶脏"那样也不嫌丑得慌,往后少缠着我! (追队伍)

[家福夫妻抱着鸡挎着要饭家什追上,三花子发现。

家福妻　哎呀,你快点走!

三花子　家福! 你不能走! 你是队干部!

家福妻　(推开三花子)走!

[五大三粗的公社秦书记背着拾粪筐上。

秦书记　都给我站下! (众人木然停下)呛着上是不! 给脸不要脸是不? 谁往前走一步我拍死他! 让我说你们啥好啊? 吃粮靠返销,花钱靠救济,生产靠贷款。可你们哪? 年年生产熊到底,出去要饭倒越来越有名了! 人有脸,树有皮,你们的脸在哪? 在哪?

[众人冰冷似铁,有人叩响要饭碗,众人都叩起来。一片响声。

秦书记　干啥干啥? 谁敲的? (一片沉寂)田专员刚到咱这,屁股没坐热就挨村搞调查,指名先到凤羊想和你们拉拉呱! 你们可好,让我这脸往哪搁?

龙家祥　秦书记,不是咱不给你脸,凤羊人已经没脸了! 老天爷给了咱一块孬地,又是这么个大呼噜的干法,老老少少拼了一年打的粮根本养活不了人,不要饭,让咱咋活? 你问问,这有谁真愿意去要饭?

老　七　谁他妈的愿意去要饭?

倔杆子　拉呱啥? 有用吗?

算盘子　你们爱咋干还是咋干,咱们该咋穷还是咋穷!

家福妻　看看我这大芦花,饿得就剩一把骨头了!!

锄把子　就是……咱这来的专员、工作组还少吗? 有一个算一个,全是耍嘴的!

秦书记　嘿,你们还一套一套的? 天不好,地不好,咋不说说你们自己哪? 不这么干咋干? 全中国农村都这么干! 干了几十年了! 这是国家定的,是王法!!! 行了,都老实在这等着,我去迎接田专员! 三花子,看住他们!

[秦书记颠颠跑下。远处响起火车汽笛声。

龙家祥　车来了!

［龙家瑞起身站立,拔出腰间的唢呐,吹响悲凉的唢呐。

锄把子　(向天恸喊)爹——你临走时和我说,庄稼人守着地种好庄稼就能吃饱肚子,我锄把子对不住先人啊!

三花子　不能走,你们不能走啊! 你们听我说……

［唢呐声中,众人推倒三花子,弄乱那几个欢迎牌子,潮水般向下涌去。

［音乐低回,揪扯人心。荒原上长长的村路要饭队伍在行进。

［众人走光了。田专员、秦书记上。

［村子空空荡荡。牌子变成了"欢迎要饭专员"。

［寒风中,石羊边,凤奶奶、关二爷、龙三叔和憨妞默默无语,有如石像。

秦书记　这是咋搞的,人哪? (怒)三花子,你这队长不想干了?

三花子　你说对了,这队长我不干了! 当初我是想让凤姑对我另眼相看,没想到凤姑更瞧不起我了! 谁爱干谁干,我这生产队长改要饭队长了!

秦书记　(气得跺脚)三花子,你这队长就地免职了!

三花子　(乐坏了,鞠躬)谢谢谢谢,谢谢秦书记,谢谢领导! 你可成全我了!

［三花子敲着饭碗欢唱着跑下。风中传来火车声。

秦书记　这个孬种! 田专员,你在这等着,我去追……

田专员　算了,车都开了。(看牌子苦笑)想不到我一来就成"要饭专员"了! (音乐)唉,老话讲"走千走万,不如淮河两岸",建国快三十年了,互助组、合作社、人民公社,劲没少使力没少出,一心想让老百姓过上好日子,可——村村没人气家家茅草屋。对不住人呀!

秦书记　唉,这个要饭书记,我爸干了整整十三年,轮到我,又干了五年! 啥都别说了,全是眼泪!

田专员　(走上去)几位老人家,咱们拉拉呱? 你老是当年的银嗓子金凤吧? 二十年前我听过你唱花鼓,您可是淮河两岸花鼓女里的头一份。

凤奶奶　老了,牙没了,嗓子哑了。(走开)

田专员　离开家乡这么些年你的凤羊歌一直在我耳边飘呀,总想再听听咱的花鼓曲看看咱的花鼓灯! (哼唱)说凤羊,道凤羊,凤羊本是个好地方……

龙三叔　灯歌岁岁唱,花鼓年年响,乡音虽然好,一曲九断肠啊!

关二爷　命!这都是命啊!

　　　　〔凤奶奶在石羊前双手合十口中叨念、祈祝着。

田专员　老人家,这石头羊好像是洪武年间的吧?

凤奶奶　好记性,可它不是石头。咱这凤羊有两个神明,一个是看不见的凤凰,一个是看得见的羊,凤在天,羊在地,保平安,送吉祥。啥时那只凤凰飞来了,日子就好起来了!等吧!盼吧!(打起花鼓)

　　　　　等到那黑发变白发,

　　　　　盼到那淮河河水枯,

　　　　　等到那石羊流眼泪,

　　　　　盼到那天哭地也哭。

　　　　〔花鼓声,歌声,长长的火车声!

第二幕

　　　　〔第二年,春耕时分。远处传来哨子声。

　　　　〔大喇叭喊着:各生产队干部注意了,你们要抓紧时间按公社的布置抗旱春耕,积极开展生产自救!有啥情况及时向公社汇报。

　　　　〔龙家福有力无气地吹哨子,喊着:开会了,都来开会啊!秦书记要来帮我们选下一任队干部了。

　　　　〔男男女女稀稀拉拉上。男人抽着烟袋,女人做着针线活。龙家福仍在吹哨。

算盘子　往年是"算盘响,换队长",今年算盘没响也要换队长了。

倔杆子　一年不如一年了。

　　　　〔龙家福妻上,抱着鸡。

家福妻　龙家福,快把那破哨扔了!我不许你再干了!(奔下抢哨子)

龙家福　(继续吹)我这是站好最后一班岗。

家福妻　屁!你就是想当官!我咋找了你这个没出息的货?在家生孩子生不出来,到外头要饭要不来,官瘾倒不小。

　　　　　[三花子背一袋子乐颠颠上。

三花子　嘿,大家回来挺早啊,都要得咋样?(眉飞色舞地)我这一路上一会
　　　　儿唱花鼓一会儿唱灯歌,十八般武艺全用上了!吃了十几顿饱饭
　　　　哪!下半年我领你们出去要。(取出一物件)凤姑,看我给你带啥回
　　　　来了?呦,家祥哥!
　　　　　[龙家祥上。

三花子　家祥哥,饭要得咋样?

锄把子　你乱问啥!他媳妇要饭时病重,饿死在外头了!

老　五　唉,惨啊!昨天刚下葬!

三花子　娘嘞,龙家祥哥,嫂子多好的人啊!(抹泪)哥,要饭的路上啥事都
　　　　有,想开点。喏,送你个好玩意。(取出一小烟嘴)要来的,上海货,
　　　　你这烟袋早该扔了。

龙家祥　(大怒)还给我!(一把夺过烟袋,推翻三花子)

锄把子　你找打呀,那个烟袋是他们俩口子当初定情的信物!

龙家祥　(恸吼)你们都听着,谁再当我面提"要饭"这俩字,我他妈就宰了
　　　　他!咱们是爷们是男人,一天到晚尽想咋要饭,亏你们还笑得出来?
　　　　　[众一片沉默。

锄把子　是呀,种地的守着地挨饿满世界找食吃,人不人鬼不鬼,堵啊!
　　　　　[众铁样沉默。秦书记背着粪筐上。龙家瑞和家瑞妻耷拉着头
　　　　随上。
　　　　　[秦书记话外音:走,跟上!

秦书记　人都齐了,龙家瑞,你小子给我坐那!(龙家瑞坐下)好,现在开会!
　　　　(龙家福吹哨子)行行,大伙听我说,去年全县歉收,今年又是百年不
　　　　遇的大旱年,上上下下为了抗旱急得火烧屁股,春耕马上开始了,你
　　　　们这没队长怎么干?今天不弄出个结果来,谁也不许回家!挨个说
　　　　说,这回谁当队长?

三花子　实在没人干我还可以接着干,不过……

秦书记　打住!锄把子!

锄把子　我肯定不干。让我干活行,当队长,我还不如去跳井!

佝杆子　我也不干啊!我干过一任了,根本没法干,该种芋头非让种稻子,该

收庄稼非开批判会赛诗会,咱这就一个小山包,工作组非让学大寨修梯田,这不胡捣嘛?

老　五　别看我,我也不干!几十号人一个锅里搅马勺,干多干少工分一样,耍滑偷懒睡大觉也照样拿,要能干好才怪哪!不改了以前的干法,就是天王老子当头也不灵!

　　　　〔众村民起哄,龙家福吹哨子制止

秦书记　乱什么乱!一个锅里搅马勺咋了?让你搅你就得搅!我这公社秦书记都没权改,你们想改了就改了?行了,民主完了,现在集中!我决定:龙家祥任凤羊生产队队长!副队长……龙家瑞!龙家福接着当会计!

龙家瑞　(站起来)不行,我不干啊!我是回家来看看的,还得回城里工地接着干!

秦书记　咋的,在工地上当回小工挣了几十块钱就想不服天朝管了?行,到外头干活得先给队里交钱,一个月交十五块钱!不!三十块!

龙家瑞　这——在队里干几个月也挣不了三十啊!好,三十就三十,我交!

秦书记　嘿!我还治不了你了!你能挣钱是吧?好,你家的返销粮救济款全部取消!

龙家瑞　你,你这不欺负人吗?啥都不给还让人活不?(气短,蹲下)

家福妻　哎哎,谁爱干谁干,我们家福不干!告诉你秦书记,有我在,这事没门!

秦书记　家福媳妇,你想干啥?你家的返销粮救济款也不想要了?

　　　　〔家福妻还欲说话,被龙家福拉住,不吭声了。

秦书记　行了,不吭声就算同意了。你们仨马上上任,领着搞春耕!

　　　　〔龙家祥沉默,三人都沉默。

凤奶奶　唉,凤羊没能人了,一辈不如一辈呀!(打鼓)

关二爷　(开腔说话)我说句话吧!全队几十多号人里看来看去就你们三人行,你仨只要能让大伙一天喝两顿稀饭就成,三顿都不用,两顿就行!

众村民　对,咱们只要两顿稀饭!

龙三叔　我刚才打盹时诌了一首打油诗:乱世出豪杰,危难见英才,天赐三兄弟,哥仨走上台。

一村民　（乱喊）三叔,你太有文化了!

锄把子　龙家祥,全凤羊我就服你,你就领头干吧!

众村民　你们仨干吧! 要是你们领头准行!

　　　　就是,干不好还干不孬啊!

家瑞妻　家瑞,大伙这么说了,你就干一任吧。

龙家瑞　彩凤,你? 家祥哥,我听你的,你要干我就陪你干。

家福妻　（见势不妙）走走走,家福,跟我回家,这破会咱不开了!

龙家福　那你先回去吧,家祥,你要干,我也跟你干。

　　　　［龙家祥一直沉默不语。

秦书记　龙家祥,我可等你表态哪! 你可是吃着百家饭穿着百家衣长大的,老老少少日子过成这样,你再不抻头还算个人吗? 得,我给你半袋烟工夫合计!

　　　　［众看着龙家祥。龙家祥默默掏着烟袋杆。一束追光射向他。

龙家祥　孩他妈,你说,这队长我干还是不干? 你怕我再走二叔那条路,逼着我跟你发过誓,到啥时都不抻头当这个队长,好好拉扯几个孩子好好过日子,可看着队里这个样,我……

　　　　［鼓声中,龙家祥妻出现,默默走上前。

龙家祥　孩他妈,我真想试巴试巴! 推你回来的道上我这心一直在流血,一边走我一边合计,咱的活法得变变了。凤羊都穷掉渣了,要是人再站不起来……老老少少这么多双眼睛看着我,我……

　　　　［龙家祥妻无语,先点头,后叹气,隐下。

龙家祥　（站起身向众人）这队长我干了!

秦书记　这就对了

龙家祥　可我有两个条件。

秦书记　啥条件? 说!

龙家祥　头一条,大伙得支持我,别再出去要饭,都留下搞春耕,谁都别偷懒耍猾别在底下胡乱捣,咱们齐心合力一块闹! 二一个,秦书记,公社和县里不能再派工作组来这瞎折腾乱指挥,种啥,咋种,得让队上说了算。

龙家瑞　我再加一条:以前尽搞大呼噜大锅饭,干多干少干好干坏根本分不出来,咱们分组包干,哪组干得好哪组工分高,我干活那个工地就这么弄的。

龙家福　他俩要干,我也再干一段!不过公社得保证返销粮、救济款和种子。

秦书记　(慨然)好,这几条我都准了!省里下了新文件,允许大家借田度荒抗旱自救。田专员让几个公社搞分田到组按产量计工分,我也来点改革,放权给你们!我就一条要求:凤羊村不准出去要饭,不能饿死人!

众村民　好,只要是你们哥仨干,咱们全都不走了!

龙家祥　好,秦书记,你这条我也应下了。

秦书记　得,杀猪砍屁股——定(腔)下来了!给!(递哨子)

三花子　(唱)大海航行靠舵手……预备唱!

　　　　[《社员都是向阳花》歌声起,龙家瑞、龙家福走到龙家祥身边,众人舞蹈,散去。

　　　　[收光。

第三幕

　　　　[大喇叭里放着令人烦乱的音乐。

　　　　[哨声阵阵。龙家祥在地头一遍遍地吹着哨子。

　　　　[龙家福话外音:上工啦!下地干活!

　　　　[龙家瑞、龙家福分头上。

龙家瑞　哥!都这个时候了,地里咋还是这么几个人?给我!(夺哨子猛吹)

　　　　[锄把子上。家福妻和几村民随上,吵着叫着。

锄把子　家祥,我不和三花子一组,你把他调到别的组去,不然我就不干了!

佝杆子　我也要换组!我不和我三大爷一组,他家人多我家人少,太吃亏了!

家福妻　我也要换,五叔不下地装病在家侍弄小园地,这不明摆着欺负人吗?

龙家福　哎呀,你就别跟着瞎掺和了!你是干部家属!

　　　　[吵闹声中老五喊着救命上,老七持锄头追上,二人衣衫撕破,老五头淌血。

龙家福　别打别打呀,亲哥俩咋打成这样了?

老　五　奶奶的,这活没法干了,出工不出力还想照样拿工分! 说他两句就打人。

老　七　你再说一遍! 我啥时出工不出力了? 你还在地里睡大觉哪!

老　五　我就睡了咋的? 你不下地我凭啥多干? 你,你得给我看伤!

老　七　我还给你看伤? 好,给你看……我先一锄头刨死你! (扑上)

龙家祥　都给我住手! 闭嘴!

　　　　〔老五在一边哭。

龙家祥　一个大男人哭啥? 锄把子,当初可是你带头说支持我,还有你们,一个个都咋说的? 才半年你们就……从打我伩上任,搅尽了脑汁想办法玩着命地领你们干,没水到外面磕头作揖张罗运水,没肥带头挖粪堆挑肥,知道你们不愿意大呼隆,分两个组、四个组,现在都分八个组了,兄弟一组爷俩一组,还想咋的? 干活吊儿郎当,吵嘴打架偷懒装病都快成精了,你们还叫人吗? 咋的,还想去要饭啊!

锄把子　我,我不是,三花子那个货成天到晚唱小曲跳花鼓,没事就黏糊你家凤姑,气都让他……我明说吧,这么干根本就干不明白! 你伩要敢做主我就自己单干! (见三人不语)我回家侍弄小园地了! (下)

家福妻　老娘我罢工了! 回家喂鸡去! (下)

偏杆子　我,我老寒腿犯了,一下地就疼,得歇几天! (下)

龙家瑞　偏杆子,你可不能走啊……(偏杆子下)

　　　　〔老七抡起锄头老五撒腿就跑,兄弟俩一追一跑下。厮打声、吵骂声、音乐声。

龙家福　乱套了,全乱套了! (冲大喇叭)唱唱唱,烦死人了! (过去蒙住喇叭)

　　　　〔音乐变调,三花子嬉皮笑脸地上。

三花子　家祥哥,这大半年干下来知道队长不好当了吧。这活儿就没人能干明白! 干脆向我学习,来个"封金挂印",一块要饭去! (唱)春天开桃花呀,夏天开荷花……

龙家祥　你给我闭嘴! 再唱我拍死你! (找棍子打向三花子)

三花子　妈呀,队长打人了! 队长打人了! (边躲闪边唱)嗬呀依飘依飘,嗬飘嗬飘飘依飘……

［龙家祥追打三花子,三花子唱着跑下。

龙家祥　(气得抢棍乱打,吼着)滚吧,都给我滚! 都去要饭……

［音乐起。

龙家福　唉! 这,这可咋好啊! 去年歉收,今年一夏一秋都过去了,地里该啥样还啥样,估计大伙又得出去要饭了。实在不行,咱仨辞职也罢。

龙家瑞　你! 我算看明白了,大呼隆小呼隆都是呼隆,得从根上想法子!

龙家福　想啥法子? 能想的法子都想了,还有啥法子?

［关二爷、凤奶奶,龙三叔几老人拿着锄头、提着水桶、拎着水罐上。

关二爷　(话少语重)法子倒是有,就是不知道有没有胆子?

［鼓声起。

三　人　二爷,你老有法子,快讲! (围住二爷)

龙三叔　不说也罢!

［凤奶奶默默教憨妞打花鼓。

关二爷　说了,怕你们不敢干。

龙家祥　二爷,您老说吧……

关二爷　咱农民靠啥活? 靠地,地是命是根,只有地到自己手,才知道金贵才能种好! 咱凤羊也遇上过灾荒年,60年那会比现在还难,可61年搞责任田把地分到各家各户,地还是那些地,人还是这些人,当年就吃上饱饭了! 只要被窝里划拳——不掺外手,我敢肯定上秋就能打出粮食吃上饱饭。

龙家瑞　对呀! 我那工地上活急了就直接包给个人,全都拼命干全都不少挣!

［龙家祥不吭声,吸起烟袋。

龙家福　这,这可不行! 这是犯王法的事,要治罪的! 二爷,61年那会是不错,可后来上头一下就变了,你带头抢收粮食,结果愣给关了五年大牢,跳楼没死成,你这腿……(捂嘴)当年领头搞单干的哪个没倒霉呀?

关二爷　东边的地和西边的地不一样,晌午的风和晚上的风也不一样。这些年是折腾得挺厉害,可共产党一直都想让老百姓吃饱饭。我看,别的路走不通,兴许日后还得走这条路。

龙家福 那谁说得准？我这小本子上全是上头的讲话精神，没有一个字允许包产到户的。（急得乱转）三叔，二爷当队长时你是会计，你最清楚，你说！

龙三叔 你们在说啥？我没听见。

龙家福 你——我们说61年闹单干倒霉的事哪！

龙三叔 哦，记不得了。我就记着50年闹土改家家分了地天天吃得饱，秋天咱还给国家交了公粮，黄金岁月呀！那，才叫农民哪！

　　〔众无语，龙家祥一直吸着烟袋。

龙家瑞 龙家祥，我看二爷这法行，上头不许咱偷着干。干脆，来个一分到底！干他一年大伙先吃饱肚子再说！咋样？干吧！

龙家福 不行，我先说下，这事我可不敢干！

龙家瑞 你——你不敢干我和家祥哥干！家祥哥？你俩都害怕，我一个人领头！

龙家福 你领头？话好说，真要查下来，咱仨哪个跑得了？咱们都有家有口，真坐了牢家里咋弄？家里人咋活？家祥，你咋不说话？

龙家瑞 家祥哥，你说话呀！？

龙家祥 （大口吸着烟）事大，得好好掂量掂量，先散了吧，各回各家！

　　〔龙家祥起身，磕磕烟袋，扭身就向下走，收光。

　　〔龙家瑞家。

　　〔龙家瑞默坐。年轻的家瑞妻已怀孕，挺着肚子在收拾着要饭家什。

家瑞妻 今天你咋了？遇上啥难事了？

龙家瑞 我，没，没事，啥事没有。

家瑞妻 龙家瑞，我想好了，你当你的队长，我出去要饭。你不用担心，去年我要过了，咋要我都知道。这是咱头一个孩子，咋也不能屈着他，总不能孩子生下来我连奶水都没有啊。

龙家瑞 （心如刀绞）彩凤，我对不住你，刚成家就让你过这么苦的日子，连肚子里的孩子都跟着，这他妈是什么熊日子！

家瑞妻 你别这样，除了日子苦点，我觉得啥啥都挺好的。真的，你对我好，爹妈对我也好，我挺知足的。现在孩子也有了，女人这辈子不就盼着这些吗？能和你这么守在一起,我不怨,不悔! 我要做个好老婆、好儿媳妇、好妈妈,我想给你多生几个孩子,生一群孩子! 家瑞,来,听听咱儿子跟你说啥?

[龙家瑞伏下身,听着龙家瑞妻肚子里孩子的胎音。

[空黑中传来婴儿动人的哭声:爸,妈,我饿! 我饿!

龙家瑞　(追光中痛立,奔出,大叫)啊——

[光弱!

[不眠之夜。龙家祥家。

[风吹茅屋寒,几孩子挤在一起睡着,风姑照看他们。

一孩子　姑,饿!

凤　姑　等着,姑弄点水给你喝,(舀水喂孩子)喝了水就不饿了。

一孩子　姑! 我也饿!

凤　姑　好,你也喝点水! 喝了水快睡吧! 睡着了也不饿了。

[几孩子睡去。凤姑悠拍着自己的孩子。龙家祥上,默默看着。

凤　姑　哥,你回来了。给你留了点米汤,我去给你拿!

龙家祥　不用,我不饿!

凤　姑　唉,明天就不知咋办了,村里能借的人家我都去过了,哪家都……大人还能挺住,可这几个孩子——

龙家祥　凤姑,你回吧。

凤　姑　哥,别忘了烫烫脚,去去寒……

[凤姑离开。龙家祥取出烟袋放在面前。

龙家祥　孩他妈,这些年有啥事咱俩都一块商量,咱俩再拉拉呱。二爷指的那条道也许是最后一条道了,你说,干,还是不干? 帮我拿拿主意。你我知道,你准定不让我干,可要是不干往下咋闹? 这些天我总想60年的事,村里饿死了那么多人,我爸妈都是活活饿死了,你家更惨,就剩下你一个,眼下凤羊又……天灾人祸都占全了,大伙都在等我拿章程,等着我带他们走出一条生路、活路啊! 我,我该怎么办? 你说话呀,我想听你说呀! 这些天我天天晚上都梦见你……梦见你在给我洗脚,梦见你在做饭扫地收拾屋子,这屋子里到处都是你,我知道你没走,你离不开这个家,离不开我和孩子。是呀,我也担心,你走了,万一我再……可是累死累活折腾了小一年也没见个成色,有两家已经出去要饭了,说啥我也不能看着大伙全都……不能!可不光咱孩子要活,凤羊村老老少少几十口子人都要活呀!老天爷呀,你说句话,这会我该咋办,咋办啊?

〔光弱。

〔龙家福家。

〔龙家福提着裤子从外边跑上,家福妻在床上被子里。

〔龙家福在屋里到处翻找着,翻出不少报纸和一个个记事小本子,看着。

龙家福　(继续翻看着小本子,边叨念着)又是不准干!还是不许干……

家福妻　我说,你还睡不睡了?折腾啥哪?痛快给我上床生孩子!

龙家福　不行。(向外走)

家福妻　你上哪去?

龙家福　我,我上茅房!

〔龙家福提着裤子跑下。

〔三束光中,三个汉子默默走到一起。鼓声一声声响着。

〔一束光亮起。凤奶奶在手把手教憨妞打花鼓唱花鼓曲。

凤奶奶　来,学着奶奶的样来,妞啊,你爹娘不在了,奶老了,总有一天也……你把这个本事学会,啥时候都能要口饭吃。

憨　妞　奶,为啥总得要饭呢?

凤奶奶　穷啊!奶要了一辈子饭,奶奶的妈、奶奶都要饭,要了七代。来,妞,跟着奶奶学——(又打起花鼓唱起来)

〔憨妞跟着学唱:左手鼓呀,右手锣,手拿着锣鼓——

〔鼓声。凤奶奶听到了,停住。

憨　妞　奶,你咋了?教我啊!

凤奶奶　手拿着锣鼓来唱歌——

〔幕后歌声:今天我不把别的唱,只想唱一个问天歌——

  ［舞台深处,那条长长的要讨路上出现七个凤奶奶的先人——七花鼓女,身穿明、清、民国时期服饰,均打着花鼓挎要饭篮子持要饭棍,缓缓而来。

七花鼓女　 一问凤羊为啥这样苦? 天灾人祸活得好坎坷。
      二问啥时丢下穷苦命? 啥时不再唱这要饭歌?

凤奶奶　是她们,她们来了,妈的花鼓打得还是这么好!

花鼓女甲　凤儿,你又在教孩子打花鼓了?

花鼓女乙　唉,当初我也是这么手把手一句一句地教她的。

凤奶奶　妈,奶奶,你们都来了,又来看我,看咱的凤羊! 唉,全都看不得了!

憨　妞　奶,你和谁说话哪? 谁来了?

花鼓女甲　咱们凤丫头的头发更白了。

花鼓女乙　凤羊,咱们的凤羊啊!

凤奶七女　 三问啥时石羊不流泪? 遍野花开花儿流成河。
      四问啥时凤凰重飞过? 五谷飘香粮呀粮满仓。

  ［七花鼓女打着鼓远去。

龙家祥　不能再唱下去了,不能再唱下去了,我是听着这要饭歌长大的,咱凤羊人还要一辈接一辈地打着花鼓要下去吗?

龙家瑞　就是死我也不能让我的孩子挨饿要饭! 哥,咱汉子对汉子说话! 我要你一句话,干还是不干?

龙家祥　奶奶的,咱不能坐着受穷挨饿! 豁上了兴许还能活出个样! 咱哥仨绑在一块,干了!

龙家福　干? 干就干,我也豁上了!

龙家祥　(三人在鼓声中跪下)凤羊的先人,我们哥仨要绑在一块干件大事,闯一条活路、生路,成了全村就能活人……你们要是在天有灵就帮帮咱们,保佑俺哥仨,保佑咱凤羊!

瑞、福　保佑俺哥仨,保佑咱凤羊!

  ［三人磕头。

龙家祥　好,过来听我说,这件事得秘密地弄,不能让外人知道,咱们——(耳语)还有,上头要是问下来,咱们就这么对付——(耳语)

龙家瑞 （点头）成，就这么着！干！

　　　　[龙家祥、龙家瑞先下。龙家福在石羊前一通叨念，提提裤子跟下。

　　　　[鼓声，鼓声。舞台缓缓旋转着。

　　　　[夜色苍茫，一群男人出现在剪影中，奔行，小声打招呼，走入一茅草屋。

　　　　[鼓声一声复一声。

　　　　[一个个男人上，抄着袖的，背着手的，捏着烟袋杆的，都不出声。

　　　　[他们聚到一茅屋下，一只小油灯，一张小木桌，蹲着的，坐着的，站着的。

龙家祥 该来的都来齐了，咱们开会！凤羊不能再这么下去了，咱们都是各家各户顶门立户主事的，今天说啥咱也得商量出个办法。

　　　　[众沉默。

龙家瑞 我先说。一包到底分田到户，打了粮交够国家的，留足集体的，剩下的全归自己！

锄把子 好啊，我就盼着这一天哪，早就该这么干！咱有地有牛有犁有耙，只要分田单干，石头地沙子地我都能让它长出庄稼来！

三花子 哥，你瞎说啥？哥三个，你们胆也太大了，这可是要掉脑袋的呀！

侃杆子 是呀，我听你们一说心都要跳出来了，当年锄把子在小园地里种了点烟叶，愣给割了资产阶级尾巴，挨多少斗办多少回学习班呀！

算盘子 河西那边搞包产到组都挨了批，已经变回去了。

龙三叔 世事难料啊，古人云"率土之滨莫非王土"，动王土是太岁头上动土啊！

关二爷 啥都是命，命来了逃不脱，命来了人的骨头得比命硬！靠天天不应靠地地不灵的时候，就得和命争一回！不过是得心里有数，家祥、家瑞、家福，枪打出头鸟呀！

　　　　[众望着家祥仨。

　　　　[夜色中，凤奶奶出现，打起了花鼓，憨妞在她身边。

　　　　[家瑞妻、家福妻和凤姑分头上，喊着："家福，回家了！""家瑞，你在哪？"

凤奶奶 都别找了，到凤奶奶这儿来。

[茅屋内。

龙家祥　我颠来倒去想过了，真干了追查下来头一个就是我这队长跑不了，可日子过成这样，咱凤羊过的是啥日子，咱这活的叫啥人？冲哪条都得干！我龙家祥这会不能当孬种，只要大伙心齐，我就领头干！

龙家瑞　家祥哥，你家孩子多，真出了事我顶着。

龙家福　我昨晚上想了一宿，当会计这些年没干成啥像样事，家祥、家瑞要真敢挑头，我，我也不当孬人，只要大伙能吃饱肚子，坐牢咱仨一块坐。

关二爷　我看这事不能光让他们三个担着，大伙都得算一份！来，写上几条，咱来个签字画押，立上字据。

龙家祥　也好，家瑞，你来写！

[鼓声，一声声鼓声，龙家福撕纸，龙家瑞写着。

三花子　哎哎，先得写上一条，这事不兴说出去，谁说出去谁就不是娘养的！

众村民　对对对，这个得写上。

关二爷　我看得写上这样一条，这些年咱们凤羊人是靠国家的返销粮救济款活下来的，上秋了真要打了粮，咱家家户户都得交够公粮！谁都不兴耍赖装孬。

龙三叔　这个好，国家对咱凤羊不孬，咱不能忘了国家，龙家瑞，写上！

锄把子　我看再得写上一条，万一走漏了风声，他们当干部的出了事，咱大伙一块把他们的孩子养大，养到十八岁！

众村民　成！就这么着，真出事了，他们就算咱大伙的孩子！
　　　　对，一家一口饭也把他们养活大！

龙家瑞　好，我给大伙念一遍，（念）我们分田到户，上秋每户保证全年给国家上交公粮，不再向国家伸手要钱要粮，如不成，干部坐牢杀头也甘心，大家社员保证把他们的小孩子养到十八岁！

龙家祥　按了手印，这事就算定了！拿印泥来！

[重重的鼓声。龙家瑞上前按手印，关二爷、龙家祥等陆续上前按上了手印。

老　五　等等，要是不光把他们三个抓了，还把咱们这些人全给抓了，那队里咋办？剩下一堆女人孩子在家，那可咋弄啊？

[想上前按手印的男人们都止住。鼓声！男人们定在那里。

凤奶奶　（望天）起风了,怕是要下雪啦! 来,和凤奶奶一块唱!

几女人　　　　三更鼓呀,三更天,

　　　　　　梦见凤凰啊在九天,

　　　　　　盼着凤凰飞呀飞人间,

　　　　　　风调雨顺啊降平安——

　　　　　〔歌、鼓声中,男人们血脉贲张。

龙家祥　真到了那一步,咱全村男女老少一起扛着! 咱们的女人走南闯北都
　　　　见过世面,都能扛事,凤奶奶,我妹子,咱哥仨家里的女人领孩子活。

龙家瑞　对,我要真给抓进去了,家里还有彩凤,她也能挑门立户。

龙家福　我,我那口子更没说的,干活拿事,她一人顶十个男人。

偢杆子　咱是男人是爷们,磨磨叽叽干啥,只要上秋打了粮咋都值! 我按了!

算盘子　好,不能被吓死! 给我,我按!

三花子　我也按,反正我光棍一个任啥不怕,坐牢还有饭吃哪。

老　七　按,是福是祸老子都认了!

老　五　老子也不当孬人,干了再说!
　　　　　〔鼓声中,男人们一一上前按下鲜红手印。鼓声一阵紧似一阵。
　　　　　〔每按一个手印一片红光出现,满台一片鲜红,天边响起阵阵雷声。

龙家祥　好,一不做二不休,家福,拿地亩本,咱现在就分!
　　　　　〔众村民围聚在龙家祥三人身边。鼓声、雷声。
　　　　　〔凤奶奶和几女人的歌声。

锄把子　这,这就成真的了?（捂着脸哭）我有地了,我有地了!

龙三叔　壮哉,伟哉! 这就叫英雄虎胆,冲天豪气! 敢为天下先!
　　　　　〔滚滚雷声中,天降大雪。众人震惊地站在雪中。

龙三叔　这,这是咋了? 冬雷大雪,天降奇兆啊!

关二爷　瑞雪兆丰年,老天爷来给咱们站脚助威了啊!
　　　　　〔雷声响着,雪下着。

龙家福　哥,咱们可是把天捅了个大窟窿啊!

龙家祥　（大喊）奶奶的,爱咋的咋的,头掉了碗大个疤! 咱们干了!

龙家瑞　（也喊）对,咱们干了!

众　人　啊!

三兄弟　呛,呛呛——呛呛呛——

众　人　呛呛呛呛呛——呛呛呛呛呛——

　　　　[雪中,众男人女人振声唱起了粗放狂野的拉魂腔《杨八郎》。

众　　　(唱)天波府放出虎一群啊——

　　　　[雷声中一群江淮汉子、娘们刚烈的歌声。歌声中大收光。

第四幕

　　　　[急促的哨子声。鸡叫声,牛叫声,人声。

　　　　[早春,晨雾弥动。田间,数农民们奋力劳作着,三花子扛锄头打着哈欠上。

三花子　上工了上工了! 妈呀,这么早全下地了! 队长到公社开会去了! 玩命干啊,玩命干哦!

　　　　[大雾中,凤姑扛着锄头上。

三花子　凤姑,凤姑,等等我。今天我还到你地里给你帮工!

凤　姑　哎呀,我用不着你帮! 回你地里干去,一会儿人家又说长道短了,快走啊!

三花子　我就不走! 谁爱说啥说啥! (大喊)我就乐意帮凤姑咋的! 咋的! 凤姑,你说邪行不,干我地里活一会儿就累,帮你干我浑身上下都舒坦。

凤　姑　又在贫嘴!

三花子　嘿嘿,分了地咱全都成地主了,你有地我有力气,以后我就给你当长工了! 当一辈子我都乐意,干长了咱地合到一块人合到一块……

凤　姑　你,你的心思我懂,可……我求你了,大伙都看着哪!

三花子　凤姑,你让我说完,咱俩打小就在一块,那会大伙全说咱俩是金童玉女,现在你寡妇我光棍,一根藤上的苦瓜、一条绳上的蚂蚱、一个圈里的羊、一个棚的牛啊! 三花子活着要是不能跟你在一起,死了也要和你埋在一块!

凤　姑　花子哥,你,我求求你别再说了! 别再……(流泪)

　　　　[大喇叭声响起来:龙家祥,龙家瑞,龙家福,你们咋还没到? 立马给

我到公社来,我这等着哪,跑步来! 再磨磨蹭蹭的我可让人把你们绑来了!

〔二人听着。担心议论着,

〔现出公社,秦书记处,一张桌子。

秦书记　(拍桌子)你们好大的胆子! 说,你们想干什么?

龙家祥　秦书记,都怪我,我检讨,我深刻检讨,事先没和你打招呼,给你添乱了! 我已经让龙家福写检查了,明天就交给公社。你消消火,抽烟。(递烟)

龙家福　对对,秦书记,你喝水! 火大伤神,多喝水。(端水)

龙家祥　(为秦书记划火)秦书记,咱们分组分过了头我认错,可咱啥时搞单干了? 啥时分地了? 这不没影的事吗? 啥事总得有证据吧? 说咱包田到户有啥证据? 你要不查清楚就定罪,那咱们可太冤了!

龙家福　就是就是! 咱们太冤了,都冤到奶奶家了!

龙家瑞　秦书记,你去队里挨个问问,群众的眼睛是雪亮的,你总得相信群众吧?

龙家福　就是就是! 毛主席说"没有调查就没有发言权",你得调查调查。

龙家祥　没想到分田到组还能惹出这么大祸? 性质是恶劣的,后果是严重的,特别是我没想到上头兴许会为这事处理你秦书记! 都是我把你的精神领会错了,当初是你让咱们"借田度荒",是你说放权给咱们……

龙家福　一点没错,(翻着小本子)在这,你亲口说的——

秦书记　行了! 给我闭嘴! 当我是傻子啊? 你们以为我没去你们村子咋的? 我是种地的出身,站那闻味就能闻出咋回事。天不亮全下地了,一家几口在一块地里撅着腚玩命干,分组有那么大劲头吗? 你们没单干我在你们队的地里爬八圈!!! 废话少说,马上把社会主义给我变回来!

〔三人蹲在地上一言不发。

龙家福　我,我拉肚子了,我要上茅房!

秦书记　不许去! 我这正说社会主义哪,你上什么茅房? 听我说完再去!

龙家福　　这啥社会主义,茅房都不让上。

秦书记　　我这是为你们好,知道你们在干啥吗? 你们是在和国家对着干! 是在拉社会主义倒车复辟资本主义! 是反党反社会主义!

龙家祥　　秦书记,这话重了吧? 那资本主义啥样咱们都不知道,咋能复辟?

龙家福　　就是,外国有资本主义,咱没去过没见过,想复辟都没法复。

龙家瑞　　秦书记,你说不好好干活,年年吃国家的粮食……就是社会主义?

秦书记　　我,我宁可年年用社会主义的粮食养着你们,也不能让你们干资本主义! 当年搞单干时我爹是公社书记,"文革"时他活活给斗死了……(电话铃急响,接)哪位?! 哦,是彭书记,这件事我正在查。啥? 北京大报点名批……啥? 连包产到组都要批? 田专员已经下来调查这件事了……好好,我马上,马上! (放下电话,擦汗)事闹大了,闹大了! 龙家祥,都是你干的好事,我真想一脚踹死你!

龙家祥　　你踹死我也没用,反正我干了,爱咋的咋的!

瑞、福　　对,爱咋的咋的!

秦书记　　你,你们,好,下边我宣布,从现在起对你们小队不发救济款不发返销粮不给牛草不给化肥不给种子!

龙家祥　　秦书记,你,你是说着玩呐吧? 你也种过地,不给牛草牛就得饿死。

龙家瑞　　是呀,不给粮食人得死。不给化肥庄稼得死! 嘿,秦书记说着玩哪!

龙家福　　对对,说着玩的,咱秦书记哪能干扒屁眼的事!

秦书记　　都给我闭嘴! 这种事我能说着玩吗? 你们把社会主义变回来,不然一分钱一根牛草一粒种子我都不给!!! 我去迎田专员了,你仨马上收拾东西明天到公社来办学习班,等着处理!

　　　　　〔秦书记抓起帽子,奔下。三人怔立。龙家福一下瘫坐于地。

龙家瑞　　家福,你,你是这是咋了?

龙家福　　我……都那啥了! 他让咱回去收拾东西,这是要……

龙家祥　　已经这样了怕也没用,坐牢咱哥仨一块坐,杀头掉脑袋咱一块上路,走!

　　　　　〔三人锵锵锵地奔下。锣声中收光。

　　　　　〔龙家祥家,音乐飘动。几个孩子在外玩耍。

[龙家祥上,看着孩子们。他叹口气取出烟袋杆,追光再次射来。

龙家祥　孩他妈,我有好多话要和你说:我要走了,这一走怕是真就回不来了!

[家祥妻端着灯出现在高处。

龙家祥　我这辈子最服两个人:一个是凤奶奶一个是关二爷,凤奶奶拉扯了全队的孤儿,关二爷是条响当当的汉子!二爷总说:跪着活是一辈子,站着活也是一辈子!我不想跪着活!死,我也要站着!唉,想吃口饱饭咋这么难?还得进大狱,还得连累孩子们!老天爷,这是为啥?我犯的这叫啥罪?(坐下,哽咽,抹泪,笑)不过,孩他妈,地分了大伙都来劲了,我真是打心里往外高兴,到了秋天,咱就能打下粮食了,孩子们就有吃的了,老老少少都能……那是多好的事呀,哈哈哈!

家祥妻　(哼唱)麦穗儿,金又黄,

　　　　　　乐坏了爹乐坏了娘。

龙家祥　(跟唱)白面饼,甜又香,

　　　　　　乐坏了家中小儿郎。

二　人　(合唱)唢呐吹,锣鼓响,

　　　　　　哥娶媳妇进洞房……

[歌声中家祥妻舞蹈着,二人唱着,家祥妻慢慢消失。孩子和凤姑上。

龙家祥　(取出一手巾包花生)来,孩子们,都过来,(细分着花生)一人一份。凤姑,这点钱给你留下,哥要走了,他仁就交给你了。哥请你帮我帮你嫂子把他们……

凤　姑　哥!(抱着龙家祥痛哭)你,你不用担心,我会把这个家挑起来!咱家的天塌不了!哥,我和孩子们一块等你回家!

仁孩子　爸,你要去哪呀?我不让你去!

龙家祥　(忍着泪)来,吃吧,吃!凤姑,你也吃,我也来一粒!(大嚼)香,真香!

[父子们吃着,凤姑慢慢起身,无言地为龙家祥收拾衣物,收光。

［龙家福家,音乐飘动。

龙家福　(把队里的账本一一取出)这些你都替我交给队里,我龙家福是个囊人,可当了十几年会计,哪笔账都清清楚楚,没占过公家一毛一分钱。还有这,(取出小本子)国家的政策、上边的精神都记得一清二楚,也留给队里。

家福妻　(含着泪)你,你这是干啥? 好像不回来了似的,你给我笑着点行不? 腿别抖,腰挺直了! 你没听这段大伙都夸你是爷们吗? 这么些年我还头回听人这么夸你!

龙家福　真有那么多人夸我? 说我爷们,你也觉得我是爷们?

家福妻　是,你不是爷们谁是爷们!

龙家福　我是爷们,我是爷们! 我是站着撒尿的爷们!! 哈哈哈!

家福妻　家福! (从后边紧紧搂住龙家福)难得你这老实人爷们了一把! 真要把你关起来了,我天天给你送饭,惹急了我把行李卷扛去陪你一块坐牢,咱在那生孩子过日子! 来,坐下! 看我给你做啥了? (端上烧好的鸡)

龙家福　你,你把鸡给杀了? 那是你的心肝宝贝半个家啊,你?

家福妻　杀了! 我得让你吃得饱饱的,身上有劲了再上路。你吃呀,快点吃!

龙家福　好,吃,你先吃……

家福妻　你快吃啊!

龙家福　吃! 掉脑袋我也得当个饱鬼! (索性坐下,大吃起来)

［家福妻看着他,终于咧开嘴哭了!

［哭声,光暗。

［舞台旋转,龙家瑞家升光,龙家瑞在给彩凤吹唢呐,小夫妻也在告别,光暗。

［鼓声,唢呐声,三条汉子各拿着包袱聚到一起。

［全村老少男女陆续赶来,拿着各样能拿出来的吃食,默默交给三人。

龙家祥　大伙都回吧!

龙三叔　唉,刚唱完"大风起兮云飞扬",这么快就改唱"风萧萧兮易水寒"了!

锄把子　哎,花生刚点了,肥也上了,这是硬逼着咱们回头啊!

龙家祥　这会咱死活不能回头,能拖就拖能顶就顶,扛到秋天好歹把生米做熟饭。我想过了,不给牛草咱们就想法到外头借,不给粮食咱大人下地让孩子们出去要饭,没有化肥咱就用自家肥。

三花子 对,咱啥没遇上过,光脚的不怕穿鞋的,赖着拖着到秋上打下粮食再说!

男人们 你们哥仁要真坐了牢,大伙轮班送饭!

龙三叔 好,好啊! 士可杀不可辱! 咱全村老老少少就来他一个众志成城……

　　[田专员、秦书记上,立时鸦雀无声。龙三叔止住。

秦书记 说呀,接着说,还真有点众志成城!

田专员 你们不说,我说。二十家我一共走了十家,你们家家都有小种粮,分田到组可用不着这样。一个大妹子不认识我,跟我说了实话:你们就是单干,地都分完了。怎么,还不认账? 你们哪,胆子也太大了! 我在大河公社搞包干到组已经满城风雨了,你们一下子就……

龙家祥 田专员,这些年咱凤羊人是靠国家的救济活下来的,这救命之恩咱不敢忘,到啥时咱都感谢国家,咱是不想一辈接一辈让国家养活,想变变法子养活自己! 再说,不种田,要农民干啥? 不打粮,要地干啥? 不能让老百姓吃饱饭,要社会主义干啥? 那些规矩那些章程不能让老百姓过好日子,非守着它们干啥? 事做下了,我认账,是绑是捆随你们!

龙家瑞 哥,没你的事,这事是我牵的头,和他们都没关系,要抓你们抓我!

龙家福 别别别,这事有我一份。

田专员 嗬,看来你们不光胆子大,骨头也挺硬!

秦书记 啥也别说了,你们仁带上东西跟我走! 有啥话上公社说去!

关二爷 等等,这主意是我关凤山出的,真有罪我领,十年八年我认!

龙三叔 还有我! 二哥,别把老兄弟我丢下啊! 我老了,替他们坐牢了此残生,也算死得其所!

三花子 哎哎,这可轮不到你们二老,我三花子闲人一个,我去! 我跟你们走,让他仁留下。嘿,不用干活不用要饭天天有稀饭喝了! 嘚呀依飘呀飘!

秦书记 (火)三花子,这会你还敢胡闹! 我把你捆起来。

［村子深处响起了一声声花鼓。

［凤奶奶话外音:把我捆起来!

［鼓声由弱而强响彻全村,凤奶奶打着花鼓背着包领着憨妞上。

凤奶奶 东西,我收拾好了,我跟他哥仨一块走!跟他们一块坐牢、过堂、枪毙他们我老太太先替他们挡枪子!田专员,我冒犯大人,给你进一言,我家七代人都是打着花鼓要饭的,我奶、我妈都是在要饭路上倒下的。解放前要饭,没法子,那是命!解放了,共产党来了大救星来了,咱们都乐坏了,天天唱着"社会主义好共产党好"!为啥那么乐?是因为咱们以为能从此过上好日子,要饭的命要变了,可是……

秦书记 凤奶奶,你可……

田专员 让老人家说!

凤奶奶 要饭的滋味不好受啊!住牛棚睡房檐,把猪食猫食给了你你都得吃,男人迈不开步没脸上前,女人哪个不是泪往肚里咽?咱这些老的接着要,要到死,没啥,总不能让孩子们再……大人,凤羊人做了多少辈子不再要饭的梦啊!你要真是给老百姓干事的那个共产党,就该想法帮咱圆这个梦,帮咱变变这个命!咱老百姓要求不高,就想有块自己的地,流血流汗把地种好吃饱肚子!凤羊人唱了多少年"自从出了朱元璋,十年倒有九年荒"。咱可千万不能让老百姓一辈接一辈唱下去呀!

秦书记 凤奶奶,你?

田专员 凤奶奶的话是重了点,扎耳朵,扎心,可我听着挺实在,全是真话实话心里话!我这个老党员也说几句心里话,咱共产党从建党那天起就想为老百姓打天下谋幸福,建国到现在从中央到地方哪一天不想让老百姓过上好日子呀?我们一直在找一条让老百姓吃饱饭的路,一条国富民强的路,挺多人都为了找这条路倒下了,可这条路在哪?这是道大难题啊,这道题我们做了三十年哪!大伙儿再容我好好想想。这样吧,我在这先给大伙表个态:他们仨不抓不关不撤职,接着主事。下边咋办?再说!

［众面露喜色,小声议论。田专员与秦书记下。

［凤奶奶长舒了一口气,走到石羊前双手合十叨念着祈求着。

龙家祥 (领众人围向凤奶奶)奶,我们哥仨,谢谢你了!!!

凤奶奶　都散了吧,我要一个人在这歇会儿。

　　　　〔众人下,关二爷、龙三叔几老人上前,无语互望。凤奶奶挥挥手,几
　　　　老人下。

憨　妞　奶,你咋了?

凤奶奶　唉,奶累了,从来没这么累过,兴许是该走了。

　　　　〔天际传来隐隐的鼓声。

凤奶奶　听见了,我听见了,这是来接奶奶的,奶的时候到了!

憨　妞　奶,你说啥? 我听不懂,你要到哪去?

　　　　〔凤奶奶打起鼓,唱起花鼓曲,苍劲的歌声,老人一生中最后一段歌唱!

凤奶奶　　　说凤羊,道凤羊,

　　　　　　凤羊本是个好地方。

　　　　　　今生唱尽花鼓曲,

　　　　　　来生还回花鼓乡。

　　　　　　盼了一辈又一辈,

　　　　　　生生死死盼凤凰。

凤奶奶　我知道,你们是来接我的,可我这颗心放不下呀! 兴许这一回咱们
　　　　盼了多少年的凤凰真要飞了! 地分了,心热了,种子撒下去就会长
　　　　庄稼,今年秋天兴许就会……能不能让我留到秋天?

七女甲　凤丫头,该走了! 到了那边咱再接着唱接着盼。

众鼓女　　　今生唱尽花鼓曲,

　　　　　　来生还回花鼓乡。

　　　　　　盼了一辈又一辈,

　　　　　　生生死死盼凤凰。

　　　　〔鼓声中,凤奶奶打着花鼓渐渐远去,不时深情回望。

憨　妞　奶奶,你去哪儿了? (大声呼喊)奶——奶——!

　　　　〔喊声中收光。

　　　　〔再升光,公社秦书记和田专员走在路上。

秦书记　田专员,这事都怪我,我回去就写检讨,要处分你处分我。

田专员　看你紧张的! (取烟,递烟,划火)手抖啥呀,我可没说处分你。

秦书记　这可咋整啊！

田专员　到底让不让他们干下去，倒是得好好想想。凤生，说说你的看法！

秦书记　我？嘿，我听喝，咋么喝我咋干！不过田专员，真要开了这个口子可不得了啊！要是全都学他们的样子干，这一个小火苗就能着场大火呀！三级所有变成啥了？四级都不止，队为基础变成家为基础，公有制变成私有制，那社会主义不变味了吗？（取报纸）这张报纸你看过吧，《人民日报》头版头条，《三级所有队为基础应该稳定》。你看这，点名批了包产到组，来头不小啊！弄不好咱就成全国复辟资本主义的典型！这可是走啥路的问题呀！

田专员　（从怀里取出一张报纸）这张报纸你也看过吧！《实践是检验真理的唯一标准》，这也是党报大报，我看来头不比你这小！通篇讲的都是解放思想实事求是！（激动地）复辟？走啥路？全是屁话、混账话！这么穷的一个队复辟能复辟到哪去？啊，打下粮食就是资本主义了？社会主义就不要粮食？你说，一边是老百姓的要饭路，一边是能让老百姓吃饱肚子的路，咱该走哪条？

秦书记　这，这，我就听上边的，上边让走哪条路我就走哪条路！

田专员　你呀！这些天我一宿宿睡不着觉，心里倒海翻江呀！千条路万条路让老百姓吃饱饭才是正路，把老百姓梦里想的心里盼的变成真的实的才是正路！咱凤阳中都城的城门上有四个大字"万世根本"，啥是"万世根本"？老百姓是万世根本！让老百姓过上好日子是万世根本！拿老百姓当天是万世根本！凤奶奶的话就像多少根鞭子在抽我啊。八代人唱着凤羊歌去要饭！"乡音虽然好，一曲九断肠"啊！难道还要让她的后人再唱下去吗？难道咱们还不如明朝清朝不如民国吗？走错了路就得改，那才叫实事求是，才是真共产党！要是再不实事求是，国家还有好吗？老百姓还有盼头吗？过去咱总唱，没有共产党就没有新中国，可要是没有老百姓的拥护，咱靠啥领导这个国家？靠啥坐这片江山？真到了那会就啥啥都晚了！就是豁上命也不能到那一天！不行，我得回去！让他们干！

　　　　　［沉沉鼓声。他大步向回走。

秦书记　（在后追着）田专员，你等等。（喊）你说得都对，可这是要犯错误的！

田专员 （大步走着）奶奶的,这错误我还非犯不可了! 老百姓都不怕咱怕个熊? 大不了撤官免职! 老子快六十了,干了这件对得起天地良心的事,活着没白活,死了也能闭眼了!

[重重鼓声震撼人心。

秦书记 可,可我顶不住啊,你点完头我咋办哪? （蹲下不走了）

田专员 （止步）你呀! 好,你过来! 我教你一招,这个你总会吧?

秦书记 你是说……睁一只眼闭一只眼?

田专员 对,还有,咱们来他个"三不"——不制止,不宣传,也不提倡。

秦书记 这,这倒是个法,那你能下个文件不? 写个字据也成,万一……

田专员 你这家伙,这种事能写字据下文件吗? 得让猫逮着了耗子再说。

秦书记 你? 你这胆子比那帮人还大!

田专员 老太太跳井——坚决到底了! 你马上给他们发种子! 天塌了我顶着!

秦书记 呵,不瞒你说,种子我早预备好了! 其实我手下那些队干部全都想分田到户,我也早想干,可没后台一直没敢! 奶奶的,我这要饭书记的帽子也该摘了! （摔帽子）有你撑腰我豁出去了,干他娘的! 大不了咱俩搭伴一块回家种地!

田专员 那你看咱们往哪边走? 要不,回县里再研究研究?

秦书记 哎哎,别呀,他们正盼着呐! 田专员等等我啊!

[鼓声中二人大步奔行,二人走入村中,悲调音乐飘来。

[龙家祥领众村民披麻戴孝,凤奶奶牌位前放着花鼓,孩子们跪成一片。

田专员 怎么? 凤奶奶她——（潸然落泪,向花鼓深深鞠躬,回身,抹泪）乡亲们,我决定了,马上给你们发种子保证春耕。我田海清做主,许你们一直干到秋天! 干得好我还许你们再干一年!

龙家祥 （冲着天际）奶,你听到了吗? 田专员让咱们干了,让咱干到秋天!

众村民 春——耕——了!

[空际响起了激越的鼓声。牛叫声,许多耕牛在叫。

[音乐中,男女老少奔涌着向前,扶犁的,赶牛的,拉犁的。

[歌声起:一粒种哎,万粒粮,

　　　　牛儿叫哎,耕太阳,耕太阳——

众村民　秋——收——了！

　　　　［音乐涌动,满天下起缤纷谷雨,地上长出醉人庄稼。收光。

第五幕

　　　　［秋,大喇叭里放起了欢快的"农家乐"音乐。

　　　　［到处是丰收的庄稼,锄把子站在粮担边,手捧着粮食。

锄把子　(流泪喊着)爹,丰收了,丰收了,咱们的地里从来也没打下过这么多
　　　　粮食！咱们有饭吃了！

　　　　［高高的粮垛上,凤姑轻轻哼着歌干着活,三花子在帮忙。

三花子　凤姑,你看我这段表现咋样?

凤　姑　真难为你了！从春到秋你都在帮我。

三花子　嘻,长工嘛。

凤　姑　瞧我地里打了多少粮食……可你地里长得都是啥啊?

三花子　只要你高兴,长的全是草我都开心！

凤　姑　三花哥！这些日子天天和你在一起,不知咋了,我都有点离不开
　　　　你了！

三花子　(一直憨笑)

凤　姑　三花哥,你要不嫌我是个寡妇,不嫌我带个孩子,以后咱俩就……

三花子　哈哈,我非寡妇不娶！哈哈哈,太他妈好了！！！(翻起跟头唱起来)

　　　　［两人对唱《摘石榴》下。

　　　　［龙家祥在粮食中漫步,抚摸着,捧看着,放到嘴里细细嚼着。

龙家祥　香,真香啊！

　　　　［龙家瑞、龙家福上,慢慢走近龙家祥,三人抱成一团,都泪流满面。

龙家瑞　哥！！！咱挺到秋天了！挺过来了。

龙家福　他奶奶的,一辈子干成这一件事,我龙家福到啥时候腰杆都能挺
　　　　直了！

　　　　［三人大笑,音乐起。

　　　　［鼓声中全村人提酒拎肉,操着炊具,踩着花鼓灯舞步涌上,一片欢腾。

龙家祥　老少爷们儿,这一段老田替咱们扛着雷,到现在咱这么干上头也没

个下文,说好了他一会儿就到咱这来,咱说啥也得请他好好吃一顿,好好犒劳犒劳他!

众 那有啥说的! 我请他好好尝尝我贴的大饼子!

对,请他吃我烧的肉!

还要喝我新打的酒!

龙家祥 光吃喝不行,老田以前说过他最想看咱们的花鼓灯,今天咱得让他看个够。三花子,家什都带齐了! 嘿,这回咱得好好给他露两手!!

〔婴儿的哭叫声,家瑞妻抱着婴儿上。人们围上去争看。

家福妻 瞧瞧,这小鼻子小眼多好看。龙家福,你还不快点跟我生一个!

龙家福 生,回去咱就生。老子现在浑身是劲,只要你那地好保证长庄稼!

〔众一片哄笑。秦书记急上。

秦书记 你们,你们还有心乐哪,出大事了!

龙家瑞 咋了秦书记,田专员怎么没来?

秦书记 昨天省里来了通知,让老田去开紧急会议。唉,全县、全地区都学你们的样搞起了包产到户,咱到底成了"出头鸟"。有人放出话说,"辛辛苦苦几十年,一夜回到解放前"。吓人啊! 听说要在这个大会上点老田的名。

龙三叔 啊,这是要兴师问罪呀!

秦书记 是呀,他打来电话说上火车前要再来看看你们告个别! 一会儿他来了,谁都不兴愁眉苦脸的,咱们要让他乐呵着走!

关二爷 要是这样咱更得好好送送他! 回头他来了……

田专员 呵呵,我已经来了!

〔众人循声望去。田专员上,笑吟吟地站在众人身后。

锄把子 老田,大伙正等你哪,这,这是我刚酿的烧锅,你喝上一口……(哽咽)

田专员 这……你这个秦凤生呀,就是肚子里装不下二两香油! 咱这么干是有人反对,可上上下下支持咱的也不少嘛! 贴饼子还得翻几个个儿哪! 我还是那句话,老太太跳井——坚决到底了! 我这包里一边是检查一边是咱凤羊的材料,我要直接和省委书记汇报,两样一块交给他。这漫山漫野的粮食,就是我的护身符!

龙家祥 田专员,我是队长我领的头,我跟你一块去省里!

田专员　呵呵,算了吧,我还是列席哪!

龙家祥　田专员!就是上头怪罪你,你的好咱凤羊人也会记一辈子,记几辈子!你要真丢了官就到咱这来,凤羊老老少少就是要饭也要养活你全家!

众村民　对,咱们养活你全家!!!

龙家祥　老田,咱们人去不了,有样东西你给他们带去!三叔,念念你那首诗!

龙三叔　哎!老田,这是我新写的一首打油诗,你一定得听听,(念)大包干,真正好,干部群众都想搞!只要准干三五年,吃陈粮烧陈草,日子一年更比一年好!

田专员　三叔,写得好啊!喏,我要把它带到省里去!又是一道护身符!

　　　　[大喇叭:田专员,田专员,县里刚刚接到省里来的紧急通知,要你马上启程,务必今天赶到省里,务必今天赶到省里。

田专员　哟,这么多好吃的,我馋虫都勾上来了,咱这儿的大饼子、炒花生可是远近闻名啊,吃完再说。(坐下,吃饼子)好吃!有大葱没来一根。(一个人坐那大吃着)来来,大伙别愣着,一块吃!

　　　　[众村民默默坐下,埋头吃着嚼着,谁都不说话。

田专员　真香!没吃够,得带两张路上吃。我再包上点花生,带到省里让他们都尝尝。(捧花生,包好)哎,你们这是咋了?

　　　　[众沉默,长长的火车声响

田专员　火车开起来了,挡不住了!本来想好好看看你们的花鼓灯听听你们的凤羊歌,等我回来!(唱起来)说凤羊,道凤羊……

　　　　[田专员唱着走远了,歌声中众伫望着,秋风中有若一群凝固的雕像。

秦书记　走了,也许就回不来了!

关二爷　未必,这会儿和那会儿不一样。

龙家福　上头的事,难说呀。

龙三叔　今年的秋风好大呀!

三花子　头些天我梦见又去要饭了,有条大狗拼命追我。

锄把子　千万别走回头路啊!

龙家瑞　不会,肯定不会。只要上头知道咱老百姓是咋想的,就不会。

龙家祥　但愿老田顺风顺水地去顺风顺水地回,保佑上头能和咱老百姓心想
　　　　到一块劲使到一块,老百姓要过好日子富日子舒心日子,要圆几百
　　　　年的梦,浑身的血已经烧起来了! 不管前边有多少沟沟坎坎,咱都
　　　　得豁上命往前奔! (抓起鼓槌)老少爷们们,老田最想看咱的花鼓灯
　　　　听咱的花鼓曲,咱就唱起来跳起来! 让他听着咱老百姓的曲、带着
　　　　咱老百姓的心往前走。

龙家瑞　(操起鼓槌)好! 向天向地向太阳,唱他个惊天动地,舞出个凤羊
　　　　齐鸣!

龙家福　(也操起鼓槌)让苍天大地看看咱庄稼人的精气神儿!

三　人　(奋力打鼓,振声唱)说凤羊,道凤羊……
　　　　[鼓声中,三花子等村民边唱边跳起花鼓灯。狂野的歌声,奔放的
　　　　舞蹈!

众男女　(合)说凤羊,道凤羊,
　　　　　　风羊本是个好地方。
　　　　　　锣儿打了千百载,
　　　　　　鼓声撞响大太阳。
　　　　　　盼那凤唱羊也唱,
　　　　　　盼那五谷醉人香,
　　　　　　盼了一辈又一辈,
　　　　　　九天飞来金凤凰。
　　　　[凤奶奶、花鼓女、家祥妻等天上人间的融合、舞蹈。
　　　　[画外音起:天盼,地盼,人盼,深深的盼啊! 人们没有想到的是,震
　　　　　　惊世界的中国城乡改革从这里拉开了序幕,茅草屋里划
　　　　　　出的星星之火燎原神州大地! 历史将铭记这些普普通
　　　　　　通的农民,将铭记这段刻骨铭心的日子,将铭记以老百
　　　　　　姓为福祉、以亿万人民为万世根本的中国共产党人! 历
　　　　　　史也将记住这方土地,一个伟人曾深情地称它为"凤阳
　　　　　　花鼓"中唱的那个凤阳……

———剧　终

话　剧

立　春

时　间	现代
地　点	晋北,黄沙洼村
人　物	小　玉　（女）
	铁　蛋
	石　蛋
	花　花　（女）
	奶　奶　（女）
	杨　二
	憨　蛋
	苗　苗　（女）
	秋老汉
	三　婶　（女）
	五　叔
	五　婶　（女）
	六　叔
	六　婶　（女）
	树　墩
	树　桩
	树　根
	众男女村民
	叶　儿　（女,亡灵,奶奶的孙女）

第一幕

[空黑中响起了山西晋北民歌,粗犷、苍劲。

　　　三十三道那个山来,

　　　九十九那个片滩,

　　　几多多痴情个女子,

　　　几多多实在个汉,

　　　祖祖辈辈呀拽大河,

　　　子子孙孙呀担大山——

[升光,80 年代某年,立春,晋北大地,山漫漫,路崎岖,风呼号。

[铁蛋、小玉背箱提包自风中上。小玉年轻秀丽,退伍兵铁蛋穿一身黄。

小　玉　走了这么长时间,你家怎么还不到?

铁　蛋　快了快了,爬过前边那道梁就到了。

小　玉　(四望)已经春天了,这儿的山怎么还是黄的?

铁　蛋　都是风沙吹的呗。

小　玉　这儿的天怎么也是黄的?

铁　蛋　也是风沙吹的!

小　玉　怎么连棵树都看不见?

铁　蛋　我们这的春天比你们云南来得晚啊,今天是立春,过些日子山就绿了! 小玉,咱这可是真正的黄土高坡、塞上风光! 你看——那是长城!

小　玉　长城! (奔过去眺望,兴奋不已)哇,真是长城! (喊)长城——

铁　蛋　小玉,你来看哪,翻过那座山梁,山脚下就是黄河,开春河水开化的时候,河上的景色要多壮观有多壮观。

小　玉　黄河! (看)长城、黄河! 太好了! 铁蛋,我喜欢! 那咱们家是什么样?

铁　蛋　咱们家——有河,有山,有林子,那的天蓝凌凌的,那的云白嘟嘟的。

小　玉　真的?

铁　蛋　真的,都是真的? 这些都会是真的!

小　玉　铁蛋,你不会骗我吧?

铁　蛋　我绝对没骗你!(向着苍茫荒原高声喊)小玉——我——爱——你!

小　玉　(感动,也向着苍茫高原大声高喊)刘铁蛋——我也爱你!!!

二　人　爱你——噢噢噢——

　　　　　[音乐中,二人向荒原喊着,奔到一处,笑着躺到地上。

　　　　　[远处传来喜庆的迎亲鼓乐声。

铁　蛋　小玉,乡亲们接你来了!

　　　　　[鼓乐声。奶奶、独臂杨二率众多男女乡亲吹打而上,憨蛋舞着长杆在前。

铁　蛋　小玉,这是咱奶奶,这是老羊倌秋大爷、三婶、五叔、五婶、牛叔、牛婶。

小　玉　奶奶好,秋大爷好,三婶好,五叔五婶好,牛叔牛婶好!

铁　蛋　这是我兄弟憨蛋,这是石蛋和花花,这些都是咱村的乡亲!

小　玉　大家好。

男村民　(众)哎呀,南方的女子真亲人啊!

女村民　(众)啊呀呀,穿的外裙裙,别的发卡卡,美得多得多了。

奶　奶　女子,就等你哩!来,让奶奶好好看看,哟,还是"猫眼眼"呢!真"稀"人哪!

众　　　(齐声)"稀"人哩!

铁　蛋　小玉,这是咱村的村支书!

杨　二　(上前)杨二!村支书兼村主任,既代表一级党组织也代表一级政府。我代表黄沙洼全体党员全体村民热烈欢迎你到咱村落户!

众　　　欢迎欢迎,热烈欢迎!

杨　二　下边由我代表村支部村委会致欢迎词!(拿出小本念)"四人帮"打倒了,改革春风吹来了,金凤凰飞来了,新媳妇进村了,大学生嫁给退伍兵,云南妹嫁给山西郎,从此夫妻多恩爱,计划生育搞好了,来年生个——

众　　　(齐声)亲个蛋蛋!

杨　二　给新人蒙盖头!

　　　　　[音乐中,一女村民欲上前给小玉蒙盖头。

铁　蛋　等等。(展开红纱巾)小玉,我在云南就买好了!(为小玉蒙上)

小　玉　铁蛋,我喜欢,这的人真热情,真纯朴,真好!

铁　蛋　咱们这啥都好,好的都在后边哪!

杨　二　后生们,(众男应:哎)女子们,(众女应,哎)舞起来,唱起来!

　　　　[鼓乐高亢,人们簇拥二人火爆歌舞。一场盛大的婚仪热烈展开。

男青年　(唱)哎——阳婆婆哟上山梁,

众　　　(合)亮呀亮堂堂。

女青年　　　　小妹妹眼巴巴,

众　　　　　　盼哪盼情郎,

　　　　　　　叫上我的那个哥哥哟,

　　　　　　　抱上妹妹进洞房!

女青年　(唱)月婆婆哟挂天上,

众　　　(合)喜呀喜洋洋。

男青年　　　　脱下了红肚兜,

众　　　　　　等呀等新郎,

　　　　　　　搂定哥哥亲个嘴儿哎,

　　　　　　　吹灭了灯儿快上炕,

　　　　　　　(齐喊)亲一个!——亲一个!

　　　　[锣鼓唢呐齐鸣,二人被众人推到一处,铁蛋掀开婚纱,二人正欲
　　　　亲吻。

　　　　[乌云翻滚,风声大作,一时间天昏地暗,飞沙走石。

小　玉　(一阵狂风刮飞红色婚纱)婚纱!我的婚纱!

铁　蛋　我去追!!!

　　　　[铁蛋疾疾追下。

奶　奶　(护住小玉)女子,别慌!(向天痛喊)天杀的骆驼风,你咋这时候
　　　　来呀!

憨　蛋　(惊恐地在风中狂喊起来)妹子不走——妹子不走——

　　　　[狂野的大风之中,众人东倒西歪,站立不稳。

　　　　[音乐,追光,小玉茫然四望,奶奶为其披上外套,众注视小玉,慢慢
　　　　退下。

[余下小玉一人,慢慢走向舞台上出现的窑洞——缓缓收光。

[一枝干苍劲的古榆,一残破不堪的窑洞,黄泥坯围的破院,远处荒
山漫漫。

[大风狂号,巨响震撼窑洞。光线昏暗,陈设简陋,无一件像样家具,
但多处贴着大红喜字和各样乡间剪纸,略透喜意。

[风声中,小玉紧抱双肩萎坐在炕上,如雕似塑。

[窑洞外,憨蛋疯了一般乱跑乱喊。花花、石蛋在追。

憨　蛋　(喊着)妹子不走——妹子不走——
　　　　[奶奶、杨二在灶边下面、盛面。

奶　奶　唉,刮起骆驼风,鸡狗不叫羊没声,外头沙石满天飞,家家屋里亮油
　　　　灯。大喜的日子都让它给搅了!
　　　　[奶奶、杨二端着面、菜走入"洞房"。

奶　奶　玉呀,吃面。

杨　二　婶的擀豆面又筋又柔越吃越香,好吃哩! 吃了这碗面你就是咱这的
　　　　婆姨了!

奶　奶　唉,他们南方人都爱吃白米饭,可咱这……玉,多少吃点。
　　　　[小玉一直不动,二人无语对视,黯然退出。
　　　　[铁蛋气喘吁吁从风中奔上,浑身脏兮兮的,手中拿着已经破烂的
　　　　婚纱。

铁　蛋　小玉,追到沟底才追上。剐蹭得不像样了,回头我再给你买条新的。

小　玉　刘铁蛋,你把我带到什么地方来了? 这是人住的地方吗? 你不是说
　　　　这有山、有水、有林子、有蓝天、有白云,都在哪儿哪?!

铁　蛋　小玉,对不起,是我和你撒了谎,我是怕说了真话你就不跟我来了。
　　　　咱这比不上云南,一年四季都是春天,可你听我说……

小　玉　不听不听,我不想听! 我是辞了工作、和家里闹翻了跟你回来的,来
　　　　之前我也知道乡下苦,不会像你说得那么好,可我怎么也没想到会
　　　　是——(捧看着破碎的婚纱)这就是我的婚纱吗? 这就是我的新婚
　　　　之夜吗? 刘铁蛋,你骗了我!

铁　蛋　小玉,对不起了! 我说的那些山、水、林子、蓝天、白云,都是我梦里

梦见的,我多想把咱们家变成那样啊! 咱们这一年一场风,从春刮到冬。要想改变这一切,就得种树防住风沙。现在县上有了新政策,前几年石蛋包了几十亩荒山干得挺好。我想用复员费承包荒山,种上最好的果树苗。

小　玉　你? 你想让我在这跟你种一辈子树? 不,我要回家!

铁　蛋　小玉!

小　玉　我要回家!

铁　蛋　来之前咱俩结婚证都领了,要真回去了,你咋办? 我咋办? 奶年纪大了,憨蛋又那个样,他们咋办? 再说,你回去了又咋和家里人说? 求求你留下吧! 我刘铁蛋不能给你金给你银,可我能给你一颗心,日后我拼了命也要让你过上好日子!

小　玉　刘铁蛋,我恨你! 我这辈子都让你毁了! 我要回家!
　　　　[风声呼号。门外,奶奶、杨二、花花、石蛋等侧耳听着。
　　　　[奶奶叹气,走进洞房,杨二跟入。花花欲跟入,被石蛋拉住。

奶　奶　玉呀,铁蛋没说实话,奶替他说。咱这是贫困县,咱村是全县最穷的贫困村,咱家又是个这……穷人说话不硬气,是留是走你自己做主。走,住上几天让铁蛋送你回去;留,明天奶奶再给你好好操办一场婚礼!

杨　二　我代表组织说一句:还是留下吧! 有困难我解决不了乡上解决,乡上解决不了县上解决! 婚姻大事可不是闹耍耍,洞房花烛夜没了新娘子,这成甚事了?
　　　　[花花撞开门闯了进来。

石　蛋　花花——花花——

花　花　她不愿意我愿意! 这洞房我进,新娘子我当!!!

铁　蛋　花花,你这是干啥?!

小　玉　刘铁蛋,这是咋回事?

花　花　咋回事? 铁蛋哥早就有对象了,就是我! 我俩从小就在一块,上学一个班,吃饭一个碗,睡觉一个炕,他参军时就说好了,他一退伍我俩就结婚!

铁　蛋　花花,我啥时说过这话!

杨 二	花花,你捣什么乱! 小玉,我代表组织证明:他俩绝对没事!
奶 奶	花花,你铁蛋哥真的和你说过这话?
花 花	说过。
铁 蛋	小玉,你别信她的话,这不是真的!
小 玉	(气)不! 我信,她说得有鼻子有眼的,我凭啥不信。
杨 二	花花! 这门婚事要是让你搅黄了,我饶不了你! 我开除你村籍!
铁 蛋	花花同志! 你说,我啥时说的?
花 花	你,你在我梦里说的,你还亲了我一口口哪!
杨 二	哈哈哈,这个傻女子,这梦里的事也能当真哪!
奶 奶	花花呀花花!
铁 蛋	小玉,我向你保证:今生今世我只爱你一个! 要是咱俩成不了,我就打一辈子光棍! 我出家当和尚!
花 花	铁蛋哥,我也向你保证:反正她早晚都会走,我就等着那一天! (下)
石 蛋	花花——花花——(跟出)
杨 二	小玉,你都看见了,铁蛋在咱这是个宝哩! 二叔说句掏心窝子的话,冲铁蛋回乡种树这一条,你也不该离开他! 他是条汉子!
小 玉	我知道他是条汉子——
杨 二	咱这是大风口,紧挨着大沙漠,老县城已经让风沙埋了,莫退路了,咋办? 只有种树才能活人! 毛主席《愚公移山》里说的太行山就在咱山西,就是咱山西的事,咱们都是愚公的后代,就得子子孙孙一辈接一辈和骆驼风干! 一任任县领导带着大伙拼命种树一直没停过。铁蛋他妹叶儿和憨蛋挑着树苗去种树,遇上了骆驼风,叶儿被风沙埋了,活活给……憨蛋受了刺激,到现在只会说一句话!
憨 蛋	(立于高处)妹子不走——妹子不走——
铁 蛋	叶儿身上脸上都是沙子,临死手里还握着根树苗。那个时候我就发了誓:我要种树,要把风沙压在一棵棵树下边,拦在一片片林子外边! 我不能让叶儿活过来,可我要让她在天上看见我种的树长满这的荒山野岭!
	[风中叶儿亡灵出现,纯美可爱,穿绿衣梳小辫,捧一株绿苗唱着童谣。

叶　儿	立春呀,过后呀,暖暖风吹,

叶　儿　　立春呀,过后呀,暖暖风吹,

冰河呀,开化呀,雁儿归,

春雨染得山坡坡绿,

歌儿把那云朵朵追。

〔风沙狂吹漫涌,她和她的歌声隐没。

铁　蛋　那以后奶、爸和二叔铁锹不离手,扁担不离肩,领大伙三进西风口六上骆驼崖!

杨　二　你看,你奶这把锹硬是磨秃了,可她锹不离手,走到哪见了树就培上几锹土!

铁　蛋　为了种树,爸从十几丈高的悬崖上摔了下来,临死前还嘱咐,咱刘家人一辈接一辈把树种下去。

奶　奶　这风,这沙,要了咱家两条命啊!刘家人种树是天安排,命注定,别人种咱要种,别人不种咱还得种!玉呀,你是外乡女外姓人,不愿留下,奶不怪你!

小　玉　奶——

铁　蛋　小玉,三年,咱俩就干三年,不成就一块回云南,咋样?我给你下个血书!(决然咬破手指)

小　玉　铁蛋!

〔铁蛋扯过一块布,用血手指赫然写下"三年"两个大字。

小　玉　(捧抚着血书)你们让我考虑三天!

〔风声。

〔日出,日落,月升,日出,山村时明时暗,时光流动。

〔骆驼风刮了三天三夜。光影变幻中,小玉、铁蛋、花花、石蛋、奶奶(纳着鞋)出现在一束束追光中,姿态各异,形象各异。

小　玉　(看着破碎的婚纱和血书)我该怎么办?当年我和几个同学在玉龙雪山上遇上了大风雪,手脚都冻僵了,眼看就要不行了,是铁蛋和几个战友拼了命把我们救下山送到了医院,他还给我输了好多血……从那时起我身上流着他的血,心里盛满对他的爱,他就是我要找的可以托付一生的人!

铁　蛋　小玉,你会留下吗?自从那场大风雪里遇上了你,我就再也放不下你,发了疯似地爱上了你!

石　蛋　花花,你都看见了听见了,就死了这个心,跟我好吧!

花　花　不,打死我也不信她会留下,就算她留下了,三年后也得走,我等三年!

石　蛋　你? 那我等你三年! 我想好了,种树见效太慢,我不种了,我要出去闯闯,三年后风风光光地娶你!

花　花　那,都等!

奶　奶　(自言自语)立春了,立春一日天暖七分,雨水惊蛰春分清明,小草长芽小树拔节,又该扛锄下地上山种树了。

小　玉　我从没想过离开他,家里那么反对都没有拦住我,可我真要留在这吗? 真要在满天黄沙中过一辈子? 真要在这种一辈子树吗?

铁　蛋　小玉,和你在一起的日子真好啊! 铁蛋今生今世都离不开你了,求求你留下吧!

奶　奶　多少年了,没有人愿意嫁进来,眼下来了这么好的女子,真要是走了,(走到老榆树下)树神娘娘,你保佑了黄沙洼几辈辈人,多少回靠吃了你的树皮树叶咱才活下来,求你再显显灵,把小玉留下吧!
　　　　〔风声再起,数人隐去,
　　　　〔只余下奶奶一人伫立风中。

奶　奶　天杀的骆驼风! 你害了多少人的命,伤了多少人的心哪!
　　　　〔奶奶慢慢走下。

　　　　〔鸡叫,天亮了。
　　　　〔小玉、铁蛋提着箱包推开房门,走出了窑洞。

铁　蛋　树神娘娘,保佑小玉一路顺风!

小　玉　树神娘娘? 这么荒凉的地方,怎么会长出这么一棵大榆树?

铁　蛋　是呀,谁都说不清楚。听奶说,她奶奶小时候就有了,乡亲们有事都来求它,特别灵,都叫它树神娘娘。
　　　　〔众乡亲层层叠叠站了一片,望着小玉。
　　　　〔奶奶拿着双布鞋和一袋杂粮走出来。

奶　奶　(走向小玉)玉,走啊? 大老远来一趟,奶没照顾好你呀,没能留下你,奶没福啊! 咱这穷,没甚好东西,带上点杂粮,给你家里人尝个稀罕。(又取出一双新布鞋)这三天奶一直在给你做鞋,总算是赶出来了,不知合适不合适?(伏身为小玉换鞋)

〔音乐飘动。

奶　奶　挺合适的,自己家做的样样不好看,可穿着舒服,留个念想吧。铁蛋,路上照顾好小玉。

小　玉　(感动地)奶——

〔小玉向奶奶鞠躬,向乡亲们鞠躬,小玉提箱子走向村路。

憨　蛋　(大声痛喊)妹子不走——妹子不走——(喊声回荡着)

〔铁蛋大声恸唱起来——

铁　蛋　(唱)喊一声心尖尖你回个头,

　　　　　亲哥哥爱你呀爱到白头。

　　　　　云朵朵拦住哟不愿你走,

　　　　　树枝枝扯衣哟想把你留。

　　　　　山沟沟涨大水没了山头,

　　　　　那是亲哥哥哟泪花花流。

〔歌声中,小玉止步,包落地。

〔小玉放声大哭!

〔铁蛋一步步走向小玉,二人相拥一处。

奶　奶　(持着鼓一步步向高坡走去,口中喊着)立春了! 立春了! 立春了! 树神娘娘,求求你保佑黄沙洼吧,给咱送下一场春雨,送来一个好年成吧! (奋力击打起来)

秋老汉　(挺立在高坡上,用力挥响鞭子)打起来! 唱起来呀!

奶　奶　(唱)立春了——

众　　　(合)立春了——(齐打响手中的各样响器)

〔许多村民从高坡后上。

奶　奶　(唱)打起那个鼓鼓声响,

　　　　　天地苍苍草叶黄黄,

　　　　　树娘娘呀你显灵光,

　　　　　降一场大雨到此方!

众　　　(合)降一场大雨到此方!

　　　　[急鼓声,奶奶狂鼓,全体舞蹈着、歌唱着。收光。

第二幕

　　　　[三年后的立春。

　　　　[山上景象萧索,果林枯萎凋零,寒云深锁山雾茫茫,孤鸟在天际声
　　　　声鸣叫。

　　　　[花花喊着:铁蛋哥,铁蛋哥! 从山路走上。

　　　　[铁蛋胡子拉碴头发蓬乱,背一捆柴上,放下柴,躺靠柴上,取出小酒
　　　　瓶喝。

花　花　铁蛋哥,你咋又喝上了? (上去抢酒瓶)你都快泡到酒缸里了!

铁　蛋　还给我!

花　花　我就不给! (取出山果)哎,吃点这个,解酒。我非要你吃! 吃一个!
　　　　哥,这些天你总愁眉苦脸地喝酒,我看着都心疼。你笑一个! 笑
　　　　一个!

铁　蛋　我笑得出来吗? 头一年干旱,第二年虫灾,眼巴巴盼到第三年——

花　花　哥,这咋能怪你哪? 这三年你尽力了,看看这山上尽是石头沙子,又
　　　　刮风又干旱,无霜期还短,外边来的果树苗根本就活不了。再说,小
　　　　玉自己照着书本搞嫁接,费了那么大劲不也一棵没活吗?

　　　　[小玉背一大捆当柴烧的树枝上,一身农妇打扮,系着红围巾,看着
　　　　二人。

铁　蛋　三年了,我苦小玉更苦,她妈病重都没回去,老人去世时她也没看上
　　　　最后一眼,家里的钱全搭进去了,还欠了一堆外债,到头来就剩下这
　　　　一堆堆柴火棍! (仰天恸喊)老天爷,你这么对我不公平啊!

　　　　[铁蛋夺酒瓶再喝,花花又扑上去抢酒瓶。

铁　蛋　(推开花花)你走,别在这烦我,走啊你!

花　花　我就不走! 就烦你! (高兴地)今天就是立春,三年到了,她肯定要
　　　　离开,这三年我没白等! 哥,她走了,我和你过,我实心实意跟你过
　　　　一辈子!

铁　蛋　我的姑奶奶,我娃娃都有了你咋还? 听哥的,石蛋一直等着你。

花　花　我就不! 我只有你,我就和你好! (一劲往上凑)

铁　蛋　(发现小玉)小玉? (急得和花花直跺脚)你快走吧!

花　花　走就走! 奶说今天吃面让你俩早点回去! (开心地喊着)立
　　　　春了——

　　　　[花花喊着"立春了——"颠颠地下。

铁　蛋　小玉,这个花花,真拿她没办法。

　　　　[小玉不语,伸手拿过铁蛋手中的酒瓶。

铁　蛋　唉,我也不想喝,可……

　　　　[小玉埋头拾着枯柴。鸟叫声声。

铁　蛋　怪我,无能啊! 小玉,今天,累了一天了,要不,咱回吧,

小　玉　(埋着头一下下砍着枯树枝)你先回吧。

铁　蛋　也好。那我先回,你也早点回。(背上自己和小玉的柴,唱着)生活,
　　　　像一团麻……

　　　　[铁蛋背柴唱下。小玉停下来,默看着四下一株株枯树,心绪烦乱,

　　　　[憨蛋背着柴上,颠颠地跑到小玉面前,帮小玉收拾树枝。雁叫。

小　玉　(望)南飞的雁子都飞回来了,又是立春,三年了! 憨蛋,嫂子该怎么
　　　　办?! (望着飞雁)约定的日子到了,我是不是该走了?
　　　　[天空中阵阵雁叫。

憨　蛋　妹子不走——妹子不走——妹子不走——

小　玉　憨蛋,憨蛋!
　　　　[收光。

　　　　[云低垂,老榆树依然挺拔。

　　　　[窑洞内,墙上多了数张奖状。厨房里,奶奶系着围裙在灶台前和
　　　　着面。

　　　　[花花哄拍着刚睡着的孩子,抱孩子入里间,又出来到院内柴垛处
　　　　抱柴。

　　　　[石蛋一身半土半洋的城里人打扮,背着一个大包带着醉意唱着民
　　　　歌上。

石　蛋　（见到花花）花花,我正找你哪!

花　花　别吓着孩子。咋又来了一个喝酒的!

石　蛋　嘿,高兴,喝了点。来,(拿出不少好看的衣服、首饰)最时兴最时髦的!还有这,省城女人都穿这个,还有这,(示项链)项链代表我的心!

花　花　你疯了?我要你的东西干甚?

石　蛋　花花,嫁给我吧!(跪下)我挣到钱了,你看,这是我的存折!小一万哪!这三年在采石场采石头在小煤窑挖煤背煤,吃苦受罪,就是为了早点挣到钱娶你!花花,只要你点下头,我立马扎棚子摆酒席请戏班子办个全县最风光的婚礼。

花　花　闭嘴吧你,我这辈子非铁蛋哥不嫁!

　　　　〔花花入内。

石　蛋　你!(喊)花花,那我还等你!我这辈子非你不娶!!!

　　　　〔铁蛋背着柴上,放下柴。

石　蛋　（喝着,带醉走向铁蛋,拿出两瓶酒）哥,我请你喝酒。

铁　蛋　不喝。

石　蛋　喝!我真闹不懂,我刘石蛋论聪明劲论心气哪样不如你?花花咋偏偏就……哥,这些年我没求过你甚事,今天我求你了!

铁　蛋　说!

石　蛋　今天是你和小玉约好的日子,带着小玉和孩子回云南吧!奶和憨蛋我来照顾。你们要是走了,花花就断了念想。(拿出一沓钱)哥,这些钱你都拿上,做回去的路费!

铁　蛋　我就是走,也用不着你给我拿路费。

石　蛋　给句实话,走,还是不走?

铁　蛋　（推开钱,拿过面前的酒瓶）喝酒!

石　蛋　喝!哥,我知道嫂子说了算,可是哥,你就别硬撑着了,论种树,全县头一个承包荒山的就是我!可那根本就是一场梦啊!种树这营生慢得急死个人,没个五年八年的见不着回头钱!

铁　蛋　你有完没完!

石　蛋　我没完!哥,在外边这三年,我明白了一个道理:要活人就得现实!

现实就是腰里得有钱,有钱才有尊严,有钱才能把头抬得高高的,有钱才能让心爱的女人过上好日子。我要是娶了花花,我可不像你对小玉那样。

铁　蛋　你给我闭嘴!

石　蛋　我就不闭!哥,小玉刚来时细皮嫩肉白白净净,你看看现在她那双手那张脸,风吹日晒的,都糙成个甚哪?

铁　蛋　(怒摔酒瓶)你是不欠揍啊?

石　蛋　(醉)你想打架?好,咱俩决斗,你输了就带小玉走!花花是我的!

铁　蛋　从小到大,你哪次打过我?

石　蛋　输了不许反悔!

〔铁蛋上去就把石蛋背摔在地,石蛋爬起猛烈反击,二人厮打成一团!

〔花花出。

花　花　哎呀你俩这是干甚?快停下!(扑上去拉架,铁蛋一下打中了花花)

石　蛋　你?你还敢打花花?我和你拼了。(操起板凳)

花　花　石蛋,你给我放下!你再敢打铁蛋哥我就和你翻脸!铁蛋哥不会走!要走也是小玉走!铁蛋哥,我想好了,小玉走了,我给苗苗当妈!

石　蛋　刘铁蛋,都是因为你!(又要冲上去)

〔奶奶系着围裙自内出。

奶　奶　都别闹腾了!今天是啥日子,你们心里都清楚。一会儿小玉回来,谁要是惹她不高兴,我可不让!

〔三人不吭声。天上,雁叫声声。

奶　奶　(望)唉,立春了,今年春天来得早,还是个多少年没有的暖春啊!

〔小玉从山上背着一大捆树枝上。铁蛋上前接过柴。

奶　奶　回来了,(为她掸身上的土,端水,递手巾)苗苗可亲了,一点没闹,刚睡下。(系围裙)玉呀,县里刘书记怕你吃不惯莜面,头两天让你二叔带回来袋白面。今天咱好好吃顿白面面条。你们也别走,在这吃!

〔小玉掩饰着重重心事,挽袖子,系上围裙,到灶边烧火。

[杨二抱一摞书唱"下定决心那个不怕牺牲,排除万难去争取胜利"上。

杨　二　喜事,大喜事!(拿出小本)刘书记刚刚在全县干部会上表扬了小玉。听听刘书记是咋说的:小玉一个外乡女子带头承包荒山带头种树,还照着书本搞嫁接实验,给全县科学植树带了好头,是全县干部群众学习的榜样!瞧这高度,全县的榜样啊!还有这些科技书、这八百块钱,都是奖励小玉的!咋样咋样,给点掌声啊!

[几人沉默,谁都笑不出来。

花　花　行了,今天是立春,立春就说立春的话!

石　蛋　花花说的没错,说点新鲜的!

杨　二　小玉,总归一句话,上至领导下至群众中间到我这个村长,都不想让你走。树,得继续种;树苗嫁接,得继续搞!

石　蛋　种树种树,我看咱村最没资格说种树的就是你杨大村长,你当年砍树的事咋不说说?

花　花　就是,种树也是你砍树也是你!啥资格劝别人!

奶　奶　(端上一碗碗面)说甚呢?那事都过去了,提它干甚!

杨　二　婶,没过去,过不去。别人不提我心里也……小玉,叔还真想和你说说这事,"文化大革命"时我在公社当革委会副主任,上头号召学大寨非让砍一片林子修梯田,我脑袋一热领上人就干了,那片林子是县委彭书记领大伙栽的,他到死都没原谅我,奶奶和大伙没一个不骂我的。砍一棵树损十年寿,毁一片林落万人骂!我杨二对不住乡土,对不起乡亲啊!(痛打自己嘴巴)

奶　奶　他二叔,你别这,你辞了职回村带着大伙有黑没白地拼命种树,头几年运树苗出了车祸,你一条胳臂都……

杨　二　要是能还上这笔债,别说一条胳臂,死,我都没二话!小玉,种树活人都不易,都得有愚公的"精气神儿!"就三字:一根筋!你身上有这股劲,干甚都能成,留下吧!

小　玉　二叔,我——

杨　二　铁蛋,你咋不说话?小玉不走了,你咋表现?赶紧表态!

铁　蛋　我,(取出血书)三年前我答应过小玉的,我……

花　花　要我说:该走的走该留的留! 小玉,你说个痛快话,你到底咋想的?

杨　二　花花,你再顺嘴胡说,别怪二叔和你翻脸! 小玉不能走!

石　蛋　二叔,这就是你不对了,"人挪死,树挪活"。

杨　二　你也闭嘴! 我是代表组织和小玉谈正事,咋都不把我杨二当干部哪?

奶　奶　唉,看这顿面吃的! 这些日子你们心里想甚,我都清楚。三年了,小玉这三年是咋过来的? 放着城里人的日子不过,在咱这过这种日子。家里地里,山上山下,啥活都学会了,拿得起放得下,挑水上山一天山上山下的几十趟,男人都受不了啊,还要照顾老人孩子。能有这么个孙媳妇,是上辈子修来的福!

小　玉　奶!

奶　奶　当初立了字据就得说话算话! 奶想好了,你俩带孩子走吧,奶不拦着。

铁　蛋　奶,我们真走了,你咋办? 憨蛋咋办? 要走,你俩跟我们一起走。

奶　奶　不,我哪也不去,到外面我住不惯。这是咱的家,就是死我也要死黄沙洼! 你俩走吧,我和憨蛋接着种! 我种了三十年小老杨,哪回不是种了死死了再种? 总有活下来的。果树咱才种了三年,兴许今春再种就活了。玉,奶舍不得你走,可看着你这样,奶心疼! 这事就这么定了,你们明天就走,这顿面就算奶给你们送行的。来,吃面!
　　〔几人走到一起,无声端面,吃。音乐飘动。

小　玉　奶! 这面我吃不下。三年了,我种的树一棵都没活,一棵都没活!
　　〔憨蛋喔喔叫着满头大汗抱一绽蕾的杏树跑上,喊着:妹子不走,妹子不走!

杨　二　憨蛋,你这是干甚?

铁　蛋　憨蛋,你怎么把它抱来了?

小　玉　(看树桠上的牌子)这是我在西山坳嫁接的杏树! 憨蛋,你……
　　〔憨蛋嘿嘿笑着,指点着树上初绽的花蕾。

小　玉　天! 长骨朵了?
　　〔音乐起。

铁　蛋　有花骨朵就能开花,能开花就能结杏啊!

奶　奶　是呀是呀,杏树能嫁接活,别的也一样能成。

杨　二　闻闻,快闻闻,香,真香啊!

〔铁蛋和憨蛋开心嬉戏。小玉哭了,哭得彻底!

铁　蛋　小玉,你别哭啊!这下咱又有希望了!这些天我一直想和你说,就这么失败认输我真是不甘心啊,你再给我三年,咱们一定能把树种成!我再给你下份血书!(抓血书欲咬手指)

小　玉　铁蛋!咱们接着育苗,开春了咱就上山再栽再种!

杨　二　(拍大腿)太好了!咋样咋样,我就知道咱们小玉肯定会留下来的!

憨　蛋　(大喊)妹子不走——妹子不走了——

〔小玉一步步走向小杏树。

小　玉　(抚看小树)小树,我要谢谢你,谢谢你把我留下了!这些天我一次次想过离开,可我已经离不开这窑洞,走不出这黄沙洼。三年了,我苦了三年累了三年,县上乡上表扬了我三年扶持了我三年,奶奶的擀豆面我吃了三年,咱家的热炕我睡了三年,心里暖了三年!我在这有了叶儿有了家,我这个人已经嫁接在这了,往后我还要在这生根,在这长叶,在这结果。

铁　蛋　(异常开心地向小树作揖)小树,谢谢你,谢谢你替我留住了媳妇!(取出条红纱巾)玉,我新买的,你辛苦了三年,我心疼了三年,往后我要疼你爱你一辈子!

小　玉　你欠我一辈子的爱!

〔奶奶走到老榆树下,追光射向她。

奶　奶　树神娘娘,你又显灵了!求求你,保佑咱来年风调雨顺一顺百顺,让孩子们也顺上一回,让小树苗苗都活下来!

杨　二　让咱黄沙洼人久梦成真!

〔二人向树上系红带带。

〔追光射向花花、石蛋。

石　蛋　花花,小玉不会走了,嫁给我吧!咱俩一起出去闯天下。山外边的日子更精彩,我已经发现了挣钱的好门路,那就是扒口子挖煤!别人能富起来,我石蛋也一样能!

花　花　我看明白了,我和铁蛋哥不可能了!我认了。明天,我跟你走!

〔天上飘起了雪花,晶莹、美丽。

　　　　　[飞雪中,追光射向小玉、铁蛋。

小　玉　　看哪,这雪多美呀,山梁梁沙窝窝都染白了。

铁　蛋　　是呀! 老天爷,你使劲地下吧,下得越大越好!

小　玉　　(憧憬地)杏树能嫁接成功,苹果也一定有希望! 我要把北边东边的
　　　　　山也包下来,种上各种各样的树!

铁　蛋　　对,让这到处都是一片片绿绿的林子、一座座绿绿的山!

小　玉　　让这里也和云南一样,到处都是绿的,像画里画的,像歌里唱的!

　　　　　[小玉铺血书于雪地上,撕破手指,在血书上加了个"十"字。

铁　蛋　　小玉! 三十年! 小玉!

小　玉　　三十年! 天作证,山作证,大雪作证——

　　　　　[舞台深处飘来歌声。

　　　　　[雪花中,叶儿一身绿衣捧着绿苗唱着童谣从雪中走来。

　　　　　[憨蛋也从雪中奔上。

叶　儿　　　　立春过后暖风风起,

憨　蛋　　　　冰河儿开化呀雁儿归。

憨、叶　　　　春雨染得山坡坡绿,

　　　　　　　歌儿把那云朵朵追——

　　　　　[二人欢欣地对舞着。

　　　　　[雪静静地下着,童谣声声。缓缓收光。

第三幕

　　　　　[数年后,90年代某年,春末夏初,正值五十年不遇的大旱。

　　　　　[山上栽满了大片大片的幼树苗,但尽皆干枯打蔫。

　　　　　[传来喇叭声:招工了,招工了,黄沙洼的乡亲们,我是刘石蛋,我小
　　　　　　　　　煤窑缺人手,有愿意去的跟我走。

　　　　　[石蛋一身土西装持着电喇叭吆喊着上。花花穿戴半土不洋地拎包
　　　　　跟上。

石　蛋　　(喊)招工了,招工了! 黄沙洼的乡亲们,我是刘石蛋,今年是五十年
　　　　　不遇的大旱年,种庄稼没指望了,我小煤窑缺人手,有愿意去的跟

　　　　　我走!

花　花　想挣钱的都跟我俩走啊,一个月工资八百块!

　　　　　〔铁蛋、憨蛋一身干活装束挑着水上,铁蛋手上缠着绷带。

铁　蛋　没事,这些天大伙干得好,今年是五十年不遇的大旱年,咱家新栽下
　　　　　这么多树苗,要不是大伙早就旱死了。我这给大伙鞠躬了!(鞠躬)

众　　　(喊)哎,石蛋,给多少工钱哪?

树　墩　石蛋,真的假的? 一个月真给八百?

树　桩　石蛋哥,好好给我们说说!

铁　蛋　石蛋,你乱叫个甚? 你把人都招走了,我这活谁干? 你这不是捣
　　　　　乱吗?

石　蛋　哥,对不住,客户急等着要煤,人手不够交不上货要赔钱啊!

花　花　是呀铁蛋哥,眼看就到交货日子了,我俩赔不起啊! 实在没法子了。

石　蛋　老少爷们,管吃管住一个月八百!

花　花　一个月八百!

石　蛋　到日子就发钱,干好的还有奖金!

花　花　有奖金!

石　蛋　保你们干上一年就成万元户!

花　花　万元户! 明年这会就能盖新房,没成家的都能娶上媳妇,赶紧走啊!

六　婶　太好了! 我正准备翻盖房子呐! 他爸,家里我照看着,你去!

六　叔　好! 石蛋,算我一个!

树　墩　能挣钱还能娶上媳妇! 石蛋,我们哥俩也跟你去!

几男村民　我也去,我也去!

几女村民　石蛋石蛋,要不要女的? 我们也想去。

铁　蛋　(急)哎哎哎,你们不能去呀! 刘石蛋,老子一只手也照样收拾你!
　　　　　(扑过去扭住石蛋)

石　蛋　你干甚? 放手! 你放手! 刘铁蛋,你马上还欠我的钱! 两万五,连
　　　　　本带利一分不少都还我!

铁　蛋　我——(立时气馁,松手)

花　花　石蛋,咱是来招工的,说那些干啥?

石　蛋　你别管!(操起小喇叭)大伙都来看啊,这就是全县出名的欠债状元、

　　躲债大王！大伙给评评理,他年年找我借钱,我连利息都没要,现在欠债的动手打债主,杨白劳还打上黄世仁了,这叫什么事? 这种人还是人吗? 刘铁蛋,你咋不吭声了? 咋不硬气了? 还钱,马上还钱!

铁　蛋　我,我没钱,一分也没有。

　　[怀着六个月身孕的小玉挺着大肚子上,她已成了一地道晋北农妇。

小　玉　石蛋,借你的钱一分也不会少你的,卖房子卖地也会还你!

花　花　哎呀,他就那么一说,能真逼你们还吗? 石蛋,你再说我和你急了!

小　玉　都是一个村的乡亲,你和铁蛋还是好兄弟,眼下我们遇上坎了……

石　蛋　小玉,不是我不讲情义,我那也是大火烧到柴门口了! 好,我不勉强大伙,愿意去的跟我走,不愿意去的留下帮他俩,大伙自己拿主意!

小　玉　乡亲们,我和二叔挨个找了县领导,他们正在想办法。咱家的情况大伙都清楚,还得帮忙啊! 这样,我刚在县上借到点钱,从今天起我管大伙午饭! 再给大伙每人每天涨十块钱!

石　蛋　好,公平竞争! 一个月九百! 每人先发三百! 想去的都跟着花花去领钱!

花　花　走了走了,到村口领钱,上拖拉机! (拿小喇叭喊着)招工了招工了!

　　[花花喊着叫着带着一些人向下走。

小　玉　(拦,拉)哎哎,你们不能走啊!

六　叔　(歉疚地)小玉,我,对不住了。

树　根　嫂子,我家山娃上学急等着交学费,我挣点钱就回来帮你干。

小　玉　哎,大伙等等,你们不能走!

　　[小玉追撵村民们下。铁蛋仍灰头土脸地坐在那儿。

石　蛋　(同情地上去)哥,我刚才说的是气话,我这次回来也是来找你的,你在部队是司机,去给我那小煤窑开车,一个月我给你开一千! 咋样? 咋,给我打工嫌丢脸? 都这样了你还顾啥脸啊?

铁　蛋　你! (举拳,又放下)刘铁蛋,你咋落到这份上了!!!

石　蛋　哥,你听弟弟一句话:别再一根筋了,该换个活法了! 收拾东西跟我走! 哥,我是真心实意想拉你一把,这些年你欠了那么多债,跟我干用上几年保证全能还上,奶和小玉也能过上好日子。

　　[杨二、小玉、憨蛋急上。

杨　二　刘石蛋,你一回来就添乱! 这种时候你们把人都带走了,黄沙洼的活谁
　　　　干? 你这是破坏抗旱植树! 我代表村委会村党支部命令你……

石　蛋　叔,你吓着我了! 一个小村主任装甚大干部?

杨　二　你? 村主任咋的? 那也代表一级政府! 咋,你还不服天朝管了?

石　蛋　叔,知道现在谁管我吗? 钱! 咱县那帮领导观念全过时了,现在是
　　　　市场经济了,干甚都讲究个经济效益。口内口外到处都在扒口子建
　　　　小煤窑,种树是往里扔钱,挖煤是往外起钱,镐头砸下去是钱,满车
　　　　拉出去的也是钱! 脑瓜活泛才能挣大钱! ——咱们县倒好,还在号
　　　　召大伙种树,让大伙学愚公刨土圪圪当傻蛋,纯属脑袋有病!

杨　二　学愚公咋了学愚公咋了? 我看你才有病哪,有俩钱把你烧成球事了!

石　蛋　我就球事了! 我把话搁这,用不上几年县太爷也得围着我转! 铁蛋
　　　　哥,好好想想我的话,我可等着你哪。

　　　　〔石蛋扬长而去。

杨　二　刘石蛋,你回来! 乱套了,全都乱套了!

小　玉　铁蛋,(为他包扎手)石蛋刚才和你说啥了? 你的脸色咋?

铁　蛋　(怵楚地)脸,我没脸了,我的脸都埋在沙子里了!

杨　二　唉,到处都在建小煤窑,成片成片地砍树毁林子,看着真心疼啊! 咱
　　　　县不少青壮劳力也都去他们那挣钱了。

小　玉　听说刘家洼、赵家窑几个村子的人都快跑光了!

杨　二　那些挖煤的地方人都富了,干部抽的烟比咱好,提级升官都比咱快,
　　　　人家有政绩呀!

小　玉　二叔,那咱们县会不会?

杨　二　县里的态度十分明确! (拿出小本子)你们听听齐书记是咋说的:千
　　　　政绩万政绩,让老百姓满意、给子孙后代造福才是最大的政绩! 他
　　　　还说:想升官发财的当不了咱县的干部,咱县四十多年种树造林,决
　　　　不能半途而废! 小玉,铁蛋,咱们也要熬住挺住! 哟,我得马上去村
　　　　委会等县里的电话,听县上抗旱的新政策。唉,再这么下去咱黄沙
　　　　洼要变成火焰山了!

　　　　〔杨二下。

铁　蛋　(绝望坐于地)完了,全完了! 天不下雨,人手没了,今年又白干了!

（喊）该死的老天爷，你咋总是和我过不去呀？！

小　玉　铁蛋，你也不用这么着急上火，这些年那么多难关咱不都挺过来了吗？今年也一样能挺过来！没帮手咱就自己干，救活一棵是一棵！

　　　　［小玉抓起瓢给树苗浇水，憨蛋上前帮小玉，起劲地干着活。

铁　蛋　自己干，自己干，就咱这两个半人干死也……小玉，憨蛋，咱不干了，收拾东西，下山回家！憨蛋，扶着你嫂子。（收拾工具）

小　玉　要走你走，我不走！（挺着大肚子吃力地一瓢瓢浇水）

铁　蛋　小玉，你肚里的孩子都六个月了，万一出点事咋弄啊？跟我回家！

小　玉　不，我不走！（继续干活，一阵恶心，伏身呕吐）

铁　蛋　（急扶）快坐下歇会。（烦躁坐下）小玉，这树咱不种了！！！

小　玉　你？你说啥？

铁　蛋　小玉，八年了，年年这么折腾，年年见不到钱还得借钱贷款往里扔，一家老小背着好几万的外债过日子，这么下去啥时是个头啊？不能再这么下去了，树，咱不种了！我去找石蛋，给他开车！！！

小　玉　你？那这山咋办？这么多树苗咋办？

铁　蛋　转让！不下狠心不成了，我找人转让出去，要不就退给村里。

小　玉　铁蛋，天旱，你心里急，这我懂，可咱咋能说不干就不干了？种树就是投入大见效慢的营生，就得有耐性有长劲，咱得熬住挺住啊！

铁　蛋　可我熬不住挺不住了！再这么干下去我就要疯了！（困兽般走动）流血流汗吃苦受累，这些我都能忍，可你看看石蛋，看看我那些同学、战友，一个个都有钱了，再看看咱俩，咱过的是甚日子呀？咱家的房子早该翻修了，苗苗也该送县里去读书，小玉，多少把刀在扎我的心！当年参军那会我在县里有多风光，退伍带你回来多少人都羡慕我，可现在我一点尊严都没了！小玉，出去以后我会拼命干，挣了钱咱俩换个营生干，我会开车有技术，你是大学生有文化，用不上几年……

小　玉　不行，我不同意！八年了，汗流在这，泪流在这，血流在这，现在放弃了，这八年不白干了吗？铁蛋，咱俩都当爸当妈了，马上又要有个小的，咱得为孩子想想啊！我不想让她们在满天黄沙里长大，让他们在荒山秃岭里活人，我不想让她们也像你当年那样和我撒谎，不想让她们结婚时婚纱也给骆驼风吹走了！

铁　蛋　你说的都对,可,哎呀,我怎么和你说你才能……

小　玉　那你就别说。铁蛋,当年你从那么高的冰峰上把我背下来难不难?
　　　　你当兵时开车走青藏公路时苦不苦?你从来都没怕过呀!再熬上
　　　　几年果树结果了,树苗长高了,都能卖上钱,咱养的猪、羊、鸡也能卖
　　　　钱,以后咱的日子有盼头!

铁　蛋　(暴躁地)可我现在就需要钱,现在就想看到钱!不管你同不同意,
　　　　就这么定了!我现在就去找石蛋!憨蛋,扶你嫂子下山!
　　　　[铁蛋扛上工具径自奔下。

小　玉　(喊)铁蛋——铁蛋——这么多树苗,你都丢给我一个人了?(伫立,
　　　　气)不干就不干!憨蛋,咱也回!(和憨蛋收拾家什向下走)
　　　　[音乐飘动,鸟叫声声。
　　　　[鸟叫声中,小玉止步,慢慢环视着满山幼林。

小　玉　真就这么不干了?真就这么认输了吗?八年了,整整八年了!我白天
　　　　盼夜里盼,盼了整整八年,盼着满山的树苗长起来、绿起来,可咋就这
　　　　么难哪!(抚着株株树苗,悲悯地)我的小树苗,你们就像是我的孩子,
　　　　都是我一点点拉扯大的,要是我也不干了,你们长了病虫咋办?遇上
　　　　霜冻咋办?谁给你们一瓢瓢浇水?谁给你们拔草施肥?你们都会死
　　　　的!不,我不能看着你们这么死掉!我不能,我认命,可我不能认输,
　　　　决不认输!我要干下去,哪怕就剩下一个,我也要干下去,干到底!
　　　　[小玉不停给树苗浇水。
　　　　[腹中一阵阵剧痛袭来,她撑持不住,慢慢倒下。

小　玉　天哪,血!(慢慢倒下)铁蛋——铁蛋——你在哪儿?
　　　　[她流产了,鲜血染红了荒山,染红了幼树。
　　　　[歌声中收光。

　　　　[数日后,窑洞内外,老榆树枝叶索然,挺立在天宇下。
　　　　[墙上奖状更多了。小玉躺在炕上,面色苍白。憨蛋闷坐在树下。
　　　　[奶奶在厨房灶台前做饭,苗苗在帮忙。铁蛋郁闷地喝着大酒上。

铁　蛋　怪我,都怪我呀,那天要是我晚一点下山,要是我和她一起回来——
　　　　好好的孩子也不会……(狂饮)刘铁蛋呀刘铁蛋,老婆跟你受苦,老

人孩子跟你受罪,连没出生的娃也……你还算什么男人啊?(狠打自己一个嘴巴)不行,我得走! 我还是要出去干!(收拾包,又翻找起来)

小　玉　(在炕上醒来,挣起身子)你,你在找啥?

铁　蛋　(继续翻找)小玉,你就让我出去干吧! 承包合同你放哪了?

小　玉　你,你还是要走? 我一直不愿意相信你会真走。

铁　蛋　小玉,看着这个家,我真是没脸呆下住啊,好在你身体恢复得差不多了,我多少也放心了。你……

小　玉　好! 你走,你走!(将承包合同等取出,统统塞给铁蛋)走吧,你愿意上哪上哪! 可你要先办一件事,(取出结婚证)把结婚证换成离婚证!

铁　蛋　小玉,你?

小　玉　刘铁蛋,告诉我,你还爱我吗?

铁　蛋　爱,我当然爱。

小　玉　可这就是你的爱吗?(拿出那写有三十年的血书)你还记得它吗?

铁　蛋　我……

小　玉　(恸喊着推铁蛋出门)你走啊! 咋还不走?

　　　　〔奶奶上,看见这场面。

奶　奶　小玉刚刚拣回一条命,躺了没几天,你不留在家里好好照看,想去哪?

铁　蛋　奶,我这也是为了小玉,为了这个家呀! 眼下咱们已经山穷水尽了,换个营生换个活法兴许就……

奶　奶　换营生,换活法? 你想换甚活法?

铁　蛋　奶,种树不能活人,咱就走人! 干别的能活人,咱干吗非在这挺着熬着?

奶　奶　走,你想往哪走? 你能走到哪去? 子不嫌母丑,狗不嫌家贫,咱的家在这根在这,十几代先人生在这死在这埋在这,子孙后代也要活在这长在这,咱总不能连家都不要了吧? 不种树挡不住骆驼风,哪哪都变成沙漠,咱到哪安家? 家没了,人还咋活? 子孙后代在哪活人? 咱黄沙洼人风沙里生风沙里长,到什么时候都得熬住挺住! 天旱,咱心里不能旱,树死,咱心不能死,缺水咱就变成水,缺树咱就变成树,这,才对得起这片土啊!

铁　蛋　奶,你挖了大半辈子山种了半辈子树,我也干了这么些年,咱对得起了!

奶　奶	你？我说不服你，你等着，等着！（取出一包袱，从中拿出一小册子）坐下，坐下！你当过兵，又是高中生，念念这《愚公移山》，听听毛主席是咋说的？（搬过桌子，放好书）念啊！
铁　蛋	奶，这都甚年代了？
奶　奶	甚年代了都得种树，甚年代都得有人当愚公！
铁　蛋	愚公，愚公，现在人人都争着当智叟，谁还愿意当愚公？
奶　奶	你，别人咋样奶不管，咱刘家人要留在这，要把树种下去！
铁　蛋	奶，你还真想让咱家子子孙孙接着干下去？
奶　奶	你说对了！咱是愚公的后人，老祖宗能挖山，咱也能治住骆驼风。咱这辈弄不住它，就子子孙孙治下去！你忘了，你全忘了，你忘了你爸临死前咋嘱咐你的？你忘了你妹子是咋死的了？小玉一个女人都能扛住，五尺高的汉子倒扛不住了？（抓起小铁锹，欲打）
小　玉	（拦住）奶，他心里也不好受。
铁　蛋	（一把抓起酒瓶狂饮而尽，痛喊）怪我无能，怪我没本事呀！ 〔铁蛋烂醉如泥瘫倒炕上，昏昏睡去。
奶　奶	玉呀，都怪奶，奶不该让你上山呀！大夫说，你再也不能生娃了！
小　玉	奶，你别再说了，有苗苗一个也挺好的。
奶　奶	奶从来都不欠别人的，可奶奶欠你的！咱刘家欠你的！（鞠躬）
小　玉	奶！
奶　奶	放心，天塌不了！你好好歇着，奶上山！
苗　苗	妈，我跟祖奶一起上山，给小树苗浇水，让小树苗长得高高的！ 〔憨蛋也向小玉拍着胸脯。 〔奶奶拿起铁锹等家什，憨蛋、苗苗也拿上家什，祖孙三人走出窑洞。 〔窑洞外，高坡处，秋老汉、三婶等数老人拿着家什暗上，默望着奶奶。
奶　奶	都来了！
秋老汉	老姐姐，又给铁蛋讲愚公移山了？唉，现在的人哪，把毛主席的话都忘了！走了，都跟石蛋走，跟钱走了。
三　婶	我家树桩树墩也走了，就剩下咱们这些不中用的了！
五　婶	黄沙洼的树怕是种不下去了！
秋老汉	（甩鞭，向天痛喊）不，不，不！你们还记得咱毛主席是咋说的吗？

（念）我死了以后有我的儿子——

奶　奶　儿子死了，又有孙子，

三　婶　子子孙孙是没有穷尽的。

五　叔　山虽然很高，

老人甲　却不会再增高了，

老人乙　挖一点就少一点，

众老人　为什么挖不平哪！

秋老汉　毛主席的话说到咱心坎坎上了！老姐姐，后生们走了，咱们这些老家伙和你一起上山！

三　婶　对，咱就拿出当年"铁姑娘"的样儿，给后生们看看！

五　叔　"突击队"的样儿！

五　婶　挑不动咱们抬！

老人甲　抬不动咱用手拎！

　　　　〔小玉系着红围巾手持扁担走出门来，听着。

奶　奶　（感动）谢了！上山！

众老人　上山了！（拿着工具，边向山上走，边颤巍巍地唱起来）

　　　　　　下定那个决心，

　　　　　　不怕那个牺牲，

　　　　　　排除那个万难，

　　　　　　去争取那个胜利！

小　玉　（走上前去）奶，我和你们一起去！

奶　奶　小玉？你怎么出来了？快进屋躺着去！

三　婶　是呀，这会儿上山会落下病呀！

小　玉　歇了十天了，已经缓过来了！孩子没了，树得活！我现在睁开眼闭上眼都是那些小树苗！奶，你就让我去吧。

　　　　〔铁蛋带着醉意，背着包，晃晃地走出门。

苗　苗　爸，你要去哪？我不让你走。

　　　　〔铁蛋无语，推开苗苗，向村路走去。

憨　蛋　妹子不走——妹子不走——

奶　奶　（恸喊）刘铁蛋，走吧，走得远远的别再回来！老刘家再没你这个孙子了！

[奶奶的骂声中，铁蛋止步，又向前走。

小 玉 （流泪大声唱）

　　　喊一声亲哥哥你回个头，

　　　小妹妹等你哟等到白头。

　　　石崖崖拦路哟不愿你走，

　　　藤弯弯缠着哟想把你留。

　　　山沟沟涨大水没了山头，

　　　那是小妹妹哟泪蛋蛋流——

[铁蛋停下脚步，内心挣扎不堪。

[杨二手持一喇叭大声喊嚷着上。数村民老的老小的小从各处上。

杨 二 通知，紧急通知：县里向上边汇报了咱这的旱情，省领导组织有关部门做了专门研究专门部署，决定马上为我们人工降雨！县里要求全县干部群众抓住大好时机上山抗旱，救活每棵树苗，补种新树苗！通知，紧急通知！

[天际间，飞机的引擎声。众人以不同姿势同时仰看天空！

[落雨了，一滴滴落下来，动人的水声！

[众人激动地站在雨中，伸手捧着雨的，尽情淋雨的，一个个无比狂喜。

[少顷，天地之间，大雨如注！到处雨声。

[雨声中，小玉和杨二走到一起。

[雨声中，众村民们围到奶奶身边。

奶 奶 好，真好啊，真是及时雨呀，咱黄沙洼几代人的梦能成！

众 黄沙洼的梦能成，能成啊！

[音乐中收光。

第四幕

[21 世纪某年，又是立春时分。

[远山树林在生长。小玉家窑洞翻新了，墙上挂满各种奖状、锦旗。

[远处，不时传来轰轰的爆炸声。

[轰轰的爆炸声。奶奶拄着拐杖小锹伫立，苍老而病态，苗苗扶着她。

奶　奶　打雷了，要下雨了！好啊，"立春起雷声，一年好收成"啊！

苗　苗　祖奶，那不是打雷，是石蛋叔的人在山那边炸山挖煤哪！

奶　奶　哦，打雷呀，这雷声还不小哪，这场雨怕是要下一阵子！

苗　苗　祖奶，你还是坐下歇会儿吧。（扶老人坐下）

奶　奶　昨晚上做梦，梦见山上冒黑烟啊，我挑上水桶就往山上跑，可这两条腿不争气，咋跑也跑不动。老了，老了，祖奶再也上不了山了。

苗　苗　（大声）祖奶，还有我哪，我一毕业就回来种树，给爸妈当帮手！

奶　奶　好，好啊，咱们苗苗，懂事了！

[小玉背着包提着药上。数年后人也老了，头发花白了。

苗　苗　哟，妈从省城回来了！（上前接包，为小玉掸土，端来水）

小　玉　奶，在省城给你买了药。

奶　奶　又乱花钱。

小　玉　秦大夫嘱咐你按期去复查。（洗脸、洗手）苗苗，你爸哪？

苗　苗　石蛋叔回村了，召大伙去商量事。妈，你去省城开会这些天咱这来了个勘测队，说是咱这也有煤，大伙都担心咱这会不会也……

小　玉　不会的，县上有政策不许乱采乱挖。苗苗，去给祖奶吃药。（苗苗拿上药去帮奶服药）奶，中午咱吃啥？

奶　奶　吃药！

[二人笑。头发花白的铁蛋拿着合同书上。

铁　蛋　小玉，你回来了，太好了！快看看这。石蛋刚才把我们几家承包户都叫去了，他想在咱们这投资。

小　玉　哦，他在大黑山的煤窑不是干得挺红火的吗？在咱这投资要干啥？

铁　蛋　生态园，他要买断咱各家承包的山林建一个生态园。

小　玉　生态园？

五　叔　你猜出他要投多少钱？一千六百万！

小　玉　一千六百万？买断？二叔知道这事吗？

铁　蛋　二叔去市里开表彰会没回来。你俩不在，我心里没底，正想给你打电话呐。石蛋说，村里一多半的山是咱家承包的，他要给咱家八百万!

苗　苗　八百万?!

小　玉　你俩咋看?

苗　苗　妈,你俩岁数都大了,真要有八百万,咱家日子就大变样了! 祖奶一直病着,怕费钱药都不让咱多买,这下就全解决了!

铁　蛋　是呀,将来苗苗结婚工作,有了孩子供孩子上学,都不用愁了!

　　　　〔小玉看合同,五叔、六叔、树墩等上,拿着合同。

五　叔　小玉,你回来了,太好了,快帮我们拿个主意!

三　婶　帮我们看看合同,你看这事咱能不能干?

一女人　你是咱们的人民代表,你咋干我们就咋干。

众村民　是呀,咱们都听你的。

六　叔　这这这,这简直是做梦啊! 几百万,一家伙从天上掉下了!

树　桩　我要真有这么多钱,我就进城买套大房子,当城里人!

树　墩　我给咱妈盖个小二楼,给我儿子买辆大卡车跑运输!

树　根　我就学石蛋哥,开个煤矿,开厂子,再开个大酒店!

众　　　咋样?

小　玉　(逐一看着每份合同)看合同倒没发现什么问题,价钱也合理。可干了这么多年林子都起来了,给多少钱我也不卖! 不过咱们的发展资金一直不足,融资也不顺利,石蛋要有诚意建生态园,咱们倒可以和他联合开发。

　　　　〔众商议着,石蛋、花花上,两随从提皮箱随上。夫妇俩穿着十分阔绰。

花　花　(不安地)石蛋,这事你再好好想想,我总觉着这么……

石　蛋　你不是一直想帮他们吗? 我这可是给了他们大价钱!

花　花　钱是不少,可是——

石　蛋　没什么可是,就这么定了! 这事你听我的。

　　　　〔石蛋、花花走向众人。

石　蛋　哟,大伙都在啊! 奶,石蛋回来看你老了! 你老好吗?

奶　奶　石蛋,真是石蛋回来了,奶不敢认喽! 花花,奶的花花,奶想你呀!

花　花　奶,我也想你,做梦的时候也总梦见你。

石　蛋　是呀,出去这些年什么都好,就是天天想吃你做的擀豆面。

奶　奶　你说甚？

石　蛋　擀豆面！

奶　奶　还记着奶的擀豆面？好,好啊,奶这就给你擀面！

小　玉　(正系围裙)奶,还是我来吧。

奶　奶　哎,他俩回来了,这顿面得我做！憨蛋、苗苗,到大棚摘点菜。

花　花　奶真是老了！

石　蛋　咱们都奔五张了,奶能不老吗？去,帮奶忙去吧。

　　　　[花花有心事地走入厨房,憨蛋、苗苗抱柴烧火进出忙碌。

石　蛋　哥,你们的日子今非昔比了！

铁　蛋　呵,还行,林子起来了债也还上了,又新承包了几座山都种上了树苗。不过,咋也比不上你呀！

石　蛋　我也是几起几落才熬出来,欠高利贷还不上差点被打死,出车祸差点被撞死,被人绑架差点被撕票……我挺羡慕你,我那井下井上全是黑的,骨头缝里都是黑的,不像咱们这,哪哪都是绿的,咋看咋舒服！

小　玉　石蛋,合同我看过了,你真想回来投资建生态园？

石　蛋　没错,有钱了,不能忘了黄沙洼的乡亲！我和花花年纪也大了,也得落叶归根哪！小玉,我找人算过,你家的山林总共值七百万,我出八百万！五叔几家合一块值六七百万,我也出八百万！我要来个二次创业,把这搞成全省、全国最好的生态园,大伙看看！(展开一张规划图)先修一条去县城的路,要修全县最好的一级路,然后架管线引水上山,再往后引进全世界最先进的树种,把咱这建成一座座花果山！

　　　　[众人看着、议论着。

小　玉　好啊！我也一直想把这发展成一个森林公园,搞一个绿色生态经济园区。不过,全卖断我不同意,我们可以和你联合开发。

石　蛋　呵,我就知道你会是这个态度,干了这么多年,舍不得。(取出新协议)好,要联合开发就联合开发,这是联合开发的协议！(一张张摆在桌上)大伙再看看！

　　　　[众兴奋围到桌边,看新合同的,互相商议的,拿计算器算的,扳手指算的。

奶　奶　（揉着面）花花,再给我点水。

　　　　［灶边,花花坐立不安,心神不定。边干着活,边不时向石蛋、小玉这边张看。

石　蛋　想联合开发的就入股,该多少钱拿多少钱,年底就分红,决不亏待大家! 我只有一个条件:我要占百分之六十的股份,有事咱一块商量,但最后怎么干,我是大股东,我得说了算! 咋样? 没意见咱就签字!

　　　　［两随从打开几只皮箱,全是钱! 众看着。

石　蛋　这是第一笔定金! 每家五万! 剩下的马上打给你们各家各户!

小　玉　等等,还是等二叔回来商量商量吧,我还想和县领导汇报一下。

石　蛋　哎,来之前上边领导我都见了,他们明确表态,我回来投资,一路绿灯,全力支持!（取出份协议）看这个,这是乡上刘副乡长和我签的!（围看）共同开发,乡里负责协助与相关各部门办理各项手续。

铁　蛋　小玉,白纸黑字,还盖着乡政府的大红章哪!

石　蛋　怎么样? 我做事最讲效率,时间就是人民币,拖拖拉拉钱都进别人腰包了。抓紧时间把合同签了,大伙钱到手心里踏实,我也好办下边的事,修路的工程队我都找好了!

铁　蛋　小玉,咱融资引资总是不顺,石蛋诚心诚意,咱又对他知根知底,我看不用等了。

　　　　［众人围着小玉商议,花花从奶奶身边走向众人。

花　花　等等! 小玉,这,这合同你们再好好看看。

石　蛋　花花,帮奶做面去! 我馋着哪!

　　　　［花花欲言又止,心事重重地走开。

小　玉　（又看了一遍合同）好,咱们签!

六叔等　我们也签!

石　蛋　痛快,签完字,拿定金!

　　　　［众围过去,拿起笔签字。拿合同,取钱,一个个捧着钱欣喜不已。

石　蛋　好,大伙都是股东了! 奶,我一会儿回来吃面。

　　　　［众欢欣说笑而下,石蛋满意地收起合同,边打电话边率手下下。

　　　　［花花扑到老榆树下失声痛哭。

　　　　［小玉一家人对视,疑惑不解,一起走到花花身边。

小　玉　花花？你怎么了？

　　　　〔花花不语。

小　玉　花花,刚才你让我好好看看合同,那上面也没什么不对呀,你们是不是有啥事瞒着我们？

铁　蛋　不会吧,石蛋怎么会跟咱们耍花花肠子哪？花花,你咋不说话呀？

奶　奶　花花呀,你是在奶身边长大的,奶看出来了你心里有事,别闷着,和奶说。

小　玉　(思虑着)前一段刚刚有人到咱这勘察过,说是咱的山上有煤,跟着你们就来了。花花,你和我们说实话,石蛋在外边挖煤挖得好好的,怎么一下子花这么多钱投资咱的山,他真是想建生态园吗？

　　　　〔强悍的各种施工车辆开进的声响轰然响起,由远而近。

　　　　〔奶奶、小玉、铁蛋、苗苗急奔向高处,一起向远处张看。

铁　蛋　拖拉机、推土机、大卡车、大铲车,怎么一下来了这么多车？

苗　苗　妈,来修路怎么还有人背着大电锯啊？

　　　　〔车声隆隆。五叔跟头把式地奔上。

五　叔　不好了不好了！小玉,来的几辆大卡车上盖得严严实实的,不知装的甚,问他们也不说,来者不善哪！

花　花　(奋力奔过去,高喊着)停下——快停下！石蛋,你让他们停下！再不停下,我就在这死给你看！

奶　奶　花花,到底咋回事,你倒是说呀！

　　　　〔石蛋急上。

石　蛋　花花,你要干什么？

花　花　石蛋,咱们不能再干了,你要再不让他们停下,我就……

石　蛋　你？这几天她正和我赌气哪。花花,快跟我走。

花　花　我就不走！奶,小玉,他骗了你们！大黑山的煤快挖光了,不少大客户催着要煤,他找的勘探队在咱这发现了新煤源,签完合同控了股,他就准备炸山挖煤！在大黑山那边他就是这么干的,没手续他都敢干！

　　　　〔大静场,众震惊。

石　蛋　花花,你？你们别听她的,她是和我说气话。

花　花　我说的句句都是真话！你算计天算计地算计和你做生意的那些人,

可你不能算计奶,算计铁蛋、小玉,算计这的乡亲!挣昧良心的钱,我吃不下饭睡不着觉,死我都闭不上眼!刘石蛋,你要继续干下去,我就跟你离婚!

奶　奶　石蛋,奶老了,耳聋眼花可没糊涂,你给奶说实话:花花说的是不是真的?

小　玉　石蛋,这是咋回事?

石　蛋　这……好,我明说了吧。勘探队是我派来的,这的煤储存量不小,我要在这开几个坑口。

铁　蛋　(大怒)刘石蛋,你在拿我们大伙当猴耍呀!

奶　奶　扒口子就得毁林子砍树,这是作孽呀!你?(气喘起来,坐下)

石　蛋　奶,我这么做也是为了大伙能过上好日子啊!只要我在这挖出了煤,不光咱黄沙洼,附近十几个村全能富起来,大伙买房子买车供孩子上学,啥啥都……

小　玉　别说了!大黑山那边山挖空了地下沉了房子裂缝了,好好的一座大黑山,水变质了,庄稼、树全死了,煤挖完了,村里也活不了人了。

石　蛋　小玉,事先我没和你商量是我的错,可你放心,只要挣了钱我保证……

小　玉　这事没商量!山林,我收回!你就是给我座金山我也不卖!

石　蛋　别忘了,你可是签了合同拿了钱的,合同上清清楚楚:我是大股东,怎么干我说了算。

小　玉　那是你隐瞒真相骗我们签的,再说哪一条哪一款写着要联合开发挖煤窑?这是无效合同!想打官司,我奉陪!铁蛋,把钱还给他!!

石　蛋　哥,你是一家之主!留下这笔钱,完成合同,你就是一方首富!

　　　　〔铁蛋不吭声,拿出那包钱,重重地放到石蛋面前。

石　蛋　(火)你?我走南闯北这么多年就没见过像你们这样的,多少辈子都一根筋,现在还一根筋,天天守着这些山刨坑种树能发财吗?那树上长金子还是长银子了?时代变了,什么都在变,冒傻气想冒到什么时候?

铁　蛋　(爆发地)老子就冒傻气了!你有多少钱老子也不稀罕!你是煤老板,老子是种树状元!老子有三万亩山林几十万棵树,一点不比你低气!没有我们在这一棵棵地种树,你那些煤窑早就被风沙给埋了,你挣个屁钱!

小　玉　咱们就一根筋了!这些树是咱用命栽下的,跟咱的孩子一样,再咋的咱也不能卖孩子!世界上有成千上万种活法,刨坑种树就是咱的活法。种树是发不了大财,可一样能过上好日子。咱不能挣祸害子孙后代的昧心钱!不能让山流血树流泪,让先人的在天之灵骂咱,让子孙后代恨咱,到啥时候咱都得上对得起祖宗先人下对得起子孙万代,中间对得起国家!

奶　奶　作孽,作孽呀!(怒喊)铁蛋,憨蛋,把他撵走!

石　蛋　好,我走,(收起面前的钱)国家、祖宗、先人、后代,跟咱有什么关系,小老百姓想这些累不累呀?我直说吧,好几个有大钱的煤老板都想往咱们县砸钱,说白了就是"跑钱圈地",谁跑得快圈得狠谁就能挣大钱,这迟早会被开发的,你们不干有人干,将来你们会后悔的!听我的第一声炮响吧!

　　　　[石蛋下。

　　　　[车队隆隆开进之声。

　　　　[各种疯狂而暴戾的声响汇成铺天盖地的骆驼风之声,呼号着,啸响着。

憨　蛋　(疯跑起来,嘶声大喊)妹子不走——妹子不走——

奶　奶　都别慌,风来了咱顶着,天塌了咱扛着!

铁　蛋　对,死也不能看着他们毁了咱的林子!大伙操家伙!

小　玉　大伙一块上,堵住上山的路!

　　　　[强光弥动!音乐狂涌!

　　　　[奶奶、小玉、铁蛋率众男女村民手执各样家什冲奔起来,拦住了山路。

奶　奶　(横起小铁锹在身前,高声喊)石蛋,你给我听着,这山这林子是我的命根子!只要我还有一口气,你甭想动一棵草一棵树!

小　玉　石蛋,要砍树毁林子,你的车得先从我小玉身上轧过去!

秋老汉　(吼)老少爷们儿,毛主席是咋说的?下定决心——

众　　　下定决心!下定决心!下定决心!

　　　　[车声,车声。

秋老汉　(吼唱)下定那个决心——

众　　　(唱)下定那个决心,不怕牺牲,排除那个万难,去争取胜利!

（吼唱）下定个决心,不怕牺牲,排除那个万难,去争取胜利!

〔众人大声唱着,持锹的,握镐的,操扁担的,一步步向前压过去。

〔车声渐退、渐弱、渐小。众松了一口气。

〔奶奶一阵心痛,猝然倒下。

众 （惊呼）奶!奶!（围住奶奶）

奶　奶 小玉、铁蛋,守住,守住啊!

铁　蛋 奶奶——

小　玉 奶奶——

众 奶——奶——（定格）

〔杨二奔上。

杨　二 （泪流满面）婶,你咋就这么狠心丢下我们,我正要向你汇报县里开会的精神:种树,千秋大业!

〔花花奔上。

花　花 奶奶!刘石蛋,你还我们的奶奶!

〔石蛋奔上。

石　蛋 奶,石蛋给你请罪了!（磕头）

〔老榆树上的铃铛在风中激响。

秋老汉 老姐姐,黄沙洼的老老少少想你呀!

〔老榆树上的铃铛动人摇响,苍劲枝干,无数绿叶,光芒夺目。

奶　奶 立春了,立春一日天暖七分,雨水惊蛰春分清明,小草长芽小树拔节,又该扛锄下地上山种树了。

小　玉 立——春——了!

〔音乐大作。山上的树林也尽皆泛起葱葱绿意,绚烂迷人,如诗如画。

〔奶奶一步步走去,老神树神奇升起,升向天空。众人目送着。

〔收光。

〔鸟声啾啾,无边林海。小玉、铁蛋慢慢走来。

小　玉 我记得是这。是这吗?

铁　蛋 不是这儿,嗯,是这,就是这!三十年前的今天,奶奶领着乡亲们在这接的新娘。

小　玉　新郎！哎——哎——哎——

铁　蛋　小玉,你猜,我带啥来了?(展开那份血书)

小　玉　(看血书)三十年,三十个立春,三十年前我咋也没想到会变成一个刨土坷坷挖坑栽树的农民。

铁　蛋　是呀,三十年,林子起来了,山绿了,天蓝了,这真像画里画的、歌里唱的了。小玉,黄沙洼成了塞上绿洲了,咱的梦圆了!

小　玉　一个天大的梦啊,咱这的树挡住了大半个中国的风沙,值,值!

铁　蛋　没错,咱以后可以拍着胸脯和孩子们说:这满山的树全是咱一棵一棵种出来的!

　　　　[音乐飘动。小玉慢慢将血书铺在林中坡地上。

铁　蛋　咋,还要再添上三十年?

　　　　[小玉取下片绿树叶,放在血书的"三十"中的"十"字上,变成三千年。

铁　蛋　"三——千——年"! 哈哈,那会咱都在哪儿?

小　玉　咱们没了,可咱还有孩子,孩子还有孩子。

二　人　子子孙孙是没有穷尽啊!

小　玉　咱们要一辈接一辈把梦种下去! 这个世界不管到啥时候,有人就得有家,有家就应该有树。有树,才有日子,种树,就是种日子! 满山满地满世界的树活着,咱就活着。

铁　蛋　对对对,树活着,咱就活着。

　　　　[音乐飘动,叶儿一身翠绿出现在树林里,又唱起了那首优美的《立春歌》。

叶　儿　(唱)立春过后暖风风吹——

小　玉　(唱)立春过后暖风风吹,

铁　蛋　(接唱)冰河儿开化雁儿归,

三　人　(合唱)春雨染得山坡坡绿,
　　　　　　　　歌儿把那云朵朵追。

　　　　[幕后《立春歌》合唱。憨蛋、杨二、秋老汉等众多百姓上,挑水的、担苗的、扛锹镐的,走入林中,散落一棵棵树边,恍如一幅水墨丹青画。

　　　　　　　　　　　　　　　　　　　　　　——剧　终

小剧场话剧

花心小丑

时　间　一个冬天,从早晨到夜晚
地　点　城中,若干场所
人　物　送花小丑　一个社会底层小人物

[天地间,雪花飘飘。

[台上空寂无人。一套小丑衣帽静静地挂在衣架上。

[半晌,仍无人上场,空黑中传来急切的喊声。

[声音:猴子! 猴子! 猴子来没来? 谁看见猴子了? 这家伙咋现在还没来?

[声音:一会儿老板就到了,他还想不想干了?

[声音:猴子! 猴子! 你们谁看见猴子了? 谁看见猴子了?

[一通鼓,小丑跟头把式连滚带爬气喘吁吁地从观众席奔上。

小　丑　来了,来了,我来了! 对不起对不起,睡过头了!(擦汗)总算赶到了,我的妈呀,这要是老板来了看见我还没来,非"开"了我不可!(过去摘下衣架上的服装,穿戴起来,风趣地向观众打招呼)Hi,大家好! 对不起,我来晚了,先自我介绍一下,我是鲜花公司的送货员,专门扮成小丑给大伙送花上门!(穿上肥大醒目的连体红衣裤,披上大红披风)看我,酷不酷? 给大家请安了! 各位叔叔大爷好! 各位大婶大姨好! 各位哥们姐们好!(向不同方向行各样不同的礼)嘿,别看我这身打扮挺可笑,可要我看,全世界所有的工作里我这活能排在前三位! 为啥这么说? 这活儿有"三大好"!!!(边向脸上画笑脸,边很贫地滔滔不绝)咱先说这第一好,挣钱不算多,但也不算少,不是工资有多高,是小费不少。你想啊,咱送的是花,世界上最美的就是花,谁看见花不高兴? 谁被别人送花不高兴? 再加上咱这身行头,上岗前还专门练过嘴皮子练过唱歌,还学了不少小魔术,浑身上下全是让人高兴的本事。城里人不差钱,有钱人一高兴就给小费,五块我不嫌少,十块我不嫌多,五十一百咱也照收,一年三百六十天,积累起来不得了!(戴上红绒布白缨的婴孩帽,向鼻尖上安上一可笑的红鼻头)咱再说这第二好:这活儿虽然辛苦,但是能交"桃花运"! 对,你没听错,就是"桃花运"! 这是我喜欢这活儿的一个重要原因,准确点说,经常有艳遇! 啥? 就我这形象能有啥艳遇? 呵呵,你想啊,现在这社会谁给谁送花? 老板给小蜜送,领导给情人送,丈夫给老婆送,男友给女友送……浩浩荡荡的女人大军,满坑满谷的青春妙龄美少女,还有什么大女剩女,什么小三小四小五小六,都在等着男人给她们送花! 更邪行的是,我的客户里边十个有九个都是美女,像章子怡的像张柏芝的像孙俪的像袁泉的,这城里的美女天天从我面前过,好家伙,让我看了个遍,巨巨过瘾。啥? 你说我花心? 嘻,大伙都叫我"花心小丑",嘿,哪个男的看见美女不动心? 过过眼瘾还不行啊? 那些美女看见我手捧鲜花站在她们面前,一个个全都笑逐颜开,面如桃花的,面如李花的,面如杏花的,面如牡丹花的,这个花那个花全在我眼前开,我手里捧着花眼里看着花心里乐开花整个掉到花堆里了! 最重要的是:她们出手给小费一个比一个爽快一个比一个多,这感觉真好!

[一束追光射来,一后部载有花箱、饰有漂亮装饰的自行车从空黑中飘上。

[声音:猴子,货齐了,别在这贫了,赶紧干活!

小　丑　O了! (接住车子,车上车下一通闪展腾挪,摆出各样帅气可爱的造型,继续贫)咱再说说这第三好,那就是干这活儿快乐! 挣到钱快乐,看美女快乐,骑着车一年四季看风景快乐,穿上这身衣服把自己变成一个开心小丑,一张笑脸满车鲜花,送给别人快乐我也跟着快乐! 这正是——(数板)

> 小丑我城里把车飙,
> 撒了欢儿地可劲蹽!
> 我走大街,我进小院,
> 我窜胡同,我爬高楼,
> 东城西城南城北城,
> 一环二环三环四环,
> 我一路走来一路笑!
> 我送鲜花,我把门敲,
> 我看美女,我得钞票,
> 我看着风景逛着街道,
> 我心里美,我乐陶陶,

　　　　　　浑身上下大火熊熊烧!

　　　　　[声音:哎,你干啥哪? 见着人就臭贫,还想不想干了! 赶紧走!

小　丑　哎哎,这就走! 老板来了! 前两天五子就因为没按时来上班,当时
　　　　就让老板给"开"了,咋央求咋认错小话说了几十筐都不成。这么冷
　　　　的天,五子白天到处找活,晚上住在又冷又潮的地下室,真惨哪! 这
　　　　几天我见着老板大气都不敢出,生怕出一点差错,弄不好下一个被
　　　　"开"的就是我。现如今满城都是打工的,全中国的农民都杀进城里
　　　　到处找活干,大学生都乌泱乌泱地找不着工作,这么好的活儿可不
　　　　能丢了! 得,干活喽!

　　　　　[雪花飘舞,他骑着车"行进"起来,兜各样的"圈",炫出各样的动作。

　　　　　[最后,他将自行车"定"在一"支点"上,开心地蹬行。

　　　　　[追光射向他,"车速"时快时慢,如"行进"在各种路况、街景中。

　　　　　[舞台各处城市特有的各类车辆声,此起彼伏。

小　丑　啊,这就是我的早晨,这就是我打工的城市! 大楼小楼各种各样的
　　　　楼多得像地里的庄稼,大车小车各种各样的车多得像蚂蟥,我就是
　　　　这楼海车海里一个小小的、会飞的小虫子,没人会把我当回事儿,可
　　　　我活得挺滋润挺开心,呼吸着早晨的空气,飞翔在早晨的阳光
　　　　里——(放声唱起来)

　　　　　　　小丑我心中百花香楞哩格楞——
　　　　　　　冬天的太阳当空照,
　　　　　　　照在我的脑门上楞哩格楞——
　　　　　　　穿过了大街走小巷,
　　　　　　　为了吃为了穿我日夜都在忙。

　　　　　[各样的汽车声潮汐般一浪高过一浪。

一、天堂花园

　　　　　[——各种车辆声渐弱。

小　丑　(放慢蹬车速度,徐行徐看)天堂花园,12 号,O 了。(停车,下车,上
　　　　锁,从箱内取出一大捧光鲜亮丽的玫瑰花)知道这是给谁送的吗?

一大演员大明星！一全国人民都在看的大美女！一看名字我就吓了一跳！前段街上贴的全是她的电影海报，今天我可得好好看看！

[他带着几分忐忑几分激动，边走边张看着别墅区，张看着一座座豪宅。

小　丑　富人就是富人，名人就是名人，就一个字——牛！看看人家住的这地方，要山有山要水有水，要花有花要草有草，小洋楼，大花园，喷水池，游泳池，大草坪，高级轿车排成排，妈呀，一辆比一辆漂亮。真是不到城里不知道啥叫生活，不到城里富人住的地方不知道啥叫天堂，我这样的几辈子也住不上这种房子，不过，咱来过，连房子带人免费参观了一把。

[他上前按门铃。

[清亮的门铃声响。

小　丑　（对门上的通话器扬手，行礼）你好！我是鲜花公司的送货员，给你家送鲜花的，开下门好吗？谢谢，谢谢。

[门开了，《祝你生日快乐》的音乐飘扬而起，阵阵欢笑声。

[这里正在举办盛大的生日舞会，众多男女宾朋在为女明星过生日。

[他抱着鲜花欲入内，一阵"汪汪汪"的狗叫声。

小　丑　（蹦起，向后退）妈呀，一二三四五，这咋还养了这么多条狗啊！对不起，您能不能把狗……（狗叫止）我是来给你家主人送花的，不，不能给你，我们老板特别嘱咐了，委托我们送花的客人要求必须把花送到白小姐本人手上，不好意思，你还是……好好，我在这等着。麻烦你了！

[他捧着花站立一边，探头张看着。音乐飘摇，台上许多光圈游走。

小　丑　敢情今天是她的生日！瞧瞧人家这生日过的，要多气派有多气派，要多雷人有多雷人！来了这么多靓男美女，一个个都和电影电视剧里一样，再看看这大房间，这家具，这摆设，那房顶的大吊灯！哇，看那大蛋糕，那么多层，这得多少钱一个呀！看，他们开始跳舞了，这舞跳得一个比一个帅一个比一个酷！我的天，这不那谁吗？电视剧里没少看见她，前两天电视上还有一堆记者采访她哪！哟，那是我最喜欢的男明星，长得挺难看可特招人看！这不是做梦吧？这么多大明星大演员一家伙全让我见着了，全是真人儿呀！哟，这家的女主人,那海报上的大明星朝我走过来了……我的神哪!简直跟女王差不多,裙子雪白雪白的,肩膀头子全露在外头,脖子上那珠宝项链,耳朵上那耳坠子,亮得直晃眼,给力,太给力了!(捧花上前)你,你好!祝你生日快乐!客人让一定送到你手上,麻烦你签个字!(取出单子递上笔)谢谢!(收好单子)按照我们公司的规定,每次送花时都要免费赠送客人一个小魔术。

[女人的声音:好啊,哎各位,让送花的小丑给大家表演个魔术,怎么样?

[掌声,叫好声。

小　丑　(来了精神)谢谢!谢谢大家!(弯腰行礼)我先代表我们鲜花公司全体员工祝美丽的女主人生日快乐!祝大家身体健康,心情愉快!(行礼、掌声)下边,给各位献上一套小魔术!

[他飞快地"变"出一条魔术棍,开始熟练地表演起魔术。

[他变出一朵又一朵鲜花,小花,大花,许多花绽开在他的手中。

[笑声,惊叹声,掌声。

[他很开心地向各个方向行礼。

[声音:嘿,哥们,会跳舞不?跳一段给我们助助兴!!!

小　丑　好,那我就再给大伙跳个舞,跳得不好,大伙见笑了,来点音乐!

[音乐起。

[他以魔术棍当拐杖,伴着音乐卖力地跳起精彩、滑稽的"卓别林"舞。

[音乐中,小丑跳得大汗淋淋,气喘吁吁。

[掌声,叫好声!小丑再次鞠躬行礼。

[女人的声音:演得不错,拿着,这是你的小费,收着吧!今天我高兴!

小　丑　谢谢!我——我能不能和你合个影,太好了,谢谢!(用手机拍合影)那啥,我还请您给我签个名,谢谢谢谢!签在这!(递上纸笔)小姐,我,我能不能再……(拉住对方的手欲弯腰亲)

[一阵猛烈的狗叫!

[小丑忙向后闪,忙乱躲开、后退,不小心摔了一个大跤。

[一片男男女女的哄笑声。

小　丑　(窘迫地爬起来)对不起,对不起,怪我,都怪我,对不起!(不停鞠躬)

　　　〔阵阵狗叫声,阵阵哄笑声,狗扑上来的叫声,

小　丑　去去去,都说对不起了。汪! 汪! 汪! 妈呀! (又跌了一大跤)

　　　〔狗乱叫,小丑跌跌撞撞狼狈逃出,停下,自嘲地苦笑,拍打灰尘。

小　丑　这扯不扯! 都怪我,怎么想起亲人家的手了! 大明星的手是我亲的吗? 对不起,让大伙看笑话了,我这人脑袋一热就找不着北,没少捅娄子。人家这是啥地方? 天堂花园! 我是啥人? 一个送花的小丑! 那么大的明星给了你小费,和你合了影,给软件包签了字,已经给够你面子了,你还想亲人家的手? 那些狗能不有意见吗? 能不叫唤吗? 我这样的人能到这来,祖坟都冒青烟了,能见到这么多大明星,那青烟都冒出上天了! 这是天堂,天堂里的狗都有天堂户口,那五条狗一看就是世界名狗,瞧它们带的链子穿的那小坎肩,它们能住在这那都是上辈子修来的。唉,这就叫人有人命,狗有狗命,我就是小丑的命,不认命不行! 得,不管怎么说,我也在天堂里转了一小把还露了一小脸! (得意地看着签名)我的神哪! 这可是宝贝,兴许再过几十年就是文物,我得好好收着,今天晚上给我女朋友看看! (收好,又查看小费)哇,一下就是"两张",(飞吻钱)我又发财了! (摇着钱,对观众)各位,这就是我这活儿的好处,有点意思吧? 吃点苦挨点累,跑跑腿动动嘴,赔小心赔笑脸,别出差子别生是非,剩下就是呜呜地看美女,卡卡地收小费! 我妹子上高中的学费、我爸看病的钱都靠它了! 不瞒你们说,我们那地方穷得不能再穷了,我家更惨,爸干活把腰摔伤了,家里活地里活都是我妈一个人干,我高一没念完就回家种地了! 三年前的一天,强子拉我一块出去打工挣钱,我说不行,我走了家咋办? 强子说秀秀也一块去! 妈呀,秀秀去还有啥说的,我必须去! 你问了,秀秀是谁? 用句文词我俩是"青梅竹马,两小无猜",从打上学我俩就一个班。她可不是一般的乡下女孩,长得特漂亮,心气特高,干啥都特要强,唱歌唱得好跳高跳得高,学习更没的说,一直是班里的前三名,别看她高考落榜了,可就差八分! 太了不起了! 在我心里她永远是最牛最棒的! 五岁那会,我就把她定成我媳妇了! 你说,她要进城,我能不跟着来吗? 必须的!

　　　〔空黑中,响起拖拉机声。

　　[响起秀秀动人的笑声。

小　丑　三年前的那个冬天,我、秀秀、强子背着行李上了拖拉机。秀秀站在
　　　　拖拉机上,头发在风中飘着,她开心地唱起了歌,我和强子也一块唱
　　　　起来——
　　　　[空黑中,响起三人的喊声:我们要进城了! 我们要进城了!
　　　　[接着是三个人的歌声。

小　丑　我心里跟开了花似的! 啊,我要和秀秀一起进城了! 总有一天我会
　　　　鼓起勇气告诉她我喜欢她,我想娶她想和她永远在一起再也不分
　　　　开! 可惜,进城以后我们就分开了,我和强子进了工地,秀秀去了开
　　　　发区,她舅在那的工厂给她找了份工作,不过三年前分手时,我和她
　　　　有个秘密约定……
　　　　[空黑中响起秀秀的声音。
　　　　[秀秀的声音:咱们三年后见,三年看谁干得好,看谁能活出个样来!

小　丑　对,她就是这么说的,三年后见! 三年后看谁能活出个样来! 知道
　　　　吗? 今天就是秀秀说的那个日子,今天晚上我就要和我的秀秀对暗
　　　　号了! 刚才我为啥和那女明星合影要签名? 就是为了晚上给秀秀
　　　　看看! 还有,早上我为啥差点迟到了? 不怕你们大伙笑话,昨晚上
　　　　我一想到今天就要和秀秀见面了,激动得咋也睡不着,折腾到后半
　　　　夜好容易睡着了,哇哇做梦,猜猜我梦见啥了? 说对了! 我梦见和
　　　　秀秀见面了! 在一小河边,满天满河全是闪闪发光的星星,秀秀向
　　　　我走来! 小话那个甜,两眼突突地直放电,两胳膊搂住我,下边全是
　　　　慢镜头……我俩一会儿在天上飞,一会儿在河里游,那个开心那个过
　　　　瘾! 结果,睡过头了。跳下床撒腿我就往外跑,怕迟到我一咬牙打了
　　　　个的士花了二十多块钱才赶到公司,不过能做这么一个梦,迟到了挨
　　　　老板骂几句也值,花多少钱都值! 啊,今天晚上这个梦就要成真了!
　　　　太爽了,现在,我浑身上下突突突地直来电! 嗷嗷的! 杠杠的!
　　　　[风雪飘飘。小丑上车,重又"行驶"起来。
　　　　[各样的汽车声再次响起。

小　丑　这三年我一直记着秀秀的话,不管吃多少苦都要活出个样来! 在工

地扛钢筋搬木头运砖当小工,在饭店刷盘子洗碗端菜跑腿当小二,大冷天在马路上发传单,大晚上在夜市摆小摊。有过吃不上饭的时候,有过没地方住的时候,也有过被蒙被骗叫天天不灵叫地地不应的时候,可我一直在拼命,一直等着和秀秀见面的那一天! 后来一个老乡介绍我来送花公司,说心里话,我不太愿意干,这不成马戏团的小丑了吗? 好歹我也是高一毕业,总不能成天给人逗闷子让人取乐啊! 可干着干着,我就迷上了这份活儿。虽说老板凶了点工作辛苦点,可穿上这身衣服我就来神,骑上车我就撒欢,这活儿干好了,一样能活出个样来!!!

　　[小丑撒欢猛蹬起来。

二、医　院

　　[一医院。静谧无声,一片白色。

　　[小丑捧着一束花走来,看着“一个个房间”。

小　丑　616,对,就这! (走进去)

　　[追光中,一张空空的病床现出。

小　丑　(四顾)这? 大姐,问一下,九床的病人哪? 长得挺漂亮的,大眼睛。

　　[病友的声音:唉,她已经走了!

小　丑　走了? 去哪儿了,啥时出的院?

　　[病友的声音:不是出院,是没了,死了! 前天的事。

小　丑　啊,你——你说什么? 她,你开玩笑吧,我上星期六来的时候她还好好的,还在这给你们唱歌来着。

　　[病友的声音:这种事还能开玩笑吗? 前天早晨下的病危通知书,当天夜里就走了!

小　丑　我的天! 死——死了? 怎么会?

　　[追光射向那张空空的病床。

　　[飘起一个女孩的歌声,很美,很忧伤。(曲目:英文歌曲《世界尽头》)

小　丑　(怅然地)这个大眼睛女孩是我这辈子见过的最漂亮的女孩,和天堂花园里的那些美女一点不一样。她得了癌症,已经晚期了,瘦得厉害,人一瘦两只眼睛就显得特别大,那是一双让人看一眼就忘不了的大眼睛!听护士说,她特坚强,疼得再厉害都咬牙挺着不出声。不疼的时候她特别喜欢笑,笑得很甜。她还喜欢唱歌,我第一次来时她正在给大伙唱歌,唱的是首外语歌,是我从没听过的一首歌,病房里静悄悄的,只有她的歌声,那么美,那么动人,好像是从天上飘下来的一样。

[空黑中,女孩的歌声飘动着。

小　丑　她一个中学同学委托我们来送花,他俩上学时是同桌。那男的一直是爱着她,给我们打电话时这哥们哭了,求我们公司老总一定每周的周六替他往医院送一次花。他说"大眼睛"最喜欢花,他想让"大眼睛"的床头永远有鲜花,只要有鲜花"大眼睛"就会一直活下去!这事让我老感动了!当时我就和老板说这事交给我了!我会一直给她送花,让她一直活下去!每次来我都给她表演魔术,她特喜欢,总是让我再来一个,再来一个,还缠着我问我怎么变的,还说以后要和我学表演魔术,从来没有一个美女这么把我当回事儿。大姐,她现在在哪?火化了吗?

[病友的声音:还没有,好像还停在太平间哪!

小　丑　哦,那我去那!(转身走开)

[空病床光暗,隐去。

[女孩的歌声飘动着。

[追光中,小丑抱着鲜花走着。

小　丑　那个爱她的男孩一定还不知道这件事,这哥们每星期一都会给我打电话,问我花送了吗?她喜欢吗?他说他俩有缘没分,毕业以后就分开了,他和另外一个女孩在外地成了家,但和"大眼睛"一直是好朋友,"大眼睛"得病以后他特难过,一直想为她做点什么。这哥们说:我帮他做了这件事,特感激我,想不到这是最后一次给"大眼睛"送花了!唉,都怪我呀!我要是前天,大前天来就好了,也许看见新送来的花,她还能多活几天。

[场上光线变化,晦暗,昏黑。

小　丑　（四下张看）这就是太平间？真瘆得慌。那么好的女孩就这么给送
　　　　到这了，躺在这种地方。她再也不能唱歌了，我再也不能看到她了。
　　　　（上前）老师傅，我是前天晚上送来的那个女孩的……同学，我和她
　　　　是同桌，我想再看看她，求你了，我就看一眼，看了就走。
　　　　［重重的一声响。
　　　　［大抽屉拉开的声音。
　　　　［一张蒙着白布的停尸床赫然出现在一片寒冷的白色追光中。

小　丑　（慢慢上前）我的天！这怎么可能！她还是那么美，那双大眼睛闭上
　　　　了，闭得这么紧，脸色这么苍白！（伸出手又缩回来）啊，她的脸真
　　　　凉！大眼睛，我不知道你比我大还是比我小，我是该管你叫姐还是
　　　　叫妹，看着你这样子，我……你唱歌的样子我现在还记得，你的歌
　　　　声，还有你对我说过的那些话，你的笑容，你的一切一切我都记得，
　　　　到啥时候都忘不了！唉，我还想教你魔术哪，教不成喽！你走好吧！
　　　　（将鲜花轻轻放到床上）照规矩，我该给客人表演，可……我就用我
　　　　家乡的法子，像我们村刘二姑那样替你念叨念叨，送你一程吧！等
　　　　等，我把这身衣裳……（慢慢脱下小丑服，露出一身平常装束，又取
　　　　出魔术棍，围着那停尸床叨唱起来）
　　　　　　天灵灵，地灵灵，
　　　　　　各方神灵都显灵，
　　　　　　带着美女美亡灵，
　　　　　　一道灵光去天庭——
　　　　　　别去南，南边路途远，
　　　　　　别去东，东边有妖精，
　　　　　　别往北，北面血淋淋，
　　　　　　尽管一直往西行——
　　　　［女子的歌声幽幽飘起，和小丑的叨唱交织重叠。
　　　　　　西边灵山十八座，
　　　　　　西边灵河水波平，
　　　　　　好山好水你选一处，
　　　　　　选一处，你把步停，

生时你命太苦,

死后你得安宁——

往下是啥词来的? 算了,这些词也不咋着,我就别费这劲了,免得说错话,让她灵魂都不安宁。大眼睛,真心真意地祝你到了天上快快乐乐的,不生病,不住院,接着在天上唱歌!

[他深深地鞠了一躬,抱起小丑衣服,黯然走开。

[追光射向那张停尸床,射向那束鲜花。

[光渐暗。女子歌声隐没。

小　丑　(慢慢穿着小丑服)唉,这么年轻漂亮的女孩,病得那么厉害还有说有笑给人唱歌的女孩,说没就没了! 她应该和爱她的人谈恋爱成家,应该生一个和她一样漂亮的女儿,她应该比谁活得都好都幸福……她那双大眼睛真是美呀! 闭上了,就这么闭上了,再也……(望着太平间方向)我这是第二次来这种地方了,去年,我那好哥们强子没了,干活时不小心从十八层大楼上掉下去了,当场就……我抱着他拼命喊:“强子,强子,我在这就你一个朋友,你不能走啊!”活蹦乱跳的强子从火化炉里推出来,变成一堆骨头渣子,冷冰冰的骨头渣! 活着不容易,死倒他妈挺容易! 和大眼睛比起来,和强子比起来,咱们大伙都是幸运的,活着,就是件特快乐的事,不,是件幸福的事! 对,这他妈就是幸福! 天大的幸福!

[音乐慢慢飘动。

[他骑上车,动作缓慢地骑行。

小　丑　这也是我的生活,我生活的一部分! 能看见生,也能看见死;能看见天堂,也能看见地狱;能看见幸运,也能看见不幸。看多了,你才知道啥是生活。强子火化那天,我又见到了秀秀。她瘦多了,可还是那么漂亮,看见强子的骨灰盒,她大哭了一场! 一块吃饭时她喝了很多酒,她说她离开了那家工厂,正在找新的工作,还说要从头开始,一定活出个样来。她走了,再也没和我联系,给她打电话手机停机,我到处打听,有人说她在服装市场摆摊,有人说她在推销化妆品。我太了解她了,她从小就不服输,不干出个样来不会和我联系的! 不知道她现在啥样了? 她肯定特不容易,特辛苦,而且我敢保证,她肯定干得比我好! 还好,今天晚上我就能见到她了! 这次我决定了,要把我心里最想说的话说出来! 我要告诉她,我从五岁时就喜欢上她了,这辈子下辈子几辈子都是她了!

〔音乐飘摇着,他慢慢骑行着。

三、帝王会所

〔小丑又停下车。

〔他从箱内取出一束玫瑰花。

小　丑　(捧花走动,看手中的单子,再张看)帝王会所刘婷婷小姐。是这! 我倒是往会所去送过几次花,可还是头一次到这地方来。"会所", 还"帝王",从字面上看,应该是皇帝王公大臣开会的地方,真能整, 现在哪有帝王? 哪有王公大臣? 如今这年头怪怪的,不少地方都起 个特豁亮特绕嘴的名,要么就是什么"大世界"、"新世纪",要么就 是什么"帝王",什么"公爵"、"公主",要么就是英文日文外国名,一 家伙就能把你弄晕! 这咋一扇扇窗户都挂着大窗帘,真怪! 不管 了,进去瞧瞧!

〔会所内,光影迷离,音乐飘绕。

小　丑　(深一脚浅一脚走在光影中)这什么怪地方? 外头是大白天,里边弄 得黑洞洞的,道都看不清楚。

〔光线陡然变幻。

小　丑　(吓了一跳)这怎么还变上色了? 靠! 也不和老子打个招呼! (深一 脚浅一脚走在光中)喂! 有人吗? (发现有人)有人,太好了! (上 前)麻烦你,我找你们这儿的刘婷婷。

〔男人的声音:刘婷婷? 她有客人,上班时间,不能出来见人。我们 这有规定,有客人的时候一律不给找人!

小　丑　这? 怎么还不能出来见人? 她干啥工作的上的啥班呀? 对不起,兄 弟,你行个方便,我这也是工作,我是刘婷婷朋友让我……兄弟,还是 麻烦你一下,你看,我人都来了! 见了她把花交给她就走,一两分钟 的事。

　　　　　[男人的声音:那也不行,今天我们这"被"包了,连散客都不接待,侯
　　　　　　　　经理专门点的刘婷婷,还特别吩咐谁也不许进房间,
　　　　　　　　谁也不许打扰他! 侯经理是我们的大客户,连我们老
　　　　　　　　板都不敢得罪他,你想砸我饭碗啊! 你快走吧,有天
　　　　　　　　大的事,等她下班以后再找她。

小　丑　可是我马上还要……这人咋这么凶哪? 这样,我给刘婷婷打个电
　　　　话。(取出手机欲打)

　　　　　[男人的声音:哎,你干什么,不能给她打电话,现在她不能接电话。

小　丑　哎哎,你怎么抢我手机呀? 把手机还给我! 这是我女朋友送我的,
　　　　弄坏了我跟你没完! 快还给我! (扑上去抢回手机)

　　　　　[男人的声音:嘿,跑这捣乱来了是吧? 不知道这是什么地方是吧?
　　　　　　　　保安保安,赶紧过来,这有人想捣乱,快来把他撵
　　　　　　　　出去!!!

　　　　　[许多脚步声纷乱响起。

　　　　　[数声音:走走走,痛快的!
　　　　　　　　　瞅你穿的这身衣服画的这脸,从马戏团跑出来的吧?

小　丑　哎,我这身衣服咋了? 这是老子的工作服! 你们想干什么? 仗着人
　　　　多想欺负人哪? 我都说了,见了她把花给她我马上走!

　　　　　[男人的声音:和他费什么话! 今天来的什么客人不知道吗? 把他
　　　　　　　　轰出去!

　　　　　[一阵更加纷乱的人声。

　　　　　[小丑手抱鲜花双腿腾空,被"架"了起来,被向外"拖"去。

小　丑　哎,你们干什么! 你们还讲不讲理? 放开我! (乱蹬乱喊)花! 别碰
　　　　我的花! 手机,我的手机!!! 奶奶的,你敢摔老子的手机! 老子跟
　　　　你……(迎面一拳打来)妈呀! 你们真打呀! (许多拳脚打向他,他
　　　　左闪又躲,还是被打倒在地,大声喊叫着)打人了! 出人命了!!! 救
　　　　命,救命啊! (双手抱着头,满地翻、滚、摔、扑)

　　　　　[他被数人一通殴打,蜷曲成一团倒在地上。

　　　　　[纷乱的人声远去。

　　　　　[小丑一动不动趴在那里,脸上、身上多处受伤,衣衫破烂。

［半晌,他动了,挣扎着,坐起来。

小　丑　疼死我了,我招你们惹你们了? 我来送花有啥错? 凭啥打我? 就是来条狗也不能说打就打呀! (喊)你们回来! 老子受伤了,你们给我医药费! (查看手机)坏了! 打我几下没啥,可你们摔它干吗? 这是秀秀给我的,摔成这样见了秀秀我咋和她交代呀? (抱着手机伤心地哭了)上次和秀秀见面时,秀秀把它送给我,她说她要换个新的,她从没送过我这么贵重的礼物,这里还有她的照片呐! 这一年多我是看着这些照片过来的,晚上我都是看着手机上的照片睡着的,她一直在里边冲我笑,笑得那么美那么……这是她给我的爱情信物啊! 我要收藏一辈子的! 秀秀,对不住了,我没把它保护好,不行,不能这么算了! (霍地站起,喊)王八蛋,你们赔我手机! (抓起石块扔过去)

［传来一声玻璃响,接着一阵怒骂声、一阵脚步声。

［他见势不妙,撒腿就跑。

［激烈鼓声中,他跟头把式地狂跑着,鼓声止。

小　丑　(停住,喘着气,回头看)哎,有种的你们追呀! 来呀! (确定对方追不上了,叉腰叫骂)哎,狗娘养的,竖起狗耳朵听着,老子今天要骂个够! 你们是黑社会咋的? 打人犯法你们知道不? 老子是中华人民共和国公民,有宪法保护! 一帮人打一个算什么本事! 当个保安有啥好牛的? 兴许跟我一样也是进城打工的,换了身皮人五人六的就不知道自己是谁了,一样吃便宜盒饭住便宜出租房,过年回家一样排长队买车票大包小裹地挤火车,装什么装! 你以为你是功夫熊猫啊! 还有你这个侯经理,把人家女孩子弄到屋里还不让出来,你干什么见不得人的勾当还怕人知道? 仗着有俩钱就把自己当天了,你多啥呀? 往上数个三辈四辈,你爷你太爷十有八九也是种地的,到了你这辈转运了有钱了,可就你这么“作”,不把自己当人,不把别人当人,保不齐哪天你就得下大牢挨枪子不得好死! 就算没那些事,进了太平间进了火葬场,你再有钱官再大,你也不能站着、坐着,也照样是躺着的挺着的没气的两眼紧闭的,和老百姓有啥两样? 什么帝王会所? 纯属他妈的狗窝! 惹急了老子打 110,打 119,打 120!

让他们都来看看你们在里边干啥？

[他骂累了,慢慢走向自行车。

[自行车倒在地上,把歪,圈瓢,车座被拔!

小　丑　我的车!(上前收拾车子)唉,我咋这么倒霉哪,老子的好心情全让这帮王八蛋给毁了!(修好,慢慢抬起头,对观众歉意地)真不好意思,让你们看了这么一出。没法子,说白了咱这行是专门伺候人的,小人物里的小人物,弱势群体里的弱势群体,不招人待见,不被人当回事,人家烦咱咱得忍着,骂咱两句咱得听着,打咱两下咱也得受着,总不能为了治气砸了饭碗丢了工作,冲我爸我妈我妹子,我也不能和他们叫那个板。不公平,真他妈不公平!老子是小丑,可老子也是人,凭啥这么对我?有时候我真想大哭一场!可谁叫你是弱势群体了?谁叫你出来打工了?这,也是我的生活,是我生活的一部分!

[他抚着腰、咧着嘴、忍着疼,跨上车,蹬骑起来。

[各样的城市车声再次响起。

[车声中飘响一曲萨克斯演奏的音乐。

小　丑　(越骑越慢)不知道秀秀遇没遇到过这种事,她遇到这种事会怎么办?这三年她一定遇上过挺多事,她一定特坚强、特能扛,肯定的!高考落榜时她就特坚强,一滴眼泪都没流。从小到大我最服的就是她身上这股劲!各位,你们说,啥是生活?要我说,生活就是能忍住熬住,挺住扛住!要想活出个样来,你就不能被打垮,遇上天大的事你都得扛住!嘿嘿,告诉你们,我有一套"扛住"的办法:上坡的时候你得想下坡了路就会好走了;顶风的时候你得想回去时会是顺风,就不那么累了;雪大的时候你得想雪停了太阳出来了就不那么冷了。这么一想心里就能好受点,累啊苦啊冷啊,全打折了,不可能天天阳光灿烂,赶上乌云满天就可能刮风下雨,还兴下雹子哪。(咬牙向前用力蹬着)要扛住!要活出个样来!必须活出个样来!就是下刀子下飞毛腿导弹,车得往前骑,活得接着干,钱得接着挣,打不残打不死就得接着往前闹!

[小丑用力向前蹬骑,爬坡而上。

四、空　巢

[萨克斯音乐仍在飘着,低回、伤感。

[衣衫破损、脸上有伤的小丑推着损坏严重的自行车上,走路时一瘸一拐,龇牙咧嘴。他停好车,从后座箱子里捧出一大束康乃馨。

小　丑　下边这家是我的老客户,一个八十多岁的老奶奶。奶奶的儿子儿媳在一场车祸中走了,奶奶一把屎一把尿拉扯唯一的孙子,供孙子上了大学还读了研究生。这哥们真不错,毕业以后就去大西北一个山村当起了山村教师!我是山里出来的,最知道在乡下当老师有多不容易,这种人我打心眼里服!三年了奶奶天天都在想她的孙子,唉,哪次来给她送花,我心里都受不了,又紧张又难过,生怕哪句话说错了弄出什么岔子,出一点岔我都会后悔一辈子。可这是我的任务,必须完成好!(上前按门铃)

[一辆孤独的轮椅出现在一束追光中。

小　丑　唉,奶奶,又见你老了!(捧花上前)奶,我又来了,还是你孙子让我们给你送的花!(凑近)你看,还是康乃馨,你孙子祝你老健康长寿!瞧,一听"孙子"这两字,一看见花,奶奶就精神了,眼睛都放光!(半跪下来)奶,还记得我吗?我是送花的小丑啊,上次咱俩还唠了半天嗑,你老和我说了挺多你家的事、你孙子的事,还说我和你孙子个头一般高,看见我你就想起你孙子,你老还说你要等他回来,要好好活,活到一百岁。

[奶奶的声音:(苍老,病态的)孙子——孙子——花——香,真香啊!
　　　　　　孙子送花来了!好,好啊!你是上次来送花的那个小
　　　　　　伙子,我记得你。

小　丑　嘿嘿,没错,是我是我!奶,和上次比你精气神好多了,看来病见好啊!

[奶奶的声音:唉,不行了,老了!一百岁,活不到了!

小　丑　不,不,奶,你可不能这么想,现在长寿的老人多着哪,活到一百的,一百一、一百二的都有,你老得往这上想,那才能活得长!

　　　[奶奶的声音:活那么大岁数有啥用啊！唉,三年了,我的小伟一走
　　　　　　　　　就是三年,头一年还回来过两趟,走了隔上段时间还
　　　　　　　　　打电话来,可这一年多一次也没回来,一个电话都
　　　　　　　　　……他怕是把我给忘了。

小　丑　奶,看你说的,他忘了谁也不能忘了你呀？他不是逢年过节重要日
　　　　子都让我给你送花吗？还按时给你老寄钱。

　　　[奶奶的声音:钱？我这个岁数,钱再多有啥用,我想见人,我想看见
　　　　　　　　　人。唉,辛辛苦苦把他拉扯大,到头来他却……我养
　　　　　　　　　了个不孝的孩子!

小　丑　奶,那你可太冤枉他了,昨天他还给我通电话了哪!

　　　[奶奶的声音:通电话？昨天？你在骗我!

小　丑　这……奶,我怎么会骗你哪？绝对是真的,他在电话里还特意叮嘱
　　　　我今天是你老的八十七岁大寿,一定按时给你送花。他还说他那学
　　　　生多课程紧,离不开,让我代他给你拜寿,祝你老长命百岁!

　　　[奶奶的声音:那,他为啥不给我打电话？为啥不和我说？

小　丑　这……

　　　[奶奶的声音:撒谎,你们都在撒谎! 你们都在撒谎! 你跟我说实
　　　　　　　　　话,他是不是在外边出啥事了？

小　丑　没有没有。奶,怎么会出事哪,不可能出事,什么事都不会出。

　　　[奶奶的声音:不,出事了,一定是出了什么事,要么是生病了？ 要么
　　　　　　　　　就是……到底是出了啥事了! 你倒是说呀!

小　丑　我说我说,奶,你心脏不好,千万不能激动,这样,我对天发誓,我绝
　　　　对没撒谎! 你孙子在那边工作得可好了,他教的学生一个比一个有
　　　　出息,乡亲们都在夸他,(取出一盒录音带)奶,你听听这个。

　　　[小丑打开录放机,响起以下声音。

　　　[数声音:奶,我是王芳,我是刘大为,我是侯杰,我是白莉莉,我是杜
　　　　　　　清华,我们大家一块给你老祝寿了!

　　　[一群声音:(齐声)奶奶,你老生日快乐!

小　丑　奶,你听,这是小伟大学同学打给我的电话,我特意录了音,他们在
　　　　给你祝寿哪!

　　　　［一声音:老奶奶,我们是小伟老师的学生,小伟老师是天底下最好
　　　　　　的老师,你这个生日小伟老师回不去了,我们全班同学祝
　　　　　　你老生日快乐!
　　　　［一群孩子的声音:(齐声)祝老奶奶生日快乐! 寿比南山,福如东
　　　　　　海,长命百岁!
　　　　［奶奶的声音:这,这是……

小　丑　奶,这是小伟教的那些学生从大山里给你祝寿哪! 这录音带是小伟
　　　　特意给我寄来让我放给你听的,他是故意不给你打电话的,想给你
　　　　一个惊喜!
　　　　［奶奶的声音:小伟寄来的,那小伟咋不说话?

小　丑　有有有,马上就来了!
　　　　［一声音:奶,小伟不能回去给你老做寿了,你喜欢花,我让小侯代我
　　　　　　给你送花,你爱听我吹口琴,我再给你老吹一段,算是孙子
　　　　　　给你做寿了!
　　　　［动人的口琴声起。

小　丑　(琴声中)咋和你们说哪,不久前,奶奶的孙子那发生了山体滑坡,为
　　　　了保护几个山里娃他被永远埋在了大山里! 老天不长眼啊,偏偏
　　　　就……
　　　　［传来喊声:老师! 小伟老师!

小　丑　他的一群大学同学给我们老板打来了电话,求我们帮着做一件事:
　　　　他们每个季度照常给老人寄钱,请我们公司每逢节日都给奶奶送鲜
　　　　花。他们说是只有这样奶奶才能相信她的孙子还活着,她才能有盼
　　　　头才能活下去! 这帮人真够意思! 我和老板说:这事我来干,保证
　　　　按时给奶奶送花! 可我这辈子最干不好的事就是撒谎,这个谎还必
　　　　须撒好! 这盘录音带是我合计了好几天才想出来的法子,为了弄得
　　　　像真事似的,我找了好多人帮我录了好多遍! 嘿嘿嘿,还好,奶奶没
　　　　听出来是假的,我的计划成功了!!!
　　　　［口琴声声。
　　　　［奶奶的声音:这,这是小伟吹的?

小　丑　是,是呀! 奶,你不是总说小伟爱吹口琴,最爱吹这个曲子吗?

[口琴声,琴声止。小丑取出口琴继续吹起来。口琴声四下飘动!

[奶奶的声音:小伟,是我的小伟回来了! 你躲在哪了,你快出来呀!

[小丑躲在暗处,卖力地吹着。

[琴声,动人的琴声飘动在舞台上。琴声止。

小　丑　(出来,笑着)嘿,奶,我吹得咋样?

　　　　[奶奶的声音:小伟上次回来给我吹的就是这一段,(忽然哭了,绝望
　　　　　　　　　地)小伟,奶想你呀! 这会儿你在哪呀?! 奶天天眼巴
　　　　　　　　　巴地等着你回来,扳着手指算着日子等着你回来! 奶
　　　　　　　　　越来越老了,一天不如一天了,你要再不回来,奶怕是
　　　　　　　　　再也见不到你了!

小　丑　奶,你别这样! 这可咋好啊,奶,你听我说,小伟哪能不回来哪,他活
　　　　得好好的,你不都听到他吹口琴了吗? 他现在最不放心最惦着的就
　　　　是你,你老得好好活着,开开心心地活着,等他回来看你! 奶,他会
　　　　回来的。她是不是觉察出来什么了? 不,不会的,我费了那么大劲
　　　　弄的,刚才她都相信了,我都成功了。奶,要不我再给你放一遍小伟
　　　　的录音? 要不,我再给你吹一遍,不,吹十遍! 你就把我当成小伟,
　　　　不,就当你又有了一个孙子,干孙子! 奶,(跪下就磕头)从现在起你
　　　　老就是我的干奶奶! 奶,以后我没事就来看你,来给你吹口琴! 小
　　　　伟过段日子回来了,也让他给你吹,让他天天给你吹! (不管不顾地
　　　　吹起口琴来)

　　　　[奶奶的声音:(琴声中)小伙子,奶谢谢你了! 奶老了,可奶还不糊
　　　　　　　　　涂,奶心里啥啥都清楚,奶知道你还有小伟那些同学
　　　　　　　　　都怕我想小伟想出病来。你们都是好孩子,天底下最
　　　　　　　　　好的孩子,奶听你的,好好活着,奶要等着小伟回来!
　　　　　　　　　等他回来。

小　丑　这就对了! 奶,你怎么哭了? 怪我,都怪我,(打自己)奶,对不起了!

　　　　[奶奶的声音:好孩子,别,别这样,来,你接着吹,奶想听,奶爱听!

　　　　[音乐飘动,小丑围着轮椅卖力地吹起口琴。

　　　　[口琴声声,老奶奶随着琴声轻轻地哼唱起来。

　　　　[琴声,歌声。轮椅处光渐暗。

〔追光中小丑再度出现。

小　丑　（向后挥手）奶,回吧,下次我还来给你送花,还给你老吹口琴!
　　　　〔他走到车边推车,车不动,蹲下修车,上好链子,踹了几脚,重新骑上。
　　　　〔天上又飘起了雪花,小丑慢慢骑行在飞雪之中。

小　丑　还是年轻好啊! 能工作能挣钱,有的是时间有的是力气可以做你想
　　　　做的事,你可以不停地向前走向前跑向前飞,饿了渴了一块馒头一
　　　　碗水就可以顶上几天,受伤了流血了一块创可贴就可以搞定,倒下
　　　　了躺一会睡一觉爬起来就可以接着走,就他妈一句话:趁着年轻,咱
　　　　得好好活,好好享受生活! 这是强子从楼顶上摔下去的前一天说
　　　　的。他还说:年轻是一笔大钱,是老天给咱的“小存折”,往外取的时
　　　　候咱得爱惜,想好咋花、往哪花,往里存的时候更得爱惜,想好存啥、
　　　　咋存。有人存进去的是善良、诚实、爱;有人存进去的是恨,是嫉妒,
　　　　是虚情假意。咱得多对别人好,多记别人对咱们的好,这样咱们存
　　　　折上的数字就越来越多,活得就踏实,就有底气。那天,强子说了挺
　　　　多话,都像刀子刻在我心里一样,让我记一辈子!
　　　　〔萨克斯音乐飘动着。

小　丑　时候不早了,我要去见秀秀了! 秀秀,我的秀秀在等我! （加快速度
　　　　骑着）强子走了,我在这个城市只剩下秀秀一个亲人了,可有她在,
　　　　我就是最幸福的人! 店里的哥们姐们都说我花心,其实我心里只有
　　　　一朵最美最美的花,那就是秀秀! 甭管什么茉莉花玫瑰花牡丹花、
　　　　桂花杏花水仙花、梅花丁香芍药花、千花万花各种花,我眼前是花身
　　　　边是花到处都是花,掉到花堆里跳到花海里,可我就喜欢秀秀这朵
　　　　花! 这朵花一年四季都开花,无论我到哪都能闻到她的香,有她陪
　　　　着我,这个世界就阳光明媚有香有色有滋有味。甭看我一没钱二没
　　　　权只是个小虫子小人物,可想着这朵花看着这朵花闻着这朵花,我
　　　　都天天开心天天舒心,啥烦心事堵心事气人事全都没了。说一千道
　　　　一万,我爱秀秀这朵花! 为了秀秀,我必须活出个样来,我成不了百
　　　　万千万富翁,可我要成为一个特牛特棒特好特配得上她的男人,一
　　　　个能让她喜欢让她爱的男人! 秀秀,我来了! （飞快前行）
　　　　〔萨克斯欢快、华美地奏响着。

五、风雪街路

[黄昏降临城中。各样的汽车声。

[天际,雪还在下。萨克斯在深情吹动。

[追光中出现一张双人长椅,长椅上落满了雪,夕照中别有意味。

小　丑　(脱下小丑装,从花箱里取出一套新装,郑重穿好,又从箱中取出一枝玫瑰)今天早上从花圃新上的,是我从一大堆玫瑰里挑出来的! 这是我头一次送秀秀花,也是我平生第一次送女孩子花! (闻)啊,真香! (又取出酒、各样的食品,又将几个彩色气球一一吹大,把一应物品摆放在长椅上,满意地打量着,对观众)怎么样,够浪漫的吧? 老天是公平的,生活是公正的,搞对象处朋友人人都是平等的,那些大明星次大明星次次明星都是天上的星星,咱够不着,可天上不只就那些贼亮贼亮的星星,它们不亮的时候,剩下的那些小星星一样亮得晃眼睛,那就是给哥们我预备的! 我,送花的小丑,也一样有爱情!

[萨克斯音乐飘动。

小　丑　三年前,我俩就是在这分手的,也是在这约好今天见面的。那天,也下着雪,我们仨下了火车,天还没亮没地方去,就转到了这,在这张长椅上一块等着天亮。天冷,冻得不行,我们仨就挤在一块取暖,一块看着天上的星星,看着远处城里的灯光……那天,天上的星星特多,城市的灯特亮! 秀秀说,无论多难她都要留在这,她要在这圆一个从小到大一直在做的梦。我傻乎乎地问:那是个啥梦? 她说我笨,强子也说我笨。后来,秀秀看着天上的星星又说,她会成为这儿的一颗星星! 到底是高中毕业,这话说的,真牛! 换成我打死我我也说不出来!

[他有些忐忑地来回走动着,看表,伸着脖子张看着。

小　丑　放心,她肯定会来的,也许现在她正往这来哪! 这是个好地方啊,这三年我常到这来,人特少,特安静,和我们乡下的小树林、小河边差不多。一会儿,远处满城的灯都亮起来了,秀秀也来了,这地方就更美了!

[风声呼号,雪大了,纷纷扬扬,翻涌不止。

小　丑　(仰面看天)这雪咋还越来越大了? 小北风变大北风了。这是要考验我咋的?(搓手,跺脚,竖起衣领,裹紧衣服)小样的,三年老子都等了,这算个啥? 今天是我这辈子最重要的日子,下吧,尽管下吧,下啥老子都不在乎!(冻得满地乱跑,索性在寒风飞雪中号唱起来)好一朵美丽的茉莉花,好一朵美丽的茉莉花……在那桃花盛开的地方,有我可爱的姑娘……红岩上红梅开,千里冰霜脚下踩,三九严寒何所惧,一片丹心……

〔风雪中小丑的歌声。

小　丑　和秀秀要说的话我都想好了,我要告诉她我这三年都干了啥,我是咋活的。我要和她说:别看我现在这样,可我一点不比谁差,我有的是力气有的是心气,我能吃别人吃不了的苦,我能做所有人做不了了事,我这一腔血热得发烫,喷出来全世界的雪都能化掉! 我肯定能让她过上好日子! 然后,我要告诉她一个秘密计划! 各位,我这计划老牛了,连我家里人都不知道,我只想讲给秀秀一个人听。(变得无比亢奋,两眼放着别样的光芒)将来,我要开一个花店自己当老板,也像现在这个店一样,雇上些进城打工的弟兄,不光要有像我这样扮成小丑的,还要有扮成孙悟空的、扮成猪八戒的、扮成七仙女的、扮成卓别林的、扮成超人的、扮成蜘蛛侠的……还有米老鼠、唐老鸭、白雪公主……各位,你们想想,这计划多雷人多给力呀!(充满憧憬地)每天太阳升起来的时候,这些全世界最牛的牛人,天上的、地上的、神话里的、故事里的、电影里的,全都杀到大街上,给大家送去各种各样的花,失恋的离婚的让七仙女白雪公主给他送去爱情,胆小的无助的让超人蜘蛛侠送去勇敢,抑郁的觉着活着没劲的让卓别林送去幽默,小朋友过生日让孙悟空猪八戒米老鼠唐老鸭祝他生日快乐,老人做寿让寿星老弥陀佛祝他长命百岁。到了那会,满城满街的人都看着咱们,所有得到鲜花的都夸咱们,那是啥效果?到店里订花的肯定“海”了! 电话订货咱接,网上订货咱也接,甭管客户提啥要求,全部接下全部满足! 我要让这个城市到处都是花,哪哪都飘着花香! 店名我都想好了,就叫“花心鲜花店”,哈哈,那我就成老板了! 秀秀哪,就是我花店的老板娘!(模拟秀秀就在面前)秀秀,这计划咋样? 对,你没听错,我就是要你来当老板娘! 我就是想和你结婚！和你一块圆这个梦，一块过一辈子！秀秀，答应我吧！
（做献花姿势）各位，这姿势咋样？（再做出另一种献花姿势）秀秀，答
应我吧！太好了，秀秀，我就知道你会答应我的。（倒酒）秀秀，为了这
个梦，干杯！再然后，我就请她跳舞！请！（跳起虚拟的双人舞）

［长椅前，小丑开心地跳着、跳着，沉浸在醉人的想象中。

［各样的汽车声交响着。

［舞台深处，一束光柱悄然升起，向小丑飘来。

［动人的女声无字歌唱由远而近，动人飘扬。

小　丑　妈呀，她来了！是她！我的神哪！她今天可真漂亮，雪花围着她飞
舞，风吹着她的头发，简直就是"歪瑞歪瑞"的一幅画！我喜欢她走
路的姿势，我喜欢她今天穿的这身衣服，还有她头发上的发卡！她
在向这边走过来，啊，变样了，变得更美了，简直就是个天使！
我——（手忙脚乱不知所措）镇定，镇定，还按原计划，给她个惊喜！
（放鲜花于长椅上，躲向角落）

［光柱游走，小丑在暗处激动地看着。

小　丑　啊，她在等我，还在看表哪，再让她等一会，让她着会急，我等了她三年，
也让她等我几分钟！她怎么没看到我的花，没看到长椅上我布置的东
西哪！太粗心了。咦，她在和谁招手？嘿，准是把别人看成我了，嘿！太
好玩了！她在看来来往往的车，嘻，她一定是以为我会坐车来哪。

［汽车刹车声、喇叭声。

小　丑　来了辆漂亮的轿车，嚯，大林肯，小喇叭按得这么响，车停下来了，她奔
那车去了，等等等等，怎么回事？我的天，车上下来个秃顶，这家伙
是谁？他还抱着一大束花！他在和秀秀说笑，这，不会是我看错了
吧？这怎么可能？秀秀——秀——（抓起鲜花，快步追过去）

［林肯车的喇叭声。

［一阵轰响，巨大的车声碾过飞雪街路。

［场上出现一个长长的停顿，一次死样的静场。

小　丑　（怔在那儿）这，这是怎么回事？她来了，又走了，上了林肯车跟着那
个秃顶男人走了，我的天，秀秀她？这，这是真的吗，我是在做梦吧？
怎么会这样？怎么变成了这样？——走了，她就这么走了，（望着长

椅上的酒、食物等)她看都没看一眼,她把这地方忘了,把三年前的约定忘了,她再也不会……我等了三年呀,这三年我是一天天数着日子过来的,这三年我天天都在做梦,不知做了多少梦,没有一个梦是这样的! 不,不是三年,是小三十年,小三十年,我等着盼着这一天,可……(苦笑着看手中的花)多好的花呀,多香啊,我费那么大力气挑的,可……送了这么多花,我最想送出去的花却送不出去了!哈哈哈!(心碎地向四下大喊)卖花了! 谁买花? 世界上最香最美的花! 有人买花吗? (四下无声,变得无比悲凉)老天爷,我操你八辈祖宗! 你他妈真狠哪,你就这么把秀秀……你把她还给我! 那个秃顶的家伙,你他妈是谁呀? 你凭什么带走我的秀秀,你个狗娘养的,你有钱,有的是钱,你有车,漂亮的大林肯,可能还有漂亮的小洋楼小别墅,你真他妈牛啊,你用钱打败了我,夺走了我的秀秀! 秀秀,你怎么话都不说上一句就……就这么把我扔在这了呀!

〔四下无声,雪花飘飘,花枝上的彩色气球缓缓飘向风雪深处。

〔小丑望着远去的气球,终于忍不住,扯放声号啕大哭,无声低泣。

〔他无力地、缓缓地瘫倒下去,山一样地瘫倒下去。

〔铺天盖地的风雪中,只有他令人心碎的哭声。

〔渐渐地,小丑头上、身上落满了雪花,有如一座雪人。

〔小丑哭累了,裹紧衣服,团起身子,躺在狂野翻涌的风涛雪浪之中。

小　丑　怎么办? 现在我该怎么办? 往后我该怎么办? (走向观众席,坐在观众中,开始和观众聊起来)朋友们,你们大伙说说,我该怎么办? 这会我真是需要有人给我指指路。妹妹,你说啥? 马上去追她? 她早没影了,我不知道她去了哪,也不知道她住在哪,连她的电话都……就算我找到了她,我靠啥让秀秀离开那个秃顶回到我身边? 光说我怎么怎么爱她,她就会回心转意吗? 我比谁都了解她,她想好的事就会做到底!(对另一男观众)这位大哥,你有啥招? 不想她了,女的多得是,再去找一个! 我的亲哥呀,你说得太容易了,我爱了她小三十年,能说不想就不想吗? 再说,就我这形象我这情况,哪那么容易就有女孩爱上我?(再对一女观众)姐,你给弟弟指指步。我还有工作,还要挣钱供我妹子上学养活我爸我妈,你让我扛住,别倒下。唉,这回我真是有点扛不住了,我扛不住了,姐姐! (抽泣,抹泪,向更多观众)你们大伙都说说我该咋办? 阿姨,你是过来人,你说我该咋办? 没啥过不去的,干他三年挣了钱开我想开的花店。是呀,我还有一个那么好的开花店的梦,这个梦还没圆。啥? 你说三年以后,我成了花店老板,兴许秃顶和秀秀黄了,秀秀又回来了,那,敢情好了。(又渐渐亢奋起来)不过你说的对,秃顶有大林肯,有小别墅,有数不清的钱,这些我都没有,可我有梦,有我天天想夜夜盼的花店! (热烈畅想)全世界最雷人的花店开张了! 我成了老板了! 十几个员工排成一排,我一声令下,全体出发,城里城外到处是各种各样的小丑,大街小巷到处都是花心花店的鲜花,到处飘着花香……到了那会儿,让秀秀到我的花店来,我要让她看看,看看我活得咋样? 到了那会儿,我会和她说:秀秀,我活出了人样了! 我是全中国全世界最牛的花店老板!!! 为了圆这个梦,我也得咬牙扛住! 奶奶的,扛得住得扛,扛不住也得扛!!!

[远处的城市渐次亮起灯来,一片,又一片,万家灯火!

[天上亮起了星星,数不清的星星。

小 丑　(慢慢穿戴起小丑服,取出小镜子,看着镜子中那张小丑脸)你是小丑。小丑是不能哭的! 笑,笑一个! (做各样的笑脸)对,要笑着往下活,不管咋样,明天你还得骑车上街,花得接着往下送,路得接着往下走。生活还得快快乐乐幸幸福福地继续下去,必须的! 笑,再笑! 你是小丑,可你要比谁都"牛掰"地生活下去! 从现在起,你要每天对自己说一百遍一千遍:扛住,一定要扛住! 还要说,生活啊,真他妈美好! (口中叨念着)好,出发! (骑上车高喊)送花了——小丑来给大伙送花了! (大声唱)

　　　　小丑我心里头百花开楞哩格楞

　　　　满天的星星当头照

　　　　照在了我的脑门上楞哩格楞——

[歌声中,小丑"定格"于舞台上,定格于风雪中,灯海星河中!

[花瓣之雨纷纷飘下,很美,很安静,灿烂而且梦幻。

——剧　终

小剧场话剧

两个底层人的夜生活

时　间　当代,三个深秋的夜晚
地　点　某城城中
人　物　男　(刘大伟)　三轮车夫,失业工人。
　　　　女　(侯小雁)　卖布娃娃的女人,失业工人。

第一幕

[夜,城市最不起眼的一个路口。

[远处是万点灯火,锦绣城市,现代化的楼海。

[冷风中,男人一身车夫打扮缩着脖踩着脚,守着一辆旧三轮车在路边等活。

[汽车喇叭声不时传来,夜行的车辆匆匆驰过,刺眼的车灯光柱射掠而过。

男　嘿,师傅,要车不? 便宜点! 嘿,这位大姐,你上哪儿? 我送你! 哎哎,别走啊! (对观众一通"贫")你说说现在这人都咋的了? 这么晚了宁可大冷的天等一块钱的公共汽车,也不愿意多花几块钱坐我的车。坐公交车有啥好的? 先挤车,后抢座,没座就得站上几里路,弄不好还让小偷偷个够! 坐三轮丢人咋的? 这不比公交车舒服啊? 单人单座,安全快速,能看风景能看市容,想在哪停在哪停! 遇上塞车给你抄小道,还陪你说话唠嗑讲笑话,就跟免费旅游差不多! 哎哎这位大哥,要车不? 这位大姨,你坐一把试试,高级领导人才坐敞篷车呐,坐上就知道了,和大红旗有一拼!

[夜色苍茫,冷风阵阵。

[女人系着大围脖穿着厚棉衣,裹得严严实实地,抱一大包惊恐上。

女　哎,三轮!

男　来了来了! (急推车过去)上哪,我拉你去! 来,包放车上。

女　(紧紧抱住包)十里屯,去吗?

男　去,去呀,上车吧!

女　不,你先说多少钱?

男　道不近哪,都快到城边了,得蹬四十多分钟呢! 不管你多要,你给十五吧。

女　这么贵?

男　大姐,这可不贵。

女　十五不坐,八块!

男　什么? 八,八块? 我的好大姐,你懂不懂行市,去十里屯哪有八块的价?

女　咋没坐过? 上次我就花了八块!

男　得,碰上一抠门的! 我说大姐,你那是上辈子的事吧。我在这不是一天两天了,这块干这活我都认识,八块钱? 那人脑袋得进多少水啊,得让多大个的足球给闷了! 你知道不? 咱这城里有四大累,"蹬三轮扛大包,钻马葫芦刨地沟",蹬三轮是头一个!

女　哪那么多废话! 我就出八块,不拉算了!

男　不是不拉,你这价钱实在是有点——(咬牙)要不这样,你再加两块,十块钱我跑一趟! 等于没挣你钱。

女　我就出八块,多一分也没有。你不拉,我找别人。

男　你? 好好,你找别人去吧。小抠样,没钱就说没钱,八块钱想让大爷拉你,耍呢嘛! (作骂人口型)

女　你说啥哪!

男　好好,算我没说。你有钱,你有的是钱行了吧。你是大款你是富婆你是刘晓庆巩俐行了吧? 有钱,有钱还能跑这疙瘩来坐三轮? 坐宝马奥迪去呀!

女　喂! 你嘴干净点行不? 德行样,坐宝马坐奥迪我上这来找你? 我有病啊? 一个蹬三轮的牛啥呀,有能耐你开宝马开奥迪去呀!

男　嘿,你咋说话哪? 我开宝马开奥迪? 开宝马奥迪我在这和你磨嘴皮子?

女　哼,想开你也得能开上啊! 长得那茄子样吧,能蹬上三轮就不错了!

男　你? 我说你这老娘们是不是找抽啊! 说话嘴里干净点行不?

女　我就找抽了,嘴就不干净了咋的? 你抽啊,抽啊! 敢动我一下试试!

男　我,你是不是在哪和人怄气了,跑这和我撒野火来了? 得,你厉害,你牛叉,"好男不跟女斗",我怕你了行了吧,大爷我不和你啰唆!

女　你以为我爱和你斗爱和你啰唆? 你也配! 还好男哪,有你这样的好男吗?

男　暂停,暂停行不! 告诉你,要斗嘴三个你也不是我的个,大冷天你别气个好歹的,扑腾一下倒在这,心脏病犯了脑血栓出来了,我还得送你上医院给你出医药费。八块钱,大爷不去,你赶紧找别人吧,最好找个两块一块的。这年头真他妈啥人都有,算我倒霉!

女　算我瞎了眼! 今晚上撞见鬼了!

　　[女的气得拖起大包走开,远远地在风中等车。

男　真他妈气人! 哎,这人我咋觉得挺面熟的? 好像以前在哪见过似的,那小鼻子,那两大眼睛,就是说话动静不大像……妈呀,不会是她吧?!

　　[男的追上去。

男　哎,这位大姐,你等等!

女　干啥? 你还没完了?

男　不是不是,你别误会,我问问,你,你是不是叫侯小雁?

女　什么侯小雁? 有病,我不认识什么侯小雁。

男　(围着女转着圈盯看)像,太像了! 你肯定是侯小雁!

女　一边去,我不认识你! (转身走开)

男　哎哎别走啊你! (追)刚才的事算我对不起了行不? 你……

女　干啥!

男　我,那什么,嘿嘿,你说实话,你是不是叫侯小雁?

女　什么侯小雁侯大雁,我说了我不是!

男　你,你肯定是侯小雁! 行了,别装了,嘿嘿,我是……

女　我说了我不是,你认错人了,一边去。

男　你把围脖摘了,让我看看。

女　干啥干啥呀? 看你长那色样,还跟我动手动腿的,再跟着我,我喊人了!

男　你就是侯小雁,越听越像。

女　我说了我不是! 倒霉! (背起大包走开)

男　肯定是她! 我,我这样咋了? 今天我还就粘上你了! (推车追上去)上车吧,刚才我没想到是你,我道歉行了吧。得,今晚上我拉你了。

女　(向四下望望,没办法地)十五块我不坐,我只出八块。

男　这……成,八块就八块! 你只要承认你是侯小雁,我一分钱不要也拉你!

女　我说了我不是什么侯小雁。

男　好好好,你不是,你不是,上车吧。

女　我,我再等等。

男　哎呀,你看这么晚了,啥车都没了,十里屯那么远,你想一个人走回去呀。

女　好吧,可说好了。

男　好,好,你不是侯小雁,我就收你八块钱。行了吧,上车上车,磨叽哪!

　　[女的拖包上车。三轮车行进在夜色笼罩的城市里,不时有车声、人声。舞台处理可利用假定性原则,只见男的在骑在蹬,三轮车并不真正行走,便于行进中的人物对话展开。但四周光影在变化,造成行进的感觉。

男　和你说，就我这双眼睛特贼特毒，基本就是天文学家的天文望远镜，甭管谁，一打眼我就能看出他是干啥的？想不想叫车？有钱还是没钱？一抹门清！刚才我是让你气糊涂了一时没反应过来。哎，还生气哪？嘿，我不是东西不是玩意，给你道歉行了吧！说了半天还没认出我是谁？

女　我管你是谁？我又不想知道。

男　嘿嘿，告诉你吧，我是刘大伟，二十三中学六年六班的，有印象没？

女　没有！

男　你再想想，那会你后排坐着的那个男生，成天打打闹闹的，特淘特野，还把你的小辫子系在椅子背上，嘿嘿嘿，老师让你起来回答问题，你一起来就哎呀一声，疼得直掉猫崽！

　　[一辆汽车驶过三轮时的声音。

女　小心，老实骑你的车，乱"动晃"小心出事。你，你真是刘大伟？

男　嘿，那还有假？要是假的你可以上法院起诉我上消协举报我，包退包换！

女　这年头假的多了去了。

男　哎，我这可是真的，送工商局检验科查没问题，送医院查 DNA 也没问题，送派出所查身份证照样没问题。

女　刘大伟以前长得跟土豆似的，球了球了的特烦人！你就这烦人劲挺像他。

男　嘿嘿，别骂人哪！不是像他，就是他！多少年了，是土豆那也得长开了。真想不到，遇上你了，一晃有十多年了。哎，你这几年混得咋样？

女　我，还行吧！

男　说说，在哪儿工作？效益咋样？挣钱多不？

女　你查户口啊？（说假话）我，我在华联上班，一个月，一千多块钱吧。

男　嚯，这么多！有孩儿了吧？孩儿他爸干啥的？

女　（不愿他再问下去）你有完没完！

男　说说说说，老同学见把面不容易。这么的，我不要你钱了，这趟活算我白干。

女　我有个女儿，上大学了，他爸在一家公司，算是白领吧，一个月三千多。

男　靠！真羡慕你！行，比我强。唉，我可能是咱那班同学当中混得最操蛋的，先是厂子黄摊了，失业下岗蹬三轮，接着老婆嫌我没能耐不想跟我过苦日子——闹离婚，离就离呗，非想要我儿子和她过，我是死活不给，整打了三年官司，好容易才判给了我。唉，我个大男人养个正上学的儿子，又当爹又当妈,真他妈费劲!这年头别人挣钱容易,蹬三轮不成,夏拉三伏一身汗,冬拉三九透心凉,风吹雨打暴雨扬场,白天跟着太阳走晚上跟着星星走,吃不好喝不好也挣不了几个钱……

女 你这张嘴还是那么贫,怎么跟说相声似的!

男 嘿嘿,练的!干我这行嘴皮子不行还挣得着钱?哎,头一段咱们同学聚会了,赵勇强张罗的,给我打了七八个电话,我这德行去干啥?他们死活把我拉去了。唉,去的那帮家伙个个都比我强,勇强当了副局长,一晚上抽的烟全是软包大中华,小五挣了大钱,瞅那样少说也有几百万,浑身上下全名牌。哎,你怎么没去?

[汽车声。

女 哦,我,我太忙了,当时有事脱不开身。再说,对这种事我也不感兴趣。

男 真的?

女 当然是真的。

男 算了吧,小雁,你就别编了,还学会撒谎了,你唬不了我。

女 你,你说啥哪!

男 上次聚会我逮着人就打听你,好歹咱俩也前后桌坐过。耗子说,你和我差不多,也失业下岗了,大家讲了不少你的事,都说你现在挺难的。这帮人还逗我,说我以前追过你,你不理我,我死皮赖脸追,结果让你给臭骂了一顿。哎,有这事吗,我咋不记得了。

[女人无语。

男 (只顾说下去)这帮混蛋,我没给他们好脸!是,我是下岗了蹬三轮了,可也用不着他们那么数叨我啊!多他妈啥呀?不就有两钱有点权吗?那钱还不定是不是好道来的哪,有权也没啥了不起的,不定哪天给查个底掉,小证一亮小手镯一带,进去啃窝头了!再者说,我追你咋的?我乐意,我稀罕追谁追谁!你是咱班那些女生里长得最漂亮的,歌唱得最好舞跳得最好,哎,我记着那会你在班上戴着顶维尔族小帽,上边老了辫子了,那新疆舞跳的,反了!(唱)我们新疆是好地方呀,天山南北好牧场,牙克西,牙克西!就跟现在那些明星似的,那形象反了!

[响起动人的新疆舞曲,女人哭了。

男 哎,你咋哭了?我说啥说错了咋的?(放慢车速)哎哎,我说,你别哭行不？这大马路上，整不好人家还以为我这人欺负老婆哪！

女　（拭泪）不关你的事。唉，我，我就是想哭。

男　（停住车）到底咋回事？

女　（泪还是止不住）没咋的，我就是想哭，哭哭我痛快，

男　好，好，你哭你哭。这扯不扯，随便唠嗑把你眼泪给招下来了。

女　停车！我让你停车！你走吧，我自己走回去！（跳下车，扯过大包）

男　（按住包）别呀，还有段路哪，黑灯瞎火地我哪能让你一个人走回去。好，好，你在这哭一会儿，等你哭完我再送你回家。

女　你！

　　〔女人坐在马路牙子上，哭了起来。男人有些不知所措。

男　小雁，你别来真的呀，要不，要不，我说点有意思的，你指定不知道，上学那会儿，我也送你回过一次家。

女　瞎编！

男　真的，我真送过你！

女　我，我不记得。

男　我可记得真真的。你在前边走我跟在后头，我想看看你家在哪，一边走我还一边胡思乱想，要是你遇上坏人啥的，我正好挺身而出，和他们玩把命抛头颅洒热血保护你一把！那天你也不怎么了，心情特好，蹦蹦跳跳地满大街溜达，一会儿进商场，一会儿站在电影院前边看海报，还进公园转了一圈，一会儿看猴子，一会儿看孔雀，一会儿又去打秋千，你足足转了两个多小时，可把我累坏了，那天公园里人特少静得吓人，我直怕有坏人，都准备随时见义勇为了。

女　我，我一点不记得。

男　得，我还以为你——也是，那会追你的男生不少，你哪会记得我这个球拉球拉的小土豆？哎，你老公哪？他咋不来接你？这么晚，让你一个女人拿这么一大包！

女　他，死了。

男　（吓了一跳）死，死了？

女　耗子说的没错，我是下岗了，我爱人头几年出了场车祸，没抢救过来就——

　　[静场,汽车声。

男　想不到,还有和我一样的苦命人! 上车吧,咱俩接着走。这回我一定把你送到家! 哎,给个面子行不? 都到这了,你总不能让我这么骑回去吧。

　　[女人无言,重新上车。

　　[男人缓缓蹬着车。

男　真想不到,如今咱俩成了一样的人了,都是光荣的"下岗工人"了——"革命没成功,改革要深化,工人全回家,回家为了啥,支持现代化",我们领导开大会时就这么说的。妈的,"别人现代化,钞票花花花,小车小别墅,吃奶又吃呃,咱们也想现代化,弄辆三轮养活家,老婆离婚回娘家,儿子上学缺钱花"。你比我还惨点,我那老婆管咋的还活着。那啥,你下来多久了?

女　一年多了。

男　唉! 那你现在? 找着活儿没?

女　(摇头)还没有。干了几个工作,都没干长。我自己会做手工活,凑合着做点小布娃娃自己卖,白天做好了,晚上出来摆个摊,挣钱供我女儿上学。

男　哦,女儿多大? 上中学,还是上大学?

女　大学一年级。

男　得,正是花钱的时候,咋样,生意好做不?

女　没多少利,五块八钱的玩意,唉,今晚上一个也没卖出去。

男　来,让我看看! (看着她包里的小玩偶)妈呀,这些都是你做的,嘿嘿,一个个挺像的,我喜欢这个,嘿嘿,像我不? (比量着)老天,你的手,咋弄成这样了? (看她的手)尽是伤啊。

女　啊,没事,干这个活手都这样。(缩回手)

　　[男不知说什么好。

男　好看,真好看! 小雁,你还是上学时那样,心特灵手特巧,唉,就是人渐老,刚才说了半天话我都没认出你来。唉,以前你可不是这样,那双大眼睛,水灵灵的,跟那啥似的,还有你老爱穿条白裙子,我老记着,雪白雪白的。

女　那都是上辈子的事了。快点骑吧,我不想说这些。

男　好吧,不说这些,不说这些!

　　[二人在车上默默行进。

　　[风声,车声。

[少年时的新疆舞曲在黑夜深处慢慢飘动起来,伴着一下下动人的手鼓声。

女 停下吧,我到了,我家就在前边。

男 (刹车)到了? 这么快!

女 (取钱)给,八块,别嫌少,我身上就八块钱了,下回再坐你的车给你十五。

男 干啥呀? 我刚才不说了吗? 不要你钱了,白拉。

女 不行,说好八块就八块,你蹬这个也不容易。

男 小雁,你这不骂我吗,老同学前后桌,好容易见一面,收回去!

女 不行,你必须得收下,我不能让你白拉我。

男 这——

女 要不,你就把我拉回去,我在哪上车,你给我拉回哪去!

男 得,你还是那样,倔得跟牛似的,好,我收下。(帮着女人拿起大包)

女 你要干啥?

男 送佛送到西天,送人送到家! 这么大的包,我能让你一女的拿吗? 送你到家。

女 不用了,我能拿动。你赶紧走吧。

男 哎,见外了不是,我来我来。

女 (怒)我说了不用! 你这人咋回事? (夺过大包)我走了。

男 别,别呀,我还有事呢!

女 啥事?

男 那啥,你那布娃娃真好,能不能卖我一个?

女 (取出一个布娃娃)那送你了!

男 嘿嘿,我回家放我床头。给你,五块!

女 算了,你稀罕,就送给你了!

男 那可不行,这都是你一针一线缝出来的,我哪能白要啊,得给钱,必须的。小雁,你不会也瞧不起我这个蹬三轮的吧,别的我不敢说,我的钱一分一毛都是干净的,都是血汗钱!

女 看不出,你还——好吧,那我便宜卖给你。

男 不能够,绝对不能够,是多钱就多钱,谁让你刚才跟我客套了,五块,拿着。

女 我说了我不要。

男 你要是不收钱,这个我也不能要!

女 那,好吧。唉,谢谢你,想不到今晚上在你这开张了。

男 小雁,我,我们还能见面吗?

女 估计不能了。说心里话,我不想见同学,谁都不想见,我只想一个人安安静静地生活。

男 哎,别呀!咱们可不是外人,咱们是前后桌。

女 再见吧,我走了!

男 小雁!小雁!好吧,白白,撒由那拉!(可笑地扬手)

〔女人笑,吃力地背起大包向下走。

〔他默默站在那,仍举着手。

〔一地月光。两束光射向二人。

女 真倒霉,怎么偏偏遇上他了!这些年我一直不愿见同学,总是想尽办法躲开他们,在街上遇到了也想法绕着走开。唉,没脸见他们,人哪,混到我这个样,啥心气都没有了,真是的,把过去的事都勾起来了。

男 真他妈有意思!这么多年,又遇上她了,人哪,真没法说,造成这老样了,跟两个人似的。我还记得上中学那会她老阳光老靓了,她那两根小辫子成天在我眼前晃荡,那两只大眼睛一瞅我我就跟过电似的,全身都突突的!那会老他妈合计,这辈子要能和她好一把,死了都值了。嘿嘿嘿,基本上属于我的初恋情人。

女 都过去了,好像是上辈子的事。唉,说不上一个人会有几辈子,要是能有下辈子就好了,下辈子。

〔女的叹口气,吃力地背起大包,佝偻着走去。收光。

男 哎呀毁了,我忘管她要个联系办法了,不行,以后再遇上还不定啥时候哪。哎哎(奔寻)侯小雁,侯小雁!得!这脑子,真他妈进水了。算了,回家!

〔收光。

第二幕

〔又是夜晚。

〔又是二人相遇的路口。

〔冷风中,男人坐在三轮车上抽着烟,在路边等活儿。

男　妈的，自从上次遇上小雁，就再没见到过她。你说说，我也不咋的了？这心里老像有个事似的，老刺挠挠的，挺那个的。这一段我好像天天都在等她，有事没事就爱到上次遇见她的这个地来，特别是一到上回见面的那个点，这两条腿就自己个往这出溜。(哼唱)我们新疆是好地方啊，天山南北稻花香，你看那……

　　[内，有人喊：三轮，走不走？

男　对不起了哥们，有活了，人马上到，下次再拉你！唉，这女的真和男的不一样，你惦着她想和她见一面，可她心里根本就没你。她怕是早把我忘了。(继续哼唱)牙克西牙克西，真他妈的牙克西。

　　[冷风中，女人出现，仍然围着围脖，穿着厚棉衣，但这次出场背着一个空了的大包。她张望着，又在等车。

男　(看见女)我的天老妈！(跌下车来)是她！小雁小雁！

女　你？你怎么又冒出来了？

男　嘿嘿，我还想问你哪？你怎么又冒出来了？

女　唉，真没办法。

男　是呀，我也不想见你，可偏偏又遇上了，看来咱俩还是有点缘分。我说，你这段咋老不上这来？

女　(心情似乎比上次见面时好，开玩笑)咋的，想我了？

男　没，没，我怎么央想你干啥？我就顺便问问，(动作麻利地推过车子)来来来，上车！今天给你发趟"专车"！小布什布莱尔那帮外国元首来了我都不拉，就送你一人回家！

女　好啊，那我就不客气了！(背着包欠身上三轮车)今天晚上我运气特好，出来时一大包货，全卖光了！哎，今天不和你讲价，我给你十五！

男　啥十五不十五的，我今天要学一把雷锋当一把白求恩，毫不利己专门利人，白尽义务不要钱，专送妇女同志回家，今晚上别跟雷锋叔叔谈钱行不！

女　嘿，你还大方上了！雷锋叔叔，那我可就真不给你钱了。

男　没毛病，为人民服务！这是我应该做的！坐好了，本司机开车喽！

　　[二人一起上路。

　　[车声四起，一束光追射着他们。

女　(高兴地)这回呀，我可以给女儿买 MP3 了！她在大学里学的是外语，特需要这个,别的同学都有,就她一个没有,我一直觉着挺对不住孩子的。

男　你这当妈的,是挺差劲的。要是我儿子上了大学,管我要这个,我砸锅卖铁借钱也给他买了!

女　你会说话不?不会说就别说!我这当妈咋的了?真是的!

男　对不起对不起,瞧我这张嘴,老没个把门的!看得出来,小雁同志今天心情不错,我哪,今个心情也挺好,从早上到晚上尽遇上好活儿。头晌一个大活,拉一箱货去西货站,那东西死沉死沉的,跟他妈军火似的,不过钱给的不少;下晌又是两个大活,两个老外去东城,一个有钱女人去南城,都看上了我这辆车,妈妈的,好事都让我赶上了!晚上又遇上了你,嘿嘿嘿!哎,咱俩今天说好了,这回谁也别和谁拌嘴。

女　谁稀罕跟你拌嘴!好好骑,别光耍贫嘴。

　　[男人用力蹬着。

男　哎,难得你高兴我高兴,给你讲几个乐和事,让你再高兴高兴咋样!

女　好啊,你讲吧。

男　昨天啊,我拉了一个三陪小姐。

女　这种人你也拉?

男　我管她什么人,给钱就行呗!不瞒你说,她们是我最重要的主顾,"一等小姐坐大奔,二等小姐桑塔纳,三等小姐打出租,四等小姐做板的"。那个三陪小姐,眉眼画得那个浓啊,跟大花猫似的,身上穿得那个俗,跟大花蝴蝶似的,一上车就和我套近乎,一口一个大哥——(嗲声嗲气地学起来)"大哥,这是我的手机号,啥时有想法就和你妹妹联系,咱们都是弱势群体,都靠力气挣钱,都是亲人。"我跟她是亲人?跟她是一个群体,那我成啥人了,我老婆要干这个我拍死她!到地了你猜咋的,她还想让我跟他上楼,"大哥,我喝醉了,扶我上楼行不,上去坐会,今天我心情好,陪陪我,不要你钱的"。

女　啊,那你去了?

男　我有病啊,得性病她给我出钱治啊?再说她不是一般的猫,是大肥猫,我这肾也受不了啊,有那劲头我还留着挣点钱吧!

女　你这人说话咋这么粗哪!其实她们也挺不容易的。我厂里有个姐妹,下岗以后找不到工作就干了这个。她那个丈夫也够可以的了,啥也不干尽靠她养活,天天陪着她去,干完了还接她回来!

男　操,这男的要是让我遇见了,非削他一顿不可,算他妈啥老爷们!不容易?这年头你容易还是我容易?那也不能干这个呀!两口子一个比一个够呛。哎,看你挺爱听,再给你讲个更逗乐的!你猜我还拉过什么人?想你都想不到,大号贪官!看那样就像是出啥事了,抱个密码箱找三轮车,尽让我钻小胡同,还直劲催我,(学起来)"快点快点,到地方我给你加钱的,我给你加双份!"

女　你瞎编的吧,你咋知道他是贪官?

男　电视上见过呀!脸特熟,一上电视就白话那些大道理,什么廉政啊什么当人民公仆啊,原来整个一大忽悠!拉完他没两天我就听人说他出事了,失踪了,手下人都给"双规"了就差他了。我一合计,哎,我拉过他呀,就到公安局把这老小子举报了,当天晚上公安在他二奶的秘密被窝把他逮住了。

女　真的?这事我知道,还看过报道,也没有你举报这一茬呀,肯定是你吹牛的!

男　咋是吹牛?哄你我是小狗,不信你问分局小宋!他亲口和我说的:密码箱里有一百万现金,还有好几个银行卡,外加三四个国家的护照,要是我晚举报几天,他可能就出国了。这叫啥?这叫"三轮车夫勇擒大贪官"!我这辈子就干了这么件大事,可惜没给报道,也没给我一分钱奖金。一个保险箱就一百万,你说这小子得捞多少钱啊!(感叹地)弄点钱对他们可真容易,人家收一个小包就够咱们干个十年八年的了。

女　是呀,他们到啥时候也不会为买不起一个 MP3 犯愁。

男　唉,就数咱们这些人点背。"毕业了赶上待业,就业了赶上失业,想打工找不到好工作,想挣钱踩不到好点子,一得病就发慌,一成家就欠饥荒。"得,不说这个了,闹心!当心!拐弯喽!

〔他领她在城中遛起弯来。

女　哎,你这是往哪走啊?走错道了!

男　嘿嘿,前边那啥,修道哪!没办法,咱们只能绕道走。

女　真的假的?我早上出来还没修哪!

男　我哄你干啥?上午开始修的,推土机咣咣的,轧道机呼呼的,好几十人在那干,我拉客人到那都是绕着走的。正好,多走一会,咱俩哪,也轧轧马路,也他妈"心情心情"。

女　德行,蹬三轮的还有心情轧马路?

男　那咋的? 啊,就兴那些有钱的轧马路,我蹬三轮的就不能轧马路了? 我也是国家公民,身份证上都是一样的脑袋一样的鼻子眉毛眼睛,差啥呀!

女　也是这个理,好,那我就跟你轧一把!

男　哎,这话我爱听! 坐稳了,轧马路开始!

　　[他撒欢地一气猛骑。

男　哎,听我给你当把导游咋样? 先生们女士们,现在经过的是市政二马路,左边是市博物馆,右边是市委大院,左前方是明朝时就贼拉有名的古龙寺,院里有三棵三百年的老槐树,还有一口五百斤的大钟,你的右前方是新建的百货商场,百货大楼的前边是星光电影院,电影院边上是帝王夜总会,夜总会边上是万豪大酒楼,二十三层高,全市最豪华的五星级宾馆。

　　[舞台上流金溢银。各种城市的霓虹灯闪烁。

　　[汽车声。

男　欠收拾啊! 老爷轧会马路,乱按啥喇叭! 哎,你说说这城里这几年邪行不? 挺多地方变得贼拉快,嗖嗖地,几个月不去就不认识了。一到晚上全都他妈灯火通明的,瞅那夜总会,跟宫殿似的,出来进去的都是高级人,门口停的全是高级车,现在时兴吃喝洗浴按摩一条龙,吃完饭喝茶,喝完茶洗澡按摩,按完摩……哎,小雁,你进去过没?

女　开什么玩笑,那种地方哪是我去的地方,你去过?

男　我,想去! 没钱。哎,咱在这看一会风景!

　　[男人按手闸,停下车。

女　有啥好看的,快点走吧!

男　哎,看会儿看会儿。(伸脖看)你看,快看,出来一个女的,嘿,穿得那么少,就一个小肚兜,也他妈不怕冻着!

女　你这人,怎么就盯着人家穿什么?

男　嘿,过过眼瘾还不行啊,她敢穿咱就敢看!

女　真事,穿得那么少! (也跟着看)

男　哎,快看,有一男的从车里出来了,我靠,这么大岁数,跟那女的他爷爷岁数差不多了! 哎哎,二人挽上了。喔,还亲上了,真他妈的,(站到车上大喊)哎——哎——老大爷,注意点影响哎,当心点身板!

女　你干啥呀,乱喊啥!

男　哎,你老婆一会就找来了! 小心点哎!

女　你有病啊!

男　嘿嘿,闷得慌,喊几嗓子我痛快痛快! ——你听着! 哎哎,南来的北往的,出来逛街的路过看景的,天黑了天晚了,听本大爷说一段开心逗乐的,管事的当官的腰缠万贯当大款的,吃完饭喝完酒酒足饭饱的,坐着车哼着曲都来打情骂俏了,身上揣着公款的腰里别着各种卡的,洗完桑拿泡完澡了,按了摩了搓了脚了,现在开始卡拉 OK 跳舞了,左边三个右边俩了,连唱带跳没完没了了!

女　(笑)行了行了,逗死我了! 哎呀妈呀大伟,门口保安冲咱这边过来了!

男　真的! 得,咱们快撤,坐好,开踏了! 嘿嘿嘿,老子不跟你们玩了!

女　快点呀! 钻那条小胡同!

　　[传来人声、脚步声。

　　[男的拼命骑! 人声渐远,二人慢下来、停下来。

女　行了,他们没追,真吓死我了,歇会吧! 你这人怎么还是上学时那毛病,咋咋呼呼的爱惹事,没个稳当样。

男　嘿,没事呀,玩呗,一天到晚憋得发慌,这多好玩,过瘾过瘾! 唉,你说啊,咱们也是人,凭啥他们花天酒地咱们卖苦大力,他们胡吃海造咱们没着没落,他们连搂带抱,咱们一人干靠?

女　你可真逗,说啥都一套一套的。唉,这就是咱们的命,你嫉妒人家干啥?

男　也是。"命里八尺,别求一丈",命里骑三轮,别想开奥迪,上回我还让你别信命,其实我比你还信,咱这辈子算是完他妈犊子了。

女　是呀,也就这样了。

　　[汽车声,一地月光。淡淡的音乐。

男　小雁,上回你说你有个女儿,讲讲,她怎么样?

女　她叫小雪,特别懂事,上中学回回考试都是前三名,头两天来信说,期末又得了个第三名。唉,我这辈子完了,就看她的了,我剩下这点心气都在她身上了。我要供她大学毕业,研究生博士生出国留学,再苦再累我都供她。

男　你可真有福气,有这么好一女儿! 我儿子不行,不争气的玩意,学习特差劲,老贪玩,最近这一阵老背着我上网吧。妈的,上个月还整上女朋友,还把人领回家让我看。小兔崽子,把我气毁了,让我胖揍了一顿,结果这浑小子跑他妈那儿去了,非要和他妈一块住,还说要起诉我。其实,我真挺喜欢这小子的,除了学习不好,哪都不差,开运动会跑八百米一千米老得第一。

女　那,还能看到他吗?

男　唉,头几天法院开庭真判给他妈了,一星期能见一面,每个月我还得给三百块钱抚养费。唉! 三百块钱我愿意出,可见不着孩子面,真闹心!

女　真想不到,看你乐呵呵,我还以为你这人没啥烦心事哪。

男　啥也别说了,全是眼泪! 要说我那儿子真是不错,我真不该打他。

女　你们男的都这德行! 男人男人三件事,打人、喝酒、搞女人,就不会别的。

男　哎哎,我可不是那种人,我那天打他实在是气坏了。

女　行了,我看哪你和那些男人差不了多少,打完人就编理由,不认错。

男　我,唉! 妈的,我真不该打他,真不该!

　　　[三轮车默默前行,

女　哎,你咋不说话,哑巴了?

男　有点想我儿子了,小雁,你想不想你女儿?

女　咋不想,天天想。

男　是呀,咋能不想呵,这些天我天天做梦,梦见的都是我那臭小子。我给他洗脚,给他做饭,送他去上学。哎,小雁,问你句话。

女　啥话,问吧。

男　想没想过再找个人?

女　你啥意思?

男　没,没啥意思,就问问

女　也不是没想过,可想有啥用,我这辈子,就这命了,

男　尽扯,这事和命有啥关系,全在你自己,你想找,就找,你是不想找。

女　我不想说这事。

男　好好,不说不说。你说啊,人这一辈子真是没法说,小时候咱们上学那会,人和人是平等的,后来当大官的、挣大钱的,那会也一样流大鼻涕梳小辫,一样考试不及格让老师罚站,那会真好啊,一天到晚全是乐和事。

女　是呀,在学校那会我记着你老挨批,动不动老师就让你回家找家长。

男　没错,不过,我那会可是学校长跑队的主力,我还拿过全区第六名哪!

女　是,我还记着你得个奖状回来,乐得满操场跑,嗷嗷直叫!

男　没错没错,那是本人最辉煌的时候,那么大一奖状还烙着小金边,那么多女生全向我欢呼,喊我的名字,我的妈呀,牛,牛透了!

[传来操场上有如潮水般的欢呼声。二人又陷入回忆中。

女　那会我也不善,校里文艺晚会我回回都有节目! 不客气地说他们谁都不行!

男　没错,你穿着那件白色的连衣裙,两条小辫晃晃悠悠地上了台,全校那么多人看你一个,老那啥了! 音乐一起你开唱,那歌唱的现在那帮明星都不是个!

女　尽瞎说,我哪有他们唱得好。不过,上学那会的确没几个人能唱过我的,我还记得我那些最爱唱的歌……

[黑暗中飘动女声歌唱:让我们荡起双桨……

[二人坐在车上,都沉浸在美好而苦涩的回忆中。

[音乐轻轻飘动,夜空,星光闪动。

[升光。

[上一幕二人分手处。

[三轮车慢慢驰来,男人刹车,停好。

男　到站喽! 请下车! 嘿嘿老同学,今天多走了一段路,耽误你回家了,其实那块没修路。

女　我就觉着你是在骗我。

男　嘿嘿,我就是,就是想和你多待一会,聊会天扯扯淡。

女　得了! 咱俩一个愿打一个愿挨。不过,跟你在一块还挺有意思的挺开心的。

男　真的? 嘿嘿,那你就老坐我的车,我保证回回让你开心,咋样?

女　得了吧,别给脸上鼻梁。(取钱)给你钱! 十五!

男　干啥干啥,埋汰我呀? 我不说了吗,这趟是专车,学雷锋尽义务送妇女同志回家,不收钱! 雷锋送女的回家要过钱吗?

女　行了,又贫! 费劲巴力地蹬了一晚上,瞅瞅你这一身的汗,快点拿着!

男　真事,我真不要你钱。大老爷们说出去的话就是泼出去的水,不带往回收的。

女　让你拿着你就拿着! 哪那么多废话,还是那句话,你不收就把我拉回去!

男　你,你咋那么倔呢! 那我也公事公办,还收八块钱。等着,给你找钱。

女　你想找挨骂是不是? 你爱收不收。(将钱放到车梁上,拿大包向下走)

男　这……好吧。我收我收,真没整! 得,这回我送送你。(夺过大包)

女　不用你送! 啥也没有! 你回去吧。(夺回包)

男　老同学前后桌,你咋那么客气呐!

女　我说了不用!

男　你这人咋回事? 你家是中南海还是故宫啊,我去认认门咋的不行啊,上你家坐一会,就一会儿,喝杯水。

女　你这人咋这样哪? 我不想让你认,是你自己想拉我,又不是我请你拉的。

男　你!

女　现在我是一个人住,我不想让男人去我那。

男　好吧好吧,算我没说行了吧!

女　(觉得有些过分)对不起,你别生气!

男　没事,生啥气呀,你走吧!

女　那,再见了! 大伟,今晚上我挺开心的,谢谢你! (欲下)

男　你站那儿!

　　〔女止步。

男　要是……要是我想再见你,怎么找你?

女　还是……不见的好。我走了!

　　〔她走开。他伫望,想了想,偷偷跟在后头,她发现了,止步,他只好停下。
　　〔女人慢慢走远。两束光射向二人。

男　唉,这个女人到底他妈的咋回事! 真让人琢磨不透!

女　说心里话,他挺不错的,除了有点贫嘴,哪哪都挺好,现在这种男人不多了。

男　得,又他妈轮到我闹心了,这一宿怕是又睡不着觉了! 唉,我这是活该,自己找的! 我有病,我找抽,我欠收拾,我他妈脑袋让球给闷了! 走! 回家!

　　〔男人骑车落寞而去。
　　〔收光。

第三幕

［夜。

［风雪夜,过年前夕。

［女人在路边寒风中卖布玩偶。

女　买一个吧,这是全市最便宜的,在百货商场得七八块钱一个哪,你看看,
都是我一针一线缝的,保证质量,买一个吧,我给你搭一个,哎,你别走啊
大姐,你别走啊!

［风在吹,雪在飘,她冻得不行,呵着手,捂着耳朵。

［男人骑三轮而来。

男　入冬了,天越来越冷,嘎嘎的,真是要了命了,可这些天我说不清楚是咋回
事,这心里头就好像揣着一个小火盆,浑身上下从里往外直门儿冒火! 我
想忘了她,可就是忘不了,有事没事就想她,真他妈没整! 我又开始满城里
到处寻摸她,她下车的路口我没少去转悠,还在那一片瞎打听,可那片挺
大,没人知道她住在哪? 派出所我都去了,可人家查了半天,说没这个人,
可能是临时租房子住的没登记,怕是一时半会查不出来。我那帮哥们都说
我魔怔了,活也不好好拉钱也不好好挣,一天丢三魂少四魄的。完了,我算
掉里了,有一点可以肯定,我越来越喜欢她了,为啥,我说不太清楚,反正
我是掉里了!(一眼看见女人)天,是她! 总算找到她了! 嘿,侯小雁!

女　是你? 你怎么又冒出来了?

男　嘿嘿,我那啥,路过这。嘿嘿,真巧,真有缘啊! 咋样,卖得怎么样?

女　不好。

男　唉,大过年的,有人上街也是买年货,谁还有心买这个。得,上车吧,我送
你回家,

女　不,我要再卖几个,我女儿想买一台电脑,我还没凑够钱,能多卖点是点。

男　电脑,那可得不少银子哪!

女　我买不起原装的,想买台二手的。

男　那也不便宜呀。

女　慢慢攒吧,我会攒出来。这孩子不愿意和我说,想自己挣钱买,放寒假过

大年都没回来,说是省路费,顺便用假期打工挣钱。这还是她同学告诉我的哪!

男　好孩子!

女　今天是她的生日,我一会要和她通电话,我想让她回来,买电脑的钱我给她攒,每天多卖出去一些布娃娃,孩子就能早一天用上电脑。呵,真冷。

男　来,我手热,帮你焐焐!(为她焐手)瞧瞧,这么凉,咋样,暖和点没?

女　好多了,行了行了,我有点不习惯。

男　哎呀,再焐一会呀!(握住她的手)我身上热得不行,分给你点。

女　行了行了,你这家伙,想占我便宜啊!

男　嘿嘿,有那么点意思!

女　别说,你手挺暖和的。

男　那就多焐一会!(握着她的手不撒开)小雁,这一阵我老想你了。

女　真的?

男　骗你不是人!哎,那啥,你哪,真就没想过我?

女　我?哎,有人来了!(缩回手)你看看,都是新的,买一个吧,大姐,你再看看这个,多可爱呀,大姐大姐,我便宜点卖你!

　　[风声。

男　这哪行,得,看我的,我帮你卖!(大声喊起来)来呀,站一站停一停,都来瞧都来看呐,进口的玩具,美国迪斯尼乐园上的货,正宗正版最新款式,各种各样的布娃娃,小熊小狗小动物,米老鼠唐老鸭,大力水手孙悟空,哎,要过年了,大减价,大甩卖,送亲人送朋友,送你的情人送你的孩子,最好的过年礼物啊,全世界最新最流行的布娃娃,十块钱一个了!

女　我的老天,(小声地)你干啥呀,我这哪是进口的。

男　嘿嘿,这你就不懂了,做买卖你得会吆喝!快来买呀快来看哪,来来来,这位朋友,你看看,老好了,国外最流行的,从海上走私过来的,在国外老贵了,我这才十块钱一个,便宜到家了!这位哥们,你看你对象看你眼神都变了,赶紧给买一个吧还等啥哪,要过年了,这玩意往你女朋友床头一挂,她就得天天想你这位帅哥,二人感情立马就加深了,你买个十个八个,感情就加深十倍八倍,别不信,你试试,将来跟她求婚指定有门!这位大姨,给你孙女拿两个带回去,小孙女指定高兴得不得了,说不定都能上来亲你老几口！哎,别愣着了,赶紧收钱啊。

　　[二人一通忙活。

女　你可真行!

男　嘿嘿,小菜一碟,下回你再出来招呼我一声,我还帮你吆喝!

女　行了行了,卖差不多了,收摊。

男　好,我帮你。哎,那什么,我还没吃东西呢,一块吃点东西咋样? 我请你。

女　这,还是算了吧。

男　哎,老同学了,请你一顿,给个面子,吃啥? 你说,今个我豁出去了!

女　你真要请?

男　这话说的。

女　好吧,那咱俩就上那边吃碗馄饨。

男　这,这才几个钱呀!

女　行了,你又不是款爷,扔啥大个。

男　好吧,那我省钱了。你等着,我去买,端这来吃。哎,卖馄饨的!

　　[他奔过去,少顷,端两碗馄饨上。

男　吃,挺热乎的。我这还有好东西。(从怀里取出两个地瓜)

女　你咋还有这个,揣在怀里不烫得慌啊!

男　嘿嘿,这是我的小火炉。一到晚上我就买两个揣在里怀,暖和和的,饿了
　　就吃一个。来,一人一个。

女　那我就不客气了,吃了!

男　吃吃,不吃白不吃。

　　[两人吃起来。

女　挺好吃的。

男　好吃吧? 那再来一碗!

女　行了行了,我饱了。

男　不行不行,我还没饱哪,算你陪我。

　　[他跑去,又端来两碗。

男　爱吃就可劲吃。

女　你想撑死我呀!

男　拉倒吧,吃馄饨还有撑死的,(看着女人吃)好吃不?

女　好吃,你咋不吃哪?

男　哎,我吃我吃!

　　[二人闷头大吃起来。

女　大伟,你这人,真挺好的。

男　是吗,嘿嘿,好不好的我不知道,不过我这人心实,你说是不?

女　是。

男　小雁,我……

女　你想说啥?

男　那什么,我,我吃不了,给你拨点。(将剩下的馄饨都倒过去)小雁,我……

女　有话就说。

男　我……这扯不扯,我还真不知咋说了。

女　有啥话就直说。

男　那我就直说了?

女　说吧!

男　我真直说了?

女　磨叽!

男　小雁,其实……其实咱们上学那会我就喜欢上你了,真的,这么些年了,我觉得我好像已经把你给忘了。可自打重新见到你,咋说呢,这些天我觉得啥都回来了。我这人到正经的时候就不会说了,嘴特笨,这么说吧,我这些天跟中了邪似的,整个一个吃不好睡不好,睁开眼睛闭上眼睛全是你! 小雁,我知道我是个蹬三轮的,这世界上最下贱的工作,可我……我真心稀罕你,真心的,我想咱俩凑合凑合准错不了,你说哪!

女　大伟,你是好人,实心实意对我,我看出来了,不过……还是算了吧。

男　咋的,你有人了?

女　没,没有。

男　那,你是瞧不起我?

女　不,我不是。

男　啥不是,你就是!(发火,抱怨)要是别人瞧不起我我还不咋的,我都看惯了、听惯了,那些坐我车的、看我蹬车的,心里咋想我这个蹬三轮的我心里全清楚,可你不该呀小雁,你不该也像那些人那样看我刘大伟! 是,我是一无所有穷得叮当三响,可我刘大伟戳在这也是五尺多高的男爷们,我心里不比别人低气,我靠卖力气挣钱养活自己养活孩子,不比别人差!

女　大伟,我,我没瞧不起你,我有啥好瞧不起你,打哪论咱俩都差不多,我也许还不如你哪!

男　那你还顾忌啥? 你一个人,我也是一个人,你有孩子,我也有,两好轧一好不挺好吗? 是,咱不像人家那么有钱,可咱俩都有一双手有一身力气,你能干活,我也能干活,钱咱俩一块挣,孩子念书咱俩一块供他们,等他们学出来了,出息了,咱不就和别人一样硬气起来了吗? 小雁,我都盘算好了,我不会老蹬这个三轮的,我现在月月都在攒钱,一年攒不够两年,两年攒不够三年五年,日后我要整辆出租车开,那玩意比蹬这个挣钱,到时候我……

女　大伟,我不会答应你的。

男　那,那到底为啥呢? 你是嫌我人品不好、贫嘴、爱嘞嘞?

女　不。

男　那为啥? 你倒是说呀,想让我急出好歹来咋的? 反正今晚上你得给我说清楚!

女　唉,好吧,那我就告诉你,我活不长了。

男　什么?

女　我身上有好多病,这些年我一个人拉扯孩子,身体都弄完了,心脏病,血压高,还有很重的肾炎,医生前一段告诉我,已经发展成尿毒症了。

男　你说什么? 尿……尿毒症?

　　[风雪声声。

　　[大静场,两人久久伫立在风雪中,雪静静地飘着、落着。

女　小雪是我的骄傲,是我最后的希望,我侯小雁这辈子能有这么一个女儿,挺知足挺快活挺开心。现在,我什么也不想了,剩下这点日子就是为我女儿活着。我要给她买电脑,给她买所有她想买的东西,我要让她和别人的孩子一样开开心心地读完大学!

　　[静场,风雪阵阵。

男　小雁,你应该去看病啊!

女　看病? 医生也这么和我说,可小雪他爸那场大病欠了一大笔债,我和小雪卖了房子才还上,小雪上大学都是借的钱。唉,我看不起,也不想看,花那冤枉钱干啥?走了走了,总不能再给小雪留一堆债。对不起大伟,这一段我看出来了,你是个有情有义的男人,我这几年遇上过的人里数你最好,可我……我不能……我该给我女儿通电话了。(取出电话卡走向路边的电话亭打电话)

　　[电话铃声。响起女儿的声音。

　　[女儿的声音:妈妈!

女　哎,小雪,是妈妈,是妈妈,你好吗?

　　[女儿的声音:妈妈,我挺好的,提前给你拜年了,妈妈过年好!

女　好,好,我女儿也过年好!

　　[女儿的声音:妈,你怎么了?声音和以前不一样?

女　没,没事,妈和以前一样。女儿,妈天天都在挣钱,买 MP3 的钱已经挣够了,妈还准备过些时候给你买个电脑。没事,妈身体没事。小雪,你听妈的话,别在外边打工了,明天就回家,和妈一块过年,好吗?

　　[风雪声盖过了母女的对话声。

　　[男人在边上看着,很感动。

　　[母亲放下电话。

女　她说她明天就打票回来,和我一块过年,我又能见到她了!我们可以一块过年了!大伟,我真高兴,我真……(又流泪了)

男　唉,你呀!孩子……孩子知道你的病吗?

女　她不知道,我不想让她知道。不到最后的时候我不会告诉她,我想让她一直这么快快乐乐地生活,快快乐乐地。

男　小雁!

女　大伟,我看出来了,你是个可以信任的人,哪天我让你认识认识她,我女儿特可爱、特棒,要是,要是有一天我不行了,我想拜托你帮我照看孩子,把她一个人孤孤单单地留在这世界上,我真不放心。你能答应我吗?

男　你呀!让我说你啥好哪!

女　大伟,你不愿意!

男　(无言地推过车)上车吧,我送你回家!

女　大伟!

男　少废话,我让你上车! 小雁,让我再给你当一把司机,开一趟专车。

女　好吧。(收拾东西)

男　小雁,你听着,从明天起你归我负责了! 不管你愿意不愿意,我要对你负责到底! 明天,我就拉你上医院看大夫,没钱我帮你想办法,你不会死,不会,有我刘大伟你想死也死不了! 我就是卖血、卖器官,我也要你活! 大老爷们说话算话,等你病好了,我们就结婚成家,到那会,我再拉你出来,就像现在这样,我吆喝你收钱,咱俩一块卖你的布娃娃!

女　大伟,这不行,我……

男　行了,你闭嘴,再啰唆别说我抽你,上车,(一把将她抱上车)坐好,开车喽!

　　[男人蹬起三轮车。

　　[天地间,雪大了,大雪纷纷扬扬。

　　[三轮车在风雪中艰难前行着,雪花落满了二人的身上、头上。

女　明天……我要去菜市场买菜,买我女儿最爱吃的菠菜、酸菜、黄花鱼,我要做上一桌香喷喷的饭菜,包好饺子,等她回家。大伟,到时候你也来,带你儿子一块来,咱们一块过个年。真好啊,不知道下个年我还在不在这世上,这个年要过得热热闹闹的,我要在家里挂上红灯笼,还要买上几挂鞭炮,

男　小雁,知道我看不上你啥吗? 我最看不上你愁眉不展苦兮兮的样,有病咋的,谁不兴有病,有病就不活了,就等死,那是没出息! 你不为你自己想,孩子哪? 孩子需要妈,需要家,你在,孩子就有家,孩子才能真开心真快乐。你不是说咱们就剩孩子了吗,那就为孩子活,为孩子去看病。尿毒症也有治好的,得癌症得艾滋病的都有人活下来了,都活得乐乐呵呵的,你有啥权力不活下去?! 哎,你想想,当妈的亲眼看见你女儿大学毕业了、成家了、立业了、生小孩了、小孩张着小手管你叫姥姥,这些是多好的事啊!

女　是呀,我真想看到这些,看到我的小雪长大成人,过上比她妈妈好的日子。

男　你会看到,肯定能,我陪着你一块到那一天!

　　[舞台上光彩斑斓,景象迷人。二人行进在共同的梦中。

女　要是我的病真能好,那我就是这世界上最最幸福的女人了,到了那一天,我要做许许多多好看的布娃娃,我一直想开个布娃娃店,让全城人都来买。

男　会的,你肯定会好的,你要是不好老天爷就瞎眼了! 到了那一天,我兴许真能开上出租车,嘿,到时候我要把车擦得亮亮的,里里外外收拾得干干净净一点灰都没有,我拉着你出去兜风。

女　兜风,好啊,我一定跟你去。

男　说定了,我握着嘎嘎新的方向盘,加油,挂挡,可着城里最宽的那些马路咱们兜他一整天,嘀嘀嘀! 转完城里咱就上高速公路,过山海关奔秦皇岛,过天津到北京,故宫、天安门、长安街、颐和园啥的都玩个够,然后咱们去苏州、杭州,逛他娘的西湖,再奔他娘的黄山……咱愿在哪停就在哪停,愿往哪开往哪开,玩他个痛快! 哈哈,嘀嘀嘀! 呜——哈哈,我来了,老子来了!

[三轮车飞了起来,飞在雪中,飞在天上,越飞越高。

[飞雪的夜空里现出明月、繁星,弥动的夜雾中飘满了各种各样的小布玩偶。

[二人飘行其中,忘了贫穷,忘了生的艰辛。

男　嘿,嘿嘿! 下吧,下吧,老天爷,你下透吧! 哎,小雁,给你唱个歌咋样?

女　好啊,你唱吧,我愿意听。

男　那我唱了,唱一个有劲的!

　　　　向前向前向前,
　　　　我们的日子像太阳,
　　　　走在那祖国的大地,
　　　　我们是一支不可战胜的力量!

女　呵呵,你唱的这什么乱七八糟的。

男　嘿嘿,来,你唱得比我好,和我一块唱!

女　好! 唱!

合　　　向前向前向前,
　　　　我们的日子像太阳——

[歌声,歌声。

[两个底层人和他们的三轮车行进在城市的天空中。

——剧　终

话　剧

嫂　子

时　间　现代

地　点　中国某大城市

人　物　嫂　子　女,山东人。

老　袁　小包工头,山东人。

木　头　嫂子的儿子,未婚,农民工,山东人。

云　儿　女,嫂子的女儿,有先天性心脏病,山东人。

娟　子　女,饭馆服务员,木头的对象,四川人,很胖的一女孩。

二　斤　中年农民工,东北人。

老石头　老年农民工,河北人。

迷　糊　青年农民工,东北人。

老河南　老年农民工,河南人。

二斤媳　女,东北人。

妞　子　女,迷糊的媳妇,东北人。

老陕、小安徽、小翠、郑婶、秦嫂、三辣子、拾荒的、英子等其他男
女民工

一

[空黑中一束追光,民工歌手怀抱吉他,边弹边唱。

民工歌手　　　背上了包袱哎,背起了那个天。

告别了小山村,走出了那座山。

打工——打工——进城打工——

要把那命运改,要把那活法变。

豁出去这条命,扛住那苦和难。

心里头有太阳,活出啊一片天。

[钢筋水泥的城市丛林。雾蒸腾,光四射,无数民工在劳作——隐去。

[秋,落日,城乡结合部的民工村,房屋拥挤错落,孤树兀立,上有鸟巢。远城楼海茫茫。各样车声,各样叫卖声,炒菜的锅勺声,鸡叫狗叫。

[夕照中,女人们生火做饭的、洗衣服的、聊天的、做买卖推车归来的。

[妞子和三辣子在吵架。王家门前空地,怀着身孕的娟子在向桌上摆碗筷。

[一阵鸡叫,郑婶粗声大嗓咋咋呼呼轰撵着鸡上。

二斤媳　这咋又吵上了,都别吵了!——娟子,婆婆来没来?

娟　子　木头去接了,还没到。二斤婶,你说,我婆婆会不会不认我这个媳妇?

二斤媳　哎,你孩子都怀上了,生米都做成熟饭了,担心那个干啥?

娟　子　可我心里好不踏实哟,昨天一晚上都没睡着……

二斤媳　哎呀,多大点儿事呀,至于嘛!一会你婆婆到了,我替你和她说!

妞　子　(张看着)哎哎哎,来了——来了——他们来了!

[嫂子、云儿、木头提着大包小裹、挎着篮子上。众人围观。嫂子、云儿一身乡下打扮。木头进城打工数年,城里青年人打扮,全身充满活力。

木　头　娘,云,这就是咱家,外头都叫咱这民工村!先歇会,爹马上就收工了。

二斤媳　木头,接来了,赶紧给咱大伙介绍介绍啊。

木　头　对对对,娘,这是二斤婶!

二斤媳　嘿,我家那口子一顿能喝二斤酒,大伙都叫我二斤媳妇! 这是迷糊的媳妇妞子,这是老河南家的郑婶,小安徽的对象小翠,陕西的秦嫂,四川的三辣子!

众女人　(南腔北调地打招呼)嫂子好! ——弟妹好!

嫂　子　大伙好,往后就是街坊邻居了,大伙还得多关照。

二斤媳　没说的,到一块就是缘分,有缘分就有情分。这城里都快成咱的天下了,全中国的劳动人民都到这来了! 用咱东北话讲,这就叫——
(张嘴就唱)乌泱乌泱进了城,
　　　　满城满街农民工,
　　　　不分东西南北中,
　　　　全是姐妹和弟兄,
　　　　一块揽活一块吃喝,
　　　　一块苦一块乐,
　　　　就差不是一被窝!

木　头　(拉过娟子)娘,这就是娟子,川菜馆的服务员,川妹子!

娟　子　(忐忑不安地)娘娘好!

木　头　娘,她特能干特实在——有了! 大伙都说是个男孩。

嫂　子　(打量)他们爷俩都和我说了,没结婚就怀上了,你怕我挑你——照乡下的规矩,这事是不合适,可既然怀上了咱就不想那些了。孩子,婶不挑你,回头挑个日子就给你俩办事。

二斤媳　嫂子,敞亮人! 现在这种事不算啥,瞧娟子这长相、木头这体格,生的孩子一准又结实又漂亮! 要我说,赶紧办,晚了结婚和生孩子的喜酒就得一块喝了!

嫂　子　好,到时候大伙都来,一块热闹热闹。(倒出篮子里的各样吃食)来,这是山东老家带来的大煎饼、大红枣,大伙尝个鲜!

木　头　娘,都预备好了,一会娟子上灶,给你接风,也请大伙吃一顿!

二斤媳　好! 姐妹们,咱们一块帮着忙活——妞子,你给娟子打下手! 小翠,你摘菜!做菜好的都上灶——我也露一手,给大伙做几个东北菜!

[众女人叽叽喳喳进进出出,忙活起来。嫂子也系上围裙,干起来。

云　儿　（远望着）娘,你快看,那边全是大高楼!真好看,真漂亮!

木　头　那是。娘,云儿,（指着）那座最高的楼,还有边上那几座高楼,都是爹和老石叔他们前些年盖的;那栋蓝色的是我来以后盖的!

嫂　子　嚯,真够高的了,跟一座座小山似的。

木　头　一看见这些楼,我心里就特舒坦特来劲!娘,我的电焊活在咱这没一个不服的,外头还有人想拉我去他们那干哪!我要挣钱,挣大钱,用不了多长时间我要让咱家人,还有娟子和肚子里的孩子都过上城里人的日子。娘,这是爹给你买的衣服。

嫂　子　尽瞎花钱。一家人总算到一块了,穿啥衣服我都高兴!

木　头　爹比你还高兴哪。这几天爹不知说了多少遍:他做梦都盼着这一天。这些年家里活都是你一个人干,苦了你了,他要拼命挣钱,让你好好享享福。

嫂　子　娘也盼着这一天哪!头些天娘心里还七上八下的,想来,又舍不得乡下的房子地,还怕我一乡下人在城里待不下去——后来我想开了,金日子银日子,不如团团圆圆平平安安过日子!——举家过日子娘谁也不怵,往后家里活我全包了,你们爷俩好好干活,云儿好好上学,我也找个活干,挣点钱,把日子弄得红红火火的!

木　头　没错!娘,云儿的学校都找好了,市里新建的农民工子弟小学,云儿看病的医院也找到了,全是大专家,专治先天性心脏病!

嫂　子　要真能治好云儿的病,我可就去了块大心病,看来这城里真是来对了!

木　头　娘,咱进屋吧?

妞　子　（出）嫂子,饭麻利就好!——哎,你们看,袁头儿,袁头儿来了!

[众女人纷纷出来看,老袁很神气地夹包上,戴着亮闪闪的金链子金镏子。

老　袁　嚯,这么热闹!

众女人　（热情地）老袁大哥,快坐快坐。

妞　子　哎哟哟,袁头,你这金链子真晃眼哪,让我戴戴呗。

二斤媳 这金镏子是新买的吧？个挺大呀，来来来，摘下来我看看。

众女人 对对对，摘下来，让咱们都戴戴——

老 袁 （急躲）哎哎，这可不行，你们这帮老娘们，见面就拿我开逗。嫂子，路上辛苦了！我正要去工地，听说你们娘俩到了，顺路过来看看你。

嫂 子 老袁，咱家一勺烩都进城了，以后你得多关照啊！

老 袁 哎，咱是同乡，老蔫是我老哥，木头技术学得快活干得好，我还得请他们关照呐！一会儿我要好好敬老蔫哥和你几杯！

二斤媳 袁头，咱这数你混得好，啥时把家里人接来让咱也认识认识？

老 袁 嘿嘿，不急，他们娘几个在乡下过得挺好，去年我给他们新盖了座二层小楼，有花有草有山有水空气还新鲜，比城里好多了！

二斤媳 真的假的？袁头，你不会是在城里养二奶了吧？

小 翠 啥二奶呀，怕是三奶四奶都有了！

老 袁 尽胡说，那么多奶我养得起吗？有那闲钱我还攒着供儿子上大学哪！

二斤媳 袁头，你有几个媳妇几个儿子咱不管，大伙可都等你发工钱了！

众女人 对呀，就等你发钱哪。

老 袁 （爽快地）放心，大伙舍家舍业地跟我干，我不会亏待大伙。刚才我和给咱活的鲍哥吃了饭，他说了一完工就发钱，保证一分不少！

　　　〔众女人一片欢呼声。

　　　〔内传来喊声"出事了！出事了——"迷糊急急奔上。

二斤媳 咋的了迷糊，出啥事了？

妞 子 迷糊，你别急，慢慢说。

迷 糊 （气喘吁吁地）老蔫哥……老蔫哥在十三楼干活，从楼顶上摔下去了！

嫂 子 （震惊，恸喊）老——蔫儿！

　　　〔音乐变奏，民工歌手弹吉他上，弹唱。

民工歌手　　　城里边楼很高道路很多，

　　　　　　　城里边小轿车疯狂穿梭，

　　　　　　　进了城才发现日子不好过，

　　　　　　　风很大雨很猛道路很坎坷，

　　　　　　　没有江没有河到处是漩涡，

没有山没有谷总是要爬坡，

哦哦哦，爬坡，爬坡，爬坡——

二

［哀乐低回，嫂子捧着丈夫的遗像，木头捧一安全帽，云儿、娟子随
上。牛二斤、老石叔等男民工和二斤媳妇、妞子等女人戴着黑纱
跟上。

嫂　子　（叨念着）走了，好好一个大活人就这么顺着大烟囱化成烟走了！当
　　　　初你非要进城打工，我怕出事求你留在家里，你就是不听。说好的
　　　　进了城一家人好好过日子，我大老远地来了，你咋就走了呀？（仰天
　　　　恸喊）老天爷，你行行好，把人还给我，缺胳膊断腿瘫在床上都成，那
　　　　我还能端屎端尿伺候他呀！（无力瘫倒）

云、木　娘！

　　　　［数女人帮云儿、木头搀架着嫂子进屋，扶她到床上。众女人无声
退出。

嫂　子　（霍然坐起）梦？我这是在做梦！没走，他不可能走！木头，云儿，跟
　　　　娘说这是梦，说你爹没走……你们说呀！

木　头　娘，都怪我呀，我没照顾好爹！

云　儿　娘，爹走了，你可不能再出事呀！爹！（扑向老蔫的遗像）

嫂　子　（恍惚惚走下床）老蔫，你在哪儿？你得回来见我一面，你不能给我
　　　　来这一出啊！（抱着老蔫的工帽）我十九岁嫁给你，一块过了三十
　　　　年，我天天盼着一家人团圆再不分开，眼看就团圆了，你的心真狠
　　　　啊，面都不和我见，一句话都没和我说……（抚着新衣服）这些年你
　　　　总给我买新衣服，可现在，这衣服我穿给谁看呀？老蔫——！

　　　　［嫂子痛彻心扉的一声长哭。

　　　　［屋外，众人一直无声默立。

老石头　唉，这是咋说的，这是咋说的？咋出了这种事呀？

二斤媳　二斤，华盛给赔了多少钱？在乡下汽车轧死头牛还得赔不少钱哪。

二　斤　一分钱也没给,说是抚恤金赔偿金不归他们给,让咱找姓鲍的和老袁。

　　　　[老河南气喘吁吁地急上。

老河南　坏了坏了,我刚听说,给咱活的大包,那个姓鲍的裹着大伙的工钱跑了! 我到处找老袁,他也没影了。

老石头　啊,姓袁的不会也跟着姓鲍的一块跑了?

二　斤　(急取手机,打手机)

　　　　[画外音:您拨叫的用户已关机,请稍候再拨!

老石头　这可要了命了! 咱们当初都没和他签合同,他要是跑了咱的工钱……

二　斤　大伙分头去找! 他以前常去的地方挨个找,挖地三尺也要把他找到!

　　　　[众民工向下走。老袁急上,看见众人,转身欲逃。

迷　糊　姓袁的,你他妈往哪跑!

二斤媳　大伙一块上,逮住这个王八蛋!

　　　　[男女民工们迅速从四面八方扑上来,围追堵截。

老　袁　各位各位——(向后退着)你们这是要干啥?

二斤媳　干啥,你说,是不是你和姓鲍的一块做的扣,合伙把钱卷走了!

老　袁　大妹子,老少爷们,你们想想,我要和姓鲍的是一伙的,能回这儿来吗? 一点不说假话,我刚才在华盛公司就差给华盛那个熊总跪下了,我说哪怕少给我点钱让我把大伙工钱发了,老蔫哥跟我干的时间最长,好歹我也得给嫂子孩子一笔钱,可他们说我想讹钱,要带我去公安局!

二　斤　姓袁的,你撒谎编扒在圈里头是有名的,谁知道这会儿你耍的什么花招?

老石头　二斤,华盛老板是城里房地产圈里的一霸,咱惹不起,还是得想法找姓鲍的。

老　袁　没错,我已经托了人帮咱打听姓鲍的下落,死活也得把他找到! (伴打手机)喂,什么,你们看见姓鲍的了! 好,好,我马上过去! (欲下)

小安徽　(一直在边上听)电话里边根本没人说话!

二　斤　好啊,他是想借引子跑!（众人又呼啦一下围住老袁）

老河南　不中,绝对不中!

老石头　老袁兄弟,人不能没良心啊!平时说得跟花似的,出了事你可不
能……

老　袁　不会不会!各位,你们拍良心说:从开工到现在伙食费、生活费我赖
过账吗?这种时候咱们得互相理解。老石大哥,二斤兄弟,你们都
清楚,这些年我是包过几个工程,可没少被人宰被人坑,揽这个活时
我那点钱全垫付进去了。不过,大伙一百个放心,我对天发誓,我保
证……

二　斤　你保证?谁他妈保证你?我看得先把他看起来!

迷　糊　对,乌龟撞王八——双规!不给他吃不给他喝,啥时拿出钱来啥时
放了!

老　袁　没找着姓鲍的我哪有钱给你们啊?

二　斤　奶奶的,大伙是你忽悠来的,和姓鲍的说不着!这么多人小一年的
工钱不是小数,逼急了咱们啥都干得出来!我就不信,你干这么多
年包工头手上能没钱?

二斤媳　对呀,你老婆孩子在乡下住二层楼,那不是钱吗?把楼卖了还我
们钱!

迷糊等　没错!把楼卖了还钱!

老　袁　唉,跟你们说实话吧,我老婆嫌我挣钱少还欠了一身债,几年前就和
我离了!二层楼、乡下的家,都是我编的!我向天发誓,撒半句谎我
是孙子!现在我跟你们一样也是穷光蛋了!对了,前边干的几个工
程还欠了我不少钱,这事老石大哥知道,我想法要回来顶你们的工
钱,这总成了吧?

老石头　这倒是实情,我看这是个办法。

二　斤　这样,从现在起,大伙轮班跟着他,让他去给咱要钱,绝对不能让他
跑了。

迷　糊　好!我来头一班!你个大骗子,从现在起你就是我们的俘虏、人质!

二　斤　先把他身上的钱都翻出来顶账!（翻）有多少拿出来多少!
　　　　〔众人拿过老袁的包,搜老袁的衣袋,找到很少一些钱。

迷　糊	就这点管屁用？把手表摘下来，还有这镏子、金链子！
老　袁	这……这都是假的，不值几个钱，我是想办事时有点气派……
小安徽	你他妈怎么尽是假的？假的我们也要！
迷　糊	衣服！衣服也脱了，快脱！（扒下他的衣服）
二　斤	等等，得让他立字据！签字画押！迷糊，你来写，一笔笔都写清楚，不光是咱大伙的工钱，他还得给嫂子死亡赔偿金抚恤金……
众民工	对，立字据！还得按手印！
老　袁	我……唉，好，我签字，我按手印！（咬牙签文书）

　　〔音乐飘动。木头、云儿等扶嫂子走出家门。

嫂　子	老袁在哪儿？当初你非拉着老蔫进城，我不让他去，你非说城里这么好那么好，跟你出去肯定不会出事……你把人还给我！还给我！ （扑向老袁，以头相撞）
老　袁	嫂子，我也没想到会出这种事呀？你打吧，你狠狠打我一顿吧（重跪于地）老蔫大哥，兄弟对不住你啊！
二　斤	少废话！（抓住他的手按手印）嫂子，拿上这个，以后就找他要钱！
嫂　子	（痛看）干了这么些年，就剩下这张两指宽的条子——两指宽的条子！

　　〔音乐，揪扯人心的音乐。

嫂　子	木头，云儿，收拾东西，明天回乡下老家。

　　〔嫂子径直回到屋内，不管不顾地收拾起衣物。木头、娟子、云儿跟入。

木　头	娘，我不走，我要留城里！
嫂　子	不行，回乡下，你们得跟我一块走！
木　头	娘，祖祖辈辈种地，还想种到啥时候？我进城打工就是想换个活法，这几年啥啥都习惯了，干得也不比别人差，凭啥离开？再说娟子也快生了，我不想让我的孩子再接着当乡下人！
嫂　子	娘知道你喜欢城里，可咱家的天塌了！前边的路断了！（绝望地）这是命，老天不让咱留在这！咱就是乡下的小虫子，变不成城里飞的蝴蝶。
木　头	我就不想当那个小虫子，我就想变成蝴蝶！就想在城里飞！
嫂　子	你……你也不想想，云儿有病娟子要生娃，妈在城里东南西北都分不清，留在这往后的日子咋过？华盛一分钱不给，过日子的钱在哪？

咱咋活？

木　头　（跪下）娘，爹走了，还有我，我有技术有力气，我能挣钱养活这个家！

娟　子　（也跪下）娘娘，还有我！我妈死得早，后妈对我不好，木头疼我爱我，我发过誓要跟他一辈子，我和他一块挣钱养活你和云儿！

嫂　子　娟子，娘看出来了，你是个实在孩子，你也收拾收拾和我们一块走。

木　头　娘，求你了，这些年爹最大的心愿就是咱全家都能进城，在城里安家，这么回去，爹在天有灵也不会答应的！

云　儿　——娘，要不，就听哥的吧，就留在城里——

　　　　［追光射向嫂子，她望着三个孩子，望着莽莽苍天。

嫂　子　老天，都说老天有眼，你睁开眼，和我说句话，你告诉我，我这孤儿寡母一家人往后该咋办？老蔫，都说人死了会有魂灵儿，你在哪呀？孩子们都想留在这，可留下来这个家我咋弄？往下的路我咋走？不管你在天上还是在地下，求你和我说句话——

　　　　［二胡声起，飘绕弥动。

嫂　子　你总说：王家刨了多少辈土坷垃，老辈人进趟城能说一辈子到死都记着，你进了城见了那么多世面，盖了那么多高楼，做了那么多美滋滋的梦，你化成灰都不后悔！最后一次回来你又劝我进城，你说，好种子撒在哪都能长庄稼，好日子是一垄沟一垄沟种出来的，咱这辈进了城，王家子孙后代就都能变个活法。你咋想的，我懂。你想让我帮你圆那个梦——我不走了！要真能在城里活人就留在这，一垄沟一垄沟地种咱的日子，让孩子们在城里生根开花。

　　　　［收光。

　　　　［男女民工三三两两在蒙蒙细雨中出现，持各样简易牌子，嫂子也在其中。
　　　　［雨大了，民工们向街上投去期盼的目光，不断变化姿势，形成肢体舞蹈。
　　　　［声音：有干保姆的吗？伺候老人接送孩子，包吃包住！
　　　　［女民工们争着抢着围上去，渐渐地陆续退去，失望散开。
　　　　［嫂子分开众人，一步步走上前，鞠躬，再鞠躬，眼中充满乞求。

[音乐变奏,嫂子不停地劳作着,拖地、擦玻璃、搬花盆、切菜、做饭。

[声音:王嫂,王嫂,饭好了没有?

[嫂子急急端饭菜上桌。

[声音:王嫂,这花怎么搬这来了? 马上搬回去。

[嫂子忙搬花盆。

[声音:地板怎么又没拖干净? 这可是进口高级地板,保养不好你赔得起吗?

[嫂子鞠躬,拎来水,跪在地上一下下用力擦着。

[各种声音:乡下人真不懂规矩,乡下人真难调教,乡下人! 乡下人!

[嫂子动作慢下来了,痛楚、伤心,埋头继续干。

[雨中,民工歌手走来,继续弹歌——

民工歌手 千条路万条路到处都是路,

问一声哪条路是我的?

这片天那片天好大一片天,

问一声哪片天是我的?

　[风声,许多人艰难地弯着腰逆风而行。

　[嫂子将一件外衣蒙在头上,拖着疲惫的身体走在疾风之中,越走越慢。

嫂 子 乡下人,乡下人,这三个字像刀子一样扎人心啊! 乡下人咋了? 没有乡下人种地打粮,城里人吃啥? 乡下人进了城,咋就成被人瞧不起的人了? 头得低着,腰得弯着,说话不能大声说,做事都要看人脸色,什么时候咱才能像城里人那样挺着腰杆活人? 这些天我就像一粒沙子给刮进了大沙漠,像一只小舢板漂进了大海,风大浪高,都快吹散架刮零碎了! 真累呀! 说不出的累,比在大地里干活还累,身子累,心更累! 天! 我这是走到哪儿了? 路,我的路在哪儿?

　[各样的车声,呼号的风声,嫂子加入顶风前行的队伍,艰难前行,前行!

　[民工歌手继续。

民工歌手 顶着雨顶着风,寻找我的路,

披着星戴着月,我大声唱起歌——

三

［冬,大年三十。民工村。

［风卷雪花漫天飞舞,空中不时响着鞭炮声,远处城市万家灯火。

［嫂子家,墙上挂着老蔫遗像,摆放着安全帽。云儿在屋里向遗像烧香。

［嫂子扛一大捆废纸壳拎一塑料袋从雪中上,疲惫憔悴,满头满身雪花。

嫂　子　云儿——

云　儿　(忙停下,迎过去)娘,你回来了。(帮母亲搬纸壳)

嫂　子　等着急了吧?川菜馆有包席,人才散。来,快吃吧,还热着哪!

云　儿　全是好吃的呀!

嫂　子　这些都是客人没动过的。

云　儿　(摆上桌)妈,你看,我煮了饺子,居委会刘大妈送来的,一家两袋。还有这些菜,二斤婶和妞子婶他们送的。

嫂　子　这一段多亏她们帮衬了!你哥也不跑哪去了?给他留点。

云　儿　留了,我给我哥和娟子姐都留了。

嫂　子　哎哟。(抚腰)

云　儿　腰又疼了?(扶母亲坐下,按摩)娘,大过年的你就别出去干活了!刚辞了那份保姆的活就去饭馆帮工,再这么下去你会累垮的。

嫂　子　放心,娘累不垮,你上学的学费到现在还没着落,娘得……

云　儿　实在不行我就不上学了,在家自己学,病也不着急看。

嫂　子　不成!来,吃饭!

云　儿　娘,你吃!娘,刚才我打了个盹,梦见咱乡下老家在过年,真热闹,大柱小栓在放鞭,小华小月在堆雪人……要是爹活着,这个年准能过得红红火火的,一家人围在一块有说有笑地吃团圆饭。娘,我还梦见我爹了,爹给我买了件红衣裳……

嫂　子　云儿!(母子相拥在一起,互相擦泪)

云　儿　娘,都怪我,让你不高兴了,这些天你总是不开心,我都没见你笑过。

嫂 子 唉,娘笑不出来呀!娘一直在想,有啥法儿才能渡过眼下这个难关,越想越觉着华盛欠咱的钱,咱得想法要!

云 儿 娘,要不,咱和他们打官司吧!咱村刘叔家的牛让乡长小舅子的车轧死了,就是打官司才得到赔偿的!咱就学刘叔,和华盛打官司!

嫂 子 唉,打官司,打官司,这事娘想过不知多少次,可娘一乡下女人哪会打官司呀?城里的路娘都认不全,法院门都不知朝那开呀。

云 儿 那也不能这么算了呀?我们老师说,刘叔打官司特别对,该打的官司就要打,国家法律就是给老百姓做主,保护老百姓的。

嫂 子 理是这么个理,要是真打上官司,咱能赢吗?

云 儿 (取出一报纸)娘,你看,这上边就有农民工打赢官司要到工钱的事。

嫂 子 (也取出好几份报纸)娘这也有几份,也有农民工打官司的事,娘一个字一个字地看了好多遍,看着看着娘还真动了心思,只是不知到了城里头官司该咋打?咋才能打赢?

云 儿 我看看,这是广东的,这是河北的,哟,这是咱山东的!

　　[母女俩在灯下看起报纸来。

　　[外边鞭炮声炸响着。喝醉了的木头提着酒瓶由娟子扶上。

娟 子 不让你喝你非喝,看你都喝成啥个样子了?

木 头 不,我要喝!娟子,咱俩一起喝,过年了,我要大醉一场!

娟 子 娘娘,云儿——

嫂 子 (急迎上)妈呀,这咋喝成这样?(扶木头坐下)

娟 子 都怪我,我爹来电话催我寄钱回去,还说,再不寄钱就要在家里给我找对象!木头听我说他就——

木 头 哈哈哈……上次要三万块彩礼,这次又要加一万,我是印钱的呀!

嫂 子 娟子,你没跟你爹说,木头他爹出了事,大过年的哪哪都找不到活?

娟 子 这些我都说了,可我爹他……

木 头 娘,我发过誓言要照顾好你和云儿,可现在……我都没脸回家了,爹走了,家里就我一个男人,我……今天我又去找华盛要拖欠的工钱和爹的抚恤金赔偿钱,可他们根本就……妈的,他们要是再不给我就上法院起诉他们!

嫂 子 木头,妈也在合计这件事,你说,咱能告成吗?

娟　子　告状,那要花好多好多钱哪。咱哪有钱啊?再过几个月我就要生
　　　　了,有了娃儿啥子都要花钱啊!要不把这娃儿做了,以后有钱了日
　　　　子好了再要!

嫂　子　什么?那可不行!这是第一胎!

木　头　娟子,求你了,你再给我点时间行不?

娟　子　我能等,可肚子里的孩子等不得呀!当初我就不想要,都是你!
　　　　〔娟子哭下。

嫂　子　(喊)娟子!娟子!
　　　　〔嫂子追下。

木　头　钱钱钱,哈哈,又是钱!(找到一个包,收拾起东西)

云　儿　哥,你这是要干啥?

木　头　我一分钟也待不住了,这没活儿,我去找我师傅,想法在师傅那挣点
　　　　钱,再和他打听打听咋打官司。你和妈说,我挣了钱回来,咱就和他
　　　　们打官司!(背上包,向下走)

云　儿　哥!哥!
　　　　〔木头奔入风雪之中下。云儿追下。嫂子拉着娟子上。

嫂　子　娟子,听娘娘的话,这孩子说啥也不能打!你怀的是咱王家的后人,
　　　　续的是咱家的香火呀!回头你就和木头去登记领证,你这媳妇俺认
　　　　下了,你把行李也搬过到这来,以后咱住在一块,孩子生下来,俺给
　　　　你带!

娟　子　(扑向嫂子)娘!

嫂　子　(抚拍娟子)娟子,你放心,天塌了,娘扛着。
　　　　〔云儿急上。

云　儿　娘,哥走了!

嫂　子　走了?去哪儿了?

云　儿　他说要找师傅,挣了钱就回来。

嫂　子　(奔出)木头!木头!这个死崽子,年都不过,招呼也不打一声,你就
　　　　这么走了。(恸喊)木头——
　　　　〔远处传来火车的汽笛声,雪花飘飘。

娟　子　我去给家打电话,他们咋子逼我我都不管了,我就和木头好,就要嫁

给他!

［娟子奔下。

嫂　子　不行,这么下去不行,要想法子,说啥也要想法子爬过这个坎!

［众男女民工拿着酒,抬着小电视,抱着小板凳上,有的提着红灯笼。

二斤媳　哎哎,大伙听我说,咋乐和咱咋说,谁也不许和嫂子提老蔫哥的事!

众　　　民工放心吧! 咱都不提!!!

二斤媳　嫂子,咱们来和你一块过三十了!

众　　　一块过三十!!!

嫂　子　大伙快坐。二斤,老石大哥,你们看看这个。(递上报纸)

老石头　(看)云儿妈,你是想——? 告不成的。进城头几年老板常拖欠工钱,我气不过打过一场官司,整整打了两年啊,花的钱都快和想要的钱一般多了,最后还是输了。乡下人在城里打官司得扒几层皮,得死几个来回啊!

二　斤　(也看)嫂子,这种事大伙都遇上过。咱和姓鲍的有合同,和华盛没签合同,到了法院也是让咱找姓鲍的。更何况华盛有钱有势有人有关系,城里人和他们打官司都打不赢,咱们就更……你就别动这念头了,一点戏没有!

众民工　(齐声)是呀嫂子——告不成的!

嫂　子　可,那也不能就这么算了呀!

迷　糊　这也不成那也不成,实在不行还得去老六那赌几把,点子正点,钱就来了!

妞　子　迷糊,咱都欠了那么多赌债了,你可不能再赌了!

迷　糊　妞子,咱俩是逃婚出来的,我发过誓让你过好日子,可……赢了钱老子就去买彩票,上次我差一个数就中上三百万,再买几次,说不定老子一下就成百万富翁了! 到那会我先给大伙每人发几千块钱,再请大伙大吃三天!

二斤媳　唉,尽做梦! 大过年的咱不说这些,来来来,吃饺子,看春晚!

二　斤　对对对,喝酒!

［有人打开破电视,众喝酒,吃饺子。电视里播着春晚歌曲《常回家看看》。

二斤媳　唉,东北老家这会最热闹,外头北风烟雪,屋里老老少少围在一起,满满登登一桌子菜,酸菜炖粉条子,小鸡炖蘑菇,薄皮大馅大饺子!

郑　婶　我们河南老家也一样,家家挂红灯贴对子,大年初一开始舞龙灯,耍狮子,跑旱船,请戏班子唱梆子唱豫剧,锣鼓打得那个响,人那个多啊。

三辣子　我们四川也热闹得很哪,女人忙里忙外做饭做菜,男人喝酒摆龙门阵,腊肉那个香,辣椒那个红味那个足! 一到这会啥难事苦事都忘了。

秦　嫂　挣着钱的都回老家了,我们两口子也想回,可没拿到工钱,回去咋见人哪?

拾荒的　家,咱们是一群没家的人。出来了,人在哪家就在哪,想那些没用。

小　翠　我想回家! 想回去看我妈!(一片唏嘘声)

二斤媳　(见状急)哎呀你们这是干啥,咱不说好的吗?

二　斤　来来来,过年了,咱们一块给家乡的亲人敬杯酒!(众人一起举杯,举碗)敬家乡的祖上先人,愿他们保佑咱们这帮打工的心顺气顺,事事都顺!

二斤媳　敬咱家中的老人长辈,愿他们硬硬朗朗地,没病没灾,长命百岁!

老石叔　敬咱的女人孩子,咱们在外不易,他们更不易,愿他们平平安安!

众　　　平平安安!

　　　　[春晚进入高潮,零点倒计时的喊声:五、四、三、二——一。

　　　　[鞭炮大作,烟花满天。

二斤媳　兄弟姐妹们,过年了,咱也乐和乐和,大伙唱起来跳起来呀!
　　　　(唱)正月里来是新年呀!

迷糊妞子　(唱)大年初一头一天呀!

三　人　(唱)家家团圆日呀——
　　　　　　我给大伙来拜年呀——

　　　　[众民工苦中作乐,歌着、舞着,收光。

　　　　[嫂子家,老袁裹一破大衣上,四下张看,进屋。

嫂　子　你? 你来干啥?

老　袁　（从裤带里取出卷钱）嫂子，这点钱给你过年。

嫂　子　你——

老　袁　说啥也得收下。这……这是我在血站卖血换的！不信,你看！（撸
　　　　起胳膊）

嫂　子　（看）唉,这咋都到了卖血的份上了?

老　袁　老蔫哥在工地救过我的命,过年了我咋也得……大年根的找谁要钱
　　　　都难,昨晚上在大兴公司老板家门口蹲了一宿。这些我都能忍,可
　　　　要不来钱在大伙面前我就是骗子,是罪人啊！这么活着还不如找根
　　　　绳一了百了！可就是死了,大伙也得骂我,做鬼都不安稳,死都死不
　　　　成啊！（狠抽自己嘴巴）

嫂　子　行了！一条命就剩半条了,坐下烤烤火吧！

老　袁　（感激地）嫂子！（深鞠一躬）给我口水喝吧,一天了,我啥都没吃。

嫂　子　真不知道我该你的还是欠你的！（倒水,盛饭）吃吧,欠下那么多钱
　　　　你自个死? 你要死了我头一个骂你！

老　袁　（吃）香,真香！嫂子,你对我的大恩大德我老袁下半辈子当牛做
　　　　马……

嫂　子　我不要你下辈子,就要你这辈子把云儿爹的钱还上！

老　袁　我还我还！嫂子,你放心,我只要有一口气,就会还上你和大伙
　　　　的钱。

嫂　子　行了,你这人说话没个准谱,听不出你哪句是真的哪句是假的！哎,
　　　　你老婆真跟你离了?

老　袁　我总在外头,家里外头全靠她一个,到底熬不住了,跟村里一个男的
　　　　好上了,两人一块走了。两个孩子都在上学,这些年我拼命挣钱就
　　　　是为了供他姐弟俩上大学,长大了有出息,可现在……不知道的都
　　　　以为我活得挺风光,可我过得啥日子? 啥啥都得看别人脸色,见人
　　　　说人话见鬼说鬼话,装完孙子装傻子,天天担惊受怕撒谎编扒,哪还
　　　　像个人啊！（放声号哭起来）

嫂　子　说着说着咋还哭上了? 挺大个老爷们哭个球！咋的,把大伙弄到这
　　　　个份上,你还一肚子委屈? 你要是个男人就想法把大伙的钱要
　　　　回来！

老　袁　想法？还有啥法子？我才弄明白，姓鲍的根本就没卷走咱的工钱，以前他欠了华盛一大笔钱，华盛把大伙的工钱都扣下抵债了，怕大伙找他要钱只好跑了。我去华盛找他们理论，保安见着我就撵，门都不让我进！眼下就剩下和华盛打官司一条路了。

嫂　子　(充满期待地)好啊，那咱就和他们打！我跟你一块打！

老　袁　唉，打官司？嫂子，华盛哪条道上都有人，这些年年年都有人起诉他们，可没有一家打赢的，咱和他们打官司，一丁点赢的希望没有啊。

嫂　子　你？你给我滚！

　　　　[老袁无语，拿起衣服奔下。嫂子生着气收拾碗筷。老河南提着裤子上。

老河南　(张看)这咋上趟茅房工夫又没影了，不中不中这可不中！老袁，老袁！

　　　　[老河南急急追下。

嫂　子　指望不上姓袁的了。木头走了，云儿上学要交钱，娟子生孩子也要花销，家家户户都为拖欠的工钱闹心，这么大眼瞪小眼干等干耗不是事！刘家老二能为一头牛打官司，报上那么多农民工能打官司，都是一样的人，我咋就不能告华盛？兔子急了咬人狗急了跳墙，告，告这帮王八蛋，要回老蔫的赔偿金和大伙的工钱！可，想想我就心里发慌全身发冷，上法院见法官找律师，写状子递状子，那么多事我一个乡下女人……

　　　　[各种声音响起来。

　　　　[二斤的声音：嫂子，华盛有钱有势有人有关系，和他们打官司根本
　　　　　　　　打不赢的！

　　　　[老石头的声音：云儿妈，乡下人在城里打官司得扒层皮死几个来回
　　　　　　　　啊！告不成的。

　　　　[云儿的声音：娘，我们老师说，国家法律是给老百姓做主，保护咱老
　　　　　　　　百姓的！

　　　　[老袁的声音：嫂子，咱一个农民工想和华盛掰腕子，那得下辈子。

　　　　[许多个声音：告不成的，唉，忍了吧，谁让咱是乡下人，是农民工哪？

　　　　[各种声音混响着，交织成一片。

嫂 子 俺不管了！出水才知两腿泥,有枣没枣都得打几杆子！能不能打赢俺都要试试。俺就不信,法院是他华盛开的法律是他华盛定的？这官司俺打定了！

[收光。

[雪花飘飘,汽车声声。

[嫂子挎着一布包深一脚浅一脚从雪中走来,走入一片追光中。

嫂 子 你是刘律师吧？这是俺的状子,你费心给看看。

[声音:(冷冷地)打官司是要花钱的,律师费、起诉费你出得起吗？

嫂 子 钱？钱俺这有,都在这,不够俺再去想法子。你看这官司能赢吗？

[声音:找不到姓鲍的根本立不了案,立了案也不可能赢,我看还是别打了！

嫂 子 不,那我也要打！刘律师,你帮帮俺,俺给你鞠躬了！(鞠躬)

[声音:对不起,我帮不了你！你找别人吧！

[嫂子失望地慢慢走开,走入另一片追光中。雪不停,纷纷下,越下越大。

嫂 子 同志,麻烦你,帮俺找一下陈法官。

[声音:他现在不在,你回去吧,改天再来。

嫂 子 不不,俺不回去,俺在这等他。(失望走开,坐下,取饼子吃起来)就这么打上官司了,真想不到会这么难,找律师找不到,见法官见不到,写个状子都要求人帮着写。(捶腿,捶腰)累、难,我不怕！可……能打赢吗？这些天我一次次想过不告了认命了,就这么低头真不甘心哪！(呵着手,跺着脚,裹紧衣服,探头张看着)真冷啊！(自言自语着)他刘叔的官司打赢了,报纸上那农民工打官司也打赢了,我也会打赢的。(汽车笛声,起身张看)是陈法官?！(喊)停车——停车——

[嫂子跟头把式地急急追撵。各样的车声此起彼伏。整个城市急速摇动。

[嫂子终于跌倒于地,一群黑影出现,一点点逼向嫂子,围住了嫂子。

嫂 子 你们……你们是什么人？你们想干什么？

［声音:干什么? 今天老子们要教训教训你,看你告不告了! 哥几
　　　个,上!

［众黑影向嫂子腿脚飞舞,嫂子挣扎、呼喊、倒地、翻滚。

［声音:一乡下女人还想告华盛? 小蚂蚁想把大象掀翻个儿! 今天
　　　是给你提个醒:再上法院再找律师,见一次打你一次,弄死你
　　　跟弄死蚂蚁一样! 走!

［黑影散去,受伤的嫂子在飞雪中挣扎而起,爬行,爬行。

［民工歌手雪中上,弹唱。

民工歌手　　　小时候奶奶说,活着不容易,
　　　　　　　熬得住挺得住才会有好日子;
　　　　　　　小时候爷爷说,活着不容易,
　　　　　　　不能怂不能怕才会有好日子。
　　　　　　　卵生虫虫生蛹化成那美丽蝴蝶,
　　　　　　　生又死死又生梦见那灿烂日子,
　　　　　　　——美丽的蝴蝶,灿烂的日子。

四

［夜,嫂子家。几女人在为嫂子上药,缠绷带。

云　儿　(端水上前)娘,还疼吗?

嫂　子　没事,娘没事,就当在乡下让驴踢了牛踹了!

云　儿　娘,我怕,哥不在,娟子姐也去找哥了,万一你要出点事,我咋办哪!

嫂　子　放心,看把你吓的,娘这不好好的吗? 让大伙担心了,我没事。

秦　嫂　嫂子,我看还是算了吧! 咱小胳膊拧不过大腿,你真要有个好歹,你
　　　　这个家就……留着青山在,不怕没柴烧,保命要紧啊!

郑　嫂　是呀嫂子,听说那华盛黑道白道都有人,姓熊的三天两头就和法院
　　　　的人在一起喝酒,这官司咱打不赢的! 你就低回头吧!

嫂　子　这事不用你们管,只要还有一口气我就不低这个头!

二斤媳　嫂子,那我们先回了。

［几女人出,沉默无语。

二斤媳 这事不能让嫂子一个人干,咱们都回去找各家的男人!

〔众女人商量着下。

云　儿 娘。

嫂　子 娘没事! 早点睡,明天还上学呐。

〔嫂子为云儿盖好被子,一阵腰疼,强撑着走到老蔫遗像前,倒上两杯酒。

嫂　子 老蔫,我又想和你说话了! 以前你总想让我陪你喝酒,今天咱俩喝点。这段日子真难熬啊,真想大哭一场啊! 那法院的大楼真高啊,楼里的门真多啊,哪次上楼我的腿都在发抖,心都在流血呀! 官司没结果,华盛还威胁要弄死我! 蚂蚁,哈哈,我是蚂蚁,我个大活人成蚂蚁了!

〔嫂子和空酒杯碰杯,喝酒,再倒酒。

嫂　子 来,再喝一盅。老蔫,你说这官司真就没希望? 真就打不赢吗? 你不说,我说。今天我遇上个贵人,是个专门帮咱农民工打官司的雷律师,大个、面善、爽快、正派,比刘律师强多了。你猜听了咱的事他咋说?

〔声音:嫂子,我一分钱不要,帮你打这场官司! 农民工打官司不光打的是钱,还有尊严,农民工的尊严! 城里人乡下人都是一样的人,是人就有尊严,有尊严才叫人,才能挺直腰杆活! 你们要的是钱,钱里有你们做人的尊严!

嫂　子 说得真好!"尊严",还头回听到这个词,"咱农民工的尊严,做人的尊严"——是呀,我不是蚂蚁,我是人,我也有尊严! 跪着爬着是活,挺直腰杆也是活! 为这尊严,我这小蚂蚁还就要拱拱他们这大象,拱不翻它我也要在它身上走几圈咬它几口! 来,再喝一盅!

〔数束光中,出现一组组民工村的男人女人。

〔二斤夫妇、老石头、老河南。

二斤媳 你们还算男人吗? 嫂子是在为咱们打官司,要的是咱们的工钱,让她一个人挨打受累遭这么大罪,你们就忍心在边上看着吗?

老石头 这可咋办啊,她一女人家,华盛那么多人那么大势力,她咋就不听劝哪!

二　斤　奶奶的,酒!

　　　　〔妞子和迷糊。

妞　子　迷糊,你倒说话呀! 平时咋咋呼呼地,这会儿瘪茄子了! 你还是爷儿们不?

迷　糊　我……我去找二斤哥!

　　　　〔嫂子屋外一黑影从夜幕中出现,手持一棍子。

嫂　子　谁?(抓起根棍子)谁在哪? 王八蛋,老娘和你们拼了!!!(抡棍子劈头盖脸照着黑影一通乱打)

老　袁　(捂着头躲闪着,四下逃窜)哎哟哎哟,嫂子,别打,别打呀! 是我。

嫂　子　老袁,你在这干吗? 你……

老　袁　嫂子,你千万别误会,我有点不放心,怕华盛那帮人再找你麻烦。

嫂　子　用不着你操心。

老　袁　嫂子,(取出钱)这是我今天干活挣的,你收着。

嫂　子　这……算了,看你那样,破衣烂衫的跟叫花子似的,你留着花吧。

老　袁　这……你的伤咋样? 明天我陪你去医院看看吧,万一落下啥毛病……

嫂　子　再说吧,这会儿顾不上,上医院就得花钱,挺挺就过去了。

老　袁　嫂子,华盛那帮人啥事都干得出来呀,万一你要有个三长两短……

嫂　子　我会小心的。我已经打听清楚了,按照法律:姓鲍的欠华盛的钱是他们之间的事,咱的钱就该华盛给! 有这条,这官司我打定了,一年打不赢,我就打两年三年,啥时打赢啥时算! 不然我下半辈子活不好,死都闭不上眼!

老　袁　嫂子……

嫂　子　这官司真要赢了,钱下来了,娟子生孩子,云儿上学看病做手术,就都有指望了! 想想这些,别说挨顿打,在我身上扎几个窟窿我都能扛住!

老　袁　(感动不已)嫂子! 我想好了,从今天起我和你一块告!

嫂　子　你?

老　袁　我要干件爷们儿该干的事给你,给大伙看看! 我对天发誓,对老蔫哥在天之灵发誓——(重重跪下)这回我说话算话! 我要和嫂子一块打这场官司！死，我也溅他们一身血！

嫂　子　你——这会儿你倒像个爷们儿。

　　　　〔二斤、老石头、迷糊等民工们上。

二　斤　嫂子，我们商量了，这事不能让你一个人干，大伙和你一块告！

迷　糊　还有我，再怎么我迷糊也是五尺高的汉子！明天我和你们一起去法院！

老河南　我老河南也算一个！

　　　　〔收光。

　　　　〔风雪声声。

　　　　〔嫂子拄着棍子和老袁、二斤、老石叔、迷糊背包从风雪中走来。

嫂　子　彭法官，这是雷律师帮我们写的状子，你给看看。

老　袁　彭法官，您抽烟！（递烟，几人争点火）不会抽？好，好习惯啊！

老石头　彭法官，雷律师说你是个好法官，这回咱算是找对人了！二斤——

二　斤　对对，这钱是大伙凑的，不够我们再想法子——你别呀，这没外人。

嫂　子　是呀，咱保证不和外人说——啥，不收钱你就办这案子？谢谢了！（鞠躬）

几　人　谢谢了！（鞠躬）

　　　　〔几人又行进在风雪中，奔入了另一片追光中。

老　袁　秦记者，给你打电话的就是我——这是我说的那个老王的爱人。

嫂　子　秦记者，小雷说你要了解咱的情况想帮咱们，谢谢了！（和几人一起鞠躬）

老石头　这是咱大伙写的联名信，全按了手印！

二　斤　秦记者，咱保证，这上边全是实情，没一句瞎话！

嫂　子　秦记者，多帮忙，咱两眼一抹黑，想找个帮咱说话的人都找不着——啥？还有农民工工会，人大妇联也管这事？太好了，回头我们挨家去！

　　　　〔风雪满天，几人大步行进着。

[他们进入一个个光圈中,不停地递呈材料,不停地陈说,不停地致谢。

[他们走入另一片追光,坐下,取干粮,啃饼子,喝水。

嫂　子　来来来,大伙吃!木头和娟子来电话了,他俩都挺好的,说是挣了钱就回来帮我打官司,这下我的劲就更足了!

老　袁　雷律师和彭法官说的,按法律规定,最迟开春的时候就能判下来了!

二　斤　不过也不能大意,雷律师也说了,华盛在到处找人,是输是赢还说不好。

老石头　等吧,等开春吧。

嫂　子　是呀,开春,开春——到了那会天就暖和了,花都开了!

老　袁　到了那会,柳枝绿了,河也开化了,我也能跟大伙有个交代了!

老石头　到了那会,活好找了大伙又能挣着钱了,咱这钱再下来,多好啊!

迷　糊　到了那会,我就能还上欠的债了,再也不用赌了,妞子也不用担心了。

嫂　子　到了那会,木头娟子也会回来了,我就抱上孙子了。有了钱,家里的日子就能好起来了,就能在城里扎下根了,老蔫的梦就能圆了!

几　人　春天,早点来吧。早点来吧!

[舞台深处,传来啾啾的鸟声,此起彼伏,异常动听。舞台渐成一片绿色。

嫂　子　得,吃饱了,有劲了,咱们走!

[鸟声继续飘响着,飞雪中,几人相扶而行。手机铃声。

[声音:姓袁的,你和王老蔫媳妇到华盛来一趟,我们熊总要和你们谈谈。

嫂　子　姓熊的,他找咱们干什么?

[声音:这官司闹得沸沸扬扬满城风雨,我们熊总想和你们商量个解决办法!你们不就是为钱吗?这事好商量。

[几人向着飞雪中走去,民工歌手雪中步上,弹唱。

民工歌手　　　下雪了下雪了城里都白了,
　　　　　　　刮风了刮风了城里很冷啊!
　　　　　　　不知道冬天它啥时才走啊?
　　　　　　　不知道春天它啥时才到啊?

哪一天河儿开化雁子飞来了?

哪一天柳儿绿了花儿都开了?

五

［民工村。女人们在做家务。二斤媳妇拿着报纸上。

二斤媳　姐妹们,快来看哪,咱和华盛打官司的事上报了!

众女人　上报,真的?——咱咋能上报啊——不可能!

二斤媳　这还有假吗,你们看——写了满满半版哪,在这。

众女人　(看)真是说的咱们的事——是帮咱说话的——兴许这官司有希望!

　　　　［嫂子、老袁、老河南和众男民工上,老袁手缠着渗血绷带。

众女人　老袁,你,你这是咋了?

老河南　华盛把咱找去了,提出来要私了,咱们撤诉,他们愿意给咱一半钱。

众女人　一半?——那不行,凭啥给咱一半?——哎,你们答应了?

老河南　嘿!嫂子真硬气,就六个字,"不私了,不撤诉"!——妈呀,大刀片立马就架到他俩脖子上了——中,中啊,老袁够爷们!眼都没眨,夺过刀两手一叫劲硬生生给掰折了,把他们都震住了!

　　　　［二斤醉醺醺地上,看着。

二　斤　姓熊的找了我,他说咱要是不撤诉,不等开庭就弄死老袁和嫂子!我看还是私了吧,总比一点拿不到强啊。

　　　　［众民工一片骚动,小声商议着。

嫂　子　二斤兄弟,都跑了这么多天,你怎么?

二　斤　嫂子,你还没看明白,这官司咱肯定赢不了,这么下去真兴出人命啊,该低头时咱就得低头,管咋的也算没白干,对老婆孩子也有个交代……大伙都说说,要是都愿意私了,我代表大伙去和他们说。

小安徽　要我说,还是私了好,弄回来点是点。

小　翠　是呀,万一官司打不赢,咱就一分钱也拿不到了。

众男女　对呀,那就私了吧!——不成,咋能私了哪!

老河南　不中不中!凭啥少要?那是咱干活该得的,不全给,就是不中!

老石头　过去我最不愿打这官司,可云儿妈和老袁这些天吃苦受累受伤流血,是在替大伙出头讨公道啊!这会咱低头了,他俩的血就白流了? 对不住人哪!

二斤媳　(怒)牛老二,你这败家玩意,你说,你是不是收了人家的钱了?

二　斤　我,我没收,就和他们喝了顿酒……

二斤媳　喝酒?我看你是喝药了,让人家灌迷魂汤了!为几个钱咱就不做人了?你这是想当叛徒!——不私了,我头一个反对!

嫂　子　对,这头咱不能低!钱一分都不能少!雷律师、彭法官、秦记者、工会刘主席、人大冯代表都在帮我,冲他们我也不能低这个头!我要的是老蔫的舍命钱,大伙要的是拼命钱,是咱应该应分该得的!撤诉,门都没有!用雷律师的话说,咱打官司不光是为了要钱,要的是咱的尊严!

二　斤　嫂子,咱一农民工还有啥尊严?

嫂　子　你?咱是农民工,可咱也是人,咋就没尊严?你们啥意思我不管,就算剩下我一个人,我也决不私了!还是那句话:爬着跪着是活,挺直腰杆站着也是活。弄死我我认了,甭想把我吓死!

老　袁　没错!咱不是条狗,给块骨头就摇尾巴。老子还告上瘾了哪!他们以为咱是团面想咋捏就咋捏,可咱是钢筋水泥混凝土!我已经打听到老鲍在哪了,明天我就去南边,说啥我也要找到他,让他出庭作证。

老河南　中,我跟你去!给你当保镖,你到哪我到哪,晚上我给你站岗放哨!

迷　糊　我也一块去!只要能打赢官司要回钱,迷糊把命豁上都没二话!

二斤媳　(冲过去)牛老二,你咋不说话?你个死鬼吱个声啊!!!
　　　　　[二斤媳妇端起盆水泼向二斤。

二　斤　(酒劲顿消,狠打自己嘴巴)我真是吃糊涂药了,得,刚才的话算放屁!老袁,嫂子,以后你们再出门,我给你俩当保镖,挡大刀片!!!这官司怕是得折腾几个来回,(取出钱)打官司费钱,这点钱你们拿着。

老石头　对,现在是最较劲的时候,身上有钱的都拿出来。(取出钱)

迷　糊　嫂子,我和妞子的钱都让我输光了,就剩这些了——都给你!

妞　子　嫂子,收下吧!

老　袁　这,我还欠大伙的钱哪!老少爷们们!我老袁谢谢大伙了!（深深鞠躬）

嫂　子　谢谢了!（也鞠躬）

老石头　别,要说谢,咱大伙最该谢的是你们俩——你们为咱玩命哪!

老　袁　（泪流满面）难得大伙这么信任我,不管这场官司能不能赢,都值了!值了!这段日子真像重活了一回,我老袁真真实实硬硬气气地爷们了一回!（抹泪）这感觉真他妈好!过瘾,痛快!——这就是尊严啊,我找回了我的尊严,我又能在大伙面前挺直腰杆说话堂堂正正做人了!

嫂　子　是呀,这些天我的腰杆越来越直,心气越来越足,在华盛面前,在法官面前,都能挺直腰杆说话了!这就是尊严啊!

老石头　没错,在人大在工会,人家都把咱当人待把咱的事当事办,咱有尊严啊!

老　袁　大伙都在这,有句话我一直想和大伙说:能不能找到姓鲍的,难说,官司是输是赢也不好说,可只要我老袁活着,还能干动活能挣到钱,我指定对嫂子一家负责一辈子!大伙的钱我也要一点点还上——三年五年还不上干他八年十年,八年十年还不上,就干二十年三十年干到死,一定还上!

嫂　子　老袁!当初我真是看错你了!华盛已经给咱下战表了,咱不能没个准备!我最不放心的是我这俩孩子,还有娟子和娟子肚子里的娃——要是我出了啥事,拜托大伙帮我照看他们,让他们在城里长大成人。

老　袁　我也不放心我那两个孩子,我给乡下大哥写信了,要是我真出了啥事,让他帮我照看俩孩子!

二　斤　啥也别说了,大伙都记住嫂子和老袁的话,他俩能这么为咱拼命,咱也不能当孬种!奶奶的,这官司咱打定了!谁出了事大伙照顾他家人!

嫂　子　我看明白了:进城了,千条路万条路,哪条路都不好走,可不管走哪条路,咱都得挺直腰杆走,不能像虫子似的活,要有尊严地活着!

　　　　　［收光。

［大片强光中,嫂子和众农民工挺立其中。音乐飘动。

嫂　子　法官同志,我是乡下女人,没啥文化,就说几句心里话:我男人一直在城里打工,城里不少高楼是他盖的,不少路是他修的。他真是把这当家了,连命都搭上了,城里人的好日子有咱乡下人的血汗咱乡下人的命啊! 都是爹娘生父母养的,咱的命也是命呀! 孩子看病的医院他爸都找好了,他人走了,可心愿留下了梦留下了,我想圆这个梦啊!

老　袁　法官同志,我跑了好几个省找到了老鲍,他让人打瘫了,出不了庭,这是他写的证词,证明欠咱的工钱都在华盛手上,这钱必须一分不少给咱们! 吃苦受累咱认,流血流汗咱应该,可干了活凭啥不给钱? 老老少少眼巴巴盼了这么长时间,他们还有人心吗?

老石头　我进城最早,那会城里没多少像样的马路像样的高楼,市政府大楼、世纪商城、天堂酒家,大剧院,连你们法院盖大楼都有我一份。从五十多一直干到六十多,老了,干不动了,可小孙子上学得交学费呀,得供娃把书念完啊! 啥事都得将心比心,他们的老人在工地干活他们会这么干吗?

老河南　法官同志,咱农民工要求不高,就想要个公正、公平! ——不公正,不公平,那就不中! 这一段不中的事太多了! 咱这心里堵得慌啊!!! 这回求法官同志秉公心依法断案,让咱老百姓心里也透个亮儿啊!

二　斤　总说咱国家是人民当家做主,咱们就是人民,正儿八经的劳动人民! 请人民法院替人民讨一个公道,帮咱要回用血用汗用命挣的钱!

嫂　子　法官同志,咱农民工是小人物,用华盛的话,咱就是小蚂蚁,可哪个城里没有咱们这些小蚂蚁? 那些高楼大厦都是小蚂蚁建起来的,蚂蚁再小也是活物,农民工再不起眼也是人,是人就该有人的权力! (举起一本本书)——这是宪法,这是民法,这些是我复印的法律材料,还有这,中央、省、市特为咱农民工拖欠工资的事下的文,是专给咱农民工撑腰的! 我知道,华盛有钱有势有后台,可有这些给我做主,败诉了我也要接着打! 我打的不光是钱,是公道公正! 华盛说他们是这城里的天,这话我不信,我就信国家法律,法律才是

天! ——法官同志,拜托你了! (鞠躬)

众民工　拜——托——了——

　　[众民工集体深深鞠躬,音乐中收光。

六

　　[黄昏向晚,民工村,数男人女人围着二斤媳妇,听她打手机!

二斤媳　喂,法庭执行判决的结果有了吗? ——不要!

众女人　咋啦?

二斤媳　广告!

一女人　哎,去法院的回来没? 不是说今天能有结果吗?

另女人　这么晚没回来怕是又没戏了!

二斤媳　哎呀,你们胡说些啥呀! 喂喂! 死二斤,快回电话呀!

　　[嫂子、老袁、迷糊、二斤、老秦等急上,兴冲冲地上。

二斤媳等　嫂子! 咋样?

嫂　子　赢了,咱们赢了,而且是强制执行! 华盛给钱了! (众一片欢腾)

老　袁　给大伙发钱!

　　[老袁将钱包放到石桌上,众人纷纷上前领钱,每个领到钱的都激动
　　不已。

二　斤　(向天祈谢)老天爷,你总算睁开眼了!

老石头　(泪流满面)拿到了,到底拿到了,我的小虎子可以接着念书了!

妞　子　迷糊,这下好了,来钱了,你再不用去赌了,咱俩可以好好过日子了!

　　[迷糊捧着钱放声痛哭。妞子与他抱头同哭。

二　斤　嫂子,多亏你了,要是没有你——咱不光要回了钱,也要回了咱大伙
　　的尊严! 老少爷们儿,咱大伙有一个好嫂子呀! 嫂子,谢谢你了!

众民工　(齐声喊)谢谢嫂子! ——谢谢嫂子——

　　[感人的音乐涌动,民工们向嫂子欢呼着。

嫂　子　别,别! 官司是大伙打的,是挺多人帮咱打的,我浑身是铁能打几根
　　钉呀!

　　[木头背着包风尘仆仆上。

木　头　娘,俺回来了!

嫂　子　木头,你,你可回来了!看你胡子拉碴的,这,这脸上咋还有伤了?

木　头　干活的时候让焊枪烫的,不碍事!娘,这是俺挣的钱,都给你!!!

嫂　子　木头!这,这都是你的血汗钱啊!我的儿子,苦了你了!
　　　　[传来异常动人的婴儿啼哭声。娟子抱着婴儿褯褓上。

木　头　娘,老少爷们们,俺木头当爹了!儿子,俺有儿子了!

嫂　子　(上前接过孩子)好,好啊,我当奶奶了,我当奶奶了!
　　　　[收光!

　　　　[音乐飘动,嫂子家。

嫂　子　来!孩子们,你们都跪下,咱们一块跟你爹说说话!
　　　　[三个孩子在老蔫遗像前跪下。

木　头　爹,我和娟子结婚成家了!我还考到了焊工的技术证书,开发区的刘总让我明天就去他那报到,一个月工资三千。木头会给你、给娘做脸的!

云　儿　爹,我考了第三名,老师当着全班表扬我了!下次我要考第一!我还要考上好中学、好大学!我要让城里孩子都看看,我不比他们差!我要为咱农民工争气!

娟　子　爹,我已经是王家的媳妇了,我会好好孝敬娘,好好和木头过日子!

嫂　子　(将钱捧上)老蔫,咱的官司赢了,钱下来了,云儿可以接着上学,可以上医院看病了,咱有孙子了——(抱过褯褓)老蔫儿啊,你瞧这小脸蛋,粉嘟嘟红扑扑的,这小鼻子小嘴,真好看!祖祖辈辈刨土坷垃当农民,到他们这辈要当城里人了,上学、工作、成家、生儿育女,真是要改风水了!庄稼长出来了,咱家见亮了!蛹子化成了蝴蝶,要飞起来了!!!
　　　　[两民工歌手上,深情弹唱。
　　　　[老袁背着包上。木头、云儿、娟子已下。

老　袁　嫂子,我要走了,我是来和你告别的。

嫂　子　走?你要去哪?

老　袁　去北京,劳务中心给介绍了个大工程,工钱挺高。老河南小安徽他们还愿意跟我干,十点钟的火车。(拿出钱)给云儿看病大哥的抚恤金赔偿金不够,我挣了钱就寄过来。这回我要重新开始,在哪跌倒在哪爬起来!

嫂　子　老袁!(拿过老袁那份钱)这钱你还拿着,穷家富路,身上有钱心里踏实。真要挣了钱,别忘了给乡下孩子寄回去。

老　袁　这——嫂子,你多保重,干活时当心点腰。

嫂　子　谢谢你了。出门事事难,你也照顾好自己。

老　袁　嫂子,这一走不知啥时才能再见?

嫂　子　是呀!我们也要走了,木头要去开发区,我和云儿娟子和他一块去在那安个家,那营生挺多,我和娟子想找份新活干,云儿也转在那去上学。

老　袁　嫂子,不管你们一家在哪,我都会去看你。——我走了。

[二人出,屋外,老河南、二斤夫妇、老石头等民工拿着行李上。

二　斤　嫂子,我俩也要走了,东北老乡在广东揽了个大活,钱挺厚,让我们过去。

二斤媳　嫂子,再见了。(流泪拥抱嫂子)

老石头　我也要走了,回家。老了,干不动了,怕是再也回不来了。

[夜色中,众人默默告别、送行而下。迷糊妞子上。

妞　子　都走了,民工村空了。迷糊,咱们上哪去?

迷　糊　咱们?我还没想好,这么多路,不知道哪一条是我的——

妞　子　不管上哪,妞子都跟着你,跟你一辈子!

[二人下,民工村从夜色渐渐化成明媚的早晨。晨曦中响起钟声,一声声。

[嫂子、木头、娟子、云儿拿着行李抱襁褓上,望着晨曦中的城市。

嫂　子　最难的日子扛过来了,日子见亮了,还得一垄沟一垄沟地接着往下种。

云　儿　这就是城里。我喜欢这,这儿的大楼、街道,这儿的学校、操场、教室真好!

木　头　(血脉贲张放声大喊)噢——噢——哎——哎——哎——(声音回荡)

［嫂子一家拿着行李迎着晨光向前走去。两民工歌手怀抱吉他炽情歌唱。

民工歌手　　　　飞了飞了,美丽的蝴蝶飞起来了,

开了开了,美丽的花蕾风中绽放。

美丽的蝴蝶,闪熠着光芒,

穿过那花海,飞向那太阳、太阳、太阳——

［钟声、鸽哨声,霞飞霞涌,旭日强光,许多蝴蝶在飞舞,美丽曼妙。

［歌声中众多男女民工扛着行李、背着包走在漫漫人生路上。

——剧　终

创作年表

1990 年　电影《九千六百万双眼睛》（合作），由北京电影制片厂拍摄。

1991 年　话剧《安乐士》（合作），由辽宁人民艺术剧院排演。

1992 年　话剧《啊，刑警》（合作），由鞍山话剧团排演。

1993 年　音乐剧《鹰》（合作），由黑龙江省歌舞剧院排演。

1995 年　话剧《鸣岐书记》（合作），由辽宁人民艺术剧院排演。

1996 年　芭蕾舞剧《二泉映月》，由辽宁芭蕾舞团排演。

1999 年　话剧《父亲》，由辽宁人民艺术剧院排演。山西省话剧院等多
　　　　家剧院排演过该剧，许多艺术院校也排演过该剧。

2001 年　话剧《母亲》（《秦娘》），由辽宁人民艺术剧院排演。
　　　　话剧《决堤之后》，由鞍山话剧团排演。
　　　　电影《父亲》，由上海电影制片厂拍摄。

2002 年　话剧《任弼时——开国大典畅想曲》（合作），由辽宁人民艺术
　　　　剧院排演。

2004 年　话剧《带陌生女人回家》，由抚顺歌舞剧院排演，后该剧本被译
　　　　成日文，由日本剧团在大阪演出。
　　　　话剧《师傅》，由辽宁人民艺术剧院排演。
　　　　歌剧《红海滩》（合作），由辽宁歌剧院排演。

2005 年　儿童剧《鸟儿飞向太阳河》，由辽宁儿童艺术剧院排演。
　　　　话剧《赵景顺》（《那座山村那条路》），由抚顺歌舞剧院排演。

2006 年　小剧场话剧《沼泽中的鹤》，由沈阳音乐学院影视表演系排演。
　　　　话剧《月亮花》（后改名《春月》），由大连话剧团排演。

　　　　　　评剧《天堂花》（合作），由沈阳评剧院排演。

2007 年　话剧《矸子山上的男人女人》，由辽宁人民艺术剧院排演。

　　　　　　儿童剧《第七片花瓣》，由天津儿童艺术剧院排演。

　　　　　　话剧《最后一夜》（合作），由鞍山话剧团排演。

　　　　　　校园剧《远山的月亮》，由辽宁儿童艺术剧院排演。

　　　　　　校园剧《老道口》，由沈阳音乐学院影视表演系排演。

2008 年　话剧《士兵对你说，永不放弃》（后改名《士兵们》）（合作），由总政话剧团排演。

　　　　　　话剧《万世根本》，由安徽省话剧院排演。

2009 年　话剧《黑石岭的日子》，由辽宁人民艺术剧院排演。

　　　　　　话剧《风雪漫过那座山》，由沈阳军区前进文工团排演。

　　　　　　独角戏《老妇独白》，由上海话剧艺术中心排练。

2010 年　话剧《长子》，由抚顺歌舞剧院排演。

2011 年　独角戏《花心小丑》，由北京喜剧厂排演。

　　　　　　话剧《民主之光》（合作），由重庆市话剧院排演。

2012 年　话剧《立春》，由山西省话剧院排演。

　　　　　　话剧《民主之光》（合作），由总政话剧团再次排演。

　　　　　　话剧《信仰》，由湖北长江人民艺术剧院排演。

　　　　　　话剧《嫂子》，由山东省话剧院排演。

　　　　　　小剧场话剧《两个底层人的夜生活》，由中央戏剧学院排演。

　　　　　　话剧《生命宣言》（合作），由总政话剧团排演。

　　　　　　话剧《古田会议》，由福建省话剧院排演。

后 记

这次剧作结集出版,对我的创作是一次很好的自我整理、自我总结。

从事戏剧创作已经二十多年,创作上演了很多剧本,却始终没有出版过一本剧作选,近年来经常有老师、朋友催我尽快出个选集。这次将我的剧作选列入《文化名家暨"四个一批"人才作品文库》出版,终于了却一件心事。

这本剧作选由两部分组成:

第一部分是我在东北期间创作的,我在东北生活了四十四年,创作上演了近二十部作品,全部是反映东北底层人、普通人生活的。此次选出的《父亲》、《母亲》、《矸子山上的男人女人》、《带陌生女人回家》都是我这个时期的代表作。

黑土地养育了我,大风雪鼓荡着我的灵魂,我永远感恩那片土地。

我梦想着创作一个东北底层工人的系列,《父亲》之后,陆续写了《母亲》、《师傅》、《矸子山上的男人女人》、《黑石岭的日子》、《长子》等一批作品。《母亲》算是《父亲》的姐妹篇,虽影响不及《父亲》,却是我十分珍爱的一部作品。

为写作《矸子山上的男人女人》,我用了两年多的时间到矿山搜集素材体验生活,剧本中倾注了我很多心血很多情感,我用这部作品告别了东北的生活。

第二部分是我离开东北后创作的。2007 年调入北京,迄今已有五个年头,五年间,上演的剧本有十几部,北京、上海、天津、辽宁、安徽、山西、山东、湖北、福建都排演了我的剧作,在选材、风格、路数上有了一些新的变化。

《黑石岭的日子》仍然写的是东北人的生活故事,继续了我的东北底层人生活系列。《风雪漫过那座山》则是我独立创作的第一部战争题材话剧,写的是东北抗联在冰雪世界中浴血苦战的故事——仍然没有离开那片魂牵梦绕的黑土地。

《万世根本》、《立春》是两部农村戏。《嫂子》则写了全国各地进城打工的农民工的故事。

小剧场戏剧一直是我所钟爱的,这些年我一直没有中断小剧场话剧的写作。此次选入的《带陌生女人回家》、《花心小丑》、《两个底层人的夜生活》均是小剧场话剧。

《带陌生女人回家》是我第一次尝试写小剧场话剧,从 2000 年一直演到今天,此剧本还被译成日文由日本一家剧团演出。《花心小丑》和《两个底层人的夜生活》是我调入北京后在京排演的,导演、演员很年轻,演出很成功。

这些剧本在修改和排演过程中,著名导演查明哲、曹其敬、刘喜庭、胡宗祺、吴晓江等都倾注了大量心血,使剧本得到了丰富和提高,宋国锋等很多优秀演员的加盟更使得剧本的二度呈现十分精彩,借此机会,我要向他们表示深深的感谢!

我的创作之路曲曲折折、坎坎坷坷,许多领导、专家、老师、朋友都给过我很多帮助。在辽宁,李默然等老艺术家和一批挚友始终关心着我的创作,每次回想起来都令我无法平静。在中央戏剧学院学习期间,谭霈生等多位导师给予了我多方面的指导,令我终身受益。调到总政话剧团后,孟冰团长等也对我帮助颇多。

——一路走来,要感谢的人很多很多,我无以回报,唯有心怀感激,继续前行。

我爱戏剧,我爱舞台,我一直行走在路上,投入了生命,倾注了情感,尽了全力。我深知,我写得还不够好,还应该写得更好。我不会满足,将加倍努力。

最后,还要感谢《文库》的组织策划者和本书编辑们,也感谢我的妻子,她在这个炎热的夏季帮我整理了全部稿子。

2012 年 8 月于北京